Véronique de Bure stammt ursprünglich aus dem Burgund. Sie hat bisher einen Roman und mehrere Sachbücher geschrieben. «Die kleine Welt der Madame Jeanne» wurde in Frankreich von Presse und Publikum hymnisch gefeiert. Véronique de Bure lebt mit ihrem Mann und zwei Kindern in Paris.

«Was für ein wundervoll zärtlicher Roman!»
Psychologies

«Es macht großen Spaß, Zeit mit Jeanne zu verbringen … Ein amüsantes und zärtliches Buch.» *fémitude*

«Der wohl grandioseste Roman über das Alter, den man sich vorstellen kann.»
literaturmarkt.info

«Ein sehr schöner Roman, sehr bewegend, der immer die richtigen Worte wählt und einen humorvollen und liebevollen Ton anschlägt … Sie werden diese kraftvolle und optimistische Lebensgeschichte lieben.»
Femme Actuelle

Véronique
de Bure

Die kleine Welt der Madame Jeanne

Roman

Aus dem Französischen von
Ina Kronenberger

Rowohlt Taschenbuch Verlag

Die Originalausgabe erschien 2017
unter dem Titel
«Un clafoutis aux tomates cerises»
bei Flammarion, Paris.

2. Auflage März 2021

Veröffentlicht im Rowohlt Taschenbuch Verlag,
Hamburg, Juni 2019

Umschlaggestaltung FAVORITBUERO, München
Umschlagabbildung Le Panda / Shutterstock
Satz Adobe Garamond Pro, InDesign,
bei Pinkuin Satz und Datentechnik, Berlin
Druck und Bindung CPI books GmbH, Leck, Germany
ISBN 978 3 499 29166 1

«Ich mochte diese leeren Tage, an denen sich die stets verrinnenden Stunden davor hüteten, sich mit all den unnötigen Dingen zu belasten, die der Aktivität oder der Leidenschaft entspringen und von uns Besitz ergreifen. Ich schlief viel. Ich vergaß. Ich vertrieb mir die verstreichende Zeit.»

Jean d'Ormesson

Un jour je m'en irai sans en avoir tout dit

«Wenn jeder Roman eine Geschichte ist, die sich hätte ereignen können, ist die Geschichte selbst, von Anfang bis Ende, ein Roman, der sich ereignet hat.»

Jean d'Ormesson

C'est une chose étrange à la fin que le monde

Für meine Mutter

Ich habe den Winter überstanden. Ich halte die Gardinen auseinander und schaue nach draußen. Der Nussbaum hat noch keine Blätter, aber die Kastanien erwachen allmählich zum Leben, und die Haselnusshecke färbt sich grün. Ich öffne das Fenster, die Luft ist frisch. Das Außenthermometer zeigt fünf Grad. Der Winter hat sich noch nicht ganz verzogen, seine letzten Tage vermischen sich mit den ersten des Frühlings. Ich fixiere die Fensterläden, kriege die beiden Flügel fast nicht mehr ganz auf, denn die Weinrebe hat sich zu sehr ausgebreitet. André war noch nicht da, um sie zu schneiden, ich muss ihm wohl schreiben. Mein Sohn macht sich über mich lustig, er behauptet, es sei sinnlos, Handwerkern zu schreiben, man muss sie anrufen, sonst kommen sie nicht. Aber ich telefoniere nicht gern. Angeblich bin ich nicht sehr liebenswürdig am Telefon, aber dafür kann ich nichts. Ich will die Leute sehen, wenn ich mit ihnen spreche.

Heute schreibt sich ja niemand mehr. Dabei haben mir die Leute von der Post vor einem Jahr oder zwei, vielleicht auch mehr, extra einen Briefkasten aufgestellt. Das ist Vorschrift, haben sie gesagt. Ich sollte ihnen sagen, wo sie den Kasten aufstellen können, und dann haben sie mir das hässliche grüne Ding gezeigt. Ich habe kurzerhand auf die Steintreppe neben dem Kellereingang gezeigt, drüben bei den Bäumen. Dort wäre er gut versteckt, und die Stelle ist für das gelbe Postauto leicht zu erreichen. Im ersten Augenblick war ich ziemlich unglücklich, das würde mir das Leben erschweren. Seit Jahren legt mir der Briefträger die Post auf die Außentreppe oder auf den Tisch in der Diele, wenn die Tür offen steht. Wenn ich selbst was verschicken muss, lege ich ihm die frankierten Briefumschläge oder das Geld für die Briefmarken hin. Das ist ziemlich praktisch. Manchmal, wenn ich gerade unten bin, wechseln wir ein paar Worte. So habe ich hin und wieder Besuch. Jetzt dürfen sie anscheinend nicht mehr ins Haus kommen. Um meine Briefe zu verschicken, muss ich zur Post gehen, ins Dorf. Und wenn ich nicht mehr Auto fahren kann, was mache ich dann?

Zum Glück hat meine geliebte Briefträgerin auch keine Lust, sich umzustellen. Sie legt mir weiterhin die Post in die Diele, und ich lege ihr die Briefe auf den Tisch. Nur wenn meine Tochter da ist mit ihrem Hund, traut sie sich nicht aus dem Auto, denn vor Hunden hat sie Angst.

Ich heiße Jeanne. Ich bin neunzig Jahre alt. In jungen Jahren war ich einen Meter dreiundsechzig groß. Damals war das nicht ungewöhnlich. Heute bin ich kaum größer als meine Enkelin, die einen Meter zweiundfünfzig misst und Schuhgröße vierunddreißig hat. Meine Füße sind im Lauf der Zeit allerdings nicht geschrumpft. Sie sind sogar breiter geworden, rechts und links sind hässliche Ballen daran gewachsen, was mich ganz unglücklich macht und mich regelmäßig zwingt, ins Auto zu steigen und zur Fußpflegerin zu fahren. Ich habe immer mehr Mühe, Schuhe zu finden, die nicht drücken. Wenn es kalt ist, kann ich nur meine alten Stiefel tragen, für die meine Tochter sich schämt. Sie will mir einreden, dass es Schuhe gibt, die bequem sind und nicht hässlich, aber die habe ich noch nicht gefunden. In Paris vielleicht, in Paris gibt es so viele Geschäfte, aber ich fahre doch nicht zweieinhalb Stunden mit dem Zug, nur um mir ein paar Schuhe zu kaufen!

Was den Rest angeht, habe ich mich ganz gut

gehalten. Von weitem wirke ich sogar jünger, ich gehe aufrecht und habe schlanke Fesseln. Auch wenn ich immer öfter zum Stock greife, habe ich einen flotten Gang, und am Telefon, sagen die Leute, klinge ich wie ein junges Mädchen. Natürlich ist mein Gesicht mit den Jahren faltiger geworden, aber mein Teint ist immer noch rosig, und meine Augen können nach wie vor funkeln und blitzen, vor allem nach einem Gläschen Weißwein oder einem Schluck Crémant.

Seit René tot ist, ist das Haus für mich zu groß. Im Winter lasse ich einige Zimmer unbeheizt und halte Türen und Fensterläden fest verschlossen. Ich bewege mich ausschließlich zwischen Schlafzimmer, Bad, Küche und dem kleinen Büro. Wenn meine Kinder da sind, öffne ich Wohn- und Esszimmer, aber für mich allein ist das nicht nötig. Ich wohne mitten in der Pampa, zwischen Bäumen und Feldern. Das nächste Dorf, Bert, ist fünf Kilometer entfernt. Dorthin geht es über eine schmale gewundene und hügelige Straße, die durch Wälder und Wiesen führt, auf denen dicke weiße Kühe weiden. Am Anfang unserer Ehe haben wir dort unsere Besorgungen gemacht. Heute ist alles verschwunden, sogar der kleine Brotladen hat zugemacht. Auf der anderen Seite, Richtung

Norden, liegt Montcombroux-les-Mines. Dort ist auch nicht mehr viel los, aber man kann wenigstens noch Butter, Milch, Eier und etwas Gemüse kaufen. Für alles andere muss man ins nächste Städtchen fahren, nach Lapalisse mit seinem schönen Schloss. Als ich hierherzog, gab es dort noch einen Bahnhof, wo ich, damals noch nicht verlobt, von Paris aus angekommen bin, um mich meinen künftigen Schwiegereltern vorzustellen. Ich war dreiundzwanzig. Mein Schwiegervater hat mich mit der Pferdekutsche abgeholt. Sie steht immer noch in der Garage, ihren letzten Einsatz hatte sie bei der Hochzeit meiner Tochter. Züge fahren schon lange nicht mehr nach Lapalisse, und die Läden schließen einer nach dem anderen, wegen der zwei Supermärkte, die vor ein paar Jahren hier aufgemacht haben. Im Zentrum werden die Schaufenster immer öfter durch riesige Schwarzweißplakate ersetzt, auf denen Ansichten von früher zu sehen sind, als die Stadt dank der Nationalstraße 7, die mitten hindurchging, noch belebt war. Heute fahre ich dort nur noch hin, wenn ich zum Doktor muss oder wenn ich im Supermarkt einkaufen will. Zum Tanken fahre ich lieber nach Le Donjon, der Ort hat zwar keinen größeren Reiz, aber ich mag die Frau an der Tankstelle, und es ist überhaupt die einzige Tankstelle, an der man noch bedient wird. Ansonsten sind die beiden nächstgelegenen Städte Moulins-sur-Allier im Norden, ganz grau, und Vichy im Süden, ganz weiß, dort haben wir gut zehn Jahre gelebt, René und ich, bevor wir im Ruhestand hierher zurückgekehrt sind.

Allein zu leben macht mir nichts aus. Ich langweile mich nicht. Und ich lebe auch gar nicht in völliger Einsamkeit. Fast auf Tuchfühlung mit meinem Haus, neben Garage und Stall und nur von etwa fünfzig Meter Kies und Unkraut getrennt, steht der Bauernhof von Fernand und Marcelle. Als René noch gelebt hat, ist uns Fernand im Garten ein bisschen zur Hand gegangen, und Marcelle hat hin und wieder im Haushalt geholfen. Bei meiner Ankunft hier hat die Mutter von Marcelle, die alte Marie, den Hof noch mit ihren Söhnen Bébert und Gros Roger bewirtschaftet. Bis vor wenigen Jahren hatten Marcelle und Fernand drei Kühe, Kaninchen und ein paar Hühner, und wir hatten Milch, Butter, Eier und Sahne. Mit der Zeit wurden die Kühe zum Schlachter gebracht, die Hasen landeten in der Pfanne und die Hühner im Topf. Heute baut Fernand noch ein bisschen Gemüse an, sein Garten liegt gleich neben meinem, während Marcelle vor dem Fernseher sitzt und von Jahr zu Jahr den Ton etwas lauter stellt. Regelmäßig klingelt einer von beiden an meiner Tür, um mir je nach Jahreszeit einen Korb Kartoffeln, einen Salat, Lauchstangen oder Obst zu bringen. Auch wenn sie nicht mehr so rüstig sind, beruhigt es mich, sie in der Nähe zu wissen. Sie sind immer da. Sie machen nie Urlaub, waren noch nie in Paris und sehen keinen Sinn darin, weiter als bis Lapalisse zu fahren. Sie verlassen ihr Haus nur samstags, um am Belote-Turnier im Gemeindesaal von Le Donjon teilzunehmen. Morgens fahren sie mit ihrer Ente los und kommen abends ganz fidel zurück. Die Marcelle sitzt am Steuer, Fernand hat nie den Führerschein gemacht. Wenn er seinen Bruder besuchen will, steigt er auf sein Mofa, ein knatterndes graues Gefährt von Peugeot, mit zwei alten Satteltaschen am Gepäckträger.

Und dann sind da noch meine Freundinnen. Manche haben natürlich schon das Zeitliche gesegnet, mit zunehmendem Alter rückt der Himmel näher. Aber es gibt noch Gilberte, Nine und Toinette, und es vergeht keine Woche, in der wir uns nicht in der Messe sehen oder uns bei der einen oder anderen zum Mittagessen, Tee oder Kartenspielen treffen. Auch Denise, Chantal, Jacqueline und Francette sind noch da, aber sie wohnen ein gutes Stück von mir entfernt, und mit den Jahren werden die Wege weiter.

Und dann gibt es noch Angèle, meine treue Perle, die einmal pro Woche kommt, und meinen Gärtner, der kommt und geht, wann er will …

Die kleine Welt der Madame Jeanne

Gilbertes Haus
in Liernolles

Der Metzger in
Le Donjon …

… und Jeannes
Tankstelle

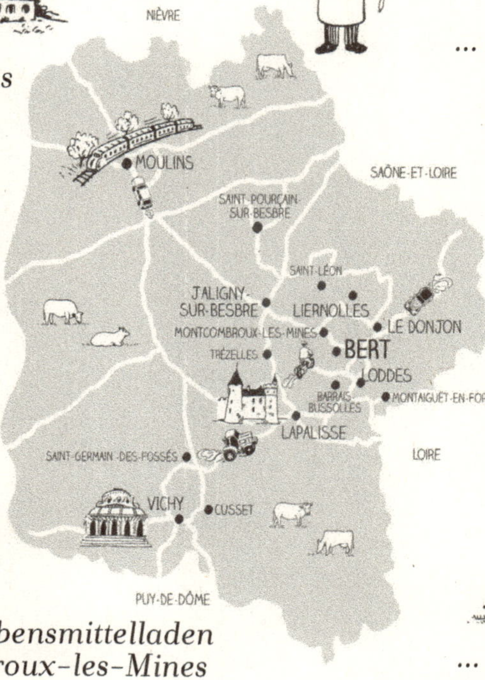

Die Kirche
in Bert

Toinettes
Haus …

Der kleine Lebensmittelladen
in Montcombroux-les-Mines

… und Nines
Haus in Loddes

Jeannes Haus

Der kleine Bauernhof
von Fernand und Marcelle

Frühling

Freitag, 20. März

Den ersten Frühlingstag habe ich im Freien verbracht. Heute Morgen war ich kurz im Gemüsegarten. Die Obstbäume blühen schon, der Pfirsichbaum neben dem Frühbeet ist ganz rosa, und die Kirschbäume bei der Wäscheleine werden nicht mehr lange brauchen, bis sie sich schneeweiß färben. Letzten Monat hat der Gärtner die Himbeeren und die Johannisbeeren geschnitten, alles sieht tipptopp aus. Er hat den Spargelhügel von Unkraut befreit, aber ob sie dieses Jahr was werden, weiß ich nicht, das weiß man erst Anfang Mai. Ich ernte für mein Leben gern Spargel! Es macht mir großen Spaß, man braucht ein gutes Auge, um ihre weißen Köpfe zu erspähen, dann muss man mit einem Spargelstecher die Erde neben den Stangen abstechen und gut aufpassen, dass man den Spargel nicht kaputt macht. Letztes Jahr habe ich leider nur wenig geerntet, ich fürchte, die Erde ist nicht gut genug. Das hier ist einfach keine Spargelgegend …

Nach dem Essen habe ich draußen meinen Kaffee getrunken und dazu ein Rippchen Milchschokolade gegessen. Dann habe ich meinen Korbsessel neben das Rosenbeet gestellt. Die Rosen blühen noch nicht, aber ich habe sie stark zurückgeschnitten. Jedes Jahr im Februar nehme ich meine Heckenschere und schneide die Triebe auf drei Augen zurück. Da ich mir den Rücken nicht kaputt machen will, geht es nur langsam voran, jeden Tag ein bisschen. Es sind schon viele Knospen dran, bald werden sie blühen. Etwas tiefer, halb im Schatten, halb in der Sonne, auf dem Weg hinunter zur Terrasse, stehen die Rhododendren, die keine Arbeit machen, und die Hortensien. Die Hortensien habe ich Anfang des Monats gestutzt, ich habe die großen grauen Blüten abgeschnitten, die man im Winter stehen lässt, bis die neuen Triebe sprießen. Zu Füßen der Rhododendren schauen die Osterglocken heraus, sie leuchten wie kleine Sonnen, eine Explosion an Gelb, die sich mit den herrlich duftenden lila und weißen Glöckchen der Hyazinthen mischen.

Ich habe es mir in meinem Gartenstuhl bequem gemacht und ein paar Seiten aus *Alkibia-*

des gelesen, dann bin ich in der Sonne eingeschlafen.

In unserem Alter sind wir wie alte Bäume. Das gute Wetter haucht uns wieder etwas Leben ein, wir ergrünen, wenn auch jedes Jahr ein bisschen weniger. Die milden Tage vermitteln uns eine Illusion von Ewigkeit.

Samstag, 21. März

Heute Morgen kam mein Gärtner bei strahlendem Sonnenschein mit kleinen Töpfchen und einem großen Lächeln im Gesicht hier an. Ich war schon aufgestanden, war bei Tagesanbruch wach geworden, wegen der Vögel. Seit ein paar Wochen fangen sie immer früher an zu zwitschern. Oft kann ich dann nicht mehr einschlafen. Darum bin ich den ganzen Tag wie benommen. Aber wenn ich aufstehe und die Fenster schließe, ist es mir hinterher zu warm. René und ich haben zu jeder Jahreszeit bei offenem Fenster geschlafen, daran bin ich gewöhnt. Ich brauche einen leichten Luftzug. Und außerdem höre ich gern die Vögel singen.

Ich kenne mich mit Vögeln nicht aus, aber dank meiner Kreuzworträtsel kann ich ganz viele Sorten aufzählen. Es gibt die Amsel, die Meise, den Kanarienvogel, die Grasmücke, den Star, den Segler, die Bachstelze, den Buchfink, die Nachtigall … Manche Namen finde ich ganz entzückend, wie die Nonnenmeise oder den Fliegenschnäpper. Bei den meisten weiß ich gar nicht, wie sie aussehen, aber das ist mir auch nicht wichtig. Dann gibt es noch das Rotkehlchen. Man kann es leicht an seinem großen orangenen Fleck erkennen. Gestern kam eins in meine Küche. Es hat sich eine Minute lang auf meinem großen Holztisch niedergelassen, dann ist es wieder davongeflogen. Rotkehlchen sind nicht sehr scheu, sie kommen oft angehüpft, wenn ich draußen meinen Kaffee trinke. Mein Lieblingsvogel ist der Kuckuck. Ich weiß nicht, warum, jedes Mal wenn ich sein «Kuckuck» höre, fühle ich mich wieder wie ein Kind. Eine zarte Erinnerung an weit zurückliegende Zeiten. Und dann gibt es noch die Schwalben, die den Frühling bringen, aber auch den Regen, wenn sie tief fliegen.

Vor dem Haus färbt sich der Rasen um das Rundbeet und den mächtigen Baum herum langsam bunt, von dem ich mir nie merken konnte, wie er heißt. Überall tauchen gelbe, blaue, weiße, blasslila Tupfer auf. Das Gelb stammt vom Löwenzahn, vom Hahnenfuß und von den Schlüsselblumen, das Blau von den Kornblumen, das Weiß von den Gänseblümchen und das Blasslila von den Veilchen und dem Wiesenklee, an dessen Blütenblättern ich als Kind gesaugt habe, um an den Saft zu kommen. Aus Wiesenblumen kann man herrliche Sträuße binden, die man dann in Senfgläser stellt.

Mein Gärtner ist im Keller verschwunden, um den Spaten, den Rechen und einen Eimer zu holen. Er hat den grünen Schlauch über die Stufen der Steintreppe gelegt und sich an die Arbeit gemacht. Mit dem Spaten und unter Zuhilfenahme seines Fußes hat er im Rundbeet Löcher gegraben. Dann hat er vorsichtig aus jedem Topf ein Stiefmütterchen genommen, die Erde abgeschüttelt, damit Luft an die Wurzeln kommt, jedes Pflänzchen an seinen Platz gesetzt, es mit etwas Erde festgedrückt und anschließend gegossen. Am Ende des Vormittags hatte er mein Beet, das wenige Stunden vorher schwarz und traurig ausgesehen hatte, mit zarten grünen Pflänzchen und bunten Blumensämlingen freundlich gemacht.

Sie haben mir den Frühling gebracht, habe ich zu ihm gesagt.

Montag, 23. März

Zusammen mit den Blumen wird nun auch meine Angèle wiederkommen. Sie hat sich an den ersten heißen Sommertagen von mir verabschiedet, ihr Rheuma machte ihr zu schaffen. Wirklich übel dran war sie, ihr Rücken war ganz schief und krumm. Sie musste das Putzen einstellen und blies zu Hause Trübsal. Doch als sich der Winter dem Ende zuneigte, ist etwas Merkwürdiges passiert. Von einem Tag auf den anderen konnte Angèle, die seit Monaten ganz schief durch die Gegend lief, wieder aufrecht gehen! Und nun will sie auch wieder arbeiten. Hier in der Gegend gibt es kein anderes Thema als die Wunderheilung der Angèle. Angeblich hat sie «jemanden aufgesucht», alles ist sehr mysteriös, sie weigert sich, darüber zu reden. Ich bin ihr gestern Morgen nach der Messe im Supermarkt begegnet, ganz fidel und kerzengerade. Es ist nicht zu fassen. Aber ich freue mich für sie, sie kam gar nicht damit zurecht, nicht mehr arbeiten zu können. Gilberte und ich haben ihr sofort gesagt, dass sie wieder bei uns anfangen kann, genau wie vorher. Dienstags und freitags kommt sie zu Gilberte, donnerstags zu mir.

In der Zeit, in der Angèle ganz schief und krumm war, hat sich Gilberte mit einer Frau aus ihrem Dorf beholfen, ich selbst habe mich an Madame Maridet gewandt. Als ich ihr geschrieben habe, dass ich in der Bredouille sei, dass ich niemanden mehr hätte, der mir im Haus hilft, hat sie sofort angeboten, für Angèle einzuspringen. Sie war schon seit geraumer Zeit in Rente, aber ich könnte schwören, dass es ihr Spaß gemacht hat, sich einmal pro Woche wieder ihre Schürze umzubinden.

Ich mag Madame Maridet sehr gern. Sie ist immer fröhlich, schafft eine Menge weg und versorgt mich außerdem mit den Neuigkeiten aus der Gegend. Drei Stunden in der Woche bringt sie Leben in mein Haus. Außerdem nimmt sie, wenn sie geht, noch den Müll mit und wirft ihn in die großen Container an der Straße, die für mich zu hoch sind, selbst wenn ich mich auf die Zehenspitzen stelle.

Von Madame Maridet habe ich erfahren, dass Angèle wieder genesen ist. Ich habe mich nicht getraut zu fragen, ob sie weiß, wer Angèle aufgerichtet hat, das schien mir zu aufdringlich.

Vorige Woche war sie zum letzten Mal hier. Am Donnerstag übernimmt Angèle, und Madame

Maridet kehrt wieder in den Ruhestand zurück. Als sie ging, den Müllbeutel in der Hand, hat sie mich ganz fest gedrückt.

Dienstag, 24. März

Heute Morgen, ich wollte gerade für meine Suppe etwas Lauch aus dem Garten holen, hörte ich den Motor der Ente jaulen. Nach mehreren misslungenen Versuchen ist sie schließlich angesprungen und mit Karacho auf die Allee zugerast. Die Marcelle am Steuer, so breit wie hoch, hält sich ganz aufrecht, ihre Haare berühren fast das Dach; neben ihr auf dem Beifahrersitz wirkt Fernand klein und schmächtig. Marcelle ist immer nur Ente gefahren, solange ich mich erinnern kann. Fernand hingegen hat nie etwas anderes gesteuert als sein Mofa und die Schubkarre mit Kartoffeln. Seit einiger Zeit bereitet ihm die Schubkarre Mühe. Seine kurzen, nach außen gebogenen Beine haben Mühe, ihn zu tragen, und er nimmt für jeden noch so kurzen Weg das Mofa, spreizt die Beine, als säße er auf einem Pferd und hätte Steigbügel unter den Füßen, wie ein Jockey. Dabei ist er gar nicht so alt, er ist bestimmt zehn, fünfzehn Jahre jünger als ich, aber das Leben hat ihm arg zugesetzt. Wenn er zu Fuß geht, nimmt er einen Stock und läuft ein wenig schief, mit krummem Rücken und O-Beinen. Ich glaube, er kriegt die Beine gar nicht mehr gerade. Marcelle, die in etwa sein Alter haben muss, ist viel fitter. Gut gebaut und mit kräftiger Stimme, wirkt sie robust, obwohl sie bei ihr vor kurzem einen Diabetes festgestellt haben. Sie wird immer dicker und scheint im selben Tempo Fett anzusetzen, wie ihr Mann abmagert. Bei ihr ist es eher der Kopf, der das Altern nicht so gut verträgt. Seit der Doktor es ihr verboten hat, denkt sie ständig an Zucker und Süßkram, und manchmal habe ich den Eindruck, dass das ihrem Kopf gar nicht gut bekommt. Zum Ausgleich hat sie mit über fünfundsiebzig angefangen zu rauchen und pafft jetzt wie ein Schlot. Außerdem schminkt sie sich zurzeit wie ein Clown. Sie malt sich ein knallrotes Lächeln ins Gesicht, weil sie die Lippen nicht mehr richtig trifft, wie ein Kind, das beim Ausmalen über den Rand kommt.

Ich hatte gerade mein Fischfilet in der Mikrowelle, da hörte ich, wie die Ente zurückkam. Ich esse gerne früh zu Mittag, gegen zwölf. Nicht weil ich Hunger hätte, es ist einfach eine Frage der

Gewohnheit. Das ist schlecht, wenn die Kinder kommen, sie schlafen bis in die Puppen, frühstücken spät und drücken sich mit ihrem Kaffee und ihrem Marmeladenbrot in der Küche herum; um zwölf haben sie dann keinen Hunger, ihnen klebt noch Zahnpasta am Mund. Und ich muss warten. Je älter ich werde, umso mehr hasse ich es zu warten, vor allem, wenn ich nicht weiß, wie lange ich warten muss. Es kommt vor, dass wir uns erst um zwei Uhr an den Tisch setzen! Danach verschiebt sich alles, die Stunden vergehen anders, und die Sonne steht nicht mehr da, wo sie hingehört, wenn ich meinen Spaziergang mache. Wenn ich dazu etwas sage, behaupten sie, ich sei kleinkariert, früher wäre ich nicht so gewesen. Ich bin nicht kleinkariert, ich bin alt.

Nach dem Kaffee bin ich die Allee entlanggelaufen. Dann habe ich gesehen, wie Marcelle auf mich zukam, anscheinend hatte sie auf mich gewartet. Sie sah ganz adrett aus in ihrem Blümchenkleid und ihrer orangenen Strickjacke, als sie mit einem großen Lächeln vor mir stand, die mit Lippenstift beschmierte Zigarette in der Hand. «Na, wie gefalle ich Ihnen?»

Das war es also. Heute Morgen, während Fernand in der Kneipe Karten gespielt hat, war sie beim Friseur gewesen, um sich einer Verjüngungskur zu unterziehen. Sie sah auch wirklich gut aus. Die größte Veränderung bestand darin, dass sie nicht länger grau war. Darauf schien sie besonders stolz zu sein. Ihre Haare waren gefärbt. Die Frisur war kürzer, und sie hatte sich eine Wasserwelle legen lassen, die Farbe war undefinierbar, irgendetwas zwischen Rot und Kastanienbraun, aber sehr gelungen. Als ich ihr sagte, sie sehe gut aus, wurde sie rot wie ein junges Mädchen. Sie zwinkerte mir zu: «Dem Fernand gefällt es auch …»

Ich habe mich immer gefragt, warum die beiden, die sehr kinderlieb sind, nicht selbst Kinder haben. Aber sie haben nie darüber gesprochen. Früher hat man über so was nicht so leicht geredet. Sie haben sich allerdings auch erst spät kennengelernt, vielleicht konnten sie da keine mehr kriegen … Ich weiß noch, dass ich schon seit Jahren verheiratet war, da trafen sie sich am Ende der Allee. Marcelle kam in ihrem Auto direkt vom Bauernhof, und Fernand wartete mit seinem Mofa auf sie. Sie schlossen sich im Wagen ein, wo sie Stunden verbringen konnten. Sie versteckten sich nicht, versuchten nicht, sich den Blicken zu entziehen. Aber sie war brav, die Marcelle. Am Ende der Straße, auf ihren Stock gestützt, stand die alte Marie und achtete darauf, dass im Auto der Anstand gewahrt wurde. Es war damals schon eine Ente.

Mittwoch, 25. März

Ich habe mir eine Suppe gekocht, habe die drei Lauchstangen und zwei Zucchini in etwas Butter angebraten, Wasser und eine Prise grobes Salz dazugegeben und alles eine Weile köcheln lassen. Als ich die Suppe dann pürieren wollte, war mein elektrischer Pürierstab unauffindbar. Wo hatte ich ihn bloß hingelegt? Ich muss meine Tochter fragen, sie hat die Angewohnheit, meine Suppe nachzupürieren, weil sie ihr nicht fein genug ist. Bestimmt hat sie ihn beim letzten Besuch irgendwo anders hingeräumt, jedenfalls nicht an seinen Platz zwischen den Schneebesen und dem Handrührgerät, rechts vom Herd. Also habe ich es gemacht wie früher, als man den Salat noch in einem Korb am Fenster ausgeschüttelt und den Fleischwolf am Tisch festgeschraubt hat: Ich habe den ganzen Inhalt des Kochtopfs durch meine Flotte Lotte gepresst. Das hat gedauert, es ging nur langsam voran, der Topf war sehr schwer zu heben. Ich hatte große Angst, dass er mir herunterfällt, habe auch etwas gekleckert, das werde ich wieder aufwischen müssen, überall sind grüne Spritzer. Zum Schluss, nachdem ich ewig gekurbelt hatte, war mein Arm ganz steif. Ich habe die Suppe in eine große runde Tupperschüssel gegossen und in den Kühlschrank gestellt. Sie sollte für mindestens fünf Tage reichen. Was dann noch übrig ist, friere ich ein; genau wie Tomatenpüree oder Ratatouille lässt sie sich schnell aufwärmen.

Am Abend habe ich nur noch eine Kleinigkeit gegessen und bin dann nach oben gegangen, um mich früh schlafen zu legen. Es war fast noch hell. Morgen ist Donnerstag, da muss ich früh raus, um meiner Angèle die Tür aufzumachen. Um Punkt neun wird sie klingeln. Bis dahin muss ich gefrühstückt haben. Sie fängt immer mit der Küche an, und ich will nicht, dass sie zusehen muss, wie ich im Schlafrock mein Marmeladenbrot esse, während sie die Spüle poliert und den Gasherd schrubbt.

Donnerstag, 26. März

Um Punkt neun hat Angèle geklingelt. Mit geradem Rücken und einem Lächeln im Gesicht hat sie ihre Arbeit wiederaufgenommen, als wäre nichts gewesen. Sie ist in ihre blaue Kittelschürze geschlüpft, dann hat sie in der Kammer den grünen Eimer, den Scheuerlappen und den Schrubber geholt und auf dem Fliesenboden in der Küche abgestellt. Sie hat den Schrank unter der Spüle aufgemacht, die Scheuermilch und den Meister Proper rausgenommen. Nachdem wir kurz darüber gesprochen hatten, wie kühl die Luft in diesem Frühling noch ist, hat sie sich den Schwamm geschnappt und angefangen, den Gasherd zu putzen, dabei hat sie vor sich hin geträllert. Das ist ihre Art, mich zu verscheuchen.

Ich habe sie allein gelassen, habe in der Diele meinen Stock und meinen Anorak genommen und bin nach draußen gegangen.

Samstag, 28. März

Heute ist Samstag, der Tag, an dem meiner Zeitung die *Figaro Madame* beiliegt, außerdem das *Magazine* und das Fernsehheft. Ins Fernsehheft habe ich früher gern reingeschaut, aber heute gibt es zu viele Programme, zu viele Sendungen, ich komme nicht mehr mit, darum wandert es direkt in den Papierkorb. Auch die *Figaro Madame* lese ich eigentlich nicht, ich schaue mir nur manchmal die Buchbesprechungen an. Und ich mache das große Kreuzworträtsel von Monsieur Ollivier. Das Heft enthält auch Kochrezepte, aber die sind mir oft zu kompliziert, man braucht immer eine Menge Zutaten oder Gewürze, die man nirgendwo kriegt und die mir manchmal gar nichts sagen: Kurkuma, Feta, Bulgur, Quinoa ... Neumodischer Kram, den man zu meiner Zeit nicht gegessen hat. Genau wie Basmatireis und Balsamico-Essig, die meine Tochter in die Schränke räumt. Mein Reis sei zu rund und mein Essig zu sauer, behauptet sie. Dabei hat sie jahrelang davon gegessen, ohne sich zu beschweren. Flausen sind das, sonst nichts.

Ich glaube, ich habe in all den Jahren kein einziges Samstag-Rätsel ausgelassen. Wenn René und ich in Urlaub gefahren sind und er die Zeitung so lange abbestellt hat, habe ich es immer irgendwie geschafft, mir vor Ort die Ausgaben zu besorgen, die wir nicht bekommen hatten. Dann war ich eine Weile beschäftigt, manchmal habe ich sechs Rätsel hintereinander gemacht. Ich habe schon immer gern Kreuzworträtsel gelöst, mittlerweile bin ich ziemlich gut darin. Manche Definitionen kehren regelmäßig wieder, die kenne ich schon auswendig. Außerdem soll es gut für das Gehirn sein, heißt es, es soll sogar vor Alzheimer bewahren! Übrigens bin ich mit neunzig immer noch ganz fit im Kopf. Ich beschäftige ihn aber auch, ich lese, lege Patiencen, spiele Scrabble und Bridge.

Im *Figaro*, der jeden Tag kommt, lese ich nicht viel. Ich habe das Abonnement nach Renés Tod beibehalten, um am Wochenende die Zeitschriften zu haben, und außerdem habe ich so Papier zum Anfeuern. René hat sich gern über mich lustig gemacht, ich würde mir immer nur das Feuilleton und das Kreuzworträtsel anschauen. Er hat den Politikteil, die Börsenkurse und die Familienanzeigen gelesen, hat jeden Morgen die Frischverstorbenen, die Geburten und die Verlobungen studiert.

Sonntag, 29. März

Heute Morgen, am Palmsonntag, ist die alte Madame Lefort von uns gegangen. Das hat Toinette mir erzählt, als wir aus der Messe kamen. Sie soll mit ihrer Tochter vorm Fernseher gesessen haben, sie haben sich eine alte Schwarzweißkomödie angeschaut. Sie hat gelacht und zu ihrer Tochter gesagt: «Ich bin ein bisschen müde», dann hat sie die Augen geschlossen und war tot. Einfach so, ohne etwas davon mitzukriegen. Ich bin ein bisschen eifersüchtig. Da bin ich anders als mein Freund Louis, der in Paris wohnt und den ich nicht mehr sehe: Er will unbedingt miterleben, wie er stirbt. Er war schon immer sehr neugierig. Kein Wunder, bevor er alt wurde, war er ein großer Wissenschaftler. Noch heute begeistert ihn alles Rätselhafte. Das ganz große Rätsel will er daher bei vollem Bewusstsein erleben. Mir wäre es allerdings lieber, mein Bewusstsein würde zuerst den Geist aufgeben. Ich würde nichts merken, lachen oder schlafen und dann abtreten.

Montag, 30. März

Es ist so, ganz langsam entvölkert sich meine kleine Welt. Um mich herum sterben die Leute, leeren sich die Häuser. Unsere Kinder leben woanders, und im Urlaub fahren sie lieber an überfüllte Strände, als die Ruhe der Getreidefelder und das Muhen der Charolais-Rinder zu genießen. Vor ein paar Jahren hat sich schon mal ein Schwung Männer zum lieben Gott aufgemacht. Seit kurzem folgen auch die Witwen. Letzte Woche haben wir Edmonde verloren. Dabei war sie ganz robust gewesen, unsere Edmonde, groß und gut gebaut. Sie hat viel jünger gewirkt. Ihre Haare hat sie bis zuletzt gefärbt. Da sie gut beisammen war, hatte sie keine Falten, sie hatte volle Bäckchen und ein großes Mundwerk, auch das soll angeblich dazu beitragen, dass man nicht abbaut. Dann aber, letztes Jahr, fing es an, dass sie im Kopf etwas durcheinander wurde. Kein Mensch weiß, wie es dazu gekommen ist, aber es ging sehr schnell. Ihre Kinder haben sie überredet, in ein sogenanntes Pflegeheim zu ziehen, wo sie betreut werden konnte. Nine, Toinette und ich haben sie zwei- oder dreimal besucht. Da war sie schon nicht mehr sie selbst. Beim letzten Mal war ich mir nicht sicher, ob sie uns überhaupt erkannt hat. Zum Glück ist es jetzt schnell gegangen. Ich weiß nicht genau, woran sie letztlich gestorben ist. Ob ihr Herz nicht mehr mitgemacht hat oder ihr Lebenswille verschwunden war. Edmonde war verwitwet, ihr Mann war ein Jugendfreund von René gewesen. Am Ende hatte er durchsichtige Schläuche in der Nase und ging nicht mehr ohne seine Sauerstoffflasche aus dem Haus. Er war früher ein lustiger Kerl gewesen, ich habe ihn sehr gemocht.

Mit dem Haarefärben habe ich, anders als Edmonde, schon vor langer Zeit aufgehört. Meine Tochter hat mit mir geschimpft, weil sie fand, dass ich auf einen Schlag um zehn Jahre gealtert sei. Aber das ist mir egal. Ich mache, was ich will, alles andere wäre ja noch schöner. Und die weißen Haare finde ich irgendwie netter. Außerdem musste man die Farbe alle zwei Wochen auffrischen, sonst sah man die Ansätze zu sehr. Dafür musste ich jedes Mal nach Vichy fahren, musste ins Auto steigen, mir einen Parkplatz suchen … davon hatte ich genug. Im Sommer war es zu heiß, und im Winter lag manchmal Schnee auf der Straße, oder es war glatt. Ich wollte nicht im Graben landen, nur weil ich zum Friseur musste. Jetzt habe ich mir eine

Friseuse in Le Donjon gesucht, Waschen, Schneiden, Föhnen für fünfzehn Euro, das ist wunderbar. Und es reicht, wenn ich einmal im Monat hingehe oder auch nur alle zwei Monate. Ich versuche, die Haare gelegentlich selbst zu waschen, aber ich habe so meine Schwierigkeiten beim Ausspülen und vor allem beim Trocknen. Danach liegen sie platt am Kopf an … Wenn ich zu einer Hochzeit oder einer vornehmeren Feier muss, hole ich mir ein paar Tage vorher einen Termin. Aber in meinem Alter gibt es nicht mehr viele Gelegenheiten, sich herauszuputzen. Die restliche Zeit, wenn ich mich mit meinen Freundinnen treffe, ist es mir egal, wie die Haare liegen.

Morgen habe ich vor, Gilberte zu besuchen. Sie ist seit einiger Zeit nicht in Form. Sie wird mich doch nicht auch noch im Stich lassen. Am Palmsonntag war sie nicht einmal bei der Messe, und am Dienstag kam sie nicht zum Bridge bei Toinette. Sie sagt, ihr tut der Rücken furchtbar weh. Ich selbst habe Glück, außer an meinen schiefen Zehen habe ich nirgendwo Schmerzen, bloß manchmal bei einem Wetterwechsel, wenn es mir in den Rücken schießt, aber das hält nicht lange an. Meine Angèle, die auch bei Gilberte putzt, hat erzählt, dass sie nichts mehr isst. Wenn man in unserem Alter den Appetit verliert, ist das kein gutes Zeichen, zumal bei Gilberte, die immer ordentlich gespachtelt hat. Als der Vater von meinem Schwiegersohn, der auch immer tüchtig zugelangt hatte, den Appetit verlor, war es vorbei. «Ich habe keinen Hunger», hat er ganz resigniert gesagt … Einen Monat später war er tot.

Dienstag, 31. März

Gilberte geht es nicht gut. Ihr Mund ist wie versiegelt, dabei war sie früher so eine Plaudertasche. Außerdem hat sie abgenommen, weil sie nichts mehr isst. Und vor allem, und das ist neu, hat sie schwarze Gedanken. Nicht einmal der Weißwein, den ich ihr mitgebracht habe, hat sie aufgemuntert. Sie ist ganz schwach und langsam. Sie so zu sehen versetzt mir einen Stich. An Ostern kommen ihre Söhne, ich hoffe, sie richten sie wieder auf.

Als ich wieder zu Hause war, brauchte ich etwas zur Stärkung. Zum Glück habe ich immer einen Muskateller kalt stehen. Ich habe ein Gläschen davon getrunken und einen Tuc gegessen, dabei habe ich mein angefangenes Kreuzworträtsel zu Ende gemacht. Dann habe ich mir den Rest meiner Lauch-Zucchini-Suppe aufgewärmt – ich nehme nie Kartoffeln, die machen dick – und habe zum Nachtisch einen Apfel gegessen. Wie jeden Abend habe ich meine Frühstückstasse und eine Untertasse für meine zwei Scheiben Toastbrot rausgestellt, die gesalzene Butter rausgeholt, damit sie nicht zu fest ist, und ein Messer und einen kleinen Löffel dazugelegt. Dann habe ich die zwei Blutdrucktabletten in ein Glas gegeben. Ich habe die Haustür abgeschlossen, die beiden Riegel vorgeschoben, die Außenleuchte ausgeschaltet und bin nach oben gegangen. Im Schlafzimmer habe ich die Fensterläden geschlossen und die Fenster einen Spalt offen gelassen und arretiert. Anschließend habe ich mich notdürftig gewaschen, mir die Zähne geputzt, meine schlaffen Wangen eingecremt und einen Fußnagel geschnitten, der mich gestört hat. Schließlich bin ich ins Bett geklettert und habe den Fernseher angemacht.

Mittwoch, 1. April

Ich habe schlecht geschlafen. Ich musste ständig an Gilberte denken. Ich glaube, sie ist meine treueste Freundin und vielleicht auch meine engste. Die Freundschaft zu Gilberte besteht schon seit mehr als sechzig Jahren … Ihr Mann war ebenfalls ein Freund von René. Er war Landwirt, und ich glaube, René war als Versicherungsbeamter für ihn zuständig. Als ich neu hierherkam, habe ich mich ein bisschen verloren gefühlt, und Gilberte hat mich gleich ins Herz geschlossen. In jungen Jahren war sie eine moderne Frau, sie trug damals schon Hosen! Ich konnte das nicht. Trotzdem habe ich mir eine gekauft, vor langer Zeit, in einem Laden in Vichy. Eine schreckliche perlgraue Hose aus ganz weichem Stoff, ich weiß noch, dass er ein bisschen glänzte. Ich habe sie nur ein einziges Mal getragen, ich kann mich nicht erinnern, was ich damit gemacht habe. Bestimmt habe ich sie irgendwann dem katholischen Hilfswerk gespendet. Aber Gilberte stehen Hosen gut. Auch wenn sie sich heute nicht mehr so gerade hält, ist sie immer noch rank und schlank. Ich bin klein und eher rundlich, und für Hosen braucht man lange Beine.

Wir haben ganz viel zusammen unternommen, Reisen nach Marokko, Griechenland, Ägypten, kurze Aufenthalte in der Bretagne, lange Strandspaziergänge, Crêpes, Garnelen, Cidre … Und wenn wir nach Lourdes fuhren! Jahrelang waren wir ehrenamtlich für die Hospitalité Notre-Dame de Lourdes im Einsatz. In unseren weißen Kitteln kümmerten wir uns um die Kranken, während René nach einem kurzen Gebet in der Mariengrotte nach Biarritz düste, um dort am Strand nach nackten Brüsten zu schielen. Wir nahmen unsere Aufgabe sehr ernst. Auch wenn es schwere Momente gab, waren wir gern mitten unter diesen Leuten, die gekommen waren, um bei unserem Herrgott Heilung zu suchen. In manchen Jahren wurden wir im Schwimmbad eingesetzt, in anderen beim Gemüseschälen und Geschirrspülen, in wieder anderen als Begleitpersonen für die Messe, für Prozessionen und Segnungen. Ich erinnere mich noch, wie einmal in einer abschüssigen Straße ein Rollstuhl, den wir zu zweit schoben, mit uns durchgegangen war. Wir hatten größte Mühe, ihn wieder zum Stehen zu bringen, er zog uns mit, wir konnten ihn nicht halten, wir waren vollkommen panisch. Der Kranke selbst war alles andere als panisch, er lachte schallend! Wie lange ist das jetzt her, zwanzig Jahre, dreißig …?

Gilberte ist etwas älter als ich. Vier Jahre, das ist nicht viel. Sie geht auf die fünfundneunzig zu, wenn man das hört, klingt es tatsächlich nach viel. Sie ist kurz vor mir Witwe geworden, war plötzlich allein in ihrem schönen Haus in Liernolles, acht Kilometer von hier. Nachdem ihr Mann gestorben war, hat sie sich in Paris eine Einzimmerwohnung gemietet. In regelmäßigen Abständen düste sie mit ihrem Koffer zum Bahnhof. Für eine Woche oder zwei wurde sie zur Pariserin. Unermüdlich nahm sie die Metro und rannte in Ausstellungen, Theaterstücke, Konzerte, studierte in einem Café vor einer Kaldaunenwurst und einem Gläschen Weißwein die Programme. Dann haben ihre Beine ihr einen Strich durch die Rechnung gemacht, eines Tages hatten sie vom vielen Laufen genug.

Und wenn sie jetzt genug gelaufen war? Wenn sie nicht mehr weiterwollte? Gilberte und ich teilen alles. Unsere liebe Angèle, den Gärtner, unsere Freundinnen und ein paar Geheimnisse. Wenn sie vor mir ginge, wie Edmonde? Wenn sie mir das antäte? Sechzig Jahre an Erinnerungen wären einfach weg, das würde eine große Lücke hinterlassen. Natürlich blieben mir ein paar Fotos, darunter eins aus der marokkanischen Wüste, wo wir beide vor Renés Objektiv posierten in unseren grünen Röcken, weißen Blusen und mit unseren Handtaschen. Aber Gilberte ist schon für sich genommen ein ganzes Album. Und außerdem, wenn sie von uns ginge, mit wem würde ich dann nach der

Messe Weißwein trinken? Ohne Gilberte wäre mein Leben trist, meine Sonntage würden zu dem, was Sonntage normalerweise sind: Tage, an denen die Alleinstehenden sich einsam fühlen.

Donnerstag, 2. April

Heute Morgen mache ich die letzte Ofenladung Käsewindbeutel vorm Wochenende. Am Sonntag ist Ostern. Dann kommen sie alle: mein Sohn, seine Frau, ihre drei Kinder und ihre fünf Enkelkinder, außerdem meine Tochter, ihr Mann und ihre zwei Söhne. Und alle wollen was zu essen haben. Und die ganz Kleinen sollen am Nachmittag beim Tee nach Eiern, Hühnern und Hasen suchen. Vorher muss ich nach Lapalisse fahren, um alles zu besorgen. Für die Größeren mache ich es mir leicht, ihnen schenke ich eine Tafel Schokolade mit Nüssen, Puffreis oder Mandeln. Ich vergesse immer wieder, wer dunkle Schokolade mag und wer lieber Milchschokolade isst … Egal, ich besorge beides, sie sollen sich selber einigen.

An Ostern nehmen wir nach der Messe immer einen ausgiebigen Aperitif zu uns. Ich habe schon einen Rum mit Zimt und Zitrone angesetzt. Praktischerweise hatte ich jede Menge Orangen, die wegmussten, und eine Flasche Rum und Rohrzucker habe ich immer im Esszimmerschrank stehen. Dazu gibt es eben Käsewindbeutel und Blätterteigröllchen mit Würstchen, davon mache ich seit Januar jede Woche etwa dreißig Stück. Ich hoffe, sie essen mir nicht alles weg, ich hätte gerne noch einen Vorrat in der Truhe. Aber auch wenn ich jedes Jahr mehr davon mache, bleibt fast nie etwas übrig. Schon die Kleinen stürzen sich darauf, sobald wir im Wohnzimmer sitzen, sie sind genauso gefräßig wie der Hund meiner Tochter, ein Tier, das immer Hunger hat. Als ich noch klein war, durften Kinder nicht ins Wohnzimmer, das war die Welt der großen Leute. Wir waren aber nicht unglücklich darüber, dass uns der Zutritt verboten war, wir spielten sowieso lieber für uns, als uns mit unseren Eltern zu langweilen, uns ordentlich zu benehmen, damit wir nicht geschimpft bekamen. Heute sind die Kinder überall dabei, egal, wie alt sie sind: im Wohnzimmer, im Büro (ich muss dazusagen, dass dort ein Fernsehgerät steht), bei Tisch … Sie langweilen sich, hängen am Rockzipfel ihrer Mütter, stopfen sich mit Essen voll und liegen träge auf den Polsterbänken und Louisseize-Sesseln herum … Zum Aperitif muss man Gläser und Orangensaft oder Cola für sie hinstellen. Hinterher ist der Teppich voller Krümel, ihre Gläser hinterlassen auf dem Couchtisch klebrige runde Ränder, und sie wischen sich die Finger an den Sessellehnen ab. Aber ich darf nichts sagen, sonst bin ich die Böse. Und da ich sie gerne mag und auch will, dass sie wiederkommen, sage ich nichts. Außerdem, wenn ich nicht mehr bin, gehören die Sessel, die alten Polsterbänke, der Teppich, der Tisch ihnen. Ihr Pech, wenn sie dann nicht mehr fleckenfrei sind!

Das Ostereiersuchen versuchen wir draußen zu machen. Den Hund meiner Tochter binden wir an, dann verstecken wir kleine Päckchen in den Bäumen, den Beeten, auf den Fenstersimsen, in der Hecke und läuten die große Glocke, die unter der Dachrinne hängt. Die Schokoladenjagd kann beginnen. Während sie in alle Richtungen ausschwirren, setze ich mich im Wohnzimmer an den Kamin, löse ein Kreuzworträtsel oder nehme mir ein Buch und genieße den Moment der Ruhe.

Freitag, 3. April

Verflixt, jetzt geht mein Herd nicht mehr. Ich kann meine Käsequiches nicht machen, die ich für heute Abend vorgesehen hatte, wenn die Kinder ankommen. Er zeigt nur vier Nullen an, die blinken. Wenn der Herd an ist, wird an der Stelle normalerweise die Temperatur, die Backzeit oder die Uhrzeit angezeigt. Vermutlich hatten wir einen Stromausfall, ohne dass ich es gemerkt habe. Das kommt schon mal vor, bei Gewitter oder auch sonst. Gewitter hatten wir heute zum Glück nicht, das mag ich nämlich gar nicht. Früher hatte ich sogar riesige Angst davor, vor allem abends, wenn die Sicherung raussprang und man mit einer Kerze in den Keller musste, um sie wieder reinzudrehen. Mittlerweile habe ich mich daran gewöhnt, trotzdem halte ich mir nach jedem Blitzschlag die Ohren zu, und wenn es ganz schlimm wird, krieche ich unter die Bettdecke. Nichts sehen, nichts hören, nur warten, bis es vorbeigeht – und beten, dass der Blitz nicht einschlägt und die Gefriertruhe oder der Fernseher dahin sind.

Ich weiß nicht, wie man an diesem blöden Herd die Uhrzeit einstellt. Ich drücke alle Knöpfe, es macht nur biep, aber nichts passiert, die Nullen blinken immer noch. Und mein Herd bleibt aus. Wie soll ich denn nun meine Quiches backen? Was soll ich ihnen zum Essen vorsetzen? Ich habe zwar Schinken da, aber der ist in der Gefriertruhe, und selbst wenn ich ihn jetzt raushole, ist er bei ihrer Ankunft noch gefroren. Die Eier habe ich allesamt für den Quiche-Teig aufgebraucht.

So dumm es ist, ich könnte heulen. Also setze ich mich an den Küchentisch, nehme den Kopf in die Hände und heule.

Samstag, 4. April

Mein Sohn kam gestern Abend als Erster an. Innerhalb von Sekunden hatte er die Uhr am Herd richtig eingestellt, und ich konnte meine Quiches backen.

Seit jeher hat mein Sohn sich gern mit Sachen beschäftigt, die nicht mehr funktionieren. Er hat mir schon den Toaster repariert, den Fernseher, die Waschmaschine und sogar die Salatschleuder. Er hat eine unglaubliche Leidenschaft für alles Mechanische und Elektrische. Als Jugendlicher hing er tagelang über seinen Metallbaukästen, ließ kleine Metallwägelchen über Schienen laufen, baute alles, was er finden konnte, auseinander und wieder zusammen: Telefon, Pendeluhr, Wecker, Armbanduhr … Wie oft schimpfte René, weil er sein Transistorradio in Einzelteilen oder verkehrt zusammengebaut vorfand!

Trotzdem war es idiotisch von mir, wegen der Quiches die Fassung zu verlieren. Ich glaube, ich bin einfach müde. Vielleicht habe ich in den letzten Tagen zu viel gemacht, ich bin bis nach Lapalisse gefahren, um Hühner und Hasen, mehrere Tafeln Schokolade, Milch und Salat zu besorgen, ich habe viel in der Küche gestanden, und all die Windbeutel … Und dann noch Gilberte, die mir nicht aus dem Kopf geht, und die vielen Menschen, die in mein sonst so ruhiges Haus einfallen, der ganze Lärm … Je älter ich werde, umso mehr mache ich mich wegen einer Lappalie verrückt.

Montag, 6. April

Das letzte Auto ist weg. Nach der Aufregung der letzten drei Tage bin ich nicht unglücklich über die Ruhe, die plötzlich einkehrt.

Meine Kinder haben mir zwei große Schachteln Pralinen geschenkt, ich habe schon viel zu viel davon gegessen. Wenn ich einmal mit Schokolade anfange, kann ich nicht mehr aufhören. Ich muss aufpassen, dass mir nicht schlecht wird oder ich irgendwann nicht mehr in meine Kleider passe … Es fällt mir überhaupt nicht leicht zu widerstehen, vor allem bei Nougatpralinen, meinem Lieblingskonfekt. Und auch wenn man sie kalt stellt und sie somit aus dem Blickfeld verschwinden, halten sich Pralinen nicht ewig. Am besten, ich biete Fernand und Marcelle welche an und am Donnerstag meiner Angèle.

Dienstag, 7. April

Heute Morgen, als ich den achten Tag in Folge meinen alten grauen Tweedrock angezogen habe, habe ich überlegt, dass ich vielleicht meine Garderobe etwas erneuern sollte. Ich schiebe es immer wieder auf, weil es mir keinen Spaß macht, nach Vichy zu fahren und die Läden abzuklappern. Die guten Geschäfte haben eins nach dem anderen zugemacht, jetzt gibt es nur noch Läden mit Firlefanz, den nur lange und dürre junge Frauen tragen können. Ich bin nicht lang, und obwohl ich darauf achte, nicht viel zu essen und meine Übungen zu machen, glaube ich doch, dass ich in letzter Zeit ein paar Kilo zugenommen habe. Darum ziehe ich einfach immer dieselben Sachen an: Nicht, weil ich nicht genug hätte, sondern weil ich in die meisten Sachen nicht mehr reinpasse. Ich sprenge meine Blusen, und meine Röcke drücken mir den Bauch ein und sorgen überall für Speckfalten. Ich muss aber auch zugeben, dass ich nicht mehr so gerne Kleider kaufe. In meinem Alter hat das keinen großen Sinn mehr. Geld ausgeben für Sachen, von denen man vielleicht noch ein Jahr oder zwei etwas hat? Das ist es nicht wert.

Nur halb angezogen, betrachte ich mich im großen Badezimmerspiegel, der neben der Dusche hängt. Und was ich sehe, gefällt mir nicht. Ich sehe komisch aus, als hätte sich mein Körper verzogen. Mit den Jahren läuft man entweder ein, oder man geht auf, alles gerät in Unordnung, das Gesicht harmoniert kaum noch mit dem Bauch oder den Schenkeln, das ist normal. Aber es kommt noch mehr dazu. Man könnte meinen, der Abstand zwischen Hals und Bauch sei geschrumpft. Und je mehr meine Hüften in die Breite gegangen sind, desto mehr hat mein Taillenumfang abgenommen und ist fast gar nicht mehr vorhanden. Ich sehe ein bisschen aus wie eine Wasserflasche, die in der Mitte geschmolzen ist, weil jemand ein heißes Band drum rumgewickelt hat.

Wenn ich es recht bedenke, sollte ich mir ein Kleid kaufen. Ein einfaches Kleid, gerade geschnitten, für alle Gelegenheiten, in das man leicht hineinkommt und wieder heraus. Das ist das Einzige, was zu so einer komischen Flasche noch passt. In meinem Alter muss man der Wahrheit ins Auge sehen. Man kleidet den Körper nicht mehr, man versteckt ihn.

Mittwoch, 8. April

Heute muss ich bei meinem Kreuzworträtsel im *Figaro* passen. Ich komme bei den Kästchen von Monsieur Vincent Labbé einfach nicht weiter. Früher waren sie von einem Monsieur Laclos. Er ist mit vierundachtzig in den Ruhestand gegangen! Seine Kreuzworträtsel mochte ich sehr gern. Sie waren lustiger und kamen mir auch leichter vor. Natürlich hatte ich auch Übung, ständig tauchten dieselben Definitionen auf, ich war schon Expertin und brauchte höchstens eine Stunde. Eine mochte ich besonders, nämlich «Sie ist vom Himmel herabgestiegen, um im Gras zu weiden (zwei Buchstaben)»: Das war Io, das Mädchen, in das Zeus sich verliebt hatte und das er anschließend in ein Kalb verwandelte, um seine eifersüchtige Frau Hera zu besänftigen. Dann gab es noch «Versierter Bogenschütze» mit vier Buchstaben, das war Eros, der sehr geschickt war im Abschießen von Liebespfeilen. Bei Monsieur Laclos habe ich ganz viel gelernt, neue Wörter, historische Ereignisse in Frankreich oder anderen Ländern. Jetzt werde ich mich allerdings an Monsieur Labbé gewöhnen müssen, auch wenn sie regelmäßig alte Rätsel von Monsieur Laclos einstreuen.

«Mittel zur Verhinderung der Fortpflanzung (zwölf Buchstaben)». Das ist einfach, zumal ich das T und das V schon habe: «Kontrazeptiv».

Heutzutage nehmen die jungen Frauen alle die Pille. Es gibt sogar die «Pille danach», wenn man die Pille davor vergessen hat. Zu meiner Zeit gab es das alles nicht, wir mussten aufpassen und vorher unsere Vorkehrungen treffen, z. B. mit der Kalendermethode oder, währenddessen, mit der sogenannten Rückzugsmethode. Hinterher war es zu spät, da blieben einem nur noch Hochzeit, Tränen oder die Stricknadel der Engelmacherin. Trotzdem bedaure ich es nicht, in diesen unsicheren Zeiten jung gewesen zu sein. Das Leben war schwerer, aber das wussten wir damals nicht. Wir rechneten ja nicht damit, dass wir später noch so viele tiefgreifende Veränderungen erleben würden, wie Antibiotika, Fernseher, Computer, Handys, die Mikrowelle. Verrückt, was in nicht ganz einem Jahrhundert so alles erfunden worden ist … Bei so vielen Dingen komme ich heute nicht mehr mit. Wie zum Beispiel bei der Salzblume *Fleur de sel* (ja, ich weiß, das eine hat mit dem anderen nichts zu tun, aber das kapiere ich auch nicht mehr), einem Spleen meiner Tochter. Sie kauft es und stellt es in den Gewürzschrank neben meinem Herd. Letztes Mal hat sie überall nach der kleinen Pappbox gesucht. Irgendwann hat sie sie gefunden. Dort, wo «Fleur de sel» draufstand, war feines Kochsalz drin. Natürlich hat sie gemeckert. Etwas unbedacht hatte ich auf ihr Fleur de Sel einfaches Kochsalz geschüttet. Was ist daran so schlimm? Ich sehe keinen Unterschied, außer dass man beim Kauen unangenehme kleine Körnchen zwischen den Zähnen und auf der Zunge hat. Das ist nur neumodischer Schnickschnack, dieses Zeug. Wie die Pampelmusen, die sie partout mit Avocados und Olivenöl mischen will. Mir schmeckt das nicht. Eine Pampelmuse für sich allein ist doch so lecker!

Gut, «Wiener Leuchte», mit vier Buchstaben: Das weiß ich, das kann nur Auer sein, der österreichische Erfinder des Glühstrumpfs im Gaslicht. Apropos Gas, acht Buchstaben, «Lässt natürliches Gas entweichen». Auch das ist leicht: «Ruelpser»! Vielleicht hat Monsieur Labbé doch ein bisschen Humor?

Donnerstag, 9. April

Heute Abend bin ich völlig erledigt. Ich bin gerade nach Hause gekommen, Toinette hat mich vor der Haustür abgesetzt. Wir waren den ganzen Tag auf einem Bridge-Turnier in Moulins. Ich war sehr froh, dass ich nicht mit dem eigenen Auto fahren musste, auch wenn ich mich bei Toinette nicht immer sicher fühle, für mein Gespür hält sie sich oft nicht weit genug rechts. Wir haben schnell in einer mittelmäßigen Brasserie zu Mittag gegessen und sind dann zu Fuß in den Club gegangen. Um kurz vor vierzehn Uhr sollten wir uns einfinden, denn um vierzehn Uhr gingen die Partien offiziell los. Ich glaube, ich mache künftig keine Turniere mehr mit, so viele Kilometer im Auto, nur um Karten zu spielen, das macht mich fertig. Und außerdem ist mir das alles zu ernst. Der einzige Vorteil ist, dass es dort auch Männer gibt. Aber mit ihnen kann ich ja auch nicht mehr viel anfangen … Außerdem redet man bei diesen Anlässen gar nicht miteinander, jedenfalls nicht viel. Man bietet nicht mal mehr mit der eigenen Stimme. Mit zusammengekniffenem Mund zieht man aus einem Kästchen die entsprechende Karte heraus, zum Beispiel «3 Herz» und legt sie für alle sichtbar auf den Tisch. Das ist zwar praktisch für alle Schwerhörigen und Leute mit beginnendem Alzheimer, aber dabei bleibt die Geselligkeit auf der Strecke. Angeblich soll so verhindert werden, dass man schummelt, denn geschummelt wird anscheinend ziemlich viel. Aber wenn man zufällig einen Bock schießt, kriegt man sofort einen Rüffel und sitzt da wie ein dummer Schuljunge.

Ich selbst spiele Bridge aus Freude am Spiel. Natürlich will ich auch gewinnen, alle wollen gewinnen, aber deshalb kann man trotzdem hin und wieder ein Späßchen machen! Ich kenne Leute, die jede Karte mit bierernster Miene auf den Tisch legen und einen böse anstarren, sobald man es nur wagt, ein bisschen zu lachen – obwohl sie gar nicht gut spielen! Gilberte, Nine, Toinette und ich, wir plaudern, necken uns, trinken Tee, essen Kekse und vergessen darüber unser Alter und die Zeit.

Samstag, 11. April

Heute Morgen habe ich einen Artikel gelesen, den mein Sohn mir letztes Wochenende mitgebracht hat. Er muss aufgrund des Titels gedacht haben, dass mich das interessieren könnte: «Das Geheimnis der Hochbetagten». Bin ich etwa eine «Hochbetagte»? Ständig erfinden sie neue Wörter für alles. Auf dem Foto sieht man eine alte Frau, den Arm ganz runzlig, das Gesicht voller Falten. Sie heißt Marie-Rose, ist siebenundsiebzig (ein Küken noch!), wohnt in Amerika, spielt jeden Montag Golf, geht sonntags in die Kirche, leitet das Willkommenskomitee ihres Altersheims, trägt knallrosa Lippenstift auf, raucht hin und wieder eine Zigarette und schlüpft für ihren wöchentlichen «Fitnesskurs» in einen Minirock. Das scheint aus ihr eine «Hochbetagte» zu machen. Tja, ich weiß ja nicht, was ich dann mit meinen neunzig Jahren bin, aber mit ihr kann ich bestimmt mithalten! Und mit siebenundsiebzig habe ich auch noch Tennis gespielt, bin stundenlang ohne Stock durch den Wald gelaufen, habe mich um meinen Garten gekümmert, bin sogar mit dem Auto bis in die Bretagne gefahren. Man braucht sich keinen Lippenstift ins Gesicht zu schmieren und sich mit einem Minirock lächerlich zu machen, um in Form zu sein.

Trotzdem habe ich die zwei Seiten ganz gelesen. Am Ende geht es um die «Super-Hundertjährigen», ich habe es nicht so ganz verstanden, aber anscheinend liegt «das Geheimnis der Super-Hundertjährigen» in den weißen Blutkörperchen. Und zwar hat man das Gehirn und den restlichen Körper einer hundertfünfzehnjährigen Frau seziert, die ihren Leichnam der Wissenschaft vermacht hat, und hat ihr Blut analysiert. Dabei hat man festgestellt, dass der allergrößte Teil ihrer weißen Blutkörperchen «aus nur zwei Blutstammzellen stammt, bei einem normalen Erwachsenen sind es hingegen mehrere hundert». Das hat die Forscher sichtlich überrascht. Ich weiß nicht, wie viele weiße Blutkörperchen ich habe und von wie vielen Zellen sie abstammen. Für mich ist das alles Gelehrtenlatein. Was zählt, ist, dass mein Kopf, meine Beine, meine Augen und meine Ohren noch voll da sind. Für den Rest gilt: Ich nehme es, wie es kommt. Wenn der liebe Gott beschließt, mich zu sich zu holen, wird er sich nicht die Mühe machen, zuerst meine weißen Blutkörperchen zu zählen.

Sonntag, 12. April

Gilberte ist wiederauferstanden. Heute Morgen war sie in der Messe. Das Gehen fällt ihr immer noch schwer, ihre Beine sind geschwollen und machen ihr das Leben nicht leicht, aber sie hat ihren Schwung und ihre Lebensfreude wiedergefunden. Ihr Sohn hat sie auf die Beine gekriegt. Ihm ist aufgefallen, dass Gilberte, nachdem die Apothekerin ihr neue Medikamente gegeben hatte (sogenannte «Generika»), die Schachteln verwechselt hat: Anstatt abends ihre Schlaftablette zu nehmen, hat sie eine Pille gegen den Bluthochdruck geschluckt, und morgens hat sie dann zwei Schlaftabletten genommen anstelle von zwei Pillen gegen Bluthochdruck. Kein Wunder, dass sie ganz schlapp war!

Wie gehabt plant sie, Anfang Juni wieder nach Royan zu fahren, um ihren Hummer zu essen und einen Piccolo Champagner zu picheln, sie ganz allein mit Blick aufs Meer. Jedes Jahr denken Toinette und ich, dass es vielleicht das letzte Mal ist, und diesen Winter war Gilberte so schwach, so verändert, dass wir nicht mehr daran geglaubt haben. Hätten wir gewusst, dass sie nur müde war! Dieses Jahr wird sie allerdings nicht mit ihrem eigenen Auto fahren, ihr Sohn hat es ihr untersagt. Er wird sie hinbringen. Sie hat eingewilligt, ungern und unter einer Bedingung: dass er sie ihr jährliches Mahl allein genießen lässt, in ihrem üblichen Hotel, an ihrem üblichen Tisch, mit dem Atlantik als einzigem Gegenüber. Darauf legt sie Wert. Das beruhigt mich, Gilberte ist und bleibt Gilberte.

Dienstag, 14. April

Gestern Morgen musste ich mein Auto zur Inspektion nach Lapalisse bringen. Marcelle ist mit ihrer Ente hinter mir hergefahren und hat mich anschließend nach Hause gebracht. Morgen fährt sie mich wieder hin, damit ich es abholen kann. Auf dem Rückweg, zusammengekauert auf dem Beifahrersitz mit der Tasche auf dem Schoß, hatte ich ziemlich Bammel. Es sind nur rund fünfzehn Kilometer von der Werkstatt bis nach Hause, aber auf fünfzehn Kilometern kann allerhand passieren.

Man muss nicht ans andere Ende von Frankreich fahren, um im Graben zu landen, sich um die eigene Achse zu drehen oder auf ein anderes Auto aufzufahren. Und die Marcelle benimmt sich zurzeit ganz seltsam …

Die Inspektion passt mir gar nicht in den Kram. Francette hat just beschlossen, uns spontan für heute einzuladen, Gilberte, Jacqueline und mich, zum Nachmittagstee. Ich hatte den Termin in der Werkstatt vor einer Woche gemacht und habe mich nicht getraut, ihn zu verschieben. Außerdem war ich auf dem Tacho schon mit einunddreißig Kilometern überfällig, und auch wenn mein Sohn behauptet, dass es auf hundert Kilometer nicht ankommt, halte ich mich gerne an die Vorgaben. Da Jacqueline auf dem Weg zu Francette bei mir vorbeikommt, hat sie mir angeboten, mich mitzunehmen. Auch bei ihr fühle ich mich nicht ganz sicher, sie geht schließlich auf die sechsundneunzig zu. Sie fährt sehr schnell und scheint im Kopf immer woanders zu sein. Wir waren schon fast da, mussten nur noch an der Kreuzung bei Montaiguët-en-Forez über die Nationalstraße, eine ziemlich gefährliche Stelle, weil man rechts nichts sieht. Ich war ganz schön angespannt in Erwartung der Kreuzung, als sie kurz vor dem Stoppschild, anstatt zu bremsen, plötzlich aufs Gaspedal trat! Mit achtzig Sachen sind wir über die Nationalstraße gebrettert und heil auf der anderen Seite angekommen. Ich hatte gar nicht die Zeit gehabt, richtig Angst zu bekommen. Als ich sie fragte, wie sie sehen konnte, dass von rechts und links nichts kam, antwortete sie: «Wo denkst du hin? Man kann an der Stelle ja sowieso nichts sehen, darum bringe ich sie am liebsten so schnell wie möglich hinter mich. Sobald ich zu der Kreuzung komme, mache ich die Augen zu, schicke ein Stoßgebet gen Himmel und trete das Gaspedal durch. Und du siehst ja, es gibt mich immer noch!» Für die Rückfahrt habe ich vorgegeben, bei Gilberte noch ein Buch abholen zu müssen, und bin bei ihr mitgefahren. Auch wenn sie vierundneunzig ist, nimmt sie an Kreuzungen den Fuß vom Gas und hält bei Stoppschildern an.

Mittwoch, 15. April

Heute Morgen bin ich wieder mit Marcelle zur Werkstatt gefahren, um den Wagen abzuholen. Ich war froh, ihn sauber und wie neu zurückzubekommen und in meinem eigenen kleinen Auto nach Hause zu fahren.

Nach dem Kaffee bin ich auf der Allee spazieren gegangen. Die Fliederhecke beim Bauernhof hängt voll mit weißen und lila Trauben. Sie duften so gut, ich muss mich einfach auf meinen Stock stützen, meine Nase hineinstecken und ganz tief einatmen. Mit meiner Heckenschere schneide ich ein paar Zweige ab und mache daraus kleine Sträuße, die ich im ganzen Haus verteile, um die verschiedenen Zimmer mit ihrem Duft anzureichern. Auch in meinem Schlafzimmer steht eine Vase, aber abends, bevor ich zu Bett gehe, stelle ich die Vase ins Badezimmer. Man soll nicht mit Blumen im Zimmer schlafen, sie rauben einem den Sauerstoff.

Donnerstag, 16. April

Heute habe ich etwas erlebt. Gegen fünf, nachdem ich meinen Tee getrunken und ein paar Kekse gegessen hatte, habe ich meinen Stock genommen und wollte zu meinem kleinen Spaziergang aufbrechen, als ich vor dem Fenster ein Tier sah, das in meinen Stiefmütterchen stand. Ein großer Hund, der meine Blumen fraß … Ich bin sofort auf die Treppe getreten, um ihn mit meinem Stock zu verjagen, als ich völlig verdattert stehen blieb. Ich konnte keinen Schritt mehr weitergehen: Es war eine Kuh! Eine Kuh, die von wo auch immer herkam, mitten in meinem Blumenbeet! Diese Viecher mag ich nicht besonders … Sie haben mir zwar nichts getan, aber sie sind mir lieber auf einer Wiese hinter einem soliden Gatter oder Stacheldraht. Eine Kuh in meinen Blumen, wo kam die bloß her? Ich verzichtete auf meinen Spaziergang, hängte meinen Stock wieder an die Garderobe und rief Fernand an. Er hörte sich auf den umliegenden Höfen um und konnte schnell den Besitzer ausmachen, der, glücklich, die Ausreißerin gefunden zu haben, sofort vorbeikam, um sie abzuholen. Gott sei Dank hat sie nicht alle meine Stiefmütterchen zertrampelt. Als Entschuldigung hat der Bauer, der auch Ziegen hält, mir ein paar kleine Ziegenkäse geschenkt.

Freitag, 17. April

Der Tag ist ohne größere Vorkommnisse verlaufen, keine Kuh hat mir meinen Spaziergang vermasselt. Diese Viecher haben leider die ärgerliche Angewohnheit, von ihren Wiesen zu türmen.

Nicht selten steht man ihnen mitten auf der Straße plötzlich von Angesicht zu Angesicht gegenüber. René hatte keine Angst vor ihnen. Er stieg aus, fuchtelte energisch mit den Armen, rief ein paarmal «Los, los!» und kriegte den ungebetenen Gast schließlich dazu, zur Seite zu gehen. Ich bleibe lieber stehen und warte. Aber das kann lange dauern, manchmal sehr lange.

Ich habe mich mit den Tieren vom Land nie wohlgefühlt. Bei Kühen habe ich Angst, dass sie über mich hinwegtrampeln. Beim Widder, dass er mich angreift. Selbst eine Ziege, behaupten die Leute von hier, kann auf einen zurasen und mit den Hörnern zustoßen! Darum bin ich vorsichtig bei allem, was auf vier Beinen läuft.

Ich weiß noch, als wir frisch verheiratet waren, hatten wir nicht viel Geld, und um sich etwas dazuzuverdienen, verfiel René auf die glorreiche Idee, sich ein Schwein zuzulegen! Er hatte vor, es zu mästen und dann zu verkaufen. Er baute ihm ein kleines Gehege, und es war meine Aufgabe, jeden Tag das Tier zu füttern, was mir gar nicht gefiel. Ich kam aus Paris und hatte in meinem ganzen Leben noch kein Schwein gesehen. Ich hatte eine Heidenangst vor ihm. Also war ich nicht mit Herzblut bei der Sache, gab ihm wohl alles Mögliche zu fressen.

Ich trug alte Reste zusammen, Kartoffelschalen, verdorbene Früchte, Eierschalen und andere Abfälle und brachte sie ihm am Abend. Rasch warf ich den Eimer über den Zaun und verzog mich schnell wieder. Ich hatte nur einen Wunsch, dass das Schwein wieder verschwindet. Wir behielten es drei Monate, es nahm nicht viel zu. Der Verkauf brachte wenig ein. Vom Erlös schafften wir uns vier Hühner an.

Montag, 20. April

So ein Mist, schon wieder leuchtet dieses verflixte rote Lämpchen an meinem Telefon im Schlafzimmer. Nachts hält es mich vom Schlafen ab, blinkt die ganze Zeit. Meine Tochter hat mir erklärt, dass es leuchtet, wenn ich einen Anruf verpasst habe. Sie hat mir schon zehnmal gezeigt, wie ich es wieder ausschalten kann, aber ich habe es vergessen. Um das Blinken loszuwerden, muss ich mich also gedulden, bis eins meiner Kinder das nächste Mal zu Besuch kommt. Bis dahin stülpe ich abends, bevor ich ins Bett gehe, eine Socke über den Hörer und drehe ihn zur Wand. Auch an meinem Fernseher leuchtet ein rotes Lämpchen, wenn er ausgeschaltet ist. Und an meinem Alarmknopf. Warum müssen sie überall rote Lämpchen anbringen?

Samstag, 25. April

Die Marcelle ist verschwunden. Sie ist ausgerissen, wie die Kuh des Nachbarn. Ihre Ente steht nicht in der Garage. In den umliegenden Dörfern haben sie Suchaktionen organisiert, Fernand hat seinen Bruder in Le Donjon, Marcelles Bruder, dessen Frau und seine Kartenbrüder angerufen, er ist sogar mit seinem Mofa bis zum Hof seines anderen Bruders gefahren, weil der kein Telefon hat, ohne Erfolg. Sie ist unauffindbar. Wie vom Erdboden verschluckt. Fernand ist in hellem Aufruhr. Seine Marcelle ist ihm wichtig. Seine Marcelle und auch seine Suppe. Am Abend haben sie sie dann endlich gefunden, bei ihrer Schwester. In Limoges. Zweihundert Kilometer weg … Das ist eine ganze Ecke! Sie ist einfach losgefahren, ohne Vorwarnung, ohne Bescheid zu sagen, wohin sie wollte, aus einer Laune heraus. Seitdem denken wir darüber nach, dass in ihrem Kopf wirklich nicht mehr alles funktioniert und dass es nicht nur am Zucker liegt. Wir erinnern uns an ihre Mutter, die alte Marie, die am Ende verrückt geworden war und mit dem Stock um sich schlug, wenn sich ihr jemand näherte. Oft stand sie in der Haustür, ganz in Schwarz, und hielt den Stock in die Luft wie einen Knüppel. Niemand traute sich durch die Tür, und die Kinder aus dem Haus machten einen großen Bogen um sie, wenn sie ihre Fahrräder aus der Garage holten. Sie hielt ungebetene Gäste weit besser fern als der abgemagerte alte Hund, der an der Kette lag und bellte.

Dienstag, 28. April

Seit letzter Woche haben die Kinder Ferien. Ehrlich gesagt haben sie ziemlich oft Ferien. Sie arbeiten insgesamt nicht viel, da wundert es wenig, dass sie nichts mehr lernen. Während der zweiten Woche der Frühlingsferien (heute heißt es «Frühlingsferien», früher nannte man sie Osterferien, die Jahreszeit ist wichtiger geworden als der liebe Gott) hat meine Tochter mir ihre zwei Söhne von sieben und zwölf Jahren geschickt. So kommen sie mal raus aus der schmutzigen Pariser Luft und weg von all den Hundehaufen auf dem

Bürgersteig. Hier sind wir auf dem Land, hier gibt es Äcker, Wälder, Kühe, Gemüsegärten, und die Luft riecht gut. Da ich nicht mehr die Jüngste bin, kommt die Tochter der Bäckerin aus Le Donjon jeden Nachmittag vorbei, um mich ein wenig zu entlasten, für sie zu kochen und dafür zu sorgen, dass sie abends baden.

Heute Morgen herrschte hier große Aufregung. Ich war in meiner Küche in aller Ruhe damit beschäftigt, ein Honigbrot zu backen, als die Jungen in panischer Angst hereinstürmten. «Oma! Marcelle ist ins Beet gefallen, sie kommt nicht mehr alleine hoch!» Was soll das heißen, ins Beet gefallen? Ich habe mein Honigbrot Honigbrot sein lassen und bin ihnen eilig gefolgt. Und tatsächlich lag die Marcelle der Länge nach auf meinen Tulpen. Ich sah mich nicht sie am Arm hochziehen, denn sie ist schwer, und ich habe nicht mehr viel Kraft. Mein Enkel, der Größere, ist losgelaufen, um Fernand zu suchen, eine andere Lösung gab es nicht. Er muss ihm die Situation sehr anschaulich erklärt haben, denn wenige Minuten später sah ich Fernand auf seinem Mofa anrücken, über der Schulter hing ein aufgerolltes Seil. O Gott, er wollte die Marcelle mit seinem Mofa in die Höhe ziehen! Und es hat prompt gewirkt: Fernand hatte das Seil noch nicht an ihr befestigt, da kam sie wieder zu sich und sprang auf ihre Beine, als wäre nichts gewesen – wie eine Zwanzigjährige. Dann ist sie ihrem Mann brav nach Hause gefolgt, dessen Gezeter sogar das Knattern seines Mofas übertönte. Wir haben herzhaft gelacht, auch wenn der Anblick meiner Tulpen mir einen kleinen Stich versetzt hat. Sie würden sich nicht mehr aufrichten.

Mittwoch, 29. April

Die Kinder haben die Fahrräder aus der Garage geholt. Sie fahren auf der Allee um die Wette, lassen den Lenker los, nehmen die Füße von den Pedalen und lassen das Vorderrad hochsteigen. Ich bete derweil, dass sie sich nicht verletzen und ich sie ihren Eltern heil zurückgeben kann. Während ich ihnen etwas verängstigt zusehe, frage ich mich, ob ich noch Rad fahren könnte. Ich habe noch mein altes grünes Gitane-Rad in der Garage stehen. Damit habe ich viele Kilometer zurückgelegt! In den wenigen Jahren, die wir in Vichy gelebt haben, ist meine Tochter damit zur Schule gefahren, bevor sie ein Mofa von uns bekam. Ich fuhr mit dem Fahrrad zum Einkaufen und stopfte meine

Einkäufe in die beiden Satteltaschen am Gepäckträger und in ein Netz am Lenker. Ich weiß gar nicht, wie lange ich mich schon nicht mehr auf den Sattel geschwungen habe … Zwanzig Jahre? Dreißig? Ich sollte es einfach ausprobieren, es soll ja ausgezeichnet für die Gesundheit sein, für das Herz, die Muskeln. Aber ich könnte auch stürzen und mir was brechen. Jemand müsste mir beim Losfahren den Lenker festhalten, wie man es bei kleinen Kindern macht. Oder Stützräder montieren …

Donnerstag, 30. April

Heute gab es fast so etwas wie einen Vorgeschmack auf den Weltuntergang. Gegen sechs Uhr abends hat sich der Himmel zugezogen und eine bedrohliche Färbung angenommen, eine Farbe, die ich mittlerweile gut kenne. Es sieht wunderschön und zugleich beunruhigend aus. Ich weiß, was ein rostroter Himmel hier bedeutet: Gleich wird er auf uns herabstürzen, in Form kleiner Eiskügelchen, die alles verwüsten. Ein Eishagel. Laut Bibel eine der Plagen, die die Ägypter heimsuchten, vor allem aber eine Plage für die Leute von hier, die manchmal in wenigen Minuten erleben müssen, wie ihre ganze Ernte zerstört wird.

Und wenn ich sage, dass der Himmel auf uns herabstürzt, ist das wörtlich gemeint. Ich erinnere mich an ein Hagelgewitter vor ein paar Jahren. Es war ganz plötzlich aufgezogen und äußerst heftig. Mit einem Mal hatte es kräftig angefangen zu blasen. Wir waren gerade im Büro, und ein Fensterladen, der nicht richtig festgemacht war, schlug im Wind hin und her. René wollte ihn fixieren. Also machte er das Fenster auf, lehnte sich hinaus und bemühte sich nach Kräften, ihn zurückzudrücken. Er drückte mit aller Kraft gegen den Wind und die Eisgeschosse, die auf ihn einprasselten, als ein Hagelklumpen von der Größe eines Tischtennisballs seinen Kopf traf. Er wurde sofort ganz blass, und ich dachte schon, er würde aus den Latschen kippen. Damals hatte er nicht mehr viele Haare auf dem Kopf und trug eine Beule davon, die es gut und gerne mit dem Hagelgeschoss aufnehmen konnte.

Aber auch wenn ihm die Eisklumpen nicht auf den Kopf fielen, war Hagel für René eine Plage. Er arbeitete ja für eine Versicherung, und viele seiner Kunden waren Landwirte. Ein Hagelgewitter, vor allem während der Erntezeit im Spätsommer oder zu Herbstbeginn, bedeutete enorme Mehrarbeit. Das Telefon klingelte am laufenden Band, die Schadensmeldungen türmten sich, sie mussten der Versicherungsgesellschaft in Paris gemeldet werden. René arbeitete ohne Unterlass, er ging zu Unzeiten und übelgelaunt zu Bett. Die Klienten schlossen ihre Versicherungen dann ab, wenn das Risiko am größten war, zum Ende des Winters. Es gab sogar eine spezielle Hagelversicherung, dabei wurde nur die Ernte versichert, keine Blumen, kein Obst, kein Gemüse. Auch das war mit viel Arbeit verbunden. Wir mussten die «Fruchtfolgen» in die Schreibmaschine tippen, vorausgefüllte Formulare ergänzen, bei denen man für jeden Acker die Anzahl der Hektar, den Namen des Getreides und haufenweise andere Wörter und Zahlen eingeben musste, die ich mittlerweile vergessen habe. Das war meine Aufgabe. Zwischen zwei auszufüllende Formulare musste ich ein Blatt Kohlepapier legen und alles in meine kleine Remington einspannen. Am Abend waren meine Finger schwarz, ich hinterließ überall Flecken, am Ende sah ich so aus, als hätte ich im Haus die Schornsteine gefegt.

Als ich heute den orangefarbenen Himmel sah, habe ich schnell alle Fenster geschlossen und jeden Laden einzeln überprüft. Dann habe ich gebetet, dass die Hagelkörner nicht so groß ausfallen und vor allem dass das Unwetter nicht zu lange anhält, und habe schicksalergeben am Fenster im Büro gewartet. Die Kinder waren ganz begeistert von dem komischen Schnee, der an die Scheiben schlug und vom Gartentisch hochsprang. Ich musste an den Gärtner denken, dessen schöne Arbeit zerstört zu werden drohte, an meine Rosen, die ich an mehreren Nachmittagen sorgfältig zurückgeschnitten hatte, an meine Stiefmütterchen, die so schön gewachsen waren, und an ihre empfindlichen Blüten.

Wir sind dem Weltuntergang noch einmal entkommen. Es sind keine Eisklumpen mit zerstörerischer Wucht niedergegangen. Es war keine Stimme, kein Donner zu hören und kein Erdbeben zu spüren. Die Hagelkörner, die auf die Menschen niedergegangen sind, waren keine Geschosse, und die Menschen brauchten keine Gotteslästerung zu betreiben.

Samstag, 2. Mai

Heute sind Fernand und Marcelle ganz vergnügt von ihrem Belote-Nachmittag im Dorf wiedergekehrt. Sie haben den ersten Preis gewonnen, was mich beruhigt. Wenn die Marcelle noch Karten spielen kann, kann in ihrem Kopf nicht alles drunter und drüber gehen. Überglücklich und ein bisschen beschwipst sind sie mit einem riesigen Schinken zurückgekommen. Das ist besser als bei den Bridgeturnieren, bei denen geht es nur um die Ehre … Dort gibt es nie etwas zu gewinnen, weder Geld noch Sachpreise. Vielleicht sollte ich doch lieber Belote spielen?

Wobei, was sollte ich mit einem solchen Schinken? Ich bekäme ihn nicht mal bis in die Küche …

Sonntag, 3. Mai

Bevor ich sie ihrer Mutter zurückgegeben habe, habe ich die Kinder heute Morgen mit zur Messe genommen. Sie haben sich ziemlich danebenbenommen, ich habe mich richtig geschämt. Gilberte saß nicht weit weg, sie hat sich mehrmals umgedreht und sie böse angeschaut. Mittags habe ich dann früh für sie gekocht, damit wir für den Zug um vierzehn Uhr achtundzwanzig ja rechtzeitig in Moulins am Bahnhof wären. Wir sind sehr zeitig losgefahren. Sie waren ganz aufgeregt, haben ständig ihre Knie in meinen Sitz gerammt, auch als ich mit ihnen geschimpft habe, hat es nichts gebracht. Auf dem Rückweg kam mir mein kleines Auto ganz leer vor.

Wieder zu Hause, habe ich die Fenster in ihrem Zimmer weit aufgemacht, um zu lüften. Sie haben eine ziemliche Unordnung hinterlassen. Ich habe die Betten abgezogen und die Bettwäsche mit den Handtüchern in die Waschmaschine gesteckt. Der Rest kann bis Donnerstag warten. Meine Angèle wird die Betten frisch beziehen, alles wegräumen, was sie haben rumliegen lassen, und den Boden saugen. Bei ihrem nächsten Besuch werden sie ein blitzsauberes Zimmer und ein wohlduftendes Bett vorfinden.

Montag, 4. Mai

Mein Beet sieht wunderschön aus. Die Stiefmütterchen haben viele Blüten bekommen, der Hagel hat sie Gott sei Dank nicht zerstört, sie blühen in allen Farben, es ist ein wahres Feuerwerk. Ich muss dazusagen, dass ich sie alle zwei Abende gieße. Nachdem mein Gärtner sie eingepflanzt hat, hat er den langen grünen Schlauch oben an der Steintreppe liegen gelassen, sodass ich ihn mühelos bis zur Rasenkante ziehen kann. Dort stelle ich meinen Korbsessel auf und mache es mir darin gemütlich, ich reguliere den Wasserstrahl an dem drehbaren Aufsatz und wässere alles bequem im Sitzen eine gute Viertelstunde lang.

Am Mittwoch kommen Gilberte, Nine und Toinette zum Mittagessen. Der Mittwoch ist ein guter Tag dafür, weil am nächsten Morgen meine Angèle kommt, die mir beim Aufräumen hilft. Ich hoffe, das Wetter wird gut und einigermaßen mild, dann trinken wir den Kaffee im Garten, und sie können meine Blumen bewundern. Zum Bridgespielen gehen wir hinterher rein. Es ist noch nicht so warm, dass man längere Zeit draußen bleiben kann, ohne sich zu bewegen. Und außerdem muss man bei der Maisonne aufpassen. Wie schnell zieht man sich einen Schnupfen zu!

Als ich vorhin die Treppe hinaufgestiegen bin, habe ich leicht an mein Barometer geklopft. Die Nadel hat sich ein paar Millimeter nach rechts bewegt. Zwei Tage vorher ist das ein gutes Zeichen. Am Mittwoch wird das Wetter schön. Anders als die Wettervorhersage im Fernsehen irrt sich mein Barometer nie.

Dienstag, 5. Mai

Ich habe den Vormittag in der Küche verbracht. Ich bereite die Sachen gern rechtzeitig vor, um mich am Tag selbst nicht zu sehr zu verausgaben. Ich will das Essen ja auch genießen, und wenn ich lange koche, habe ich hinterher oft keinen Hunger mehr. Es soll Kalbsragout mit Möhren geben. Das schmeckt ohnehin noch besser, wenn man es am Tag vorher macht. Die Möhren, die mein Gärtner ausgesät hat, sind noch zu klein, also habe ich welche im Supermarkt gekauft, genau wie Kartoffeln und Salat. Auch auf die Gefahr hin, noch einmal anstehen zu müssen, habe ich das Fleisch lieber bei meinem Metzger in Le Donjon geholt. Während der Kalbsbraten mit den Zwiebeln langsam in meinem Topf schmort, schneide ich die Möhren in dünne Scheiben. Dann verteile ich sie um den Braten herum, wo sie zusammen mit dem Weißwein, den Zwiebeln und ein paar Lorbeerblättern im Saft weich werden. Die Karotten werden ganz zart, sie zergehen fast auf der Zunge, köstlich. Die Kartoffeln koche ich extra, dann schäle ich sie und füge sie am Ende hinzu, damit sie sich mit dem Saft vollsaugen. Am Abend gebe ich alles in eine große Tupperschüssel und stelle sie in den Kühlschrank. Den Salat habe ich auch gewaschen und geschleudert, nicht zu sehr, er hält sich besser, wenn er noch etwas feucht ist. Eine Vorspeise habe ich nicht vorgesehen, wir genehmigen uns stattdessen ein Gläschen Weißwein, und in der Tiefkühltruhe habe ich ja noch meine Käsewindbeutel. Die mache ich für den Aperitif kurz vorher im Ofen warm. Zum Dessert gibt es meinen Orangenkuchen. Der gehört zu meinen Spezialitäten, genau wie mein Nusskuchen und mein Maronenkuchen, ich mache ihn ganz oft, und meine Freundinnen kennen ihn in- und auswendig, aber sie wünschen ihn sich immer wieder! Ich weiß, dass sie enttäuscht sein werden, wenn ich ihnen etwas anderes vorsetze. Das Rezept ist ganz einfach, aber an und für sich ist der Kuchen etwas trocken. Darum habe ich ihn ein wenig «aufgepeppt»: Wenn der Kuchen fertig ist, schneide ich ihn einmal in der Höhe durch und begieße jede Hälfte mit einer Mischung aus frischgepresstem Orangensaft und Cognac. Dann rühre ich in einem kleinen Topf eine Creme aus Butter, Orangenschalen und einem Eigelb an und bestreiche die untere Hälfte damit. Zum Schluss bestäube ich das Ganze mit Puderzucker und lege fünf oder sechs Orangenscheiben obendrauf. Den Kuchen serviere ich gut gekühlt.

So, das Mittagessen für morgen ist fertig. Ich muss nur noch eine Flasche Weißwein kalt stellen, und dafür muss ich in den Keller. Ich gehe überhaupt nicht gern in den Keller. Erstens wegen der steilen Treppe, ich habe immer Angst hinunterzufallen, man sieht gar nichts, der Lichtschalter sitzt unten. Außerdem, und das setzt mir noch mehr zu, sind dort unten Fledermäuse. Mir graut vor diesen Tieren. Man hat mir schon hundert Mal gesagt, dass sie mit einem Radarsystem ausgestattet sind und mich deshalb nie berühren werden, aber da ist nichts zu machen, das beruhigt mich nicht. Außerdem ist die Decke im Keller sehr niedrig, was meine Angst, dass sich ein zerstreutes Tier in meine Haare setzt, noch verstärkt. Angeblich ist die Geschichte von den Fledermäusen, die sich bei uns Menschen an die Haare klammern, eine Legende, das passiert in Wirklichkeit nicht. Trotzdem, jedes Mal, wenn ich im Keller Wein hole, setze ich einen von Renés alten Hüten auf. Man weiß ja nie. Ich habe schon vor einer normalen Maus Angst, aber wenn sie dann noch fliegt …

Komm schon, Jeanne, spinn nicht. Ich habe meinen ganzen Mut zusammengenommen, den grauen Filzhut, der an der Garderobe im Eingang hängt, aufgesetzt und bin in das Dunkel hinabgestiegen, dabei habe ich mich ans Treppengeländer geklammert und eine Stufe nach der anderen genommen. Ich habe mich für eine Flasche Sancerre entschieden und bin unversehrt wieder oben angekommen. Zum Glück bringt Toinette den Rotwein mit, ich kann nicht zwei Flaschen tragen und mich gleichzeitig am Geländer festhalten. Dann hätte ich ja zweimal zu den Vampiren hinabsteigen müssen.

Mittwoch, 6. Mai

Mein Barometer hat sich nicht geirrt. Als ich die Fensterläden aufklappe, strahlt mir der Himmel blau entgegen. Es ist neun Uhr, und das Thermometer zeigt schon zehn Grad. Ich fixiere die Läden und werfe einen Blick auf mein schönes Beet. Seltsamerweise kann ich meine Blumen kaum erkennen. Bin ich noch nicht ganz wach? Ich setze die Brille auf, sehe aber immer noch nicht richtig. Nur ein paar vage grüne Tupfer, ich kann keine anderen Farben ausmachen, Rot, Gelb, Weiß, Lila … Was ist bloß mit mir los? Das hat mir gerade noch gefehlt, dass ich ausgerechnet heute, wo es etwas so Leckeres zu Mittag geben soll, einen Schlaganfall erleide! Was mich beruhigt: Den Gartentisch und den stämmigen Baum, von dem ich nicht mehr weiß, wie er heißt, sehe ich ganz klar, auch die Magnolien mit ihren riesigen Knospen, die wie Kiefernzapfen aussehen und die sich bald in duftende weiße Blüten verwandeln werden. Mein Blick ist nicht verschleiert und mein Kopf nicht benebelter als sonst auch. Aber wo sind meine Stiefmütterchen? Warum sehe ich sie nicht mehr?

Ich schlüpfe in meinen Schlafrock und meine Pantoffeln, gehe nach unten, schiebe die Haustürriegel auf und gehe nach draußen. Als ich über den Kies zum Rasen laufe, trifft mich der Schlag. Mein Blumenbeet ist komplett verwüstet, als wäre ein Tornado darüber hinweggefegt. Auf der Erde und dem Rasen liegen vereinzelt Blütenblätter, die recht mitgenommen aussehen. Ich könnte heulen. Was ist passiert? Und warum heute? Wo ich auf mein Beet so stolz war …

«Das waren die Rehe, die haben heute Nacht alles kahl gefressen!»

Neben mir, mit beiden Händen auf den Stock gestützt, steht Fernand, der genauso entsetzt ist wie ich. Ich habe ihn gar nicht kommen hören.

Die Rehe? Es stimmt schon, man sieht sie in letzter Zeit öfter, und sie trauen sich immer näher an die Häuser heran. Oft beobachte ich frühmorgens oder in der Abenddämmerung, wie mich ein Reh mit seinen sanften Augen fixiert, um gleich darauf hinter den Bäumen zu verschwinden. Ich wusste ja, dass sie gern am Salat knabbern, aber an Blumen …

Der Gedanke an mein Kalbsragout und meinen Orangenkuchen tröstet mich. Und vor allem an das Fläschchen Weißwein, das wir uns teilen werden und das mich wieder aufmuntern wird. Dann muss ich an meinen Gärtner denken. Und werde wieder traurig.

Donnerstag, 7. Mai

Meine Angèle hat heute Morgen sofort gesehen, was passiert ist. Als ich ihr von den Rehen erzählt habe, war sie überhaupt nicht überrascht. Vor allem konnte sie mir sagen, was ich machen soll, damit sie nicht wiederkommen. Die Lösung: alte Damenstrümpfe mit Laufmaschen und Haare.

Ich habe sie etwas verdattert angeschaut, aber sie sah überhaupt nicht so aus, als wollte sie mich veräppeln. Mit todernster Miene hat sie es noch einmal wiederholt: alte Strümpfe und Haare. Die muss man um das Beet drapieren, und die Rehe kommen nicht wieder.

Mm … Alte Strümpfe habe ich bestimmt noch irgendwo herumliegen, und Laufmaschen habe ich ständig, weil ich nur Feinstrümpfe trage, was meine Tochter zur Verzweiflung treibt. Aber wo soll ich die Haare hernehmen? «Fragen Sie doch Ihren Friseur!» Hm, auf die Idee war ich gar nicht gekommen, aber als sie es sagte, hat es mir sofort eingeleuchtet. Nur, was wird mein Friseur von mir denken, wenn ich frage, ob er mir eine Tüte mit den Haaren seiner Kundinnen geben kann? Er wird mich für verrückt erklären … «Bestimmt nicht! Das machen hier alle so, Ihr Friseur kennt das schon.»

Zum Glück habe ich vor nicht allzu langer Zeit den Friseur gewechselt und gehe jetzt zu einer Friseuse in Le Donjon, denn egal, was Angèle sagt, der in Vichy, ich weiß nicht, was er dazu sagen würde … Und in Gesellschaft all der feinen Städterinnen hätte ich mich nie getraut, ihn zu fragen. Vichy ist zwar nur achtunddreißig Kilometer entfernt, aber es ist weit weg vom Leben auf dem Lande.

Montag, 11. Mai

Ich mache mir Sorgen um die gute Marcelle. Erst ihr Ausflug nach Limoges. Dann der Vorfall in meinem Tulpenbeet, der mich sprachlos gemacht hat: Hat sie bloß gespielt, oder ist es nur ein weiteres Zeichen dafür, dass in ihrem Kopf etwas nicht stimmt? Seit sie keinen Zucker mehr essen darf, ist sie sehr reizbar. Und nach allem, was ich bis in meine Küche höre, geht es auf dem Hof bei ihnen recht laut zu. Ich glaube, dass Fernand alle Zuckerpakete vor ihr versteckt hat, und das macht Marcelle ganz wütend. Sie behauptet, dass der Doktor Unsinn erzählt, dass sie gar keinen Diabetes hat. Dass so was nicht einfach von heute auf morgen auftauchen kann, sie will ihren Zucker zurück.

Letzte Woche, als ich den ersten schönen Sonnentag genutzt habe, um in aller Ruhe meinen Kaffee im Freien zu trinken und dabei im *Figaro* zu blättern, kam sie plötzlich an. Zuerst hat sie ganz unschuldig mit mir geplaudert, aber ich habe gleich gesehen, wie sie die Zuckerdose auf dem Tablett angestarrt hat. Kurz darauf hat sie gefragt, ob sie sich einen Zuckerwürfel nehmen könnte.

Ich war ziemlich in der Bredouille. Ich habe ihr erklärt, dass er nicht gut für ihre Gesundheit sei, aber sie hat mich regelrecht angefleht. Da tat sie mir leid. Trotzdem habe ich mich umgeschaut, um sicherzugehen, dass Fernand nicht in der Nähe ist, und dann ihrem Drängen nachgegeben. Ich habe einen Zuckerwürfel aus der Dose genommen und ihn ihr gereicht in der Hoffnung, dass sie Fernand nichts davon erzählt. Heute Nachmittag, kaum war das Mofa angesprungen und Fernand knatternd auf die Allee abgebogen, klingelte sie an meiner Tür. Es gab nichts, was sie mir geben oder sagen wollte. Sie wollte Zucker haben. Schon wieder. Wie beim letzten Mal habe ich zuerst gesagt: «Nein, Marcelle, Sie wissen doch, dass das nicht gut für Sie ist …», aber sie hat sich einfach nicht vom Fleck gerührt. Fernand war weg, das wusste sie, und sie nutzte es aus. Erneut habe ich nachgegeben, bin ins Esszimmer gegangen und habe einen Zuckerwürfel geholt. Sie hat sich bedankt und ist gegangen.

Trotzdem mache ich mir große Sorgen. Und wenn sie wie ihre Mutter wird, die alte Marie? Wenn sie komplett den Verstand verliert?

Dienstag, 12. Mai

Apropos den Verstand verlieren, gerade habe ich im Fernsehen etwas Schreckliches gesehen. Es gibt Leute, die sich einfrieren lassen! Sie nennen es «Kryo» irgendwas. Du lieber Gott … Und dafür, dass sie vielleicht in tiefgefrorenem Zustand überleben, geben sie ein Vermögen aus! Die weniger Wohlhabenden verzichten darauf, in hundert oder tausend Jahren mit ihren zwei Beinen und ihren zwei Armen aufzuwachen, eine komplette Konservierung ist ihnen zu teuer. Sie lassen nur ihren Kopf einfrieren, immerhin mitsamt Gehirn. Wie schrecklich! Die wird man also enthaupten müssen, bevor man sie ins Eis legt … Sind die denn von allen guten Geistern verlassen? Und außerdem: Will man wirklich in ein paar hundert Jahren mit seinem heutigen Gehirn aufwachen? Will man das erleben, wo schon jetzt die Welt aus den Fugen ist? Ich auf keinen Fall. Aber so ist es: Die einen lassen sich verbrennen (na ja, die rechnen jedenfalls nicht damit, irgendwann wieder aufzuwachen), die anderen lassen sich einfrieren. Verrückt sind sie alle.

Mittwoch, 13. Mai

Heute Abend sind wir bei Denise eingeladen, Toinette, Nine und ich. Wir haben beschlossen, uns beim Fahren zusammenzutun. Nine und Toinette wohnen beide in Loddes, ich liege für sie auf dem Weg. Nine will uns mit dem Wagen abholen. Mittlerweile vermeide ich es, im Dunkeln zu fahren, vor allem weitere Strecken, denn ich sehe nicht mehr gut. Die Scheinwerfer der anderen blenden mich, ich muss jedes Mal die Augen schließen, wenn mir jemand entgegenkommt. Ohnehin gehen wir immer mehr vom Abendessen zum Nachmittagstee über: Dann wird es nicht so spät, und vor allem hat man weniger Arbeit. Eine Kanne Tee, ein Kuchen oder ein paar Kekse, und wir sind zufrieden. Außerdem kann man dabei Karten oder Scrabble spielen. Während man beim Essen nichts anderes machen kann als essen, trinken und reden. Das Problem ist, dass man sich in unserem Alter nicht mehr viel zu erzählen hat. Ziemlich bald dreht man sich im Kreis und fängt an, über andere zu tratschen, was ich eigentlich nicht mag. Und wenn außerdem die eine oder andere Schwerhörige oder Verkalkte dabeisitzt, werden zehnmal die gleichen Geschichten erzählt, das ist sterbenslangweilig, und ich will dann nur noch nach Hause.

Früher hat Denise in Liernolles gewohnt, ganz dicht bei Gilberte, in einem großen, etwas abseitsstehenden Haus am Dorfrand. Vor zwei Jahren ist sie in eine kleine Wohnung im Zentrum von Moulins gezogen, wo sie sich sicherer fühlt. Seit ihr Mann nicht mehr lebt, ist sie förmlich aufgeblüht. Sie macht Kino-, Theater-, Konzertbesuche, geht eifrig in den Bridgeclub, spielt viele Turniere, die sie manchmal auch gewinnt. Sie ist immer wie aus dem Ei gepellt, rennt alle zwei Wochen zum Friseur, klappert ständig die Geschäfte ab, sieht sehr gepflegt aus. Sie geht aus, trifft sich mit Leuten. Sie lebt. Man muss dazusagen, dass sie die Jüngste von uns ist. Ihre Kinder haben ihr kürzlich zum achtzigsten Geburtstag eine zweiwöchige Indienreise geschenkt! Angeblich hat sie immer davon geträumt, einmal dorthin zu fliegen. Ihre Tochter – die eine, die nicht verheiratet ist – kommt mit. Mir müsste man viel Geld bieten dafür, dass ich so einen langen Flug auf mich nehme, um dann in Palästen und Tempeln herumzustehen. Nein, danke.

Donnerstag, 14. Mai

Ich habe schlecht geschlafen. Ich glaube, ich habe gestern bei Denise zu viel gegessen und getrunken. Das bin ich nicht mehr gewöhnt. Außerdem bin ich sehr spät ins Bett gegangen. Abends hatte es angefangen zu regnen, weshalb Nine auf dem Rückweg ganz langsam gefahren ist. Die ganze Nacht hat der Wind mächtig geblasen, der Regen ist nur so gegen die Dachrinne geprasselt. In meinem leeren Haus klappern die Türen, knackt das Holz. Ich habe den Fernseher angemacht, und so sind die Stunden vergangen, zwischen Wachsein und Schlafen, bis zum Morgengrauen.

Freitag, 15. Mai

Ich weiß nicht, ob meine alten Strümpfe und die Haare meines Friseurs die Rehe von meinem Beet ferngehalten haben. Ich weiß nur, dass sich meine Stiefmütterchen nicht mehr erholen. Zehn Tage nach der Katastrophe sieht man mehr Erde als Blumen. Traurig ist das … Heute Morgen ist mein Gärtner mit der Hacke angerückt und hat alles rausgerissen. Stiefmütterchen sind sowieso keine Sommerblumen, sie halten nicht ewig, und Ende Juni hätte ich ohnehin etwas anderes pflanzen müssen. An ihrer Stelle hat er jetzt Petunien eingesetzt, die schon ziemlich weit sind. Er hat mir versprochen, dass ich sehr bald wunderschöne Blumen hätte, die den ganzen Sommer halten würden, ich müsste nur ordentlich gießen.

Sonntag, 17. Mai

Übers Wochenende war meine Tochter mit ihrem Mann und ihrem Hund zu Besuch, ohne die Kinder, die für die vier Tage um Christi Himmelfahrt bei ihren Cousins in der Region Perche eingeladen waren. Wie üblich hat der Hund meine Küche auf den Kopf gestellt. Sie kann mir erzählen, was sie will, ich bin sicher, dass sie ihm nicht genug zu fressen gibt. Dauernd steckt er seine Schnauze in meinen Mülleimer und stibitzt beim alten Baptiste ein paar hundert Meter die Allee runter die Hundekroketten. Baptiste hat in seiner Scheune immer eine große Tüte stehen, die er nicht richtig verschließt. Der Hund meiner Tochter kommt dann mit dicker Wampe zurück und liegt den Rest des Tages stöhnend in seinem Körbchen. Er frisst alles, was ihm vor die Schnauze kommt, sogar Rattengift! Seit sie das Tier hat, muss ich jedes noch so kleine der rosa Körnchen, vom Keller bis zum Dachboden, verschwinden lassen. Ich habe ein Vermögen für eine Spezialfirma ausgegeben, die Giftboxen aufstellt, welche angeblich nicht geknackt werden können …

Als René noch gelebt hat, haben wir Mausefallen mit Käsestückchen oder Walnüssen als Köder aufgestellt. Die wären für den Hund vermutlich weniger gefährlich. Schlimmstenfalls würde er sich die Schnauze einklemmen und sich künftig davon fernhalten. Aber ich muss zugeben, seit wir diese überteuerten Boxen aufgestellt haben, habe ich keine Maus mehr gesehen.

Das Problem mit den Fallen war auch, dass die Ratten oder Mäuse dann oft nicht ganz tot waren. René hat sie erledigt, Gott sei Dank weiß ich nicht genau, wie … Zu Zeiten meiner Schwiegermutter wimmelte es von den Viechern im ganzen Haus, trotz der Fallen. Nachts hörten wir ihr Scharren. Man muss dazusagen, dass sie Nussvorräte angelegt hat, was diese Tiere lieben. Ganze Säcke hat sie angeschleppt, für «ihren heißgeliebten Jean», ihren Lieblingssohn, das war der jüngste, der nur ein- oder zweimal im Jahr vorbeikam. Die Nüsse hat sie überall versteckt, nach ihrem Tod haben wir mehrere Kilo davon in ihrem Bett gefunden, zwischen Matratze und Lattenrost, alle verfault …

Montag, 18. Mai

Vor ein paar Tagen hat Marcelle bei mir geklingelt. Ich bin zur Tür, um ihr aufzumachen, und dachte schon, sie wollte wieder Zucker haben. Aber sie stand freudestrahlend auf der Treppe und hatte drei schöne rote Tulpen für mich in der Hand. Ich habe mich bedankt, dann ist sie wieder gegangen. Nachdem ich die Stängel mit der Heckenschere auf eine Höhe geschnitten hatte, habe ich die Tulpen in eine Vase gestellt. Und heute Morgen, ich bereitete gerade ein tiefgefrorenes Kabeljaufilet für mein Mittagessen vor und warf einen flüchtigen Blick durchs Fenster, da sah ich sie. Entschlossenen Schrittes steuerte sie auf meine Hortensien zu. Und schon sehe ich, wie sie sich zu meinen Tulpen hinunterbeugt. Sie nimmt eine in die Hand, zieht daran, dreht, zieht noch einmal, bis der Stängel nachgibt. Dann knöpft sie sich die nächste vor. Und noch eine. Sie massakriert meine Tulpen! Ich stehe wie versteinert da, sage kein Wort, mache nicht einmal das Fenster auf. Wird sie das ganze Beet ausreißen? Endlich geht sie weg. Keine fünf Minuten später klingelt es an der Tür. Auf der Treppe die Marcelle, ihren Strauß mit den ramponierten Tulpen in der Hand. Fünf armselige Blumen von unterschiedlicher Länge, mit geknickten Stängeln, manche wurden drei Zentimeter unterhalb der Blüte abgerissen. Ich bedanke mich, aber dieses Mal sage ich zu ihr, dass sie mit dem Pflücken aufhören muss, die Tulpen seien da, um den Garten mit bunten Farben zu schmücken, sie sollen sich vor den schieferblauen Hortensien entfalten können. Sie steht da wie ein kleines Mädchen, das man beim Stehlen ertappt hat, senkt den Kopf und starrt auf ihr Kinn. Es sieht aus, als würde sie gleich losheulen. Sie tut mir leid. In dem Moment taucht Fernand auf, humpelt mit seinem Stock heran, schreit seine Frau an. «Was machst du denn da? Komm mit, wir gehen nach Hause, jetzt komm schon!»

Mittwoch, 20. Mai

Gegen halb eins, ich hatte gerade zu Ende gegessen und machte mich daran, meinen Kaffee zu trinken, kam meine Briefträgerin in ihrem gelben Auto angefahren. Ich ging ihr entgegen, sie ließ die Scheibe runter und streckte mir die Post hin. Ob ich Briefe zu verschicken hätte, fragte sie mich, und ich sagte nein. Das war ihr recht, sie hatte es eilig, weil sie heute Morgen auf ihrer Runde schon etwas Verspätung eingefahren hatte. Zum Abschied lächelte sie mich freundlich an und winkte mir zu.

Ich setzte mich wieder in meinen Korbsessel und öffnete die Post. Neben dem *Figaro* waren mein Kontoauszug, zwei, drei Werbebriefe und eine Art Zeitung dabei, die ich etwa einmal im Monat erhalte und die meistens direkt im Papierkorb landet. Da es gerade so angenehm war, in der Sonne zu sitzen, und ich nichts anderes zu tun hatte, blätterte ich sie flüchtig durch.

Sieh mal an, jemand aus Le Donjon hat den regionalen Belote-Wettkampf gewonnen: «Mit 4663 Punkten hat sich ein weibliches Paar aus Le Donjon die zwei Schinken und zwei Champagnerflaschen gesichert, die für die Sieger ausgelobt worden waren.»

Auf der nächsten Seite erfahre ich, dass die Kommunen von Val-de-Besbre einen «Sauerkraut-Tanz» organisieren wollen. Na, so was! Wie soll man denn tanzen, wenn man vorher Sauerkraut gegessen hat?

Weiter unten kündigen sie für den 21. Juni einen «Sommerlauf» an, eine Rundwanderung mit Start in Bert: 3 Euro Anmeldegebühr. Fürs Laufen noch Geld bezahlen, die Leute haben aber auch Ideen!

Ah, jetzt kommt was in der Nähe von Loddes. Mal schauen, ob es interessant ist, dann könnte ich vielleicht mit Nine und Toinette hingehen. Eine «Scrapbooking-Werkstatt». Jesses, was soll das denn sein? Es kostet immerhin 16 Euro für drei Stunden, das ist eine Stange Geld! Da treffen wir uns doch lieber zu dritt bei Toinette zum Tee.

Anschließend gibt es eine Übersicht über die verschiedenen Belote-Wettkämpfe der Region, das ist was für Fernand und Marcelle.

Etwas weiter hinten bieten sie in Saint-Pourçain-sur-Besbre einen Kurs zum Thema «Fleisch richtig schneiden» an. Ich staune. Will sich jemand wirklich anschauen, wie man eine Kuh auseinandernimmt?

Hm, das hier klingt schon interessanter: Am Samstag, dem 13. Juni, zeigen sie einen Film. Einmal pro Monat stellt das Rathaus in Le Donjon einen Raum als Kinosaal zur Verfügung, ich war einmal mit Toinette da. Der Film heißt *Mit dem Herz durch die Wand.* Der Hauptdarsteller ist ein gewisser Clovis. Heute gibt es wieder die verrücktesten Vornamen … Ehrlich gesagt spricht mich der Inhalt nicht so an, da bleibe ich lieber zu Hause.

Auf der letzten Seite werden die Geburten, Taufen, Hochzeiten und als größte Rubrik die Todesfälle bekannt gegeben. Ich überfliege sie kurz, ich kenne ja sowieso niemanden.

Dann kommt die Reklame. Die werde ich nicht lesen. Früher, wenn mit der Supermarktreklame die Rabattbons kamen, habe ich sie ausgeschnitten, zur Seite gelegt und beim nächsten Einkauf dann zu Hause vergessen. Seitdem schaue ich sie mir erst gar nicht mehr an. Ich lege nachher alles in den Korb mit dem Papier.

Kurz werfe ich einen Blick auf meinen Kontoauszug, alles in Ordnung. Ich habe immer etwas Bammel, wenn ich den Briefumschlag öffne, dass ich eine Torheit begangen haben könnte und mein Sohn mich dabei ertappt.

Ich genehmige mir ein Rippchen Schokolade und schlage den *Figaro* auf.

Donnerstag, 21. Mai

Toinette ist schon ganz lange Witwe. Nine auch. Gilberte auch. Denise auch. Jacqueline auch. Keine von ihnen hat je wieder geheiratet. Heute gibt es hier in der Gegend fast keinen Mann mehr, der über achtzig ist. Chantal ist die Einzige, die niemals einen Mann hatte. Es heißt sogar, sie hätte nie ihre Unschuld verloren …

Nine erzählt uns immer wieder die Geschichte ihrer jüngsten Schwester, die in Nordfrankreich lebt. Sie hat ihren Mann verloren, und um etwas Gesellschaft zu haben, hat sie sich ziemlich bald einen Hund zugelegt. Dann hat sie ihren Hund verloren, und um etwas Gesellschaft zu haben, hat sie sich einen Computer gekauft. Nach nur wenigen Monaten hat sie einen neuen Mann gefunden … im Internet! Er soll eine sehr angenehme Erscheinung sein, freundlich und charmant. Ist das nicht unglaublich?

Gestern bei Nine hat Toinette uns erzählt, sie plane, sich ein «Tablett» zu kaufen. Wir haben laut gelacht! Sie hat uns erklärt, dass man mit einem Tablett alles machen kann: Patiencen, Scrabble, Kreuzworträtsel, Briefe schreiben und empfangen, Fotos, kleine Filme … Dem Internet sei Dank. Vielleicht hofft ja auch Toinette, einen neuen Mann zu finden. Das haben wir gestern zu ihr gesagt, Nine, Gilberte und ich. Ihre Antwort: «Wo denkt ihr hin!», dann ist sie in schallendes Gelächter ausgebrochen, wir haben unsere Sektgläser erhoben und auf den neuen Mann angestoßen.

Freitag, 22. Mai

Wie schade. Nun werde ich nie erfahren, wer den armen Oberst Protheroe ermordet hat … Heute Nacht bin ich bei Miss Marple eingeschlafen, und als ich aufwachte, erschien stattdessen eine junge Frau in Unterwäsche auf dem Bildschirm, die verführerische Posen einnahm und mich einlud, sie unter 06 irgendwas anzurufen.

Das passiert mir leider immer wieder. Sobald ich im Bett liege, schalte ich den Fernseher ein, schaue mir etwas an, was mich interessiert, und schlafe ein. Wenn ich dann ein oder zwei Stunden später aufwache, läuft eine andere Sendung. Ich merke es nicht immer sofort, halte es für die Fortsetzung des Films, den ich vor dem Einschlafen gesehen habe, und verstehe gar nichts mehr.

Der Fernseher hat mir immer schon Gesellschaft geleistet. Kurz nach unserem Umzug nach Vichy trat er in Form eines kleinen runden Schwarzweißgeräts mit einem grünen Bildschirm und einem hässlichen kackgelben Gehäuse in unser Leben. Sehr bald hat es von unserem Leben Besitz ergriffen, uns seinen Tagesrhythmus aufgezwängt.

Das erste Mal schalteten wir es zum Mittagessen ein. In Vichy arbeitete René von früh bis spät, und obwohl er sein Büro in unserer Wohnung hatte, sah ich ihn eher wenig. Gegen zwölf aber kamen wir immer zum Mittagessen zusammen. Er deckte den Tisch, während ich mich in der Küche zu schaffen machte. Kaum hatten wir den Nachtisch verspeist, räumte er Brot, Salz und Wasser weg, fegte die Krümel auf dem Tisch mit dem Handfeger zusammen und kochte in der Zeit, in der ich den Abwasch machte, den Kaffee. Damals kauften wir ihn noch in ganzen Bohnen, die René jeden Morgen unter Getöse von Hand mit seiner Kaffeemühle mahlte. Ich setzte mich im Wohnzimmer auf die Couch, René kam mit der Kaffeekanne in der einen Hand und den zwei Tassen in der anderen dazu. Bevor er den Kaffee einschenkte, drückte er auf den roten Knopf am Fernsehapparat. In feierlichem Schweigen lauschten wir den Nachrichten, an deren Ende immer das Auf und Ab der Pariser Börsenkurse bekannt gegeben wurde. «Oje, es geht bergab!», jammerte René, wenn es nicht nach seinen Vorstellungen lief, er war schlechten Nachrichten gegenüber immer empfänglicher als guten. Dann stand er auf, schaltete den Apparat aus und machte sich wieder an die Arbeit. Das war die Zeit, in der ich mich, nachdem ich die Küche aufgeräumt hatte, davonstahl und eine Freundin traf oder Tennis spielte.

Abends mussten wir rechtzeitig abdecken, um die Nachrichten nicht zu verpassen. Also aßen wir sehr früh, es wäre uns aber niemals in den Sinn gekommen, uns zum Essen vor den Fernseher zu setzen, das machte man nicht. Nach den Nachrichten blieb ich allein im Wohnzimmer zurück. Wenn donnerstags meine geliebte Variété-Sendung kam, stand ich auf und schaltete auf das zweite Programm. Man musste ganz fest auf einen der drei Knöpfe drücken. Meistens las oder strickte ich während des Abendprogramms, bis uns die Sprecherin eine gute Nacht wünschte und dem Testbild den Platz überließ. René kehrte ins Büro zurück, wo er nicht selten bis Mitternacht arbeitete. Wenn er schließlich zu Bett ging, schlief ich schon.

Damals genügte mir meine Tochter, um mich die Abwesenheit meines Mannes, der doch eigentlich immer da war, vergessen zu lassen. Heute lastet Renés Fehlen manchmal schwer auf mir. Es ist niemand mehr im Haus, mit dem ich die abendliche Leere füllen kann.

Montag, 25. Mai

Am Kühlschrank in der großen Küche klebt ein Aufkleber in Rot-Weiß. Darauf steht «SOS Notfalldienst». Außerdem liegt im Kühlschrank zwischen der Butter und den Eiern ein kleines Plastikblättchen, auf dem mein Gesicht abgebildet ist und auf dem mein Name, Vorname, Geburtsdatum, meine Blutgruppe und weitere medizinische Informationen stehen, desgleichen Name und Telefonnummer der Person, die im Falle eines Falles zu benachrichtigen wäre. Das nennt man «Notfalldokument». Wenn die Ärzte eintreffen, gehen sie sofort zum Kühlschrank. Angeblich kann es mir das Leben retten. Das hat die Apothekerin zu mir gesagt.

Donnerstag, 28. Mai

Heute war ich in Le Donjon, ich hatte einen Termin bei der Fußpflegerin, einer feinfühligen jungen Frau, die einem nie weh tun würde. Alle zwei Monate kümmert sie sich um meine Schwielen, Fußballen und Hühneraugen. Nachdem sie alles sorgfältig mit einem merkwürdigen Gerät abgehobelt hat, massiert sie eine wohlriechende Creme ein. Meine Haut sei sehr zart und trocken, sagt sie, das sei normal, das komme einfach mit der Zeit. Sie fragt jedes Mal, ob ich meine Füße nach der Abendtoilette mit einer Feuchtigkeitslotion eincreme. Ich sage, dass ich es hin und wieder vergesse, aber ehrlich gesagt mache ich es nie. Ich bin zwar mit den Jahren geschrumpft, aber trotzdem habe ich mehr Mühe, an meine Füße zu kommen. Auch wenn ich auf dem Bett sitze und die Beine heranziehe, fällt es mir schwer, es zieht überall und tut weh. Soll ich so viel Mühe auf mich nehmen, nur um meine Zehen einzucremen? Das ist es nicht wert. Diese Art Gymnastik mache ich nur, wenn es sich nicht vermeiden lässt, wenn meine Nägel zu sehr gewachsen sind und mich stören. Übrigens war ich froh über den heutigen Termin, mit meiner kleinen Schere habe ich es nämlich nicht geschafft, den Nagel am rechten großen Zeh zu schneiden, und er hat mich in den Schuhen schon gedrückt. Sie hat ihn mit einer Nagelzange perfekt gekürzt und auch noch gefeilt. Dann hat sie transparenten Nagellack aufgetragen. Im Sommer, wenn ich barfuß laufe, nimmt sie ein hübsches Kirschrot. Sie hat mir erklärt, dass die Nägel anders als die Haut im Alter dicker werden. Sie sind das Einzige am Körper, was mit dem Alter robuster wird. Man sagt ja sogar, sie würden wie die Haare nach dem Tod weiterwachsen, ich weiß aber nicht, ob das stimmt. Ich stelle mir René als Hippie vor – er, der es gehasst hat, im Nacken Haare zu haben …

Sonntag, 31. Mai

Heute Abend rief meine Tochter an, um mir zu gratulieren. Du bist einen Tag zu spät, sagte ich zu ihr, mein Namenstag war gestern. Daraufhin erwiderte sie, sie rufe nicht wegen der heiligen

Johanna an (von der sich mein Vorname ableitet), sondern um ihre Mutter zu beglückwünschen.

Heute sei Muttertag. Das wusste ich nicht, ich hatte noch keine Nachrichten gehört.

Mittwoch, 3. Juni

Für Anfang Juni war es heute sehr heiß. Mein Thermometer draußen zeigt immer noch vierundzwanzig Grad. Ich habe die Fenster aufgemacht, aber es geht kein Lüftchen. Bei der Hitze schwellen meine Füße an. Ich sitze im Nachthemd im Badezimmer auf dem gelben Resopalhocker. Meine Füße stecken im Bidet, in das ich kaltes Wasser eingelassen und eine gute Handvoll Natron geschüttet habe.

Ich betrachte meine Beine. Das linke ist noch ganz gut in Schuss, das rechte weniger. Als hätten meine zwei Beine nicht das gleiche Alter. Meine rechte Wade ist etwas dicker, ein paar Adern sind geschwollen. Meine Tochter behauptet, das seien Krampfadern und ich müsste damit zum Arzt. Ich finde nicht, dass das nötig ist, ich habe keine Schmerzen, halte ich dagegen. Mag ja sein, aber es sieht nicht schön aus. Sie geht mir auf die Nerven.

Ich weiß schon, dass es nicht schön aussieht, aber warum muss sie mir das unter die Nase reiben? Außerdem habe ich keine Lust, dass man an meinen Venen herumfummelt, mir Spritzen oder was auch immer verabreicht. Das macht mich ganz benommen und stiehlt mir kostbare Lebenszeit. Solange meine Krampfadern mich nicht davon abhalten, auf beiden Beinen zu stehen und einen Fuß vor den anderen zu setzen, sehe ich nicht ein, warum ich mich mit ihnen beschäftigen sollte. Außerdem hat der Doktor sie ganz sicher gesehen und nichts gesagt. Das beweist ja, dass sie nicht gefährlich sind. Bestimmt findet er sie auch hässlich, aber sie deshalb zu behandeln, lohnt sich in meinem Alter doch nicht mehr, denkt er sicher. Das sehe ich genauso. Wenn es sie so sehr stört, tja, dann soll sie halt woanders hinschauen.

Donnerstag, 4. Juni

Als Angèle heute Morgen den Keller geputzt hat, hat sie kleine Mäuseköttel entdeckt. Mist, ich werde doch wieder Giftboxen aufstellen müssen.

«Warum legen Sie sich keine Katze zu? Nach einer Woche sind Sie alle Mäuse los!»

Ja, ja, ich weiß … Es stimmt schon, seit Jacqueline eine Katze hat, hört sie nachts nichts mehr trippeln. Aber ich bin kein großer Katzenfreund … Um ehrlich zu sein, habe ich Angst vor ihnen. Und auch wenn sie nicht so anhänglich sind wie Hunde, muss man sich trotzdem um sie kümmern, oder? Man braucht Katzenstreu, muss jeden Tag eine Fischdose aufmachen, und das stinkt … Die geöffneten Dosen bewahrt Jacqueline übrigens in ihrem Kühlschrank auf. Der Katzenfraß direkt neben der abendlichen Suppe! Ich finde das eklig.

Angst vor Katzen habe ich schon ganz lange. Ich war vielleicht elf oder zwölf, erinnere ich mich, und besuchte meine Cousinen im Berry. Sie hatten eine riesige schwarze Katze, die sie abgöttisch liebten, sie hieß Gribouille. Einmal, ich hatte wohl die Zimmertür nicht richtig zugemacht, hatte sie nichts Besseres zu tun, als sich nachts reinzuschleichen und sich auf meinem Bett breitzumachen. Stockstarr bin ich auf dem Rücken liegen geblieben, ohne mich zu rühren, aus Angst, sie würde mich anspringen. Ich habe kein Auge zugetan, bis Gribouille am frühen Morgen, bei den ersten Sonnenstrahlen, beschlossen hat aufzustehen.

Das letzte Mal bei Jacqueline, als wir draußen unseren Tee tranken, kam die Katze mit einer lebendigen Maus an und schüttelte sie hin und her. Unablässig hat sie die Maus getriezt, hat so getan, als würde sie sie loslassen, und wieder zugeschnappt, sobald das arme Tier versuchte zu entkommen. Dieses grausame Spiel hat sie so lange mit ihr getrieben, bis sie sich nicht mehr bewegen konnte. Ich glaube, da sind mir Mausefallen lieber.

Aber Angèle mag das Granulat nicht. Das sei reine Chemie, sagt sie – während eine Katze, die eine Maus jagt und zu Tode quält, die Natur sei. Wie der Fuchs, der das Huhn reißt, der Dachs, der das Kaninchen frisst, der Bussard, der sich das Lämmchen holt, der Steinmarder, der das Eichhörnchen verschlingt, der Igel, der die Viper tötet. Demnächst wird sie sich auf den Leoparden berufen, der die Antilope in Stücke reißt, den Löwen, der … Für sie wie für die echten Einheimischen hier ist das alles normal. Ich selbst mag die Natur zwar gern, aber es gibt Grenzen. Tiere ertrage ich nur, wenn sie weit weg oder im Fernseher bzw. auf Bildern zu sehen sind. Ich habe einen Fuchs im Esszimmer, Pferde im Wohnzimmer und Hunde im Büro. Aber bitte nicht freilaufend zwischen meinen vier Wänden! Also, eine Katze kommt mir nicht ins Haus. Auf keinen Fall.

Montag, 8. Juni

Heute Morgen habe ich etwas Gymnastik gemacht. Ich kenne mehrere Übungen. Dabei sitze ich auf dem Sessel, strecke die Beine vor mir aus, stütze mich mit den Fersen ab und beuge den Oberkörper vor, so weit es geht. Das mache ich zehnmal. Oder ich halte mich an der Kirschholzkommode fest, gehe auf die Zehenspitzen, wieder runter und beuge die Knie. Auch das mache ich zehnmal. Es gibt auch Übungen, die ich früher auf meinem Läufer gemacht habe, aber das war zu Zeiten, als es mir noch nicht so schwerfiel, wieder aufzustehen. Jetzt mache ich sie auf dem Bett. Dort lege ich mich auf den Rücken und fahre Rad in der Luft. Das sollte ich eigentlich jeden Morgen machen, aber entweder kann ich mich nicht dazu überwinden, oder ich vergesse es. Zum Glück gibt es Dinge, die weniger unangenehm sind, um sich in Form zu halten. Spazierengehen, zum Beispiel, das sagen alle Ärzte. Das mache ich auch. Und nicht nur fünf Minuten! Ich laufe die ganze Allee entlang, das sind immerhin sechshundert Meter, jeden Tag einmal hin und einmal zurück, also mehr als einen Kilometer. Ich gehe am Stock, damit ich nicht falle, aber zügig, halte mich dabei gerade. Und außerdem steige ich mehrmals am Tag die große Treppe hinauf und wieder hinunter … Da ich mittlerweile etwas zerstreut bin, habe ich immer unten etwas vergessen, wenn ich gerade oben ankomme, und oben, wenn ich wieder unten bin. Also gehe ich wieder hoch und runter. Ich habe die Stufen gezählt, es sind zweiundzwanzig, vierundvierzig hin und zurück, so halte ich meine Beine auf Trab! Ich habe übrigens das Herz eines jungen Mädchens, das hat der Doktor zu mir gesagt. Es kommt auch vor, dass ich meiner Angst vor Fledermäusen trotze und in den Keller gehe, um ein Glas Marmelade aus dem Fliegenschrank, eine Flasche Wein aus dem Weinregal oder Äpfel aus der Obstkammer zu holen. Dazu kommt, dass ich in der Übergangszeit zwischen den Jahreszeiten auf den Dachboden muss: Oben im Schrankzimmer verstaue ich nämlich im Winter meine Sommersachen und im Sommer meine Wintersachen.

Vor einiger Zeit haben mir meine Kinder vorgeschlagen, ins Nordzimmer im Erdgeschoss zu ziehen, in dem es im Winter so kalt ist, dass wir an Weihnachten alles, was nicht mehr in den Kühlschrank passt, dort zwischenlagern. Deswegen nennen wir es «Kühlkammer» oder sogar «Leichenhalle»! Ich habe mich strikt geweigert. Erstens liebe ich mein großes sonniges Schlafzimmer. Zweitens, warum sollte ich meine Gewohnheiten ändern? Halten sie mich für so unbeweglich? Warum nicht gleich eine häusliche Pflege? Oder diesen schrecklichen Sessel, den man in der Werbung sieht, der ans Treppengeländer geschraubt wird und einen ein Stockwerk höher fährt, wie ein Brathähnchen im Speisenaufzug? Sie wollen mir das Leben erleichtern, bringen mich aber Schritt für Schritt ins Grab.

Donnerstag, 11. Juni

Nach dem Mittagessen trank ich draußen gemütlich meinen Kaffee und machte mich über ein Kreuzworträtsel her, dabei warf ich einen kurzen Blick auf die Allee und meinte etwas zu sehen. Es war weder ein Auto noch ein Traktor, noch ein Spaziergänger, sondern ziemlich hoch und dunkel und schien schnell näher zu kommen. Bald wäre es am weißen Gatter angelangt. Würde es zum Hof der Bouillots abbiegen? Das Ding passierte das Gatter und folgte der Allee. Erst jetzt sah ich, was es war: ein Pferd. Ein großes schwarzes Pferd mit einem Reiter. Wer mochte das sein? Was wollte der Mann von mir? Hatte er sich verirrt? Oder wollte er womöglich zu Fernand?

Mittlerweile war er ganz nah. Und strahlte mich an. Keine Frage, er wollte tatsächlich zu mir. Er brachte das Pferd im Hof zum Stehen, stieg ab und kam mit den Zügeln in der Hand auf meinen Gartenstuhl zu. Ein stattlicher Kerl, groß und blond mit langen Haaren und einer schwarzen Pelzmütze auf dem Kopf. Er hatte Schultern wie ein Möbelpacker, trug eine Art Pluderhose, die in seinen Reitstiefeln steckte, und hatte wahre Pranken anstelle von Händen, von denen er mir eine hinhielt, während er mit dröhnender Stimme sagte: «Guten Tag, Jeanne!» Ich stammelte ein verlegenes «Guten Tag, Monsieur». «Erkennen Sie mich nicht? Ich bin's, Grégoire! Grégoire, der Sohn von Olga!» Mein Gott, Olga … Die leicht übergeschnappte Russin, die, man kann es nicht anders sagen, eine gewisse Zuneigung für meine Schwiegermutter empfunden hatte. Sie war gut dreißig Jahre jünger und, wenn ich mich recht erinnere, eine hübsche Frau gewesen. Sie sprach Französisch mit hartem Akzent und rollte das «R» wie eine Turteltaube. Ich weiß nicht mehr, wo meine Schwiegermutter sie aufgegabelt hatte, vielleicht in einem der Hotels, in denen sie üblicherweise den Winter verbrachte. Und ja, es stimmt, sie war hier ein- oder zweimal mit ihrem Sohn zu Besuch gewesen, einem Jungen im Alter meines Sohns. Seit meine Schwiegermutter tot ist, habe ich nichts mehr von ihr gehört, ich weiß nicht einmal, ob sie zur Beerdigung gekommen ist und ob sie überhaupt noch lebt. Dass dieser Kosake also mir nichts, dir nichts zur Kaffeezeit auf seinem Pferd hier hereinschneite, verschlug mir die Sprache. Ganz ungeniert fragte er mich, ob er sein Pferd an meinem Baum festmachen könne, mitten auf dem Rasen, und ob ich einen Eimer hätte, in dem er ihm Wasser zu trinken geben könne. Immer noch sehr unverkrampft, als wären wir Kumpel, wollte er wissen, ob ich ihm für die Nacht ein Dach über dem Kopf geben würde. Ich wusste gar nicht, was ich sagen sollte, kam immer mehr in die Bredouille. Ich konnte ihn ja schlecht im alten Stall einquartieren, auf einem Strohsack, wie ich es üblicherweise mit den Pfadfindern machte … Hatte er nur einen Schlafsack dabei? Musste ich ihm ein Bett beziehen? Das hieße auch, dass er zum Abendessen bleibt … Und angesichts seiner stattlichen Statur bezweifelte ich, dass meine tägliche Gemüsesuppe für ihn das Richtige wäre. Ich musste also etwas aus der Tiefkühltruhe holen. Und mich mit ihm an einen Tisch setzen, mich mit ihm unterhalten. O Gott, was sollte ich ihm bloß erzählen?

Ich holte eine Käse-Quiche und einen Rest Ratatouille heraus, etwas anderes konnte ich nicht finden. Gott sei Dank hatte ich auch ein Stück Saint-Nectaire und einen Rest Baguette eingefroren, das alles taute ich in der Mikrowelle auf, auch den Käse … Als Nachtisch servierte ich ein Krokanteis. Wir aßen in der Küche, die dicken alten Mauern sorgten für eine angenehme Temperatur, während man draußen vor Hitze verging. Die Unterhaltung stellte sich schnell als problemlos heraus, denn er redete die ganze Zeit. Er schilderte mir sein Leben bis ins kleinste Detail, erzählte von unvorhergesehenen Abenteuern und wundersamen Begegnungen, sodass ich mich frage, ob er nicht ein wenig zu dick auftrug. Er hatte die ganze Welt bereist, hatte in der Mongolei in Jurten übernachtet, war durch die Karpaten geritten, hatte Island überquert, zwischen Vulkanen und Eis. Er hatte Putin die Hand geschüttelt und ich weiß nicht mehr welchem Papst den Ring geküsst. Frau und Kinder schien er nicht zu haben. Auf die Frage, womit er seinen Lebensunterhalt bestreite, antwortete er allerdings sehr vage. Bevor wir uns an den Tisch setzten, war er in den Keller gegangen, um eine Flasche Wein hochzuholen, er schien sich bestens an die Örtlichkeiten zu erinnern, benahm sich ganz so, als wäre er hier zu Hause. Er war mit einer Rotweinflasche zurückgekommen, die ziemlich zugestaubt war, ich hoffe, es war kein allzu guter … Der Wein schien ihm jedenfalls zu munden, er trank fast die ganze Flasche allein. Ich gönnte mir nur einen kleinen Schluck. Wo mir schon bei seinen ganzen Geschichten der Kopf schwirrte, wollte ich lieber nüchtern bleiben, für den Fall, dass … Mir war trotz allem nicht ganz wohl beim Gedanken, mit diesem komischen Vogel in einem Haus zu schlafen. Und wenn er ein Mörder war? Ein Straßenräuber? Wenn er mich beklauen wollte? Wenn er in der Nacht, während ich schlief, in mein Zimmer eindrang, um mir meinen Schmuck zu rauben? Vielleicht hatte er mir, als ich ihm vorhin den Rücken zudrehte, einen Russentrank in den Wein gekippt, damit ich tiefer schlief? Vorsichtshalber versteckte ich meine Goldkette und meine zwei Armbänder in einer Strumpfhose zwischen meinen Schlüpfern und den Büstenhaltern. Ich muss hinterher nur dran denken, dass ich sie da hineingetan habe, sonst werde ich überall verzweifelt nach ihnen suchen … Natürlich schaltete ich die Alarmanlage ein und schloss meine Schlafzimmertür ab. Ihn brachte ich in einem Zimmer auf der anderen Seite des Hauses unter, das am weitesten von meinem entfernt lag. Die ganze Nacht glaubte ich, beunruhigende Geräusche zu hören, knarrende Parkettstäbe, klappernde Fensterläden, quietschende Fensterangeln und Schlösser. Zum ersten Mal habe ich mir zum Schlafen das Telefon um den Hals gehängt, auch auf die Gefahr hin, mir damit die Luft abzuschnüren. Ich habe mich auch zum ersten Mal auf die rechte Bettseite gelegt, auf Renés Seite, dichter an den Alarmknopf heran, damit ich ihn beim kleinsten Anzeichen von Gefahr drücken konnte. In der Nacht habe ich kaum ein Auge zugetan, mich verfolgten Bilder von blutrünstigen Kosaken, die durch die Steppe ritten, und von Rasputin, der als Grégoire-Grigori wiederauferstanden war, ausgestattet mit unheilvollen Wunderkräften …

Freitag, 12. Juni

Der Kosake ist in aller Herrgottsfrühe und ohne Lärm zu machen aufgebrochen. Er hatte mich in der Nacht nicht überfallen. Auf dem Küchentisch lag ein kleines Dankschreiben, sehr liebenswürdig und freundlich formuliert. Er sei mir auf ewig dankbar, dass ich ihn in diesem Haus aufgenommen hätte, in dem er den Duft seiner Kindheit wiedergefunden habe. Ich habe mir sein Zimmer und das Badezimmer angeschaut, alles war picobello. Die Bettwäsche lag zusammengefaltet auf dem Bett, zusammen mit den Handtüchern und dem Waschlappen. Waschbecken und Wasserhahn glänzten, als hätte die kleine Angèle sie gerade erst sauber gemacht, und es roch angenehm nach Seife und Zahnpasta. Die Fensterläden waren geöffnet, und die Fenster standen einen Spaltbreit auf und waren arretiert, so ließen sie die Frühlingsluft herein. Gleich nach dem Frühstück, das ich im Schlafrock und in Pantoffeln einnahm, habe ich zu meinem Stock gegriffen und bin nach draußen gegangen. Bis zu dem Baum, an dem das Pferd in der Nacht festgebunden war. Der Rasen war sauber, keine Spur von Pferdeäpfeln, und die Hufe hatten das Gras nicht ramponiert. Den Eimer habe ich neben der Kellertür gefunden.

Warum hatte ich solche Angst? Welchen Grund hätte er gehabt, mir etwas anzutun? Meine Schwiegermutter hatte seine Mutter und ihn immer freundlich empfangen. Es ist einfach nur so, je älter ich werde, desto mehr jagt mir das Fremde Angst ein. Unvorhergesehenes mag ich nicht, sofort sehe ich nur die Schwierigkeiten: Ich muss eine Unterhaltung führen, meine Routine wird gestört, ich gerate mit meinen Kreuzworträtseln in Rückstand … Selbst wenn mir meine Kinder, die ich sehr lieb habe, einen Besuch für den nächsten Tag ankündigen, verfalle ich in Panik. Da können sie noch so oft sagen, dass sie das ganze Essen mitbringen, irgendwas fehlt immer. Brot zum Beispiel, ich habe nie frisches Brot im Haus. Ich kaufe es einmal pro Woche im Supermarkt und friere es ein. Wenn ich welches brauche, mache ich es mir im Ofen warm. Sie behaupten, dass es nicht schmeckt, weil es innendrin ganz matschig wird und sich die Kruste löst und überhaupt nicht mehr kross ist. Sie sind aber auch pingelig! Hätten sie den Krieg erlebt, würden sie sich nicht so anstellen. Manchmal bringen sie aus Paris Brot mit, das sie ganz hervorragend finden. Es ist dunkel, ziemlich schwer und innen nicht so luftig. Ich ziehe mein Brot aus dem Supermarkt vor, das sie selbst in frischem Zustand verschmähen. Was ich außerdem immer vergesse, ist Milch. Ich mag keine Milch. Ich weiß noch, als ich hierherzog, hatte die alte Marie drei Kühe. Jeden Abend wurden sie zur Begeisterung meines Sohns und seiner Cousins von Bébert gemolken, die Jungen gingen in den Stall, um ihm beim Melken zuzusehen, wenn er auf seinem dreibeinigen Schemel saß. Dann kamen sie mit einer Milchkanne voll warmer, schaumiger Milch zurück und tranken große Gläser davon, mir wurde allein vom Geruch übel. Auch habe ich kein Mineralwasser da. Noch so eine fixe Idee der Pariser. Ich habe immer das Wasser aus dem Hahn getrunken und bin nie krank geworden. Manchmal ist es etwas braun und hat einen leichten Metallgeschmack. Dann trinke ich es nicht so, sondern koche damit Tee und Kaffee. Es hat mich bis heute nicht umgebracht. Es ist wie mit dem Haltbarkeitsdatum: Außer beim Fleisch und beim Schinken achte ich nicht darauf. Wenn die Sachen nicht schlecht riechen, esse ich sie. Ich schmeiße doch keinen Joghurt weg, nur weil er seit einer Woche abgelaufen ist.

Wenn ich im Supermarkt bin, nehme ich oft etwas mit, was den Kindern Freude machen könnte. Sachen, die ich normalerweise nicht kaufe. Schokopudding von Danette, Joghurt mit Früchten, Chips … Gern verwechsle ich dabei die Sachen, packe das Falsche ein, oft zur großen Freude meiner Enkelkinder, die so an Leckerbissen kommen, die ihre Eltern ihnen verweigern. Wie an den Schokopudding, den ich für den normalen gehalten habe, der aber neben der Schokomasse jede Menge bunter Schokolinsen enthielt … Oder die Chips, von denen ich glaubte, es seien die klassischen, die aber mit Senf versetzt waren. Sie haben sich regelrecht darauf gestürzt und die Tüten mit in ihr Zimmer genommen, der Gestank war unerträglich …

Montag, 15. Juni

Um zwölf Uhr habe ich mir die Fernsehnachrichten angeschaut. Letzten November hatte ein kleiner Roboter von der Größe eines Kühlschranks nach mehr als zehnjähriger Reise durch das Weltall sein Ziel erreicht! Er hatte diese lange Strecke an Bord einer Weltraumsonde zurückgelegt, die auf den hübschen Namen Rosetta hört. Dann war er auf einem Kometen mit einem unaussprechlichen russischen Namen gelandet, noch zweimal hochgesprungen und zum Stehen gekommen. Unglaublich … Sie hatten das Ganze aus der Ferne verfolgt, in den Zeitungen wurde damals viel darüber geschrieben. Dann war der kleine Roboter mangels Sonnenlicht in einen Winterschlaf gefallen.

Das übersteigt mein Vorstellungsvermögen. Schon dass Menschen zum Mond fliegen, war für mich unfassbar … Ich weiß noch, wie mich René in der Nacht zum 21. Juli 1969 vom Schlafen abgehalten hat. Wir waren in der Bretagne im Urlaub, und er saß die ganze Nacht vorm Radio! Um mich nicht zu stören, hatte er sich irgendwann einen Ohrstöpsel ins Ohr gesteckt, und ich hörte die ganze Zeit das leise nervtötende Brummen des Radios. Er hat hinterher noch lange erzählt, ich hätte ihm das Erlebnis verdorben, weil ich ihm jedes Mal, wenn ich aus meinem unruhigen Schlaf geschreckt bin, den Stöpsel aus dem Ohr gezogen habe.

Um auf meinen kleinen Roboter zurückzukommen, ausgerechnet heute ist er wieder zum Leben erwacht! Demnach war er zwar schief auf dem Kometen aufgekommen und unterhalb eines

Felsens gelandet, wo er sehr wenig Sonnenlicht für seine Batterien bekam, dennoch hatte er überlebt.

Mir jagt das alles große Angst ein. Eine Entdeckung folgt auf die nächste, sie zeigen ein Universum, das immer größer wird, eine dunkle Welt, in der sich Milliarden Sterne und Planeten endlos drehen. Und unsere kleine blaue Kugel mittendrin … Wo ist der liebe Gott? Wo ist der Himmel? Wo sind René, Edmonde und die alte Madame Lefort? Wo werde ich landen?

Mittwoch, 17. Juni

Mein Gärtner ist wirklich ein Spaßvogel. Als René noch gelebt hat, war der Gemüsegarten klar strukturiert, alles war nach Kategorien geordnet: Tomaten neben Tomaten, Bohnen neben Bohnen, Zucchini neben Zucchini, Erdbeeren neben Erdbeeren, Artischocken neben Artischocken. Mein Gärtner aber setzt gern alles durcheinander. Er hat mir einen Mischmasch-Garten angelegt. Eine Zucchinipflanze, zwei Tomatenpflanzen, eine Zucchinipflanze, zwei Tomatenpflanzen und so weiter. Meine vier Reihen mit Erdbeerpflänzchen hat er aufgelöst und querbeet verteilt: ein paar Büschel zwischen zwei Birnbäume, andere zwischen die Thymianpflänzchen, wieder andere neben die Johannisbeersträucher … Im Frühbeet, das normalerweise Gewürzkräutern und Radieschen vorbehalten ist, hat er ein paar Kirschtomaten gepflanzt. Nur die Himbeersträucher sind neben den Mirabellenbäumen geblieben, sie lassen sich wohl nicht so leicht umsetzen. Die zwei riesigen Rhabarberpflanzen hingegen, die schon damals, als meine Schwiegermutter noch gelebt hat, ihren festen Standort hatten, hat er ausgerissen und stattdessen fünf oder sechs kümmerliche Pflänzchen gesetzt, die ich kaum erkennen kann, zwei bei den Johannisbeersträuchern, zwei bei den grünen Bohnen und eine oder zwei bei den Himbeeren.

Anfangs war ich ganz verwirrt, ich fand nichts wieder. Etwas erschrocken habe ich ihn gefragt, warum er meine Erdbeerpflanzen ausgegraben hat. Daraufhin ist er mit mir durch den Garten gelaufen und hat sie mir gezeigt. Er war ganz stolz: «Sehen Sie nur, wie schön es aussieht!», hat er gesagt und sein Werk bewundert. Er wirkte so glücklich, da wollte ich ihn nicht kritisieren. Mein Gärtner ist ein Künstler, er verteilt Früchte und Gemüse wie ein Farbenhändler, und mein Gemüsegarten gleicht einer Malerpalette. Alles in allem ist das Pflücken zwar unpraktisch, denn wenn ich Erdbeeren haben will, muss ich mit meinem Korb durch den ganzen Garten laufen. Aber schön aussehen tut es, das stimmt.

Freitag, 19. Juni

Warum schreibe ich das alles am Ende meines langen Lebens auf? Ist es der Wunsch, nicht völlig ausgelöscht zu werden, nachdem meine Augen zugefallen sind? In meinem Alter geziemt es sich eigentlich nicht, so sehr auf sich selbst fixiert zu sein. Ein Tagebuch ist was für junge Mädchen, nicht für alte Frauen. Es gibt keine Liebesgeschichten mehr, die ich ihm anvertrauen müsste, ich rede nur dummes Zeug, was sonst? Sie werden sich köstlich amüsieren, diejenigen, die das Buch nach meinem Tod finden.

Als ich im richtigen Alter war, um Tagebuch zu schreiben, habe ich nichts aufgeschrieben. Ich hatte nichts zu erzählen. Keine Techtelmechtel zu gestehen, keine Jungen geküsst. In meinem Pensionat gab es ja nur Mädchen. Wir träumten natürlich, malten uns Dinge aus, mit rosigen Wangen und einem Kribbeln im Bauch. Wir waren so unbedarft. Als ich das erste Mal einen Jungen auf den Mund küsste, war ich dreiundzwanzig und habe ihn geheiratet. Am Tag meiner Hochzeit hat meine Mutter nur zu mir gesagt, was man allen jungen Frauen an diesem Tag mit auf den Weg gibt: «Lass deinen Mann machen, auch wenn es unangenehm ist, widersetze dich nicht.» So unangenehm war es nicht gewesen, und mein Mann, fast so unerfahren wie ich, war ganz geduldig und vorsichtig zu Werk gegangen. Mit der Zeit habe ich mich daran gewöhnt und mich immer bemüht, ihn auf seine Kosten kommen zu lassen. Das Ziel am Ende hat mich nie gereizt, aber mir hat das Davor gefallen, und ich habe immer dafür gesorgt, dass es sich lange hinzieht. Ich habe gelesen, dass die jungen Dinger von heute mit siebzehneinhalb damit beginnen. Was sind das für seltsame Zeiten.

Samstag, 20. Juni

Morgen ist Sommeranfang. Es ist der längste Tag des Jahres. Wie schön.

Sommer

Sonntag, 21. Juni

Heute habe ich Gilberte, Nine und Toinette zum Tee eingeladen. Ich hatte einen Walnuss-Rosinen-Kuchen gebacken, Gilberte kam als Erste. Ich bat sie, draußen am Gartentisch Platz zu nehmen, wo ich die Tassen und den Teller mit den Kuchenscheiben hingestellt hatte. Der Sonnenschirm war aufgespannt, denn die Sonne brannte am Nachmittag noch recht kräftig vom Himmel. Ich ging kurz in die Küche, um Teewasser aufzusetzen, und als ich mit der Teekanne zurückkam, hatte es sich Marcelle auf einem der grauen Holzstühle bequem gemacht. Sie kaute mit gesundem Appetit an einem Stück Kuchen und plauderte mit Gilberte, die sehr erfreut schien. Dann kam Fernand – alles andere als erfreut – und forderte sie auf, mit ihm nach Hause zu gehen. Er sah richtig wütend aus, ich hatte schon Angst, er würde sie mit seinem Stock antreiben.

Anschließend trafen Nine und Toinette ein. Wir blieben eine ganze Weile draußen, bis leichter Wind aufkam. Dann gingen wir ins Haus, klappten den Bridgetisch auseinander und holten die Spielkarten hervor. Der restliche Nachmittag verging im Nu. Da keine von uns es eilig hatte und keine zu Hause erwartet wurde, holte ich irgendwann eine Flasche Muskateller aus dem Kühlschrank, machte eine Packung Salzgebäck auf, und wir genehmigten uns einen Aperitif. Es war bestimmt schon acht Uhr, als sie schließlich gingen. Ich hatte keinen großen Hunger mehr und auch keine Lust, mir noch etwas zu kochen.

Also ging ich wieder nach draußen. Die Temperatur war ideal, der Kies hatte über Tag die Wärme gespeichert, und es ging ein leichtes Lüftchen. Ich liebe die langen Abende im Juni, wenn sich der Tag bis zu den ersten Sternen hinzieht. Ich nahm meinen Stock und drehte im Gemüsegarten eine kleine Runde. Tagsüber ist das undenkbar, es ist viel zu heiß, und nirgendwo gibt es ein Schattenplätzchen. Ich ging bis zu den Himbeersträuchern. Früher, als meine Schwiegermutter noch lebte, hatte ich an diesem Ort immer etwas Angst. Es kam nicht selten vor, dass sich dort Vipern versteckten, und wir pflückten niemals Himbeeren, ohne vorher hohe Stiefel anzuziehen. Wenn wir uns näherten, machten wir «pss, pss», um sie zu verscheuchen. Später habe ich erfahren, dass diese schrecklichen Tiere vollkommen taub sind. Wenn wir in den letzten Jahren eine Viper aufscheuchten, rannten wir sofort los, um Fernand zu holen, er nahm seine Hacke und tötete sie mit einem Schlag auf den Kopf. So gut wie er kriegt das sonst keiner hin. Heute sehen wir nicht mehr sehr viele, und das ist auch gut so. Sie werden von Igeln getötet. Wenn man beim Autofahren einen Igel sieht, der die Straße überquert, sollte man tunlichst anhalten, um ihn auf die andere Seite zu lassen. Ein Vipernfänger ist viel wert. In meinem Kühlschrank liegen bestimmt noch eine Spritze und ein Gegengift herum, aber das Haltbarkeitsdatum des Antiserums ist vermutlich seit Jahren abgelaufen. Außerdem wäre ich sowieso nicht in der Lage, mir eine Spritze zu setzen.

Ich probiere eine Himbeere, dann noch eine und noch eine. Sie sind gerade richtig, saftig und süß. Eigentlich sollten sie jetzt gepflückt werden. Es sind so viele, dass ich daraus Marmelade kochen kann. Ich werde Angèle um Hilfe bitten, sie verträgt die Sonne gut. Als ich auf dem Rückweg zum Haus an den rosa Dahlien vorbeigehe, werfe ich einen Blick auf die Johannisbeersträucher. In wenigen Tagen sind die Dolden rot. Auch Erdbeeren kommen noch nach, Angèle wird zusätzlich zu den Himbeeren eine große Salatschüssel mit Erdbeeren pflücken können.

Auf Höhe der Wäscheleine komme ich zu dem halb verfallenen Steinmäuerchen und gehe daran entlang. Unterwegs pflücke ich ein paar Bartnelken, um daraus einen Strauß zu binden, den ich ins Büro stellen werde. Auch die Narzissen blühen schon, aber ich lasse sie lieber stehen. Sie riechen zu stark, ihr Geruch bekommt mir nicht gut.

Als ich wieder am Haus bin, lege ich mich in einen Liegestuhl und schließe die Augen. Die Luft ist jetzt sehr angenehm, aber im Fernsehen haben sie für die nächsten Tage eine Hitzewelle vorhergesagt. Also genieße ich den letzten behaglichen Abend. Die Sonne ist bereits hinter dem Gemüsegarten verschwunden, sie wird von den großen Bäumen verdeckt.

Als ich wach werde, ist es dunkel geworden, und ich fröstele ein wenig. Ich höre eine Eule, sie kann nicht weit weg sein. Ich weiß nicht, ob *sie* mich aus dem ersten Schlaf geweckt hat oder ob es der Nachtfalter war, der gegen meine Nase flog.

Montag, 22. Juni

Ich sitze im Bett, das Notizbuch auf dem Schoß. Ich kann nicht schlafen, dabei ist es schon spät. Vielleicht hält mich der Rum noch wach. Der Sohn meiner Cousine und seine Frau waren heute in der Gegend und haben hier zu Abend gegessen. Ich hatte wieder Rum mit Zimt und Zitrone angesetzt, und wir haben den Aperitif draußen zu uns genommen. Das Wetter war schön, es ging uns gut, wir blieben lange sitzen, der Aperitif zog sich in die Länge, und am Ende hatten wir die ganze Karaffe leergetrunken. Zugegeben, es war ein sehr heißer Tag, sodass wir ordentlich Durst hatten, und mein Rum war gut gekühlt.

Wir unterhielten uns über alles Mögliche, und nach ein paar Gläsern ging es auch um Politik. Ich weiß nicht mehr, wie wir auf das Thema Ehe kamen, das letztes Jahr das ganze Land in Aufruhr versetzt hat. Sie haben eifrig demonstriert, allerdings dagegen. Mir fiel es schwer, ihre Aufregung nachzuvollziehen. Was hatten sie denn damit zu schaffen? Irgendwie haben sie in ihrer Argumentation alles durcheinandergeworfen: die Homosexualität, Adoptionen, Leihmütter, den lieben Gott, die Sozialisten und was weiß ich sonst noch. Auch wenn ich mir die Sache mit den Frauen, die für andere Babys austragen, schwer vorstellen kann: Ob Homosexuelle heiraten, ist mir völlig gleichgültig. Jeden Tag merke ich aufs Neue, dass ich aus einer ganz anderen Welt komme. Ich war schon fünfundzwanzig, als ich zum ersten Mal das Wort Homosexualität gehört habe. Mein Schwager hatte René und mich in Paris in eine «Schwulendisco» – so hieß das damals – mitgenommen. Ich hatte so etwas noch nie gesehen. Ich wusste gar nicht, dass es das gibt, Liebe zwischen Menschen des gleichen Geschlechts. Zwar hatte ich ein bisschen Ahnung von griechischer Geschichte, aber das gehörte in die Welt der Literatur. Erst da habe ich begriffen, warum uns die Nonnen im Mädchenpensionat untersagt hatten, zu zweit aufs Zimmer zu gehen, warum sie völlig aufgelöst wirkten, wenn zwei Mädchen einander «sehr nahe» schienen, warum wir uns hinter einem Paravent ausziehen und das, was sie flüsternd unsere «Scham» nannten, verstecken mussten.

Mein Neffe behauptet, die Homosexualität sei schuld am Untergang des antiken Griechenlands und des Römischen Reichs gewesen. Das wundert mich nun doch.

Dienstag, 23. Juni

Es wird immer heißer. Heute Nacht ist die Temperatur nicht unter zwanzig Grad gesunken. Gestern war noch ein Lüftchen gegangen, aber heute ist es windstill, und draußen geht man vor Hitze ein. Nach dem Mittagessen begebe ich mich ins Schlafzimmer und tue, was meine Tochter mir in Zeiten großer Hitze geraten hat: Ich lasse kaltes Wasser in meine große Waschschüssel laufen und stelle meine Füße hinein. Das erfrischt tatsächlich den ganzen Körper, und man kriegt wieder besser Luft. Letzten Sommer habe ich im Elektrogeschäft in Le Donjon einen Luftkühler gekauft und in mein Schlafzimmer gestellt. Man musste die Schale mit Eiswürfeln füllen und dann auf einen Knopf drücken, um das Gerät einzuschalten. Ein Ventilator wirbelte die Luft durcheinander, die dank der Eiswürfel das Zimmer herunterkühlen sollte. Dafür musste ich erst in die Küche gehen und Eiswürfel aus dem Gefrierschrank holen, dann wieder nach oben steigen, wobei mir fast die Finger abfroren, und die Würfel einzeln in die Schale füllen. Im Endeffekt war es ziemlich kompliziert und kühlte das Zimmer nicht merklich herunter. Außerdem nahm mir das Gerät viel Platz weg, fast so viel wie ein kleiner Kühlschrank, und es war sehr hässlich. Um es wieder loszuwerden, habe ich schließlich meinen Sohn gebeten, es auf den Dachboden zu stellen.

Heute bin ich den ganzen Nachmittag in meinem Schlafzimmer geblieben. Mit den Füßen im Wasser habe ich drei Kreuzworträtsel gelöst, eins im *Figaro*, eins im *Figaro Madame* und eins im *Magazine*. Sie hatten, was ja manchmal vorkommt, ein früheres Rätsel von Monsieur Laclos abgedruckt, und ich konnte mich wieder an seinen lustigen Definitionen erfreuen. Sieben Buchstaben, «Zustand, in dem man absolut nichts zu bereuen hat»: Amnesie! Fünfzehn Buchstaben, «Insektensammler»: Scheibenwischer! Oder auch, «seit kurzem vergangen»: gestern! Und die hier mag ich auch sehr gern, «Gestiefelter Vater»: Nikolaus! Nachdem ich zum hundertsten Mal frisches Wasser in meine Waschschüssel gefüllt hatte, schrieb ich ein wenig in meinem Tagebuch.

Ich musste an das gestrige Abendessen denken. Vielleicht ist es so, dass ich mit meinen neunzig Jahren letztlich großzügiger sein kann als die Jüngeren. Wenn ich bedenke, was ich schon alles hinter mir habe … Als junges Mädchen war ich so naiv gewesen. Hätte ich geahnt, was heute alles möglich ist, ich wäre entsetzt gewesen. Erweiterte Eheschließungen und auch unsere gestrige Unterhaltung wären damals, als man mit achtzehn kaum wusste, was sich in einem Bett zwischen einem jungen Mann und einer jungen Frau abspielen konnte, unvorstellbar gewesen … Man muss auch bedenken, dass ich mich bis zum Abitur in einer reinen Mädchenwelt bewegt habe. Außerdem war Krieg, wir lebten unter deutscher Besatzung, und es herrschte Ausgangssperre. Meine ersten Überraschungspartys mit achtzehn oder neunzehn fanden nachmittags statt, in Wohnungen, die von Eltern streng überwacht wurden. Unsere Flirts beschränkten sich auf Hände, die sich flüchtig berührten, aber nicht zuzudrücken wagten. Besuch hatten wir selten, wir lebten in kleinen Verhältnissen und führten ein sittsames und geordnetes Leben.

Ich war neun, als meine Eltern beschlossen, ihre Finanzen ein wenig aufzubessern und mein Zimmer an eine amerikanische Studentin zu vermieten. Von einem auf den anderen Tag fand ich mich in einem Pensionat im sechzehnten Arrondissement wieder, es hieß Lübeck. Da meine Mutter früher ebenfalls Schülerin dieser renommierten Anstalt war, wurde ich zu Bedingungen aufgenommen, die unsere bescheidenen Verhältnisse hergaben. Bei meiner Ankunft hatte mir die Schwester die Waschschüssel und den Waschlappen neben dem Bett gezeigt: Beim Waschen müssten wir unsere Nachthemden anbehalten. Ab der sechsten Klasse hätten wir dann zur Wahrung unserer Privatsphäre ein Anrecht auf einen Paravent. Auf die Tür am Ende eines Flurs zeigend, fügte sie hinzu, «die Morgentoilette» könne ich dort erledigen. Da ich nicht wusste, was «die Morgentoilette» war, suchte ich den Raum in den ersten Tagen nicht auf. So habe ich mir aufgrund meiner Sittsamkeit acht Tage lang nicht den Hintern gewaschen …

Einmal in der Woche durften wir in die Badewanne steigen. Ich weiß noch, dass Yolande de Reynal aus Martinique, dem Land ihrer Geburt, einen Rum mitgebracht hatte. Wenn wir am Badetag ins Untergeschoss gingen, versteckten wir die Flasche und ein paar Zuckerwürfel in unseren Handtüchern. Über der Badewanne gossen wir dann Rum auf unseren Zucker. Es brannte im Hals, in etwa so wie Senf, und schmeckte intensiv, wir waren zwölf und fanden es toll.

An meine Zeit im Pensionat habe ich schöne Erinnerungen. Dort war es viel lustiger als bei mir zu Hause, wo ich nur meinen kleinen Bruder zum Spielen hatte. Im Lübeck hatte ich einen Haufen Freundinnen gefunden; oft war ich donnerstagnachmittags bei der einen oder anderen eingeladen. Trotzdem weinte ich in den ersten Monaten jeden Abend in meinem Bett, und Schwester Anita, die Aufsicht über den Schlafsaal führte, tröstete mich. Ich vermisste meine Eltern, ich war noch klein. Und ich war wütend auf die schöne Amerikanerin, die mir mein Zimmer gestohlen hatte, während mein kleiner Bruder seins behalten durfte. Von nun an musste ich es mit ihm teilen, wenn ich am Samstagabend nach Hause kam.

Im Pensionat badeten wir sozusagen im Weihwasser. Morgens mussten wir zur Messe, was mir gar nicht gefiel, hauptsächlich, weil man dafür so früh aufstehen musste; an manchen Tagen stellten wir uns krank, und wenn wir es nicht zu oft machten, drückten die Nonnen ein Auge zu. Abends vor den Schularbeiten mussten wir erneut in die Kapelle für den sakramentalen Segen. Das gefiel mir hingegen gut. Die Zeit dort erschien uns wie eine Pause nach einem vollgepackten Schultag. Zwanzig Minuten lang sangen oder hörten wir großartige Musik. Das *Ave verum* von Mozart fand ich sehr ergreifend, und inbrünstig sang ich das *Tantum ergo* des heiligen Thomas von Aquin mit. Ich könnte es immer noch singen, *Tantum ergo, sacramentum, veneremur cernui et antiquum documentum, novo cedat ritui: praestet fides suplementum, sensuum defectui …* Die Concierge unseres Wohnblocks in der Rue Jouffroy, Madame Dussauge, sagte einmal zu meinen Eltern, ich würde später bestimmt einmal ins Kloster gehen, denn immer wenn sie die Mülltonnen in den Hof räume, höre sie mich aus vollem Halse Kirchenlieder schmettern.

Ich kann mich auch noch gut daran erinnern, dass wir von den Fenstern unseres Schlafsaals aus das Feuerwerk der Weltausstellung sehen konnten. Das muss 1937 gewesen sein. Wie weit das alles zurückliegt …

Am Abend, als die Hitze endlich wieder erträglich wurde, säuberte ich meinen Messingbottich, zog Sandalen an und hängte im Gemüsegarten die Wäsche auf. Ich nutzte den Moment, um nachzusehen, wie weit meine grünen Bohnen waren. Sie sind sehr spät dran und noch so klein, dass ich sie zwischen den Stängeln und Blättern kaum erkennen kann. Sie brauchen Wasser. Fernands Beet, direkt angrenzend – es gehörte früher zu unserem Grundstück –, ist in tadellosem Zustand. Es wächst kein Unkraut darin, die Zuckererbsen sehen gut aus, und ein paar rötlich schimmernde Tomaten lassen meine, die noch ganz grün sind, blass erscheinen. Die Sache ist ganz einfach: Bei ihm ist einfach alles besser, größer, schöner, der Kohl, die Salatköpfe, die Bohnen, die Zucchini … Sogar die Erde ist schöner, fetter, nicht so trocken. Er hegt und pflegt sein Beet aber auch, der gute Fernand. Jeden Tag schlüpft er in seinen Overall und holt anschließend sein Mofa aus der Garage. In einer Hand den Lenker, in der anderen ein paar Gartengeräte, die er zwischen Kopf und Schulter einklemmt, rattert er zu seinem Gemüsegarten. Dort verbringt er eine gute Stunde. Da ihn seine Beine nicht mehr so gut tragen, jätet, hackt, rupft, schneidet und gießt er im Sitzen, bewegt seinen Hintern von Pflanze zu Pflanze. Meine Bohnen hingegen wachsen nicht, meine Salate darben, meine Zucchini sind mickrig wie Gewürzgurken, und alles ist ganz trocken. Seit bestimmt zehn Jahren spricht mein Schwiegersohn davon, einen automatischen Sprenger aufzustellen, aber bisher muss ich immer noch den langen grünen Schlauch ausrollen oder die alte Zinkgießkanne schleppen. Manchmal, wenn sie die Zeit dazu hat, gießt Angèle für mich. Ansonsten muss ich auf den Gärtner warten oder auf meine Kinder, denn mittlerweile schaffe ich es nicht mehr. Ich denke sogar darüber nach, den Gemüsegarten zu verkleinern, er ist viel zu groß für mich. Monatelang wächst nichts, dann wird alles auf einmal reif, und ich komme mit dem Ernten nicht mehr nach, nicht einmal mit Hilfe von Angèle. Früher habe ich reihenweise grüne Bohnen geerntet, heute mache ich mir dabei den Rücken kaputt, mehr als zwei oder drei Pflanzen schaffe ich nicht mehr. Ein kleines Areal wie das von Fernand würde mir völlig reichen.

Ich kann mich nicht daran erinnern, warum und seit wann Fernand und Marcelles kleiner Hof keinen eigenen Gemüsegarten mehr hat. Ich weiß nur noch, zu Zeiten der alten Marie gab es neben dem Hof, vom Hühnerstall durch ein kleines Mäuerchen getrennt, eine «Streuobstwiese», so nannten wir sie damals. Dort zwischen den Obstbäumen wuchsen alle Arten von Gemüse. Eines schönen Tages wurde das Gemüse herausgerissen und durch saftiges Gras ersetzt, das von fünf, sechs Schafen gefressen wurde. Sie mussten sich entscheiden, Gemüse oder Schafe … Vermutlich bot René ihnen zu diesem Zeitpunkt ein Stück von unserem Garten an.

Bevor ich zurück ins Haus gehe, werfe ich einen gierigen Blick auf Fernands Bohnen. Warum erntet er sie nicht? Sie sind lang und dünn, so wie ich sie mag. Vermutlich ist es so wie mit den Kartoffeln: Marcelle und er warten, bis sie noch dicker sind; vorher haben sie kein Interesse daran. Vielleicht essen sie sie nicht wie ich nur mit Butter und Salz, vielleicht werfen sie sie in die Suppe? Ob sie es merken würden, wenn ich ihnen ein paar stibitzen würde …? Ich zögere, denn das gehört sich eigentlich nicht … Und wenn er mich dabei sieht? Aber er kann mich nicht sehen, es ist niemand da, ich bin ganz allein. Also beeile ich mich, ernte eine Handvoll Bohnen aus Fernands Beet, nur so viele, dass sie für mein heutiges Abendessen reichen. Ich beruhige mein Gewissen, indem ich mir vornehme, ihm welche von meinen anzubieten, wenn sie so weit sind. Erleichtert pflücke ich noch eine schöne rote Tomate und lege alles in meine Waschschüssel. Und außerdem, überlege ich, wenn man es genau nimmt, gießt Fernand sein kleines Areal mit meinem Wasser …

Mittwoch, 24. Juni

Der Salat, den wir Anfang des Monats gesät hatten, hatte schon seine Köpfchen durch die Erde gesteckt, doch dann, heute Morgen, war plötzlich alles weg. Stattdessen Hasenköttel, die aussahen wie Olivenkerne. Hasen sind ja süß, aber ich habe es satt, dass sie meinen Salat fressen. Nicht nur die Hasen, auch die Rehe verwüsten ganze Gärten. Und dann gibt es noch die Maulwürfe mit ihren unterirdischen Gängen und ihren Erdhaufen auf dem Rasen. Wir haben alles versucht, um sie loszuwerden. Gift, Rauchbomben in ihren Gängen, Fallen mit Köder, wir haben Ringelblumen und Osterglocken gepflanzt, Rizinusöl eingesetzt … Nichts hat geholfen. Wenn es so weitergeht, habe ich bald mehr Erde als Gras.

Donnerstag, 25. Juni

Heute Morgen hat Angèle eine Stunde im Garten verbracht, um Himbeeren zu ernten. Mir war wichtig, dass sie möglichst viele pflückt, bevor meine Tochter morgen Abend kommt. Denn ihrem Hund, wenn er nicht gerade seine Schnauze in meinen Müll steckt, fällt nichts Besseres ein, als an meine Himbeeren zu gehen und möglichst viele davon zu futtern. Wenn er die halb verfaulten Äpfel und Birnen frisst, die auf dem Boden liegen, ist mir das egal, aber meine Himbeeren, das gefällt mir gar nicht, dann meckere ich. Vor allem, wo meine Tochter meine Marmeladen so gern mag! Himbeermarmelade lässt sich ganz einfach kochen. Man darf die Beeren nicht waschen, sonst verlieren sie ihr Aroma. Darum bringe ich alles in meinem Waschzuber zum Kochen, Früchte und Würmer, dazu Kristallzucker, und warte ab. Regelmäßig schöpfe ich mit einem Schaumlöffel den rosa Schaum ab und fülle ihn in kleine Schälchen, die ich in den Kühlschrank stelle. Morgens zum Frühstück hole ich sie wieder raus. Himbeerschaum ist etwas Leckeres, ich streiche ihn auf das Toastbrot, zu meinem grünen Tee. Meine Enkel sind ganz versessen darauf, sie futtern ihn löffelweise. Bei ihnen hält der Schaum nie lange …

Freitag, 26. Juni

Ich weiß nicht, was ich getan habe, das ist mir seit sechzig Jahren nicht mehr passiert! Meine Marmelade ist nichts geworden. Dabei habe ich alles so gemacht wie immer. Das Ergebnis: ein Fruchtkompott. In meinen Gläsern schwimmen die Himbeeren in einem dickflüssigen dunkelroten Saft. Das Kompott schmeckt gar nicht mal schlecht, es lässt sich nur nicht aufs Brot streichen, tropft überall herunter. Auf den Kleidern bleiben blaue Flecken zurück, die nicht mehr rausgehen. Letzte Woche ist mir schon meine Erdbeermarmelade missraten, ich habe sie zu lange kochen lassen, die Erdbeeren sind ganz braun geworden, und es ist ein klebriger Brei herausgekommen, der fast aussieht wie Quittenbrot. Die ganze Arbeit war für die Katz! Heißt das, dass mich mein Kopf allmählich im Stich lässt?

Aus der kleinen Schublade meines Sekretärs habe ich einen Artikel herausgeholt, den ich aus irgendeiner Zeitung ausgeschnitten habe. Darin zählt ein Arzt die wichtigsten Anzeichen für Alzheimer auf, die einen in Alarmbereitschaft versetzen sollten. Es sind zehn Stück.

1. Gedächtnisverlust: Die Betroffenen vergessen zunehmend kurz zurückliegende Ereignisse, können sich aber gut an Dinge von früher erinnern.

Meine Kinder behaupten tatsächlich, dass ich immer vergesslicher werde. Bevor sie an einem Wochenende oder in den Ferien kommen, müssen sie mehrmals anrufen, um mir zu sagen, an welchem Tag sie anreisen, ob mit oder ohne Kinder … Dass ich die gleiche Frage mehrmals stelle. Dass ich an einem Tag dieselbe Geschichte zweimal erzähle, gerade mal eine Stunde Abstand dazwischen, mit exakt denselben Worten, denselben Witzen und denselben Fragen … Ich weiß nicht, mir fällt das nicht auf. Vielleicht übertreiben sie auch. Letztes Mal habe ich mich über meine Tochter geärgert. Ich habe ihr ein paar Zeilen aus einem Zeitungsartikel vorgelesen, dessen Inhalt mich sehr erstaunt hatte, ich weiß nicht mehr, worum es genau ging, aber damals sagte ich: «Nein, so was, das hätte ich nie gedacht!», und brach in schallendes Gelächter aus. Daraufhin antwortete sie etwas gereizt: «Mama, exakt das Gleiche hast du mir, mit derselben Verblüffung in der Stimme und demselben Gelächter, vor nicht mal einer halben Stunde erzählt!» Früher hat sie so etwas nie zu mir gesagt.

2. Schwierigkeiten bei der Ausführung alltäglicher Aufgaben: Den Betroffenen fällt es schwer, vertraute Arbeiten auszuführen wie beispielsweise Essenkochen, Einkaufen, das Verfallsdatum von Lebensmitteln im Kühlschrank im Blick zu behalten …

Schwierigkeiten bei der Ausführung alltäglicher Arbeiten … Meine Marmeladen …?

3. Sprachprobleme: Den Betroffenen fallen einfache, gängige Wörter nicht mehr ein, sie verwenden andere, die mehr oder weniger gut passen.

Also, das kenne ich überhaupt nicht.

4. Mangelnder Sinn für Raum und Zeit: Der Orientierungssinn lässt nach. Die Betroffenen verlaufen sich auch in vertrauter Umgebung und verwechseln die Jahreszeiten.

Ich hatte noch nie einen guten Orientierungssinn. René hat sich ständig über mich lustig gemacht. Von der Seite ist alles in Ordnung.

5. Probleme im abstrakten Denken: Die Betroffenen haben Schwierigkeiten mit Behördenformularen, in Geldangelegenheiten (insbesondere seit der Einführung des Euro), beim Ausstellen eines Schecks, bei Telefonanrufen.

Ich kann einen Scheck ausstellen, ich verwechsele nicht Franc mit Euro, und auch wenn ich es nicht gerne mache, kann ich andere Leute anrufen. Was Behördenformulare und Geldangelegenheiten angeht, das konnte ich noch nie. Das war Renés Aufgabe, und heute mischt sich mein Sohn in alles ein.

6. Verlegen von Gegenständen: Die Betroffenen legen Gegenstände an unüblichen Orten ab (eine Armbanduhr im Ofen) und finden sie nicht wieder.

Ich habe wirklich mal meine Brille im Kühlschrank gefunden! Und einen 500-Franc-Schein im Müllschlucker. Aber das liegt mehr als vierzig Jahre zurück …

7. Eingeschränkte Urteilsfähigkeit: Die Betroffenen haben zunehmend Schwierigkeiten, Situationen richtig einzuschätzen: Sie tragen im Sommer Winterkleidung, verschätzen sich beim Einkaufen mit den Mengen …

Also, das kenne ich überhaupt nicht. Verschätzen bei den Mengen, das war Renés Spezialität: In jeder Krisensituation, ob Ölpreisschock oder Kubakrise, hatte er Angst vor einer Lebensmittelknappheit und packte den ganzen Einkaufswagen voller Zucker. Warum ausgerechnet Zucker, habe ich nie verstanden … Ich neige eher dazu, zu wenig zu kaufen. In Sachen Kleider ist es nur ein einziges Mal vorgekommen (was René bestimmt hundert Mal zum Besten gegeben hat), dass ich mitten im Winter in einen Laden gegangen bin und nach einem Badeanzug gefragt habe. Aber das war nur ein kleiner Lapsus und nicht Folge einer eingeschränkten Urteilsfähigkeit. Ich glaube, wir wollten ein paar Wochen später nach Martinique fliegen.

8. Verhaltensänderungen: Der Umgebung fällt eine Tendenz zur depressiven Verstimmung, Angstreaktion, Reizbarkeit oder Unruhe auf …

Außer wenn ich wirklich mal schlecht geschlafen habe, bin ich eher ein ausgeglichener und vergnügter Mensch. Steht auch so in meinem Horoskop.

9. Verlust der Eigeninitiative: Bei jeglicher Aktivität lässt die Motivation nach, auch bei Dingen, die man früher mit großer Begeisterung getan hat.

Also nein! Ich freue mich immer noch riesig auf meine Kreuzworträtsel und liebe auch Bridge und Scrabble noch genauso sehr wie früher! Das trifft also sicher nicht zu.

10. Persönlichkeitsveränderung: Die Persönlichkeit der Betroffenen verändert sich drastisch und verliert ihre typische Note. Eifersucht, vorurteilsbedingte Zwangsvorstellungen, unangemessene Überschwänglichkeit bilden sich aus …

Ich bin weder eifersüchtig noch überschwänglich. Und Zwangsvorstellungen? Kenne ich nicht.

Insgesamt treffen nur zwei von zehn Punkten bei mir zu, was mich jetzt beruhigt. Außer dass ich gelegentlich etwas vergesse und mir meine Marmelade missraten ist, ist mein Kopf noch voll dabei.

Sonntag, 28. Juni

Meine Tochter hat mich getröstet. Sie hat die Gläser mit Himbeermarmelade in einen großen Topf gegossen, alles noch einmal aufkochen lassen, die Flamme ausgedreht und dann den Pürierstab reingehalten, mit dem ich sonst meine Suppe püriere und den ich nicht mehr gefunden hatte. Ich habe sie machen lassen, sie ist sowieso diejenige, die am meisten von dem Zeug essen wird. Mein Leben lang habe ich die Marmelade vor allem für andere gekocht. Früher für René und jetzt eben für meine Kinder und Enkelkinder. Beim Erdbeerbrei war leider nichts mehr zu machen, er schmecke aber gar nicht schlecht, behauptete sie, es sei eben nur keine Marmelade. Ihr Mann und ihre Kinder haben das ganze Wochenende von der braunen Masse gegessen, ganze Teelöffel haben sie sich davon genommen und mit Genuss daran geleckt. Es erinnerte sie an jene Muscheln, die mit einer gefärbten Zuckermasse gefüllt sind und an denen sie früher stundenlang lecken konnten, mit klebrigen Fingern, wenn sie aus der Schule kamen. Sie wollten unbedingt ein Glas davon mit nach Paris nehmen, als sie zurückfuhren – ohne meine Tochter, die sich ein paar Tage freigenommen hat, um noch bei mir zu bleiben.

Meine Tochter und ich haben seit jeher ein sehr enges Verhältnis. Mein Sohn war bei ihrer Geburt schon fünfzehn, und er zog bald darauf aus. Er geriet ganz oft mit seinem Vater aneinander, deswegen ging er, sobald er sein Abitur in der Tasche hatte, zum Studium nach Lille. Ich fühlte mich ziemlich alleingelassen zwischen einem Mann, der wenig da war, und einer Schwiegermutter, mit der ich im Grunde keinen Kontakt haben wollte.

Mein Töchterchen war daher ein Geschenk. Sie war ein braves Kind, spielte stundenlang für sich, während ich las oder strickte. Wir gingen oft auf der Allee spazieren, ich hielt ihre Hand, und wir sangen «Fuchs, du hast die Gans gestohlen, gib sie wieder her …». Dabei pflückten wir Kleines Immergrün und Walderdbeeren, die am Straßenrand wuchsen. Heute gibt es keine Walderdbeeren mehr, ich weiß gar nicht, warum. Bestimmt sind sie der Gartenfräse zum Opfer gefallen, mittlerweile graben sie mit diesem schrecklichen Ding ja alles um. So ist wohl auch der wilde Feldsalat verschwunden, der immer im Gemüsebeet wuchs.

Solange wir bei meiner Schwiegermutter wohnten, war meine Tochter den ganzen Tag bei mir. Wir hatten beschlossen, unseren Umzug nach Vichy abzuwarten, bevor wir sie in der Schule Notre-Dame-de-Lourdes anmeldeten. Mit viereinhalb wollte sie aber unbedingt zur Schule gehen, mit anderen Kindern in Berührung kommen, Lesen, Schreiben und Zählen lernen. Also holte ich die alte Kinderfibel heraus, die ich fünfzehn Jahre zuvor für ihren Bruder gekauft hatte, und brachte ihr das Lesen bei. Zur Belohnung bekam sie rosa Punkte, die ich aus Renés Versicherungsvordrucken ausschnitt – rosa wie ihre Wangen, wenn sie stolz und glücklich war.

Möglicherweise wurde unser Verhältnis gerade in Vichy besonders eng. Obwohl ich sehr darauf achtete, dass sich nicht alles um sie drehte, bildete meine Tochter das Zentrum meines Interesses. Da der Altersunterschied zu ihrem Bruder so groß war, wuchs sie wie ein Einzelkind auf. Ich wollte sie nicht verhätscheln und verziehen, zumal ihr Vater ihr schon alles durchgehen ließ. Sie konnte alles von ihm fordern, nichts war ihm zu viel.

Anfangs genossen wir beide die neue Umgebung. Die Städterin in mir erwachte wieder zum Leben, und ich verbrachte viel Zeit draußen, klapperte die Geschäfte ab, machte ausgiebige Schaufensterbummel. Ich ließ mir Zeit, wenn ich am Allier-Ufer entlanglief, in einem der Cafés ein Stück Kuchen aß oder auf einem Stuhl neben dem Musik-Kiosk im Parc des Sources faulenzte. Bei meiner Rückkehr fand ich sie in ihrem Zimmer vor, wo sie sich die Zeit vertrieb. Sie saß auf dem Boden, spielte mit Papierpüppchen Lehrerin und Schüler und ging so noch einmal ihren Schultag durch. Ich hatte ihr gezeigt, wie sie mit ihrer Kinderschere im Versandkatalog La Redoute Kinderfiguren ausschneiden konnte, die sie dann nur zu falten brauchte, damit sie sitzen blieben. Sie setzte sie sorgfältig nebeneinander, in Zweierreihen, wie Schüler an ihren Pulten. Wenn ich sie so sah, war ich ganz gerührt. Mehr als vierzig Jahre nach mir spielte sie meine Spiele in unserem Haus in der Rue Jouffroy.

Dann wurde sie größer, und wir spielten zusammen. Oft bauten wir am Nachmittag zum Geklapper von Renés Schreibmaschine den Bridgetisch auf, holten die Karten aus der Holzschatulle und verteilten sie auf dem grünen Wollfilz. Ich zeigte ihr, wie man Patiencen legt, erklärte ihr die Zankpatience, Siebzehnundvier, Canasta-Spiele, die meine Mutter mir beigebracht hatte. An manchen Tagen kuschelten wir uns nebeneinander auf das blaue Veloursofa und schauten uns *Arsène Lupin*, *Daktari* oder *Verliebt in eine Hexe* an. Wir lachten, während wir versuchten, mit der Nase zu wackeln, und malten uns aus, was wir alles anstellen könnten, wenn wir es schafften.

Um fünf Uhr brachte ich René eine Tasse Tee und Spekulatiuskekse in sein Büro, die mochte er am liebsten. Dann setzten meine Tochter und ich uns in der Küche an den gelben Resopaltisch, und sie erzählte mir von ihrem Schultag, während sie ein Brot mit Kirikäse aß und ein Glas Pfefferminzsirup trank.

Einen Abend pro Woche ging ich mit ihr ins Schwimmbad, zum Delfinkurs, setzte mich in der erdrückend feuchten Luft in die Zuschauerreihen und sah dem Unterricht zu. Ich holte sie auch in der Tanzschule Claire Desréaux ab, wo sich aus ganz Vichy die Schülerinnen drängten. Beim jährlichen Abschlussball, der im Élysée-Palast stattfand, mussten sich die kleinen Tänzerinnen schminken. Ich glaube, es war das einzige Mal in meinem Leben, dass ich ein Döschen Make-up kaufte.

Wenn René seine Kundenbesuche machte, kam er häufig spät nach Hause. Dann warteten wir nicht auf ihn, sondern aßen ohne ihn, neben seinem Gedeck, in der Diele, die uns als Esszimmer diente.

So wurde unsere kleine Welt zu dritt zunehmend zu einer Welt zu zweit. Manchmal steckte René den Kopf ins Wohnzimmer und unterbrach ein vertrauliches Gespräch. Dann senkten wir die Stimme oder schwiegen. Mit dem Gefühl zu stören kehrte er an seinen Schreibtisch zurück, und wir setzten unser Geplauder fort. «Ihr seid aber auch verschwätzt! Was habt ihr euch bloß immer zu erzählen?», fragte er oft ein wenig gekränkt.

Meine Tochter war von unersättlicher Neugier. Sie fragte mir ein Loch in den Bauch, in der Annahme, ich hätte auf alles eine Antwort, ich wüsste alles über das Leben, über die Liebe und den Kummer, den sie verursacht. In vielen Fernsehserien ging es um die Liebe. Wir verpassten keine einzige Folge von *Noële aux Quatre Vents.* Meine Tochter war ganz verliebt in den gutaussehenden Jean-François und konnte nicht verstehen, warum Noële ihn für diesen Ugo mit seinen viel gröberen Gesichtszügen sausenließ. Ich erzählte ihr, dass Frauen einen draufgängerischen und ungestümen Schönredner oft lieber mögen als den lieben hübschen Jungen: Ein Mann ist nicht dazu gemacht, schön zu sein; ein Abenteurer ist aufregender als ein braver Verlobter; das Geheimnisvolle ist attraktiver als das Offensichtliche; man verfällt eher dem Schwierigen als dem Einfachen; ergibt sich lieber, als dass man erobert. Das Raue ist in gewisser Weise betörender als das Platte und Glatte. Ich traute mich nicht, zu deutlich zu werden, um ihr zu erklären, was körperliche Attraktivität ausmacht, was sexuelles Begehren weckt, all das, was sich unter dem schönen Wort «Sinnlichkeit» fassen lässt. Dann besah ich mir mein Leben, meinen braven und vorhersagbaren René, und mir wurde ganz schwer ums Herz.

Meine Tochter hatte die Zeit angehalten. In meinem Kopf hatte ich noch Träume, den Wunsch, diesem geordneten Leben zu entfliehen. Über die Schule hatte ich mich einer Gruppe von Müttern angeschlossen, die größtenteils gut fünfzehn Jahre jünger waren. Dabei fühlte ich mich keineswegs isoliert, ihre Jugend ließ mich vielmehr die Fünfzig vergessen, die allmählich näher rückte. Ich hatte zehn Jahre verloren. Und eigentlich ist es erst seit kurzem so, dass mein Alter mich einholt.

Montag, 29. Juni

Heute habe ich viel Spaß gehabt! Meine Tochter hatte zum Essen einen Freund eingeladen, von dem ich noch nie gehört habe. Er pendelt zwischen Paris und einem Haus auf dem Land, etwa vierzig Kilometer von hier entfernt. Am späten Vormittag kam er hierher, dann fuhren die beiden mit dem Auto los, damit sie ihm die Umgebung zeigen konnte, die er noch nicht kennt. Sie fuhren nach Bert, nach Loddes und sogar bis nach Montaiguët-en-Forez. Ich glaube, sie haben sich ein bisschen verfahren, meine Tochter schlägt ganz nach mir und verirrt sich ständig, sogar in Paris. Nach den Kirchen von Bert und Loddes wollte sie ihm die kleine romanische Kirche von Barrais-Bussolles zeigen. Sie fanden aber die Straße nicht und landeten stattdessen in Montaiguët. Da soll sie noch einmal über mich lachen!

Als sie zurückkamen, war das Mittagessen fertig. Ich hatte mir überlegt, dass wir draußen am Holztisch essen und den großen beigen Sonnenschirm aufspannen. Der Freund meiner Tochter ist sehr charmant. Er hat sofort angeboten, den Tisch zu decken, und ist mir in die Küche gefolgt. Dabei hat er mit mir geredet, als würden wir uns seit Ewigkeiten kennen. Er hat die Gedecke nicht so angeordnet wie wir, sondern Messer und Gabel direkt auf den Teller gelegt, alles war ein bisschen anders. Mich hat das nicht gestört, im Gegenteil, das brachte etwas Farbe in den Alltag. Auch bei Tisch benahm er sich nicht wie wir, das fiel mir zwar auf, aber es war mir egal. Jeder, wie er will. Vor allem war er unglaublich sympathisch! Er redete ohne Unterlass und tischte uns die schönsten Ammenmärchen auf. Er ist sehr witzig, geistreich und überhaupt nicht dumm. Noch dazu hilfsbereit, gut gebaut und nicht auf den Mund gefallen. Er hat mir richtig gut gefallen. Es war eine schöne Abwechslung zum Nachmittagstee mit den älteren Damen, zu den etwas steifen Bridgeturnieren und den hiesigen Dorffesten. Nach dem Essen hat er uns geholfen, den Tisch abzudecken, und wollte sogar den Abwasch machen!

Irgendwann stand ich allein mit ihm in der Küche. Ich bot ihm einen hausgemachten Pflaumenschnaps an. Oh, dazu sagte er nicht nein! Der Schnaps ist schon alt, er stammt aus der Zeit, als René noch seine Lizenz nutzte. Jedes Jahr machten wir aus den Pflaumen, Birnen und Mirabellen im Garten ein paar Flaschen Selbstgebrannten. Das Zeug ist ziemlich stark, es heizt ordentlich ein, wie der Rum von Yolande de Reynal, aber ich mag den Schnaps gern, vor allem zum Kaffee. Abends bin ich vorsichtig, ich habe Angst, dass ich dann nicht schlafen kann. Auf dem Land haben sich die Leute früher gern ein Schnäpschen nach dem Essen genehmigt, heute finde ich selten jemanden, der mittrinkt, darum biete ich oft gar keinen mehr an. Meine Flaschen setzen Staub an, und ich fürchte, dass sie schlecht werden oder dass das Aroma verfliegt. Ich war also glücklich über die unverhoffte Gesellschaft beim Pflaumenschnaps! Ich holte zwei Likörgläser aus dem Esszimmerschrank, meine schönsten, die aus Kristall mit silbernem Boden, drückte ihm die Flasche in die Hand, und so gingen wir wieder nach draußen, fast Arm in Arm, ich mit den Gläsern, er mit der Flasche. Meine Tochter hat vor lauter Überraschung den Mund nicht mehr zugekriegt. Er hat die Flasche aufgemacht und die Gläser gut vollgeschenkt. Er war sehr angetan, und man muss auch sagen, dass Renés Pflaumenschnaps immer noch schmeckt. Er hat noch sein volles Aroma. Als unsere Gläser leer waren und mir der Kopf schon ein wenig schwirrte, griff er von neuem zur Flasche, zog den Korken heraus, fackelte nicht lange und schenkte uns vor den verdatterten Augen meiner Tochter noch einmal einen ordentlichen Schluck ein. Was haben wir gelacht! Wir waren echte Komplizen geworden, er behandelte mich wie eine alte Freundin, was mir gut gefiel. An nur einem Nachmittag waren zwanzig Jahre von mir abgefallen.

Gegen vier Uhr ist er dann wieder aufgebrochen, sehr fidel und sichtlich begeistert von seinem Besuch. Ich sagte zu meiner Tochter, dass sie ihn gern wieder einladen könne. Sie lachte und neckte mich ein bisschen mit meinem neuen

Freund. Dann hat sie mir von ihm erzählt. Wie sie ihn kennengelernt hat und wer er wirklich ist. Und jetzt kam ich aus dem Staunen nicht mehr heraus: Mein neuer Kumpel war ein ehemaliger Gangster! Zuerst dachte ich, sie wollte mich veräppeln, aber sie war ganz ernst. In seiner Jugend hatte mein Schnapsbruder Einbrüche verübt und in Paris Banken überfallen, mit echtem Gewehr! Er hat dafür gebüßt, hat im Gefängnis gesessen. Seit seiner Entlassung führt er ein solides Leben und hat kein Gewehr mehr angerührt. Gott sei Dank!

Was für eine Geschichte … Eigentlich wird mir der junge Mann dadurch noch sympathischer. Ich stelle mir vor, was Gilberte, Nine und Toinette für ein Gesicht machen werden, wenn ich ihnen davon erzähle. Ich wette, sie werden vor Eifersucht vergehen.

Dienstag, 30. Juni

Mein Gärtner war da. Er hat den Rasen vor dem Haus gemäht, die Hecke geschnitten, den Gemüsegarten von Unkraut befreit und grünen Salat und Feldsalat angepflanzt. Um eine neuerliche Haseninvasion zu verhindern, hat Fernand um den Salat, die Möhren, die grünen Bohnen und die Tomaten herum einen Drahtzaun gebaut. So kommen die Tiere nicht mehr durch. Ich allerdings auch nicht. Ich habe nämlich nicht verstanden, wie man die Umzäunung aufkriegt, dabei hat Fernand es mir bestimmt zehnmal gezeigt. Und ich sehe nicht, wie ich über den Zaun hinwegsteigen soll, ohne dabei in die Tomaten zu plumpsen und hilflos wie ein Käfer auf dem Rücken liegen zu bleiben. Meine Angèle kommt am Donnerstag, sie wird die ersten grünen Bohnen ernten, es gibt noch nicht sehr viele, aber als Beilage für zwei oder drei Mahlzeiten sollten sie reichen. Die Tomaten sind noch nicht reif, und beim Salat werde ich mich noch gedulden müssen. Dieses Mal hat der Gärtner kleine Pflänzchen gesetzt, Sämlinge würden zu lange brauchen.

Heute Morgen hat meine Tochter den Gärtner zu Gesicht bekommen. Sie fand, dass er gut aussieht. Mir ist das bisher noch nicht aufgefallen … Seither neckt sie mich ständig. Redet von einer gewissen Gabrielle Solis und grinst dabei. Ich habe keine Ahnung, wer diese Frau ist. Anscheinend hat sie einen Gärtner, der jünger ist als sie, der gut aussieht und den sie liebt. Ich muss nächstes

Mal dran denken, Gilberte zu fragen, ob sie die Frau kennt und was sie mit unserem Gärtner zu schaffen hat.

Mittwoch, 1. Juli

Gestern Abend kam meine Tochter mit einem Strauß Duftwicken in der Hand aus dem Gemüsegarten zurück. Ich musste an meine Schwiegermutter denken … Es waren ihre Lieblingsblumen, sie hatte sie überall gesät. Früher haben sie sich mit der Weinrebe vermischt und wuchsen neben der Treppe vorm Haus. Aber dort sind kaum noch welche, ich weiß nicht, was aus ihnen geworden ist. Vielleicht wurden sie nach Renés Tod ausgerissen. Ich bin kein großer Anhänger dieser Pflanzen, sie sehen aus wie Bohnen oder Erbsenschoten. Übrigens habe ich nie verstanden, warum Duftwicken, die an langen dicken und hässlichen Stängeln wachsen, so heißen. Sie riechen nach überhaupt nichts.

Meine Tochter hat den Strauß auf der Wiese gleich hinter dem Gatter des Gemüsegartens gepflückt. Ich wusste gar nicht, dass sie auch wild wachsen. Wie sind sie da bloß hingekommen?

Aus Schwiegermutters Zeiten sind wie gesagt nur noch wenige übrig geblieben, etwas mickrige Exemplare bei der Wäscheleine. Sie versuchen immer noch, sich an die Reste des Mäuerchens beim Kirschbaum zu klammern, wo sie jeden Abend mit Häkelnadel und Wollknäuel unter dem chinesischen Sonnenschirm saß, bis zu den letzten Sonnenstrahlen.

Donnerstag, 2. Juli

O Gott, mein Barometer ist regelrecht abgestürzt. Die Nadel ist gut zwei Zentimeter nach links gerutscht, dort, wo «Regen oder Wind» steht, kurz vor «Sturm». Heute Abend hat sich der Mond hinter einem Schleier versteckt, was kein gutes Zeichen ist, und vom Garten her ziehen dicke Wolken auf. Angèle hat die Laken und Handtücher von draußen hereingeholt und auf dem Wäscheständer in der Küche aufgehängt. Mit Hilfe meiner Tochter habe ich die Liegestühle reingetragen und den beigen Sonnenschirm zusammengefaltet. Als ich vorm Schlafengehen wie jeden Abend die Fenster geöffnet habe, um die frische Nachtluft hereinzulassen, war es gegenüber gestern zehn Grad kälter geworden. Der morgige Tag kündigt sich als feucht und grau an …

Freitag, 3. Juli

Seit heute Morgen regnet es. Ich habe das schlechte Wetter genutzt, um eine Ofenladung Windbeutel zu machen, bis mein Zucchinigratin so weit war. Die Windbeutel haben wir noch warm mit einem Glas Muskateller vor dem Essen verspeist.

Zum Dessert haben wir dann die restlichen Kirschen gegessen, die ich gestern im Supermarkt gekauft habe. Sie waren im Angebot, manche nicht mehr ganz so frisch, aber sie waren sehr süß und saftig. Meine Tochter hat sie skeptisch beäugt und jede Kirsche auf ein noch so kleines Löchlein hin inspiziert, hat sie mit ihrem Messer durchgeschnitten, um sicherzugehen, dass sich im Innern kein Wurm eingenistet hat. Ich musste an meine Mutter denken, die, sobald sie einen Wurm in einem Stück Obst entdeckte, panisch alles auf den Teller fallen ließ und «Roger!!!» brüllte, damit mein Vater sie schnellstmöglich von dem verdorbenen Apfel oder der verdorbenen Birne erlöste.

Oft sitzen Würmer in Gartenfrüchten, Äpfeln, Birnen, Pflaumen oder Mirabellen. Mittlerweile bin ich daran gewöhnt, es macht mir nichts mehr aus. Aber wenn ich früher, als René noch lebte, gesehen habe, wie sich ein Wurm in meinem Apfelschnitz bewegt hat, bin ich auch schreiend zurückgewichen und habe dabei fast den Stuhl umgestoßen. René hat dann das Stück Obst in die Hand genommen, den Wurm herausgeschnitten und, ohne eine Miene zu verziehen, den Rest gegessen. «Mein Gott, das ist doch nur eine kleine Fleischbeilage», sagte er, der gar kein Fleisch mochte. Dann folgte unweigerlich die Geschichte, die er schon hundert Mal zum Besten gegeben hatte, von den Ziegenkäsetalern, in denen so viele Würmer steckten, dass sie sich von allein fortbewegten, damals beim Militär … «Man sieht gleich, dass ihr den Krieg nicht mitgemacht habt …»

René fand jegliche Verschwendung unerträglich. Er aß alles. Abgelaufene Joghurts, ranzige Butter, verblasste Gewürzgurken, wurmstichiges Obst, hartes Brot, schimmeligen Käse, matschigen Salat vom Vortag, teigige Birnen, schlaffe Radieschen. Wenn ich Wurstreste wegwarf, die nicht mehr ganz einwandfrei waren, war er imstande, sie wieder aus dem Mülleimer zu angeln.

Er ekelte sich vor nichts. Wenn er im Salat eine Nacktschnecke fand, schob er sie vorsichtig an den Rand des Tellers und aß in aller Seelenruhe weiter.

Samstag, 4. Juli

Es hat noch einmal den ganzen Tag geregnet, fast könnte man meinen, es sei November. Wir haben unseren Tee im Büro getrunken und dazu Kekse gegessen. Dann wollte meine Tochter mir einen Film zeigen, den sie im Kino gesehen und der ihr sehr gut gefallen hatte. Er spielt in einer gottverlassenen Ecke von Amerika, wo sie mal nach dem Abi war. Es geht um einen etwas trotteligen alten Mann, der davon überzeugt ist, dass er eine Million Dollar gewonnen hat. Ich habe allerdings nichts verstanden. In ihrem Internet hat sie ihn nur auf Englisch gefunden, ohne Untertitel, und ich kann nur ganz schlecht Englisch. Immer wieder musste sie den Film anhalten, um mir zu erklären, was passiert war, alles zog sich fürchterlich in die Länge, und ich bekam am Ende sogar Kopfschmerzen. Dabei kann ich mich erinnern, dass ich mich, als René und ich mal in England waren, ganz tapfer geschlagen habe. Auch wenn er sich über meinen Akzent lustig gemacht hat, kannte ich mehr Wörter als er und konnte mich einigermaßen verständlich machen. Er sagte immer nur *«Hey, silly girl!»* mit neckischem Blick, mehr Englisch konnte er nicht. Damit kamen wir nicht weit.

Sonntag, 5. Juli

Am späten Nachmittag ist meine Tochter wieder gefahren. Seit drei Tagen haben wir richtiges Herbstwetter, und es riecht nach nasser Erde. Mit der Feuchtigkeit ist es im Haus kühl geworden. Heute Morgen habe ich eine Strumpfhose angezogen. Ich habe sogar die Heizung aufgedreht und nach dem Mittagessen den Kamin angemacht. Für den Garten ist dieses unstete Wetter nicht gut. Die Tomaten werden faulen, bevor sie reif sind. Außerdem werden keine grünen Bohnen mehr nachkommen. Zum Glück hat Angèle am Donnerstag einen Korb voll gepflückt. Die letzten Himbeeren werden sich nach dem vielen Regen mit Wasser vollsaugen und abfallen … Und erst meine schönen Dahlien! Ein Trauerspiel.

Mittwoch, 8. Juli

Nach sechs grässlichen Tagen ist das Wetter wieder schön geworden. Die geistige Gesundheit meiner Nachbarin scheint allerdings nicht wieder in Ordnung zu kommen. Mit der Rückkehr der Sonne ist auch Marcelle wieder da. Der Regen hatte zumindest den Vorteil, dass sie nicht mehr nach draußen ging. Seit Sommeranfang kam sie nämlich immer öfter zu mir, um nach Zucker zu fragen. Sie klingelte nicht mal mehr an der Tür, sondern trat einfach ein, durchsuchte meine Schränke, warf die Porzellanzuckerdose um, in der ich jetzt immer nur noch einen Zuckerwürfel lasse: Der ist für die Marcelle. Ist die Dose leer, hat sie sich daran bedient. Aber sehr bald hat sie sich mit dem einen Würfel nicht mehr zufriedengegeben, kam bis in die Küche, öffnete die Schränke, und ich fand in meinem Küchenregal eine geöffnete Packung mit Zuckerwürfeln, die auf dem Kopf stand. Dann ging der Regen los, und ich habe sie nicht mehr gesehen.

Tagsüber, egal ob ich mich drinnen oder draußen aufhalte, schließe ich jetzt die Haustür ab, um meine Ruhe zu haben. Das hatte ich auch heute

Morgen gemacht, bevor ich nach oben ging. Als ich wieder in die Küche komme, um mir ein Mittagessen zu kochen, erwische ich sie, wie sie überall sucht! Wie war sie bloß ins Haus gekommen? Erst nachdem ich bemerkte, dass die Tür zur hinteren Treppe offen stand, ist es mir gedämmert. Sie war durch die Kellertür hereingekommen. Die hatte ich nicht verriegelt …

Sie baute sich vor mir auf: «Gib mir einen Zuckerwürfel!» Mittlerweile duzt sie mich. Sie stand in der Tür und versperrte mir den Weg. «Marcelle, bitte seien Sie doch vernünftig, Sie wissen genau, dass der Doktor nicht will, dass Sie Zucker essen, das ist nicht gut für Sie …» – «Gib mir einen Zuckerwürfel! Mach schon, Jeanne, gib mir einen Zuckerwürfel!» Sie fing an zu schreien und schubste mich sogar ein bisschen. Ich bekam es mit der Angst zu tun. Und wenn sie mich zu Boden stößt? Schließlich gab ich nach und holte ihr einen Zuckerwürfel. «Zwei! Gib mir zwei!» Ich gab ihr einen zweiten. Ich wollte nur noch, dass sie geht. Endlich hat sie sich getrollt und ist nach Hause zurückgekehrt.

Arme Marcelle, armer Fernand … Und ich in alledem? Wenn ihr Kopf wirklich immer mehr verrücktspielt, was dann? Wenn sie wegmuss, wird

Fernand dann ganz allein hierbleiben? Sicherlich wird er auch weggehen. Nur wohin, ich weiß es nicht. Aber er wird nicht hierbleiben. Was wird dann aus mir?

Donnerstag, 9. Juli

Angèle hat einen Korb grüne Bohnen für mich geerntet. Letztlich hat der Regen sie doch nicht ertränkt, ich glaube sogar, er hat ihnen gutgetan. Ich habe mich draußen an den grauen Holztisch gesetzt, unter den Sonnenschirm, habe zwei Schüsseln vor mich hingestellt, eine für die geputzten Bohnen und eine für den Abfall, und mich an die Arbeit gemacht. Es geht mir leicht von der Hand, und ich kann an andere Sachen denken. Je schneller mein Kopf denkt, umso schneller bin ich. Die grünen Bohnen aus dem Garten putze ich gern, es ist zwar eine langweilige Arbeit, aber ich freue mich immer schon darauf, sie zu essen. Einen Teil davon friere ich natürlich ein, ich werde ja nicht alles schaffen. Jedes Mal stellt sich mir dieselbe Frage: Warum findet man nirgendwo, nicht einmal auf den Märkten rundherum, grüne Bohnen, die so gut schmecken wie die aus meinem Garten? So zart und knackig zugleich, mit diesem Geschmack?

Sonntag, 12. Juli

Meine Kinder wollen mir irgendein Sicherheitsarmband ums Handgelenk binden, damit ich klingeln kann, wenn ich hinfallen und nicht mehr hochkommen sollte. Angeblich funktioniert es sogar über große Entfernungen. So könnte ich im Wald spazieren gehen, ohne dass sie sich Sorgen machen. Ich habe allerdings nicht ganz verstanden, wo es klingelt, wer alarmiert wird … Die Polizei, die Feuerwehr, ein Nachbar? Ich weiß es nicht. Und wenn ich bewusstlos werde und gar nicht auf den Knopf drücken kann, kann man mich dann auch orten? Man kann jemanden, scheint's, allein mit seinem Handy finden, sogar wenn es ausgeschaltet ist – falls man es bei sich trägt. Ich glaube, das nutzt man, um Diebe und Gangster aufzuspüren. Und Leute, die entführt werden. Eigentlich dasselbe Prinzip, nur weniger kompliziert.

Montag, 13. Juli

Louise hat mich angerufen. Henriette, meine Cousine und beinahe mein Zwilling – unsere Geburt lag nur drei Tage auseinander –, ist heute Nacht gestorben. Zuletzt habe ich sie gesehen, als mein Sohn und ich sie in ihrem großen Haus im Berry besucht haben, wo sie allein gelebt hat. Das war letztes Jahr. Es ging ihr damals nicht schlecht. Wir hatten das Mittagessen und eine Flasche Wein mitgebracht. Haben gescherzt wie in alten Zeiten, als wir während des Kriegs die Verwundeten im Militärhospital Val-de-Grâce gepflegt und aufgepäppelt haben. Es gab dort einen Offizier, der übel zugerichtet, aber sehr witzig war. Er hatte es sich in den Kopf gesetzt, uns beizubringen, wie man jemanden auf den Mund küsst. Wir waren noch keine zwanzig.

Man darf es ja nicht laut sagen, aber ich habe schöne Erinnerungen an die Kriegsjahre in Paris. Trotz Hunger, Kälte und Angst vor Bombenangriffen hatten wir unseren Spaß. Wir setzten uns über die Anweisungen unserer Eltern hinweg, schwangen uns aufs Fahrrad und besuchten uns gegenseitig, um Karten zu spielen. Ich weiß noch, wie mein kleiner Bruder und ich an einem Tag im Juni durch ganz Paris geradelt sind: Wir sind hinter einen Lastwagen mit Deutschen geraten, die mir lachend etwas zuriefen. Ich habe mir nichts anmerken lassen, aber ich bin vor Angst fast gestorben. Wir waren leichtsinnig, das war die einzige Chance, um in diesen unruhigen Zeiten glücklich zu sein.

Während der Besatzungszeit hatten Deutsche im Haus meines Onkels und meiner Tante Quartier bezogen und ihr Anwesen im Berry beschlagnahmt. Henriette, Louise und ihre Schwester Camille stahlen sich jeden Abend unter Einsatz ihres Lebens, wie sie glaubten, in die Küche, um in das Essen der Offiziere zu spucken – der einzige Akt des Widerstands, den sie ausüben konnten. In diesem Haus ist Henriette, die nie geheiratet hat, gestorben. Die letzten Jahre existierte das schöne Anwesen nur noch in der Erinnerung. Henriette konnte sich keinen Gärtner leisten, der die Beete in Schuss hielt, und auch keinen Maurer, der die Risse stopfte, oder einen Maler, der drinnen die Wände strich. Sie bezog keine Rente, denn sie hatte ein Leben lang nur unter der Hand gearbeitet, hatte für die vornehmen Damen im sechzehnten Arrondissement Vorhänge genäht, wofür sie einen Hungerlohn bekam. Das Trittpedal ihrer alten Singer-Nähmaschine, ihres langjährigen Arbeitsgeräts, ruhte schon lange, desgleichen die Heckenschere und die Gießkanne. Henriette wird am Freitagmorgen auf dem kleinen Dorffriedhof bestattet.

Mittwoch, 15. Juli

Es ist schon seltsam, je mehr Zeit vergeht, umso weniger berührt mich der Tod. Nicht einmal, wenn geliebte Menschen von uns gehen. Ich glaube, man gewöhnt sich einfach daran, weil man immer mehr Menschen sterben sieht. Man trauert den Erinnerungen nach, ein Gefühl der Einsamkeit, das sich in immer dickeren Schichten um unser Herz legt, hüllt uns ein, bringt uns weiter weg von dieser Welt. Ein bisschen so, als schwebte man dazwischen: zwischen der Welt der Lebenden und der Welt der Toten. Es kommt uns so vor, als ginge derjenige, der stirbt, nicht mehr ganz so weit weg. Er verschwindet nicht völlig, man weiß ihn irgendwo da vorne, aber bis dorthin ist der Weg nicht mehr so weit. Bald werden wir ihm folgen. Vielleicht ist man deshalb weniger traurig. Auch man selbst hat sich schon auf die Reise gemacht, der andere hat nur einen kleinen Vorsprung.

Freitag, 17. Juli

Heute Abend bin ich ganz erschlagen. Mein Sohn und ich sind an einem Tag nach Concressault und wieder zurück gefahren, fast vierhundert Kilometer. Zum Glück ist sein Auto bequem, ich bin eingeschlafen, und die Rückfahrt ist wie im Flug vergangen. Heute Morgen sind wir früh aufgebrochen, um Henriette zu beerdigen. In der kleinen Kirche waren nicht viele Leute. Louise, die Jüngste, ist immer noch rüstig, ihr sieht man ihre sechsundachtzig Jahre nicht an. Ihre Brüder, die ich seit Jahren nicht mehr gesehen hatte, sind hingegen ganz schön alt geworden. Wenn zu viel Zeit verstreicht, wäre es manchmal besser, man würde die Leute gar nicht mehr treffen. So würde man das Zittern, die Stöcke, die Rollstühle nicht sehen; die eingebüßten Zentimeter, Zähne und Haare, wenn nicht gleich der ganze Kopf den Geist aufgegeben hat mitsamt Hirn, das sich langsam zersetzt. Der Mann meiner Cousine hat mich kaum erkannt, er war mit seinen Gedanken ganz woanders, und mir selbst ging es mit meiner Cousine Camille, der Zweitältesten, ähnlich. Es war die Cousine, die immer so laut gelacht hat, die so hübsch gewesen war, der die Jungen zu Füßen gelegen hatten und die heute so traurig und schmächtig und desorientiert ist, ein ganz zerbrechliches Persönchen, das von der Tochter gestützt wird. Man würde nur die Bilder von damals sehen, als wir noch lebendig waren, voller Lachen, kindisch zankend, vor Liebeskummer und vor Wut heulend – nicht wie am Ende, wo man nichts mehr zu sagen hat, nichts mehr zu erleben.

Samstag, 18. Juli

Heute Morgen habe ich lange geschlafen, das passiert mir nicht oft. Ich bin nicht sofort aufgestanden, sondern im Bett liegen geblieben, was noch seltener passiert. Es hat mir doch zugesetzt, all die Cousins und Cousinen zu sehen, diese Menschen aus meiner Kindheit, die heute am Ende ihres Weges angekommen sind. Was haben sie wohl über mich gedacht? Was kam ihnen in den Sinn, als sie mich gesehen haben, ganz gebeugt und auf meinen Stock gestützt? Das letzte

Mal bin ich noch wie ein junger Hund herumgesprungen …

Wer wird als Nächstes gehen? Ich vielleicht? Es gehen nicht immer diejenigen, die am schlechtesten beisammen sind. Zwangsläufig lässt uns der Tod der anderen an unseren eigenen denken. Das ging mir heute Morgen durch den Kopf, als ich im Bett geblieben bin. Diesem Bett mit Messingstäben, das sicherlich mein Totenbett sein wird. Eher als den Tod stelle ich mir mein Begräbnis vor, das ist lustiger. Es wird viele Blumen und viele Lieder geben, und das Schlimmste ist überstanden, jedenfalls für den, der geht. Ich wünsche mir eine schöne Messe mit herrlicher Musik und dass es nicht traurig wird. Lieber eine Geige, das Cello ist schön, aber doch sehr getragen. Vor allem keine Orgel, Orgelmusik mag ich nicht, sie ist düster, und außerdem erinnert sie mich zu sehr an die Messe in Le Donjon und den Alt-Frauen-Chor mit den zittrigen Stimmen. Der Sarg ist mir egal. Von außen darf das Holz zwar nicht zu hässlich sein, aus Respekt für die Anwesenden, aber wer sieht schon das Innere? Ob Taft, Satin oder Baumwolle, was spielt das für eine Rolle? Ich könnte es sowieso nicht mehr genießen, weshalb also Unsummen ausgeben, um mich in weiche Kissen zu betten. Wenn ich an den armen René denke, der nur das Echte, das Schmucklose und das Raue mochte. Ihn zu sehen, wie er ganz steif in all der glänzenden und glatten Seide lag, das hat mir in der Seele weh getan.

Manchmal erhalte ich Werbung. Darin preisen sie die verschiedenen Holzsorten – von der Eiche aus unseren Wäldern bis zu den exotischsten Sorten –, sie bemühen sich, mich in meiner Entscheidung für eine bestimmte Art von Sarg zu lenken … Je nachdem, ob die Überführung mehr als zwei Stunden dauert oder weniger, hat das Auswirkungen auf die Holzstärke. Werde ich allerdings verbrannt, genügen achtzehn Millimeter, aber das kommt für mich nicht in Frage, ich will doch nicht ganz verkohlt vor den lieben Gott treten.

Vielleicht sollte ich eher über meine Kleider nachdenken? Auf dem Land halten die Leute die Traditionen hoch und statten dem Toten einen Besuch ab, daher muss man präsentabel aussehen. Mein hellrosa Nachthemd? Nein, ich will auf keinen Fall, dass Angèle mich so sieht! Und wenn auch der Gärtner kommt? Außerdem kann ich mich so nicht vor Fernand zeigen, nicht einmal tot, das gehört sich nicht, so wenig bekleidet. Ein etwas längeres Kleid also? Aber welches? Habe ich überhaupt eins? Ich werde mir dafür nicht extra eins kaufen … Und die Schuhe? Zieht man dem Toten Schuhe an? Und Strümpfe? Ich meine, dass René seine schwarzen Schuhe anhatte … Ja, er trug seinen dunkelgrünen Anzug, er konnte wohl schlecht im dunklen Anzug daliegen und die nackten Füße in die Luft strecken. Über die Schuhe muss ich noch nachdenken.

Es war allerhöchste Eisenbahn, dass ich aufstand. Ich bin in meine Pantoffeln geschlüpft und in die Küche gegangen, nachdem ich die Fenster geschlossen hatte, ohne die Läden zu öffnen, so bleibt die Luft drinnen gefühlt etwas kühler. Als ich endlich am Frühstückstisch saß, war es schon zehn Uhr.

Sonntag, 19. Juli

In der Kirche hat uns der Pfarrer zum Mitfühlen und Teilen eingeladen. Er hat sich auf das Evangelium berufen und darauf gepocht, dass man manchmal innehalten müsse, sich Zeit nehmen, um wieder zu Kräften zu kommen. Als ich aus der Kirche kam, habe ich Gilbertes Einladung zu einem Gläschen Weißwein angenommen. Sie hat mir eigentlich auch keine andere Wahl gelassen, nach den Aufregungen der letzten Tage tue mir das gut, fand sie. Ich habe ihr von meinen Gedanken zu den Schuhen erzählt. Sie sagte daraufhin, in der Gascogne, wo ihr Mann herkam, ziehe man dem Toten immer Wanderschuhe an: Er gehe schließlich auf eine Reise.

Dienstag, 21. Juli

Mein Sohn ist auf einen Sprung vorbeigekommen, wie so oft. Gestern zum Abendessen kam er, und heute kurz nach dem Tee ist er wieder gefahren. Er hat mir das Halsband mitgebracht, das klingelt, wenn ich hinfalle – sofern ich in der Lage bin, auf den Knopf zu drücken. Tatsächlich bin ich seit einiger Zeit etwas unsicher auf den Beinen. Wobei ich schon immer gern grundlos hingefallen bin, René hat dann geschimpft und gesagt, ich würde nicht aufpassen, wo ich den Fuß hinsetze. Das Problem ist weniger, dass ich auf dem Boden liege – ich tue mir selten richtig weh –, sondern wieder aufzustehen.

Ich durfte zwischen einem Armband und einem Halsband wählen und dachte mir, dass ein

Halsband letztlich leichter zu verstecken wäre, ich könnte es unter dem Pullover tragen oder in den Kragen meiner Bluse schieben. Es sieht nämlich überhaupt nicht schön aus, dieses Ding. Ehrlich gesagt bin ich mir auch nicht sicher, ob ich es oft tragen werde ... Ich habe doch schon mein Handy um den Hals, zusammen wird das ziemlich viel. Mist, daran habe ich gar nicht gedacht. Als ich es meiner Tochter erzähle, meint sie, ich hätte mich für das Armband entscheiden sollen. Ich mache immer alles falsch. Das macht mich ganz traurig.

Freitag, 24. Juli

Bei meinem vollen Programm habe ich noch nicht die Zeit gefunden, im *Figaro Madame* das Kreuzworträtsel vom letzten Samstag zu machen. Wie heißt der höchste Vulkan der Philippinen? Drei Buchstaben, die letzten zwei lauten «po». Ich muss passen. Apo? Epo? Ipo? Opo? «Mied das Hochwasser, aber nicht den Rausch»: Ah, das weiß ich, das ist Noah! Als er mit seinen Söhnen die Arche verließ, stieß er auf einen Weinberg und betrank sich fast bis zur Besinnungslosigkeit. «Ein Bedürfnis befriedigen», neun Buchstaben ... Also wirklich! Ich zähle die Kästchen, eins, zwei, drei, vier, fünf, sechs, sieben, acht, neun, ja, das passt, «urinieren». Das ist aber gar nicht schön.

Samstag, 25. Juli

Heute Abend bin ich bei meinen Neffen zum Essen eingeladen. Sie verbringen den Sommer im Haus ihrer Familie, wenige Kilometer von Lapalisse entfernt. Die Tage sind noch lang, und sie haben mir angeboten, früh zu kommen, so gegen halb acht, damit ich vor Einbruch der Dunkelheit zurückfahren kann.

Wir haben den Aperitif am Schwimmbecken eingenommen, was sehr angenehm war. Dann haben wir draußen in der milden Abendluft gegessen, gefülltes Gemüse und eine leckere Erdbeertarte. Da ich mir zum Aperitif etwas Champagner gegönnt hatte, habe ich bei Tisch nur einen Schluck Wein getrunken. Ich wollte ja nicht betrunken ins Auto steigen.

Meine Neffen sind sehr lustig, sie haben mich rundum verwöhnt, und wir haben viel gelacht, das tut so gut!

Kurz nach halb zehn habe ich mich auf den

Heimweg gemacht. Die Nacht würde nicht warten, bis ich zu Hause wäre. Ganz beseelt von dem schönen Abend, bin ich in mein Auto gestiegen, habe mich angeschnallt, den ersten Gang eingelegt, und los ging's. Auf dem Hinweg hatte ich eine knappe halbe Stunde gebraucht. Ich müsste also vor Einbruch der Dunkelheit zu Hause sein, vielleicht wäre es sogar noch hell genug zum Gießen. Ich bog auf den Weg durch den Wald und kam irgendwann zu einer Kreuzung, die mich ziemlich ratlos machte. Ich versuchte, mich zu erinnern: War ich von rechts gekommen oder von links? Aufs Geratewohl entschied ich mich für links, fuhr allerdings leicht beunruhigt weiter. Der Weg hörte überhaupt nicht mehr auf, er kam mir länger vor als in umgekehrter Richtung. Schließlich kam ich auf die Teerstraße. Erneuter Zweifel. Nach rechts, nach links? Wieder bog ich nach links, wurde immer unsicherer. Ich fuhr dreißig, sehnsüchtig wartete ich auf das Schild, das nach Lapalisse zeigt. Eigentlich müsste ich in wenigen Minuten da sein, denn meine Neffen wohnen nur vier, fünf Kilometer entfernt, und mittlerweile habe ich schon eine gewisse Strecke zurückgelegt. Ich fahre weiter, aber es ist immer noch kein Ortsschild zu sehen. Währenddessen neigt sich der Tag dem Ende zu. Bald muss ich die Scheinwerfer einschalten. Die wenigen Schilder, die mir auf der Straße begegnen, kündigen Dörfer an, von denen ich noch nie gehört habe. Gott, ist das schrecklich, ich erkenne gar nichts wieder! Außerdem sehen im Dunkeln alle Straßen gleich aus. Ich weiß überhaupt nicht mehr, wo ich bin. Ich gerate in Panik, führe Selbstgespräche, was hat mich bloß geritten, die Einladung anzunehmen, in meinem Alter hat man abends nicht mehr allein auszugehen. Da sehe ich endlich ein Schild mit einem vertrauten Namen: Vichy! Ich bin nur wenige Kilometer von Vichy entfernt! Was in Gottes Namen habe ich gemacht? Ich habe mich ja komplett verfahren … Aber ich bin beruhigt, Vichy kenne ich. Und von Vichy aus weiß ich, wie ich nach Hause komme. Obwohl es mich also noch weiter wegbringt, folge ich dem rettenden Schild in die Stadt, in der ich einmal gelebt habe. Sobald ich am Bahnhof bin, fahre ich in den Kreisel und nehme die richtige Ausfahrt. Die Straße kenne ich in- und auswendig. Alles in allem muss ich einen Umweg von fünfzig Kilometern gemacht haben.

Ich schalte die Scheinwerfer ein und fahre jetzt fünfzig. Es ist stockdunkel. Um ja nicht von der Straße abzukommen, lasse ich die weiße Linie nicht aus den Augen, aber ich sehe trotzdem fast nichts. Hin und wieder gibt mir jemand Lichthupe, weil ich vergesse, das Fernlicht auszuschalten, wenn Gegenverkehr kommt. In diesem Augenblick werde ich von den Lichtern vor mir so geblendet, dass ich reflexhaft die Augen schließe. Irgendwo, kurz vor einer Kurve, musste ich sogar anhalten. Ich hatte keine andere Wahl, ich sah nichts mehr. Ein paar Minuten blieb ich stehen, betete, dass mir kein Auto von hinten reinfährt; sobald ich mich wieder gesammelt hatte, fuhr ich ganz langsam weiter. Als ich endlich zu Hause ankam, schlug die große Uhr in der Diele elf. Zum Gießen war es zu spät, vor allem aber war es für mich zu spät. Ich war völlig von der Rolle. Ich muss große Ängste ausgestanden haben. Selbst als ich im Bett lag, zitterte ich noch.

Sonntag, 26. Juli

Vorhin rief mein Sohn an. Ich sagte ihm, ich hätte es bereut, mich nicht für das Klingel-Armband entschieden zu haben, seine Schwester habe gesagt … Er hat mir versichert, dass ich mit dem Halsband eine gute Wahl getroffen hätte, und auch wenn ich noch nicht ganz überzeugt bin, hat es mich doch etwas getröstet. Dann habe ich ihm von meiner gestrigen Irrfahrt erzählt. «Ich besorge dir ein Navi», sagte er, «dann verfährst du dich nie wieder.»

Ein Navi in meinem kleinen Auto? Ich wusste gar nicht, dass das geht …

Montag, 27. Juli

Kaum ist Nine von einem zweiwöchigen Aufenthalt bei ihrem Sohn zurückgekommen, liegt sie im Krankenhaus. Sie hat seit Tagen große Bauchschmerzen. Der Arzt an ihrem Urlaubsort hatte eine Magen-Darm-Grippe diagnostiziert und sie mit Medikamenten gegen Übelkeit und Magenkrämpfe ruhiggestellt. Aber nach ihrer Rückkehr hatte sie weiterhin Schmerzen, ihr Zustand hat sich sogar verschlechtert. Also hat sie sich untersuchen lassen, und dabei haben sie einen Darmkrebs festgestellt. Sie wurde sofort operiert. Anscheinend besteht kein Grund zur Sorge, der Krebs wurde rechtzeitig entdeckt.

Etwas weniger dramatisch: Denise wurde vor einiger Zeit am grauen Star operiert, seitdem sieht sie auf dem einen Auge nichts mehr. Deshalb zögert sie jetzt, das andere operieren zu lassen, mit dem sie ganz verschwommen sieht.

Dienstag, 28. Juli

Heute musste ich ganz oft an Nine denken. Ich sage mir die Worte «rechtzeitig entdeckt» vor. Ist ein Darmkrebs heilbar?

Nine habe ich bei Toinette kennengelernt. Sie hatte gerade ihren Mann verloren, einen Arzt, genau wie der Mann von Toinette. Kurz darauf war sie hierhergezogen, in ein schönes Haus etwas außerhalb von Loddes, dicht bei Toinette. Nine ist ein Mensch, der überhaupt nicht auffällt. Nichts an ihr zieht Aufmerksamkeit auf sich. Sie ist weder klein noch groß, dick noch dünn, hübsch noch hässlich. Und außerdem ist sie sehr zurückhaltend. Sie hat eine ganz sanfte Stimme, wird nie laut. Ihr Lachen ist geräuschlos, und sie redet nur, wenn sie etwas zu sagen hat. So geschwätzig, überdreht und aufgekratzt Toinette ist, so ruhig, still und besänftigend ist Nine. Nine muss man erst kennenlernen, sie wirft sich nicht der Erstbesten an den Hals. Auf den ersten Blick kann sie sogar ein bisschen kühl wirken. Hat man sich aber einmal mit ihr unterhalten, richtig unterhalten, vergisst man sie nicht mehr. Heute gehört sie zu meinem Leben. Ich könnte nicht mehr auf sie verzichten.

Darum sage ich mir, dass alles heilbar ist.

Donnerstag, 30. Juli

Ich habe ziemlich schlecht geschlafen. Allerdings war ich nicht die Einzige. Die ganze Nacht hat mich ein Brummen wach gehalten. Wenn das Brummen näher kam, zog ich mir die Decke über den Kopf. Ich hatte den Fehler gemacht, die Fenster offen zu lassen, ohne bei Einbruch der Dunkelheit die Läden zu schließen, so war dieses schreckliche Insekt ins Zimmer gekommen. Zwar hatte ich versucht, es mit einem Tuch zu verscheuchen, hatte mich aber nicht zu dicht herangewagt. Nachdem ich begriffen hatte, dass das Insekt entschlossen schien, die Nacht im Haus zu verbringen, habe ich versucht, es in den Vorraum zu locken, indem ich dort das Licht angemacht und es im Schlafzimmer gelöscht habe. Aber es hat nicht funktioniert, das Tier hatte sich ganz offensichtlich vorgenommen, bei mir zu bleiben. Sei's drum. Ich würde also die Nacht mit einer Hornisse verbringen …

Da ich mich im Dunkeln allein mit dem Tier nicht sehr wohl fühlte, habe ich das Licht im Schlafzimmer wieder angemacht und das im Flur gelöscht, meine Tür geschlossen und darauf verzichtet, es zu verjagen. Irgendwo habe ich bestimmt noch Insektenspray herumstehen, aber ich weiß nicht mehr, wo, und außerdem ist es wahrscheinlich zu alt und wirkt nicht mehr richtig. Ein solches Mittel muss sofortige Wirkung zeigen, sonst kann der Schuss nach hinten losgehen.

Hornissen tötete René mit der Zeitung; ich selbst habe es noch nicht probiert, ich bin ziemlich ungeschickt, bestimmt würde ich danebentreffen, und das würde sie aggressiv machen. Außerdem habe ich doch etwas Angst. Ein Stich von diesen Tierchen tut sehr weh. Manchmal landet man sogar im Krankenhaus, wenn nicht gar auf dem Friedhof! Ich weiß noch, in Lapalisse wurde mal ein Fahrlehrer gestochen, und eine Stunde später war er tot. Zumindest haben die Leute das erzählt. Außerdem, ich bin nicht sicher, ob es dasselbe Gift ist, aber vor ein paar Jahren wäre ich selbst beinahe draufgegangen, nachdem mich eine winzige

Wespe, die sich in meinen Joghurt verirrt hatte, in die Zunge gestochen hatte. René, bei dem Wespenstiche nur einen winzigen und nicht schmerzhaften roten Punkt hinterließen, hatte nicht sofort reagiert. «Das war doch nur eine kleine Wespe!», verteidigte er sich im Nachhinein. Als er sich endlich doch dazu durchrang, mich nach Lapalisse zum Arzt zu fahren, immerhin eine Strecke von fünfzehn Kilometern, bekam ich im Auto kaum noch Luft. Der Arzt musste mir zwei Spritzen geben, ich hatte ihm gehörig Angst eingejagt. Später behauptete er, es habe «nicht viel gefehlt». Ich sei sicherlich allergisch, sagte er und verschrieb mir ein Medikament, das ich sofort einnehmen sollte, sobald ich wieder gestochen wurde. Ich habe es nie gebraucht, ich weiß nicht einmal mehr, wo ich es hingetan habe.

Ein bisschen muss ich doch geschlafen haben, immer dann, wenn das Brummen aufhörte. Ich denke, die Hornisse und ich haben zur selben Zeit geschlafen. Trotzdem bin ich mit dem Kopf unter der Decke aufgewacht, was beweist, dass meine Nacht nicht sehr friedlich verlaufen sein kann. Ihre bestimmt auch nicht, heute Morgen hat sie nämlich bis in die Puppen geschlafen. Sie gab keinen Muckser von sich. Nicht das leiseste

Summen, nichts. Ich habe mich nicht getraut, die Vorhänge zu bewegen, falls sie sich dorthin verzogen haben sollte. Es schien mir klüger, sie nicht zu stören, schließlich hatte sie mich nicht gestochen, mir nichts zuleide getan. Ich zog also meinen Schlafrock über und ging nach unten, um zu frühstücken. Als ich wieder nach oben kam, aufgemuntert von meiner Tasse Tee und sicherheitshalber mit einem Handtuch auf dem Kopf, habe ich ganz vorsichtig die Vorhänge aufgezogen und die Fenster weit aufgemacht. Die Sonne und der Duft der Rosen würden sie sicherlich nach draußen locken. Ich habe geduscht, mir die Zähne geputzt, meinen alten himmelblauen Rock, eine weiße Bluse und einen Pullover angezogen und bin wieder nach unten gegangen. Dann habe ich meinen Stock genommen und bin zu meinem Spaziergang aufgebrochen, solange die Sonne noch nicht zu sehr brennt. Trotzdem werde ich heute Nachmittag zum Supermarkt in Le Donjon fahren, um mir ein neues Hornissenspray zu kaufen.

Montag, 3. August

Meine Tochter hat so sehr insistiert, dass ich es nicht länger aufschieben konnte. Ich hatte keine Ausrede mehr zur Hand: Alle guten Gründe, weshalb ich Ende des Monats nicht für ein paar Tage mit ihr in die Bretagne fahren kann, waren mir ausgegangen. Ich bräuchte nichts zu tun, sie würde sich um alles kümmern, verspricht sie mir. Sie nimmt mich im Auto mit, wir fahren von Paris aus zusammen in ihr Haus. Ja, aber ich bin nicht in Paris! Dort muss ich erst einmal hinkommen. Ich muss also mit dem Zug fahren. Und heutzutage ist Zugfahren eine größere Sache.

Früher habe ich meine Fahrkarten in dem kleinen Reisebüro in Lapalisse gekauft, fünfzehn Kilometer von mir entfernt. Die Frau war sehr reizend, ich sagte ihr, wohin ich wann fahren wollte, und sie suchte und fand etwas, anschließend bezahlte ich und fuhr mit meiner Fahrkarte in der Tasche wieder nach Hause. Vor ein paar Monaten hat das Büro zugemacht. Jetzt muss ich zum Bahnhof fahren, der nächste liegt in Saint-Germain-des-Fossés, das ist immerhin dreißig Kilometer von hier entfernt, oder ich muss telefonisch reservieren. Einmal hat meine Tochter die Fahrkarten in ihrem Internet gekauft. Sie sind wohlbehalten bei mir angekommen, das ist schon praktisch. Meine Seniorenkarte, die sie gleichzeitig verlängert hat, ist allerdings nie angekommen. Irgendwann bin ich zum Schalter gegangen und habe mir eine neue ausstellen lassen. Zum Glück war ich da gerade in Toulouse bei meiner Freundin Hélyette. Da musste ich keine dreißig Kilometer weit fahren, um einen Bahnhof zu finden. Heute Morgen habe ich nun die 3635 angerufen, die Nummer der Eisenbahn. Nachdem sie mir zuerst Musik vorgespielt hatte, hat mir eine Frau mit ganz seltsamer Stimme Fragen gestellt. Ich habe ihr geantwortet, aber sie sagte nur, es tue ihr leid, sie könne mich nicht verstehen. Ich habe alles wiederholt, und sie hat wieder im selben Ton geantwortet, dass es ihr leidtue, aber dass sie mich nicht verstehen könne. Sie klang wie ein Tonbandgerät. Nach dem dritten Mal sagte sie zu mir: «Es tut mir wirklich leid, aber ich verstehe Sie nicht», dann: «Auf Wiederhören, bis zum nächsten Mal.» Also wirklich, spinnt sie? Daraufhin habe ich meine Tochter angerufen. Es ist alles geklärt, sie wird mir meine Fahrkarte mit der Post zuschicken. Wieso ist mit dem Fortschritt alles komplizierter geworden?

Dienstag, 4. August

Heute kommt der neue Nachbar, der das Haus der Berthiers gekauft hat, zum Tee. Er hatte mir letzte Woche einen wohlformulierten Brief geschickt, in dem er vorschlug, aber nur, wenn es mir recht wäre, dass er mir gern die Ehre eines Besuchs erweisen würde, damit wir uns einmal kennenlernten. Ein paar Tage später waren wir dann übereingekommen, dass er zum Tee vorbeikommt. Wenn man Gilberte Glauben schenken darf – der sicherlich in Anbetracht ihres Alters als Erste die Ehre eines Besuchs zuteilwurde –, ist er ein sehr feiner Herr. Ein ehemaliger Oberst, ein echter Kavalier, sehr vornehm. Er ist viel jünger als wir, dürfte etwa fünfundsiebzig sein, aber hier in der Gegend, wo wir nicht sehr zahlreich sind, spielt das Alter keine große Rolle. Er ist seit vielen Jahren Witwer, hat nie wieder geheiratet und hat einen Sohn, der in Südafrika lebt. Das große Haus hat er vor über einem Jahr gekauft, ist aber erst kürzlich eingezogen. Ich glaube, er hat viel daran machen lassen, drinnen war es in sehr schlechtem Zustand und daher unbewohnbar.

Ich habe einen Apfelkuchen gebacken, auch

wenn es nicht die richtige Jahreszeit dafür ist, aber er passt gut zum Tee. Ich habe extra die hübschen blaugoldenen Tassen herausgeholt und auch die Silberkanne aus der Vitrine, so kommt sie wenigstens hin und wieder zum Einsatz. Man bekommt nicht jeden Tag Besuch von einem Mann.

Mit Blick auf das Ereignis war ich beim Friseur. Ich wollte den Herrn auf keinen Fall mit platt anliegenden Haaren empfangen. Jetzt sind sie sauber, riechen gut und sind genauso füllig, wie sie sein sollen. Ich setze mich an meinen Frisiertisch aus Kirschholz, der zu der Kommode, dem Tisch und dem Sekretär meines früheren Jungmädchenzimmers passt. Es kommt nicht mehr sehr oft vor, dass ich dort Platz nehme. Ich richte den Spiegel so aus, dass mein Gesicht gut beleuchtet ist. Natürlich habe ich die in meinem Alter üblichen Falten, aber meine Haut ist noch zart und hat ihren rosigen Teint bewahrt. Wenn ich mich recht betrachte, finde ich mich eigentlich immer noch ganz passabel. Seit ich am grauen Star operiert wurde, brauche ich meine Brille nicht mehr, trotzdem trage ich sie weiterhin. Ich habe sie schon so lange, fast fünfzig Jahre, dass sie zu meinem Leben gehört. Wenn ich sie absetze, bin ich nicht mehr ich. Außerdem habe ich meine Kinder und Enkelkinder gefragt – allen gefalle ich mit Brille besser. Wenn ich sie nicht trage, wirken meine Augen irgendwie kleiner. Mache ich sie nicht mehr so weit auf wie früher? Ich weiß es nicht. Aber es stimmt schon, sie wirken in meinem Gesicht ganz klein und verloren. Dabei hat man sie früher durchaus wahrgenommen, ich habe viele Komplimente dafür erhalten … Mag sein, dass sie weniger lebendig sind, dass das Blau etwas verblasst ist. Heute wirken sie etwas grauer, als hätten sie mit der Zeit Staub angesetzt.

Ich habe mir nie die Augen geschminkt. René hätte es gern gesehen, wenn ich mich etwas zurechtgemacht hätte. Ich hatte es einmal versucht, ein einziges Mal, als meine Tochter etwas größer war. Sie hatte mir bei Prisunic ein hübsches Döschen mit blauem Lidschatten und einem kleinen Pinsel gekauft. Ich konnte ihn aber nicht auf die Lider auftragen, denn sobald ich mich dem Auge mit dem Pinsel näherte, bekam ich richtig Angst. Auch meine Tochter konnte mir nicht helfen, und so blieb das Döschen jahrelang unberührt in der Schublade meines Frisiertischs stehen. Morgens puderte ich mir nur leicht die Wangen mit einem rosa Puder, das angenehm duftete und das ich mitsamt Quaste in einer silbernen Dose aufbewahrte.

Wenn René und ich zum Abendessen ausgingen, trug ich seinetwegen etwas blassrosa Lippenstift auf. Sonst nichts.

Dasselbe galt für Schmuck. Außer meinem Ehering, meinem Verlobungsring und meiner Armbanduhr trug ich nur selten etwas. Manchmal eine Perlenkette oder ein dezentes Armband. Einmal hatte ich es mit Ohrclips versucht, aber nach einer halben Stunde fand ich das Kneifen unerträglich. Und in meinem Umfeld war es undenkbar, dass ich mir Ohrlöcher stechen ließ, das geziemte sich damals nicht.

Ich mochte schon immer das Natürliche. Ich war blond, hatte helle Augen und den Teint einer Engländerin. Mir kam es immer so vor, als würde alles Künstliche aus mir ein Püppchen machen. Ich glaube, in jungen Jahren war ich ein hübsches Ding, das sagten jedenfalls die anderen, und ich glaubte ihnen nur allzu gern. Heute kommt es immer noch vor, dass mich jemand eine hübsche Frau nennt, dass mich die Männer damit necken. Ich muntere ihren verschwommenen Blick ein wenig auf, und das macht mir noch genauso viel Freude wie damals, als ich zwanzig war. Selbst wenn man auf das Ende zugeht, genießt man es, anderen zu gefallen. Zum Erröten ist man nie zu alt.

Der Nachbar wird bald kommen. Ich klappe die Silberdose auf, tauche die Quaste in den Puder und betupfe mir vorsichtig die Wangen, dabei passe ich auf, dass sich der Puder nicht in den Falten sammelt. Ich male mir die Lippen rosa, dann trage ich ganz leicht Lippenstift auf den Wangenknochen auf und verreibe ihn mit den Fingern. Jetzt bin ich bereit.

Mittwoch, 5. August

Was habe ich mich gelangweilt. Der ehemalige Soldat ist ein sehr vornehmer Herr, er macht durchaus was her, aber er hat überhaupt keinen Humor. Und wie viele Leute, die keinen Humor haben, war er extrem geschwätzig. Ich hatte schon befürchtet, dass er überhaupt nicht mehr geht. Außerdem hat er meinen leckeren Apfelkuchen fast nicht angerührt, als hätte er Angst, ich wolle ihn vergiften. Zwei Stunden lang hat er mit einer eintönigen Stimme von seinem nicht gerade originellen Leben erzählt. Nach einer Weile hörte ich fast nicht mehr hin, ich nickte nur noch höflich, wenn in regelmäßigen Abständen Worte wie «Disziplin» und «Wiedererstarken unseres Landes» fielen, oder stimmte ihm eifrig zu, sobald er den «Général de Gaulle» erwähnte. Er sprach von nichts anderem als von Armee, Kaserne, Führungsstab und Pferden. Ich glaube, er hat mir während der gesamten Konversation keine einzige Frage gestellt. Hat er mich überhaupt angeschaut? Als er endlich aufstand, um sich mit perfektem Handkuss und militärischem Gruß zu verabschieden, stand ich einen Augenblick ziemlich hilflos da und wusste nicht recht, was ich sagen sollte. Ein «Auf Wiedersehen» vermied ich lieber, innerlich habe ich fast darauf gewartet, dass er «Wegtreten!» sagt, bevor ich mich traute, mich zu rühren. Dann steuerte er auf seinen Wagen zu, und ich sah mit großer Erleichterung, wie er auf der Allee davonfuhr. Ich trug das Teeservice und den Rest in die Küche, warf die Papierservietten weg, spülte die Tassen, die Dessertteller und die Gabeln, dann schnitt ich etwas mehr als die Hälfte des Kuchens ab, wickelte ihn in Alufolie, schrieb mit einem dicken schwarzen Filzstift «Apfelkuchen des Oberst» darauf und packte ihn in die Truhe.

Wenn ich daran denke, dass ich vor René davon geträumt hatte, einen Soldaten zu heiraten …

Donnerstag, 6. August

Ich langweile mich nie, wenn ich allein bin, denn ich habe immer etwas zu tun. Ich koche, lese, mache meine Kreuzworträtsel, lege Patiencen. Dann habe ich noch mein Moleskine-Notizbuch, das ich in der Schublade meines Nachttischs verstecke und in das ich Sprüche eintrage, die ich im Radio oder im Fernsehen höre: Auszüge aus Büchern oder Zeitungen, über das Leben, den Tod, den lieben Gott, den Papst; Formulierungen, die keinen Bezug zueinander haben, wie Bilder, die ich wild durcheinanderklebe und die eigentlich nicht hierhergehören. Manchmal stricke ich auch, wenngleich immer seltener, denn nach einer Weile macht die wiederkehrende Bewegung der Nadeln meinen Fingern zu schaffen. Als meine Enkelkinder noch klein waren, habe ich in allen Farben Pullover für sie gestrickt, aus echter Wolle, die ich im Wollladen in Vichy gekauft habe. Irgendwann wollten sie die Pullover nicht mehr haben, fanden meine selbstgestrickten Sachen nicht modisch genug und sagten, sie würden kratzen. Stattdessen gefielen ihnen diese schrecklichen mit Molton gefüllten Oberteile mit Kapuze und Schriftzug auf dem Bauch. Heute stricke ich nur noch Schals für die Alten im Seniorenheim in Le Donjon oder – seltener – Babysachen, wenn eins der Kinder meines Sohns Nachwuchs erwartet. Das Problem ist, dass ich zuerst nach Vichy fahren muss, um Wolle zu kaufen, aber hinterher das Babyjäckchen zu stricken, ist keine große Sache. Allerdings nehme ich nichts Kompliziertes mehr in Angriff. Ich weiß noch, als meine Schwiegertochter das erste Kind erwartete, hatte ich mir in den Kopf gesetzt, ein paar Schühchen zu stricken. So etwas hatte ich vorher noch nie gemacht. Man musste mit fünf Nadeln gleichzeitig hantieren. Ich hatte ein erstes Schühchen gestrickt. Dann ein zweites. Dann ein drittes. Und ein viertes. Es gelang mir einfach nicht, zwei hinzukriegen, die gleich groß waren! Woran es lag, war mir schleierhaft. Ich hielt mich genau an die Anleitung, aber am Ende, auch wenn ich genau so vorgegangen war wie vorher, kamen vier verschiedene Schühchen dabei heraus. Ich glaube, bei der Geburt habe ich meiner Schwiegertochter in meiner Verzweiflung alle vier geschenkt. Seither beschränke ich mich auf ganz einfache Babyjäckchen, die ich kraus rechts stricke. Und mit zwei Nadeln.

Ich lese auch. Allerdings weniger als früher.

Meine Augen ermüden schneller, und es fällt mir zunehmend schwer, Romane zu finden, die mich fesseln. Ich habe immer gern Bücher gelesen. Als ich klein war, habe ich mich an den Geschichten der Comtesse Sophie de Ségur erfreut. Bestimmt habe ich irgendwo noch ein paar dieser schön gebundenen Bücher mit rotem oder rosa Einband bei mir stehen. Ich konnte mich auch stundenlang in die Bilderalben von *La Semaine de Suzette* vertiefen, mit Bécassine, Loulotte und Madame de Grand-Air. Später dann habe ich mich für die große Literatur erwärmt, die mich weit wegführte aus meinem Alltag, *Doktor Schiwago*, *Vom Winde verweht*, *Die Thibaults.* Ich spielte mit Agatha Christie Detektiv und schwärmte als *Die Dame mit den grünen Augen* für Arsène Lupin. Meiner Buchhändlerin in Vichy habe ich es zu verdanken, dass ich Andrée Chedid entdeckt habe, von ihr habe ich keinen Roman mehr verpasst, nachdem mich *Verschüttet* sehr berührt hatte. Ich nahm alles mit, was mir in die Finger kam, vorausgesetzt, es war nicht langweilig. Mit demselben Vergnügen las ich die Bücher meiner Tochter über *Fantômette* und *Alice*, die Trilogie *Mein Freund Flicka* und die Bücher von Marguerite Yourcenar, Jean d'Ormesson oder Jacqueline de Romilly. Ich las sie beim

Stricken oder Fernsehgucken, was René immer verblüffte.

Vor ein paar Jahren hatte ich mit ein paar Freundinnen eine private Bibliothek ins Leben gerufen. Wir waren ungefähr zu zehnt, und jede suchte sich zwei Bücher aus, die sie kaufte. Dann gaben wir die Bände reihum weiter und trafen uns regelmäßig bei einer Tasse Tee und Keksen, um über sie zu sprechen. Das Dumme war nur, dass mich die Bücher der anderen oft nicht vom Hocker rissen … Mehr als einmal verzog meine Tochter beim Anblick eines dieser Romane auf meinem Nachttisch das Gesicht, blickte verächtlich auf den Umschlag und sagte: «Liest du so was?» Nachdem ich mich zwei Jahre lang gezwungen hatte, sterbenslangweilige Bücher zu lesen, in denen ich ganze Seiten übersprang, habe ich mich abgemeldet. Lieber zahle ich für meine Bücher, wenn sie dafür meinem Geschmack entsprechen.

Gerne lese ich auch historische Romane über das Russland von Hélène Carrère d'Encausse oder solche von Max Gallo über Napoleon, außerdem habe ich alle Bücher von Georges Bordonove über die französischen Könige gelesen … Auch ein paar jüngere Romane haben mir gefallen, wie *Der Hut des Präsidenten* von einem gewissen Antoine Laurain – was für eine herrliche Idee, dieser berühmte Hut, der von Kopf zu Kopf wandert! Wenn ich nichts mehr zu lesen habe, nehme ich ein altes Buch von Agatha Christie zur Hand. Da mein Gedächtnis nicht besonders gut ist, habe ich den Namen des Mörders längst wieder vergessen, aber das spielt keine Rolle, spannend ist es trotzdem, und manchmal fällt mir gegen Ende alles wieder ein.

Zeitung lese ich nicht so viel. Egal ob Politik, Wirtschaft, Mode oder Design: Solche Themen langweilen mich. Lieber sehe ich fern, vor allem abends. Wenn ich mitten in der Nacht wach werde, bringen sie oft klassische Konzerte. Ich bin nicht gerade bewandert in großer Musik, obwohl ich weiß, dass ich Mozart, Chopin und Bach mag. Und auch Johann Strauß, seine Walzer erinnern mich an die Bälle in meiner Jugend, kurz nach dem Krieg, als wir sie vor einem Tango oder Foxtrott tanzten. Allerdings lege ich nie Schallplatten auf, obwohl ich welche habe, unten im Büro, in der Bibliothek neben dem Plattenspieler, den ich nicht bedienen kann. Unter anderem steht da ein Schuber mit Platten, die den Titel tragen: «Schätze der Klassischen Musik», die René, der sich nicht gut auskannte, einmal gekauft hatte. Manchmal würde ich gern meine alten Foxtrott-Platten hören, um mich wieder in die Zeit zurückzuversetzen. Ich habe fünf oder sechs Stück, es sind ziemlich dicke Schelllackplatten mit 78 Umdrehungen. Aber ich kann mir nicht vorstellen, dass sie auf dem Plattenspieler laufen – wobei, ich weiß es nicht, vielleicht sind es auch die 16er, die nicht mehr laufen, von denen habe ich auch noch die ein oder andere.

Abends und manchmal auch nach dem Mittagessen, wenn ich mich auf meinem Bett ausruhe, schaue ich mir im Fernsehen Filme an. Nachmittags auf Kanal 27 zeigen sie ganz häufig Hercule Poirot. Vor ein paar Jahren, ich glaube, zu meinem achtzigsten Geburtstag, haben mir die Kinder einen «DVD-Player» geschenkt: Man schiebt eine Scheibe hinein und kann den Film im Fernsehapparat sehen. Das Gerät haben sie mir im Schlafzimmer unter den Fernseher gestellt. Zu einem anderen Geburtstag habe ich von meiner Tochter mehrere Hitchcocks bekommen. Sie stehen neben dem Fernsehapparat, sauber aufgereiht neben *Der Mörder wohnt in Nummer 21*, *Fahrstuhl zum Schafott*, *Die Dinge des Lebens* und einer Trilogie von Pagnol, die ich von meinen Enkelkindern bekommen habe. Ich habe sie mir nie angeschaut, bestimmt sind sie noch in Zellophan verpackt …

Ich habe immer Angst, dass mich meine Kinder irgendwann mal danach fragen, aber mittlerweile haben sie es hoffentlich vergessen. Es wäre mir peinlich, ihnen zu gestehen, dass ich dieses Filmlesegerät nie zum Laufen gekriegt habe. Dabei hat mir mein Sohn mehrmals gezeigt, wie es funktioniert, einmal hat er mir sogar alles auf einen Zettel geschrieben, den ich natürlich verlegt habe. Nach meinem Tod können sie alles hier herausholen, es wäre dann wenigstens noch in gutem Zustand. Bestimmt haben sie modernere Apparate, aber die Filme, vor allem die eben genannten, werden nie aus der Mode kommen.

Und dann gibt es noch Bridge und Scrabble, das hält mich beschäftigt! Auch ohne dass ich die Zeit berücksichtige, die ich brauche, um zu der einen oder anderen Freundin zu fahren, den Tisch aufzuklappen und den Tee vorzubereiten, wenn die anderen zu mir kommen.

Schließlich sind da noch meine Spaziergänge auf der Allee oder im Wald, das Unkraut, das ich zwischen dem Kies im Hof herausziehen muss, das Moos auf den Terrassenplatten, das abzukratzen ist, die Beete, die ich an Sommerabenden gieße, wofür ich mich mit dem leckenden grünen Schlauch in meinen Korbstuhl setze …

Die einzigen Momente, in denen ich mich langweile, sind nicht die, in denen ich allein bin, sondern in Gesellschaft von langweiligen Menschen. Dann zieht sich die Zeit, die es sonst immer eilig hat, ewig in die Länge.

Man langweilt sich nur mit anderen, niemals mit sich selbst.

Montag, 10. August

Nine ist wieder zu Hause. Ich habe vor, sie in ein paar Tagen zu besuchen, sie ist zwar müde, aber sie hat mir versichert, sie würde sich freuen.

Mittwoch, 12. August

Manchmal, wenn es abends noch ganz mild ist und der Kies die Hitze vom Tag gespeichert hat, hole ich einen Liegestuhl heraus, stelle die Lehne so weit wie möglich nach hinten, achte darauf, dass sie einrastet, damit der Stuhl nicht unter mir zusammenbricht, und setze mich dann hinein. Seit einiger Zeit leuchtet schon der Abendstern. Wobei ich nie ganz sicher bin, ob er es wirklich ist, denn andere Sterne scheinen genauso hell zu leuchten. Außerdem hat mir mein Enkel erklärt, dass man ihn je nach Jahreszeit und Position zur Sonne unter Umständen gar nicht sieht.

Heute Abend haben sie in den Nachrichten eine Nacht der Sternschnuppen angekündigt. Gegen fünf Uhr morgens sei jede Minute eine zu sehen! Da bin ich natürlich längst im Bett, aber bevor ich mich schlafen lege, ruhe ich mich draußen noch ein wenig aus. Ich warte in meinem Liegestuhl auf die Nacht und betrachte den Himmel.

Langsam gewöhnen sich meine Augen an die Dunkelheit, und der Himmel gibt immer mehr Sterne preis. Wie damals als Kind mit meinen Eltern und meinem kleinen Bruder versuche ich, den Großen Bären auszumachen, der ist am leichtesten zu finden. Dann den Kleinen Bären, die Leier und – mein Lieblingssternbild – die Plejaden. Ich halte Ausschau nach Sternschnuppen. Leider sehe ich sie immer zu spät, und dann bleibt mir nicht genug Zeit, um mir etwas zu wünschen, mein Kopf ist mittlerweile zu langsam. Außerdem fällt mir überhaupt kein Herzenswunsch ein, nicht einmal hinterher. Was könnte ich mir so sehr wünschen, dass ich, ohne groß nachzudenken, darauf komme? Im Schlaf sterben, ganz friedlich, ist alles, was mir einfällt … Das ist als Wunsch ja nicht gerade heiter. Als kleines Mädchen habe ich mir die große Liebe gewünscht, eine gute Note, später einen guten Mann, ein Kind … Heute will ich nur noch in Frieden von dieser Welt gehen.

Je länger ich die Sterne betrachte, desto mehr fühlt es sich an, als würde ich fortgeschwemmt, wie vom Weltall aufgesogen. Als würde mein ganzer Körper erschlaffen, mein Geist sich lösen und umherstreifen. Was wohl da oben passiert? Die Gelehrten entdecken nach und nach ein Universum, das zunehmend endlos wird, es ist sogar von Paralleluniversen die Rede. Das jagt mir Angst ein. Sind wir wirklich allein? Und wo ist der liebe Gott in alledem? Selbst nach neunzig Lebensjahren weiß ich noch nicht, woher ich komme und wohin ich gehe.

Während ich ins Weltall starre, merke ich, wie ich mich innerlich immer mehr löse. Als wäre ich gar nicht mehr da. Es gibt keinen Raum mehr, keine Zeit. Keine Angst. Noch nie hatte ich so sehr das Gefühl, dem großen Ganzen anzugehören, wie in diesem Liegestuhl in dieser Sommernacht. Nicht einmal der Tanz der Fledermäuse, die dicht an mir vorbeifliegen, erschreckt mich, und der Schrei der Eule, der mir oft Angst einflößt, wenn ich ganz still in meinem Schlafzimmer liege, ist nur mehr eine kleine Nachtmusik in der großen Stille, die mich nach und nach erfasst.

Sonntag, 16. August

Heute habe ich Nine besucht. Sie sah gar nicht mal so schlecht aus. Anscheinend hat sie die Operation gut überstanden, und im Moment ist keine Chemotherapie vorgesehen. Sie gilt als geheilt und hat fest vor, unsere kleinen Ausflüge zu den anderen Freundinnen, unsere Teenachmittage und unsere Bridgerunden wiederaufzunehmen. Nur beim Essen muss sie aufpassen, es gut über den Tag verteilen und – das Allertraurigste – komplett auf Alkohol verzichten. Für sie gilt: kein Gläschen Weißwein mehr mit Gilberte und Toinette. Und Jeanne.

Montag, 17. August

Mein Sohn ist für ein paar Tage gekommen. Er bleibt bis Freitag, so kann er mich in den Zug nach Paris setzen, bevor er in die Berge fährt, wo er mit

Freunden ein Wanderwochenende verbringen will. Nachdem er nun im Ruhestand ist, kann er mich jederzeit besuchen kommen, auch wenn er öfter ans andere Ende der Welt reist, als Zeit mit mir zu verbringen. Aber das ist auch normal. Er segelt gern auf großen Yachten, und hier gibt es kein Meer, nur ein paar Seen, in denen die Jäger auf Enten schießen. Er steigt ins Flugzeug wie andere in die Metro. Mich würde das gar nicht reizen. Erstens habe ich große Angst vorm Fliegen. Und zweitens, warum so weit wegfahren, zu jeder Jahreszeit der Sonne, der Hitze hinterherjagen? Mir geht es hier auf dem Land so gut, wo die Sommer echte Sommer sind und die Winter echte Winter. Er aber braucht den Tapetenwechsel. Bei mir ist es so, je älter ich werde, umso weniger Tapetenwechsel brauche ich. Vielmehr brauche ich meine Orientierungspunkte, kenne mich gerne aus, will Gesichtern einen Namen zuordnen. In der Luft bin ich gar nicht gern, aber auch nicht auf dem Wasser, das bewegt sich zu sehr, und ich mag es lieber stabil. Ich fühle mich ja schon mit meinen zwei Füßen auf dem Boden wackelig, auch ohne Matsch oder Glatteis.

Nach dem Mittagessen tranken wir gerade draußen unseren Kaffee, da zog er aus einem kleinen Karton ein schwarzes Gerät, das er mir triumphierend vor die Nase hielt: «Dein Navi!» Ich sagte nur: «Oh …» Ehrlich gesagt bin ich mir nicht sicher, ob ich überhaupt ein Navi haben will. Ich werde lernen müssen, es zu bedienen, und das versetzt mich jetzt schon in Panik. Mir graut vor diesen modernen Geräten. Es heißt immer, sie seien ganz einfach zu bedienen, und wenn ich es dann nicht schaffe, fühle ich mich ganz dumm. Außerdem brauche ich es wirklich nicht, so oft verfahre ich mich doch gar nicht. Ich wage mich ja immer seltener auf Straßen, die ich nicht kenne, fahre nicht mehr so weit, und ich meide den Verkehr am späten Nachmittag. Bis heute habe ich immer nach Hause gefunden. Vielleicht nicht jedes Mal auf dem kürzesten Weg, aber dennoch. Ein Navi, ich weiß nicht …

Er hat das Ding in meinem kleinen Auto auf dem Armaturenbrett festgemacht. Ein Kabel hängt herunter, das ganz geringelt ist, so wie früher die Schnur am Telefon. Ich glaube, das Gerät läuft über den Zigarettenanzünder. Es gibt einen Bildschirm und Knöpfe, und es sieht aus wie die Handys der jungen Leute, die groß und flach sind und alles können.

Wir steigen ein und fahren los. Wir nehmen

das Sträßchen nach Bert. Mein Sohn fährt. Er sagt mir, was ich machen muss, worauf ich drücken muss, um einzutippen, wohin ich will. Natürlich ist dieser einfache Apparat ganz schrecklich kompliziert. Ich höre zu, tue, was er sagt, strenge mich an, aber ich merke ja, dass ich alles gleich wieder vergesse. Innerhalb kürzester Zeit schwirrt mir der Kopf. Als wir wieder zu Hause sind, scheint er mit mir zufrieden zu sein. «Siehst du, es ist überhaupt nicht schwer. Du hast verstanden, wie es geht, und wirst es auch benutzen?» Ich sage ja, sonst ist er imstande und fängt wieder von vorne an.

Eins ist sicher: Wenn ich dieses Ding benutze, verfahre ich mich vielleicht nicht mehr. Dafür lande ich direkt im Graben.

Mittwoch, 19. August

Guillemette und ihre Tochter sind gestern Abend aus Versailles gekommen und haben hier übernachtet. Heute Morgen sind sie nach Lyon weitergefahren. Ich habe mich gefreut, meine Schwägerin wiederzusehen, sie sieht immer noch so aus wie früher. Schottenrock und weiße Bluse im Winter, bedrucktes Seidenkleid im Sommer, ihre ewigen Stricknadeln in den Händen, das Wollknäuel in der Tasche. Sie ist etwas jünger als ich, sechs oder sieben Jahre vielleicht. Ihr Mann Jean war Renés jüngster Bruder. Jean und Guillemette haben in Marokko geheiratet. Mit meiner Schwiegermutter im Gepäck sind wir in Marseille mitsamt Auto auf die *Koutoubia* gefahren. Ich weiß noch, dass René mir ein paar Tage vor der Abfahrt zig Ratschläge gegeben hat, wie ich nicht seekrank werde. Ich war noch nie im Leben auf einem Schiff gewesen. Die Überfahrt war abenteuerlich. Es herrschte starker Seegang, und das Schiff schwankte ordentlich. Es war dann René, der sich hundeelend gefühlt hatte, und auch meine Schwiegermutter. Sie hatte sich gar nicht mehr blicken lassen, lag die ganze Zeit in ihrer Kabine, was mir sehr zupasskam. Ich hingegen war überhaupt nicht krank, sondern stand die ganze Fahrt über an Deck und scherzte mit den Matrosen. Endlich in Casablanca angekommen, mussten wir kilometerlang über chaotische Straßen fahren, um nach Oujda zu gelangen. Dort lebten Guillemettes Eltern, nahe der Grenze zu Algerien. Kaum war die Hochzeitsfeier vorbei, war meine Schwiegermutter, die sich von «ihrem kleinen Jean» nicht trennen konnte, mit den zwei Frischvermählten verduftet, die ihre Flitterwochen also zu dritt verbringen durften. Von Stadt zu Stadt, von Hotel zu Hotel trottete sie mit ihrem chinesischen Sonnenschirm in der Hand hinter ihnen her, wich ihnen nicht von der Seite, außer abends, wenn sie seufzend zusehen musste, wie die beiden in ihrem Hotelzimmer verschwanden. Beim Frühstück nach der Hochzeitsnacht hatte sie ihre Schwiegertochter mit einem besorgten Blick bedacht und sich dann zu ihrem Sohn hinübergebeugt: «Na, mein Schatz, ist alles gut gelaufen?»

Jean ist schon vor vielen Jahren von uns gegangen. Am Ende war er völlig deformiert gewesen, ich habe mich immer gefragt, wie er auf seinen zwei Beinen das Gleichgewicht halten konnte, mit einem Oberkörper, der völlig krumm und schief war. Er und Guillemette waren einander sehr nahe gewesen, ertrugen die Schicksalsschläge und Sorgen gemeinsam. Obwohl er im Gegensatz zu ihr nie ernsthaft krank war, starb er als Erster. Als bei ihr ein Brustkrebs in sehr fortgeschrittenem Stadium festgestellt wurde, gaben ihr die Ärzte höchstens noch sechs Wochen – aber es brauchte weitaus mehr, um eine Guillemette umzuwerfen. Einmal rief meine Tochter sie voller Sorge an, aber Guillemette brach nur in schallendes Gelächter aus: «Wo denkst du hin? So schnell werdet ihr eure alte Tante nicht los!» Das war vor zwölf Jahren. Und tatsächlich ist sie immer noch da, die Perücke schief auf dem Kopf, die Augen funkelnd vor Lebensfreude, mit hoher Stimme und einem Mund, der nie stillsteht. Dabei hatte sie kein leichtes Leben gehabt. Fünf Kinder hat sie innerhalb von zehn Jahren geboren, sie waren immer tadellos gekleidet, obwohl Jean und sie damals wenig Geld hatten. Nie kam eine Klage über ihre Lippen, nie verlor sie den Mut. Sie war knapp über fünfzig, als sie einen Sohn verlor. Trotzdem hat sie durchgehalten, hat ihren Mann und ihre am Boden zerstörten Kinder gestützt. Später sollte eins ihrer Enkelkinder von einem LKW überfahren werden und dem jungen Onkel nachfolgen. Erst da, als sie an der Kirche ankam, hatte sie sich einen Moment der Verzagtheit gestattet: «Der liebe Gott hat mich vergessen …»

Seit zwölf Jahren lebt Guillemette im Takt ihrer Chemotherapien, seit zwölf Jahren hat sie keine Haare mehr. Bevor sie weiterfahren, richtet ihre Tochter ihr noch die Perücke. Sie zieht sie immer ganz schnell auf, irgendwie, als wäre es eine Mütze, aber sofort danach vergisst sie sie, kratzt sich darunter am Kopf, sodass die Perücke auf die eine

Seite rutscht, dann auf die andere, und sehr bald sieht Guillemette völlig unmöglich aus.

Wenn man sie vorsichtig darauf hinweist, lacht sie. Es ist ihr egal. Guillemette ist nicht kleinzukriegen.

Donnerstag, 20. August

Ich habe meinen Koffer gepackt. Na ja, Koffer – es ist eher eine kleine Nylontasche, knallrot, derentwegen sich meine Tochter immer schämt, wenn sie mit mir unterwegs ist. Sie ist tatsächlich ziemlich hässlich, aber dafür ist sie sehr leicht und gerade groß genug, dass meine Sachen für eine Woche hineinpassen. Ich habe nur das absolute Minimum dabei: einen Rock zum Wechseln, zwei Blusen, ein T-Shirt, sechs Höschen, einen BH, einen Pullover, Schal, Regenjacke, meinen Toilettenbeutel, meine Haarbürste und die Blutdruckmedikamente. Kurz habe ich überlegt, noch meinen alten schwarzen Badeanzug mitzunehmen, habe es aber dann doch gelassen. Ich gehe ohnehin nur zum Strand, wenn das Wetter nicht gut ist, sonst knallt die Sonne auf meinen Schädel, und ich bekomme Kopfschmerzen. Und außerdem bade ich nicht mehr; erstens weil mir das Wasser zu kalt ist, zweitens weil ich mich nicht mehr ausziehen will, ich bin zu hässlich. Ich habe einen Bauch, und der Rest hängt irgendwie herunter. Bei Sonne bleibe ich lieber im Garten unterm Sonnenschirm und lese. Und wenn es regnet, ziehe ich meine Regenjacke an, nehme meinen Stock und gehe ein paar Schritte den Küstenpfad entlang.

In der Handtasche habe ich meine Fahrkarte, meinen Seniorenausweis, mein Handy, Geldbeutel und Brieftasche. Ich habe zwanzig Mal kontrolliert, wann der Zug fährt, und habe es ebenso oft meinem Sohn gesagt. Dabei habe ich ein wenig geschummelt, weil er immer sehr knapp losfährt und ich dann ganz panisch werde. Anstelle von neun Uhr einunddreißig habe ich neun Uhr zehn gesagt. So bleiben uns zwanzig Minuten, um einen Reifen zu wechseln, hinter einem Mähdrescher herzuzuckeln oder von einem Stau am Ortseingang von Moulins ausgebremst zu werden.

Freitag, 21. August

Was für ein Tag, ich bin völlig erschöpft … In meinem Alter fährt man nicht mehr einfach mal so durch ganz Frankreich. In aller Herrgottsfrühe bin ich aufgestanden, nach einer unruhigen Nacht, wie jedes Mal, wenn ich von zu Hause wegfahre. Ich habe solche Angst, etwas zu vergessen … Als mein Sohn mich am Bahnhof abgesetzt hat, hatte ich noch eine halbe Stunde Zeit. Natürlich wollte er die Abfahrtszeit meines Zugs kontrollieren und den Bahnsteig heraussuchen. «Der Zug nach Paris fährt erst um neun Uhr einunddreißig, warum hast du gesagt, er geht um neun Uhr zehn? Zeig mal deine Fahrkarte …», sagte er. Er dachte bestimmt, ich sei etwas durcheinander im Kopf. Trotzdem wollte er unbedingt mit mir warten und mich mit der kleinen roten Tasche in den Zug setzen. Ich wollte sie nicht in der Gepäckablage lassen, weil ich Angst hatte, dass sie bei meiner Ankunft nicht mehr da wäre. Also hat er die Tasche neben mich gestellt. Dann hat er mich zum Abschied geküsst, mir einen schönen Aufenthalt in der Bretagne gewünscht und ist gegangen.

Der Zug war halb leer. Der Platz neben mir ist

die ganze Zeit frei geblieben. Am Bahnhof Bercy in Paris wartete meine Tochter mit Auto und Hund, und wir sind sofort weitergefahren. Sie hatte Sandwichs vorbereitet, die wir unterwegs gegessen haben. Das bin ich nicht gewohnt, ich glaube, ich habe alles vollgekrümelt. Sandwichs sind nicht so leicht zu essen, sie sind ganz dick, und wenn man reinbeißt, rutscht alles, was in der Mitte ist, heraus. Natürlich habe ich gesehen, dass sie mir schiefe Blicke zuwarf, aber sie hat nichts gesagt. Nach dem Sandwich bin ich eingenickt, so ist die Fahrt schnell vergangen. Um sechs Uhr abends sind wir in Bénodet angekommen. Dann waren wir Crêpes essen und sind wieder in ihr Haus zurückgekehrt. Meine Tochter hat mein Bett bezogen und mir Handtücher und eine Flasche Wasser in die Hand gedrückt. Ich habe nur gesagt: «Heute Abend werde ich nicht alt», habe kurz geduscht, mir die Zähne geputzt und bin zu Bett gegangen. Morgen will ich ans Meer.

Samstag, 29. August

Ich bin sehr froh, wieder daheim zu sein. Obwohl ich eine angenehme Woche verbracht habe, merke ich, dass ich nicht mehr gern woanders bin. In einem anderen Haus habe ich keine Orientierungspunkte. Ich fühle mich abhängig und bin ständig im Weg. Ich bin zu nichts nutze. Weder beim Einkaufen noch beim Kochen bin ich eine große Hilfe. Ich kann nur den Tisch decken, und selbst da habe ich drei Tage gebraucht, bis ich nicht mehr fragen musste, wo ich Besteck, Teller und Gläser finde, wohin Servietten, Salz und Untersetzer gehören.

Das Wetter war typisch bretonisch, mal Regen, mal Sonne. Wie nicht anders zu erwarten, war es meiner Tochter peinlich, bei Nieselregen mit mir am Strand spazieren zu gehen. Ich hatte meine Regenjacke angezogen, unter der mein alter verwaschener roter Rock herausschaute, war in die Gummistiefel ihres zwölfjährigen Sohns geschlüpft und hatte meine Regenhaube aus durchsichtigem Plastik aufgesetzt. Sie wollte mich schon mehrmals dazu überreden, «dieses grässliche Teil» in den Müll zu werfen. Es ist wirklich nicht schön, aber es ist einfach sehr praktisch. Ich habe es seit vielen Jahren, kommt gar nicht in die Tüte, dass ich mich davon trenne. Sie sieht auch nicht viel besser aus mit ihrem großen gelben Kapuzenumhang und ihren knappen Shorts. Der Regen hinterließ Tropfen auf meiner Brille, sodass ich etwas Mühe hatte zu sehen, wohin ich meine Füße setze. Etwas unwillig hat sie mir schließlich ihren Arm gereicht. Ich glaube, sie erträgt es nicht, mich altern zu sehen. Dabei ist es höchste Zeit, dass sie sich daran gewöhnt …

Es war trotzdem schön, eine Woche mit meiner Tochter zu verbringen und ihr Haus kennenzulernen. Man kann es dort gut aushalten. Es ist gemütlich, der Sandgarten hat etwas Beruhigendes, es riecht nach Meer, und bei Flut hört man die Wellen. Wir haben viel Scrabble gespielt, viele Crêpes und Strandgarnelen gegessen, Cidre getrunken. Und trotz kleiner Meinungsverschiedenheiten haben wir uns gut verstanden.

Einmal abends, als wir auf ihrem Sofa saßen, hat sie mir auf ihrem Computer haufenweise Fotos von ihrem Sohn gezeigt. Er ist gerade in Irland. Dann von ihrem anderen Sohn, der an einem Ferienlager in Arcachon teilnimmt. Anschließend hat sie Aufnahmen von Landschaften, der Familie, von Freunden, von Freunden ihrer Söhne, von den Söhnen und Töchtern meiner Freundinnen vorbeidefilieren lassen … Wie kommt sie an all diese Fotos heran, manchmal von Leuten, von denen sie kaum den Namen weiß? «Das geht über Facebook», hat sie mir erklärt. Ich fand das unglaublich. Man kann sich nach allen erkundigen, erfahren, was die einen und die anderen machen, wo sie waren und mit wem und manchmal auch was sie denken – nur mit Hilfe eines Computers! So sei es ihr gelungen, Freunde wiederzufinden, die sie seit Jahren aus den Augen verloren hatte, sogar Schulkameraden aus ihrer Grundschule in Vichy. Ganz aufgeregt habe ich sie gefragt, ob ich mich in diesem System auch nach meinen Jugendfreundinnen erkundigen könne, die ich aus den Augen verloren hatte, als ich nach meiner Hochzeit aus Paris weggegangen bin. Konnte sie zum Beispiel Yolande de Reynal suchen, mit der wir in der Badewanne im Pensionat Rum getrunken hatten? Sie musste lächeln. Selbst wenn sie noch am Leben waren, wären die Chancen gering, dass meine früheren Freundinnen mit ihren fast neunzig Jahren auf Facebook zu finden seien …

Sonntag, 30. August

Der Tag hat wahrlich nicht gut angefangen: Ich kam partout nicht zur Messe! Als ich mein Auto aus der Garage holen wollte, sprang es nicht an. Ich konnte den Zündschlüssel noch so oft umdrehen, das Gaspedal durchtreten, nichts. Als hätte jemand den Motor ausgebaut. Ich rief Fernand an, der sich, als er mich in die Garage hineingehen und nicht wieder herauskommen sah, schon Sorgen gemacht hatte. Sofort war er zur Stelle, um zu sehen, was los war. Seine Diagnose kam prompt: «Das ist die Batterie, die ist leer.» Aha. «Man muss sie wieder aufladen, haben Sie ein Überbrückungskabel?» Ein Überbrückungskabel? Nein, ich habe kein Überbrückungskabel … «Wir brauchen aber eins, ich schaue mal nach …»

Ich weiß nicht, was ich ohne Fernand täte. Innerhalb weniger Minuten hat er wo auch immer ein Kabel mit zwei roten Klammern aufgetrieben, hat die Motorhaube von Marcelles Ente aufgeklappt und die zwei Wagen miteinander verbunden. Dann hat er die Ente angelassen und mich gebeten, ebenfalls den Motor zu starten. Ich könne jetzt losfahren, sagte er, meine Batterie werde sich unterwegs aufladen, aber ich habe den Motor lieber eine ganze Weile im Stehen laufen lassen. Ich hatte zu viel Angst, dass ich nach der Messe nicht mehr zurückkäme. Am Ende kam ich gerade noch rechtzeitig zur heiligen Kommunion, worauf sich in den hinteren Reihen alle Köpfe nach mir umdrehten.

Was für eine Geschichte aber auch! So etwas war mir noch nie passiert. Warum war meine Batterie leer? Ich hatte doch nicht eine ganze Woche lang das Licht angelassen, so verkalkt bin ich noch nicht … Dann habe ich des Rätsels Lösung gefunden.

Dieses verflixte Navi. Ich hatte es im Zigarettenanzünder stecken lassen. Ich hatte mich nicht getraut, es herauszuziehen, solange mein Sohn noch da war, weil ich ihn nicht verärgern wollte. Dieses kleine Kästchen, das mit seiner blöden Stimme spricht und zu überhaupt nichts nutze ist, hat die ganze Energie aus meinem Auto gesaugt! Ich habe es sofort rausgezogen und ins Handschuhfach gelegt.

Montag, 31. August

Die Sonne strahlte heute Morgen vom Himmel, und ich wollte das große Wohnzimmer lüften, das ich nur für größere Anlässe nutze, an Ostern und an Weihnachten, wenn wir ganz viele sind. Ich machte an den beiden Fenstern und der Terrassentür die Läden auf. Als ich nahe am Couchtisch unter dem Kronleuchter vorbeikam, spürte ich plötzlich etwas Seltsames unter meinem Fuß, eine Art Paste, die meinen Pantoffel am Boden kleben ließ. Ich hob den Fuß hoch, setzte ihn ein paar Zentimeter weiter wieder auf, und mein Pantoffel klebte immer noch auf dem Holzboden fest, als wäre ich in einen Kaugummi getreten. Ich bückte mich und entdeckte auf dem Boden eine kleine zähflüssige goldene Pfütze. Daraufhin stützte ich mich am Tisch ab, ging in die Hocke, steckte meinen Finger in die klebrige Masse und hielt ihn an die Nase. Honig! Honig auf meinem Parkett! Als ich nach oben schaue, entdecke ich an der Decke neben dem Kronleuchter einen hässlichen Fleck. Einen Fleck, aus dem sich ein zähflüssiger Tropfen löst und auf meinen Pantoffel fällt.

Na so was, jetzt regnet es Honig in meinem

Haus! Wie ist das möglich? Vor allem dieses Jahr, wo die Bienenstöcke im Garten leer geblieben sind. Ich rief meinen Sohn an, der einen Imker bat, vorbeizukommen und sich anzuschauen, was über meiner Decke passiert.

Mittwoch, 2. September

Heute kam der Imker mit seinem Angestellten vorbei. Er fragte mich, ob es oberhalb des Wohnzimmers einen Schornstein gebe. Ich sagte ja, in den Kinderzimmern, aber er sei nicht in Benutzung. Daraufhin gingen wir zusammen nach oben in das Zimmer neben der Treppe. Der Schornstein befindet sich direkt oberhalb des Kronleuchters. Der Imker nahm die schwarzen Platten heraus, und prompt flogen uns ein paar orientierungslose Bienen entgegen.

Der Schwarm hatte sich in einem der Züge des Schornsteins eingenistet, und wir fanden eine große Menge Honig, vermischt mit etwas Ruß. Die beiden machten alles sauber, aber die Wohnzimmerdecke ist an der Stelle dahin. Ich werde jemanden suchen müssen, der alles stopft und einmal übertüncht …

Freitag, 4. September

Heute Morgen war ich gerade in der Diele, als meine Briefträgerin hereinkam, um die Post hinzulegen. Ich hatte einen Brief nach Paris vorbereitet. Für meinen Enkelsohn, den Ältesten meiner Tochter. In den Briefumschlag hatte ich eine schöne Karte gesteckt, um ihm alles Gute zum Geburtstag zu wünschen, und einen kleinen Scheck, den seine Eltern für ihn einlösen werden. Er wird mich bestimmt anrufen, um sich zu bedanken, das machen sie eigentlich immer. Mir wäre es ja lieber, sie würden mir schreiben. Wie gern würde ich von Zeit zu Zeit einen Brief erhalten … Aber die jungen Leute schreiben nicht mehr. Den Großen fehlt die Zeit, und die Kleinen haben nie gelernt, sich Zeit dafür zu nehmen; sie sind in eine Welt hineingeboren worden, in der man nur noch auf dem Telefon und dem Computer schreibt.

Als er klein war und noch ein Einzelkind, etwa bis zu seinem fünften oder sechsten Lebensjahr, hat er fast alle Schulferien bei mir verbracht. Er hat sich nie gelangweilt. Stundenlang konnte er in seinem Zimmer Lego spielen oder im Kies Straßen anlegen, um seine Autos und Lastwagen dort fahren zu lassen. Er war sehr umgänglich, immer fröhlich, aß alles, machte keinen Aufstand, wenn er in die Badewanne musste oder ins Bett. Abends vor dem Einschlafen lasen wir zusammen *Tim im Kongo.* Egal, wie weit wir am Abend gekommen waren, er wollte immer, dass ich wieder von vorn anfing. Ich weiß nicht, wie oft ich die ersten Seiten gelesen habe ... Jetzt liegt es lange zurück, aber damals kannte ich den Text auswendig, mindestens so gut wie manche Verse von *Cyrano de Bergerac* oder Racine. Bis zum Ende sind wir nie gekommen, er schlief immer auf der vierten Seite ein.

Es trifft sich gut, dass die Postbotin gerade kommt, denn ich habe keine Briefmarken mehr im Haus. Also gebe ich ihr Geld für den Brief und für ein Heftchen mit zehn Marken, das sie mir morgen mitbringen soll. Wir plaudern ein wenig miteinander. Sie hat nicht viel Post für mich dabei, nur Reklame und eine Rechnung. Wie üblich. Außer im Januar, wenn noch ein paar Neujahrskarten eintrudeln, und im Sommer, wenn ich die eine oder andere Urlaubskarte erhalte, schreibt mir kein Mensch mehr – nur noch Firmen. Ich bekomme Briefe von meinem Mobilfunkanbieter, meiner Telefongesellschaft, meinem Stromlieferanten, meiner Bank und vom Finanzamt. Auch erhalte ich Reklame von Carrefour, Intermarché, Bricomarché und Casino mit herrlichen Farbfotos, den Katalog meines Samenhändlers für Blumen und Gemüse, Reklame für alles nur Denkbare. Des Weiteren Spendenaufrufe, Einladungen, einen Teil meiner Sachen irgendwelchen Vereinen zu vermachen, von denen ich oft noch nicht einmal den Namen gehört habe, Angebote, die ich nicht verstehe, wonach meine Beerdigung für meine Kinder billiger ausfallen soll, sowie das Programmheft des Theaters in Vichy und das Pfarrheft. Außer den Kirchennachrichten, den Steuern und den Rechnungen wandert alles in den Papierkorb oder direkt in den Kamin.

Ich bin selbst ein wenig schuld daran. Würde ich den grünen Kasten der Post benutzen, bekäme ich nicht so viel unnützes Papier. Mein Sohn hat darauf einen Aufkleber angebracht «Stop – Keine Werbung». Anscheinend bekommt man dann keine Reklame in den Briefkasten … Natürlich könnte ich meiner Briefträgerin sagen, dass sie nicht zu halten braucht, wenn sie nur Reklame hat, aber dann würde ich sie ja viel seltener sehen. Und Tage am Stück ohne Post haben etwas Tristes. Dann werfe ich die Sachen lieber in den Müll, als dass ich den Tisch in der Diele am Morgen leer vorfinde.

Dienstag, 8. September

Ich hatte schon geglaubt, die Geschichte mit den Bienen hinter mich gebracht zu haben, doch weit gefehlt! Seit den ersten Sonnenstrahlen im Frühling war mir an einem kleinen Dachfenster, dessen Läden immer geschlossen sind, ein emsiges Summen und Treiben aufgefallen. Mit der Zeit nahm es immer mehr zu. Mittlerweile tummeln sich dort richtig viele Bienen. Dieses Mal griff ich selbst zum Telefonhörer, um den Imker anzurufen. Er war sehr liebenswürdig und kam heute erneut vorbei.

Zusammen sind wir auf den Dachboden gestiegen. Es ist Monate her, seit ich zuletzt da oben war. Ich habe dort nicht viel zu tun, außer zu Frühjahrsbeginn, wenn ich in einem Pappkarton mit Mottenkugeln die Wintersachen hochbringe, und an den ersten kalten Tagen, wenn ich sie wieder herunterhole. Der Imker und sein Mitarbeiter haben das Summen sofort gehört und ausgemacht, woher es kam – ich mit meinen alten Ohren habe da etwas länger gebraucht. Auf dem Dachboden, im westlichen Teil des Hauses, gibt es mehrere kleine Zimmer, die leerstehen, seit es keine Hausangestellten mehr gibt, was sicherlich seit Renés Jugend nicht mehr der Fall ist. Die Zimmer sind in einem erbärmlichen Zustand, völlig verwahrlost und immer verschlossen. Die elektrischen Leitungen dort sind komplett veraltet, die Schalter funktionieren nicht mehr. Ich habe keine große Lust, diese Räume zu betreten, also lasse ich den Imker mit seiner Taschenlampe vorgehen. Und dort, in einem baufälligen Kabuff, das früher einmal ein WC gewesen sein muss und dessen einzige Beleuchtung das Tageslicht ist, das durch die Lamellen der Fensterläden fällt, entdecken sie einen natürlichen Bienenstock! Hinter der Scheibe am Fensterladen klebt ein ganzes Bienenvolk mit Larven und vier oder fünf prächtigen Waben, aus denen Unmengen von Honig herauslaufen! Der Imker schickt mich aus dem Zimmer, dieser Aufforderung komme ich sehr gerne nach, während er und sein Angestellter in ihre Schutzanzüge schlüpfen und ihren Imkerhut mit Schleier aufsetzen.

Die ganze Aktion dauerte sehr lange, fast eine Stunde. Meine Retter, die offensichtlich auch ein paar Bienen retten konnten, kommen mit summenden Kisten, Bienenwaben und … einem Glas Honig herunter!

Der Imker wollte nicht, dass ich ihn für seinen Einsatz bezahle. Das bringt mich in Verlegenheit. Ich bot ihm an, die «Ernte» zu behalten, aber er lehnte ab, Honig hätten sie wahrlich genug. Daraufhin bot ich ihnen einen Schluck zu trinken an, und sie ließen sich auf einen Pastis und ein paar gesalzene Erdnüsse ein. Ich nutzte die Situation, um ein Gläschen gutgekühlten Muskateller zu trinken.

Mittwoch, 9. September

Nach dem Mittagessen saß ich lesend im Büro, hatte beide Fenster weit offen, um die noch milde Sommerluft hereinzulassen, da hörte ich, wie Fernand Marcelle anschrie und der Motor der Ente aufheulte. So weit war alles ganz vertraut. Jedes Mal, wenn sie zusammen im Auto wegfahren, postiert sich Fernand mit seinem Stock am Garagentor, um die Marcelle zu dirigieren. Während er sich die Lunge aus dem Hals schreit, hustet der Motor, stirbt ab, wird wieder gestartet, stirbt wieder ab, stottert, macht einen fürchterlichen Radau, aber am Ende fahren sie immer mit großem Getöse davon.

Heute schien das ganze Manöver etwas verzwickter. Der Motor erklomm auf der Tonleiter Höhen, die er bisher noch nie erreicht hatte, Fernand brüllte, und die Marcelle schrie noch lauter zurück. Ich bekam nicht mit, worum es ging, ich konnte nur hören, wie sie «Los!», «Jetzt fahr schon!», «Fahr zurück!», «Was machst du denn da?», «He!!» und «Ho!!» brüllten, sie schienen sich heftig zu streiten. Voller Neugier stellte ich mich ans Fenster. Es macht mir immer Spaß zu sehen, wie sich das kleine blaue Auto mühsam in Bewegung setzt und auf die Allee biegt, wie Marcelle den ersten Gang so strapaziert, dass einem fast das Trommelfell platzt, und erst in den zweiten schaltet, wenn das Gejaule unerträglich geworden ist. Aber dieses Mal erlag ich anscheinend einer Halluzination: Anstatt wie sonst nach links auf die Allee zu biegen, fährt die Ente, die immer noch jault und kurz vorm Erstickungstod ist, nach rechts, quert die Allee, klettert über das Gras und jagt geradewegs über meinen Rasen Richtung Gemüsegarten! Auf dem Beifahrersitz thront seelenruhig Fernand. Aus dem offenen Fenster hält er einen großen Jutesack, mit dem er für gewöhnlich die Kartoffeln erntet. Nanu.

Knapp eine halbe Stunde und ein paar Schreie

später erneutes Spektakel: Die Ente überquert meinen Rasen in umgekehrter Richtung, dieses Mal mit weit geöffnetem Kofferraum. Darin liegt der Jutesack zum Bersten voll mit Kartoffeln, ein paar davon fallen heraus und bleiben auf dem Gras zwischen dem Blumenbeet und dem Baum liegen.

Donnerstag, 10. September

Ich habe fast kein Auge zugetan. Das kommt immer häufiger vor. Früher habe ich die ganze Nacht durchgeschlafen. Der Schlaflose im Haus war René. Schreckliche Muskelkrämpfe hielten ihn stundenlang wach. Manchmal wurde ich von seinen heftigen Bewegungen geweckt und sah, wie er im Halbdunkel merkwürdige Tanzschritte aufs Parkett legte, von einem Fuß auf den anderen hüpfte, um sich von dem Schmerz zu befreien, der von seinem Bein Besitz ergriffen hatte. Er hatte alles ausprobiert, was man sich vorstellen kann. Nächtelang schlief er mit hochgelegten Füßen, hatte die Waden auf ein dickes Kissen gebettet. Er versuchte es mit Massage, Gymnastik, Dehnübungen und Radfahren in der Luft direkt vorm Schlafengehen. Über Wochen hinweg lagen wir mit einer Seife im Bett, weil er irgendwo gelesen hatte, sie verhindere Krämpfe. Auch das funktionierte nicht, und wir legten die Seife zurück in die Badewanne. Heute Nacht bin ich gegen zwei Uhr wach geworden. Wie jedes Mal gingen mir allerhand Sachen durch den Kopf, darum habe ich, um die Gedanken anzuhalten, das Radio eingeschaltet und bin in den Tod von Ludwig XIV. hineingeplatzt. Er war am 9. September 1715 gestorben, vor exakt dreihundert Jahren. Im Radio schilderte ein Mann mit Grabesstimme den Tod des Königs und den Transport seines Leichnams nach Saint-Denis. Ich hatte in dem Moment eingeschaltet, als er wie fast alle unsere Könige in der Nekropole der Abteikirche Saint-Denis zu Grabe getragen werden sollte. Das erinnert mich daran, dass ich noch nie dort war … Ich weiß zwar, dass die meisten Gräber während der Revolution zerstört wurden, aber trotzdem, wenn ich noch lange genug lebe, würde ich sie mir gerne einmal anschauen. Wenn ich an all die Königinnen und Könige denke, die exhumiert wurden, deren sterbliche Überreste mit ungelöschtem Kalk in einen Graben geworfen wurden … Als man sie dort herausholen wollte, waren sie zu Brei geworden … Außer Heinrich IV.! Er wurde anscheinend gut erhalten vorgefunden, sein Leichnam wurde sogar tagelang ausgestellt – stehend, ja, stehend! –, bevor man ihn wieder in der Abteikirche versenkte. Im Halbschlaf verfolge ich die Beisetzung: Hundertzwanzig Mönche empfangen den Sarg des Königs um sieben Uhr morgens, «zur Stunde des wiedergeborenen Tages», um ihn in die Nekropole zu bringen. Es wird erklärt, dass die Kathedrale das Licht symbolisiert, die von Gott versprochene Wiedergeburt, hier gehe es von der Finsternis des Todes direkt zum Licht der Auferstehung. Sie spielen wunderschöne Musik, eine Art Trauergesang, zum Einschlafen perfekt, auch wenn ich für die ewige Ruhe noch nicht bereit bin. Der König war in Marly kurz nach dem Abendessen erkrankt. Sein Leibarzt, Monsieur Fagon, hatte eine «Magenschwäche» diagnostiziert und ihm ein Medikament namens «Carabé» verabreicht, Bernstein. Gott, bin ich froh, in meinem Jahrhundert zu leben, ich könnte mir nicht vorstellen, Teer zu schlucken … Sie hatten wirklich komische Behandlungsmethoden damals, von Aderlässen und Blutegeln bis hin zu allen möglichen Tinkturen. Besonders ulkig war trotz allem die «Arznei», die ein paar Jahrhunderte zuvor dem sterbenden Ludwig VIII. verschrieben worden war: Seine

Ärzte hatten ihm verordnet, eine Jungfrau zu deflorieren! Der arme Kerl hatte sich natürlich geweigert, wie hätte er dem Rat nachkommen sollen? Er litt an Ruhr, hatte hohes Fieber und lag im Sterben! Um aber auf Ludwig XIV. zurückzukommen: Der Arzt hatte sich gewaltig geirrt. Der Erste Chirurg des Königs, Monsieur Mareschal, hatte schließlich begriffen, was den armen König quälte: Wundbrand, also der sichere Tod. Ich bin eingeschlafen, als er Eselsmilch zu trinken bekam.

Samstag, 12. September

Heute waren Gilberte und ich bei Alice, einer Freundin von Denise, die wir bisher nur vom Hörensagen kannten, zum Mittagessen eingeladen. Gilberte kam um elf Uhr bei mir vorbei, anschließend fuhren wir beide mit meinem Auto nach Moulins, wo wir Punkt zwölf erwartet wurden.

Wir waren die Ersten. Alles war schon vorbereitet. Im Wohnzimmer standen drei Bridgetische mit den Spielkarten und Spielblöcken auf dem grünen Wollfilz. Auf dem runden Tisch im kleinen Esszimmer war um zwei Wasserkaraffen, zwei Rotweinflaschen und ein Brotkörbchen herum für zwölf Personen eingedeckt.

Als alle da waren, bat uns Alice in die Küche, um die Teller zu holen, die sie kalt gestellt hatte. Hartgekochte Eier, Räucherschinken, Melone, Tomaten, Avocado, grüner Salat und ein kleines Stück Käse – ein einfaches kaltes Mittagessen, aber sehr bunt auf den hübschen Porzellantellern aus Limoges angerichtet. Zum Dessert gab es Eis. Nach dem Kaffee gruppierten wir uns um die Filzdecken herum und spielten drei Runden Bridge.

Ich hatte großen Spaß dabei. Alice war es sogar gelungen, zwei Herren für uns aufzutreiben! Sie waren nicht mehr in allerbester Verfassung und auch als Mitspieler nicht besonders zuverlässig. Der eine, fast völlig taub, hatte seine Hörgeräte vergessen, und der andere, der beinahe nichts mehr sehen konnte, spielte des Öfteren Herz anstelle von Karo und Pik anstelle von Kreuz. Trotz allem war es eine Wohltat, Männerstimmen zu hören, die nicht zum Pfarrer oder zum Doktor gehören. Gegen vier Uhr klappten wir die Tische wieder zusammen und machten uns auf den Heimweg.

Als mich Denise in der Bridgerunde von Moulins Alice vorgestellt hat, hat sie mir auf Anhieb sehr gut gefallen. Sie mag ein bisschen exzentrisch sein, aber vielleicht hält sie genau das in Form. Sie ist fröhlich, lacht gern, hat jede Menge Pläne und scheint sich vor nichts zu fürchten, nicht einmal vor der Zeit, die vergeht.

Im Juni hat sie Geburtstag. Gilberte, Denise und ich freuen uns jetzt schon auf die kleine Feier, die wir für sie organisieren wollen. Es soll eine Überraschung werden. Auch wenn ihre Kinder behaupten, dass sie nicht groß feiern will: Man wird ja nun mal nicht jedes Jahr hundert.

Montag, 14. September

Ich verstehe nicht, was mit meinem Radio los ist. Normalerweise brauche ich es bloß einzuschalten, schon läuft es. Je nachdem, was ich hören will, drücke ich auf einen der von 1 bis 5 durchnummerierten Knöpfe. 1 und 2 sind für klassische Musik; auf der 3 habe ich die Nachrichten; und wenn ich nach dem Mittagessen auf die 4 oder nach meiner Dusche auf die 5 drücke, kommt etwas über Geschichte. Ich interessiere mich sehr für Geschichte. War im Radio zuletzt die 5 gedrückt, kann es vorkommen, dass ich, wenn ich nachts wach werde und es einschalte, auf richtig spannende Sendungen stoße. Beim Radio ist es genau wie beim Fernsehen, sie wiederholen die wirklich interessanten Folgen, wenn alle schlafen. So war es mir letzte Woche vergönnt, das Ende von Ludwig XIV. zu verfolgen.

Heute Morgen dann: nichts. Egal auf welchen Knopf ich drücke, setzt ein Dauerrauschen meinen Ohren zu. Ich kann nur hoffen, dass mein Radio nicht im Eimer ist. So alt ist es noch gar nicht, meine Kinder haben es mir nach Renés Tod geschenkt und damit sein altes blaues Transistorradio ersetzt. Es stimmt schon, manchmal spielt es ein bisschen verrückt, es läuft mitten in der Nacht von ganz alleine los und lässt sich dann nicht mehr anhalten. Ich glaube, es kann auch als Wecker dienen, vielleicht stelle ich den manchmal versehentlich an. Es gibt einfach so viele Knöpfe …

Mit dem Fernsehapparat ist mir das auch schon mal passiert. Ich konnte gar keine Programme mehr empfangen, es war nur noch Schnee auf einem grauen Bildschirm zu sehen. In welche Richtung ich die Antenne auch drehte, es half nichts. Weder das erste Programm für die Abendnachrichten funktionierte noch das 10. für Hercule Poirot oder das 5. für meine Lieblingstalkshow. Die habe ich mir besonders gern angeschaut, wenn Christophe

Barbier sie moderiert hat, für den habe ich sehr geschwärmt. Ich musste extra einen Techniker aus Moulins kommen lassen. Er hat nur hinten am Gerät ein loses Kabel reingesteckt, und schon war die Kiste wieder zum Leben erweckt …

Dienstag, 15. September

Ich habe das Radio meinem Gärtner gezeigt, denn er ist ein echter Bastler. Er kann sogar die Elektrik reparieren, also sollte er sich auch beim Radio auskennen. In nicht einmal einer Minute hatte er alle meine Sender wiedergefunden. Er hat nur auf einen Knopf an der Seite gedrückt, den ich nie anrühre, weil ich gar nicht weiß, wofür er gut ist. Allerdings muss ich ihn dieses Mal doch angerührt haben, denn er war verantwortlich dafür, dass alles verschwunden war. Mein Gärtner hat mir erklärt, dass nichts kaputt ist, dass ich nur «auf eine andere Frequenz» umgeschaltet hatte. Ich weiß nicht, was das bedeutet, und es ist mir auch egal. Hauptsache, das Ding funktioniert wieder. Dieser Mann ist Gold wert.

Donnerstag, 17. September

Heute hat meine Tochter Geburtstag. Ich darf auf keinen Fall vergessen, sie am Abend anzurufen, das passiert mir nämlich schon mal. Gelegentlich irre ich mich auch im Tag. Ich muss dazusagen, dass Geburtstage immer Renés Domäne waren. Er hatte ein kleines Notizbuch mit allen Daten, die er jedes Jahr in seinen neuen Kalender übertrug.

Unweigerlich gab er an jedem 17. September mit Tränen in den Augen die Geschichte von jenem Sonntag zum Besten, an dem er den Geburtshelfer aus der Kirche Saint-Louis holen musste, der mir später noch lange augenzwinkernd vorhalten sollte, er habe meinetwegen die Messe verpasst.

René wollte kein zweites Kind. Unser Sohn war schon fünfzehn, und ich hatte die vierzig überschritten. Es war reichlich spät, um an ein weiteres Kind zu denken, vor allem in einer Zeit, in der es nicht all die Maschinen gab, mit denen man in den Bauch hineinschauen kann. «Du spinnst», sagte René. Er war zu nichts zu bewegen. Aber ich wollte unbedingt ein kleines Mädchen haben. Unsere finanzielle Situation hatte sich sehr gebessert, wir konnten uns ein zweites Kind leisten, und auch wenn es spät war – zu spät war es noch nicht. Um den günstigen Zeitpunkt nicht zu verpassen, habe ich daher ein wenig nachgeholfen. Ich hatte meine Berechnungen angestellt, und als es so weit war, habe ich zum Abendessen Pfeffersteaks gebraten. Irgendwo hatte ich gelesen, dass Pfeffer anregend wirkt. Zur Feier des Tages hatte ich René ermuntert, einen guten Wein aufzumachen, was wir nur selten taten. Zum einen weil wir nie viel Wein dahatten, zum anderen weil René die Hand auf dem Geld hatte. «Ich bin kein Geizhals», sagte er immer, «ich wirtschafte nur gut.» Als ich merkte, dass ich schwanger war, hatte ich dann trotzdem etwas Angst. Und wenn ich nun doch zu alt wäre? Wenn es bei der Entbindung Probleme gäbe? Aber ich hatte einen wunderbaren Geburtshelfer, er hat mich beruhigt, mit ihm könne nichts schiefgehen. Er war ein exzellenter Arzt, genoss in der Gegend einen guten Ruf. Ich glaube sogar, ich war ein bisschen in ihn verliebt … Als das Kind in der Klinik La Pergola am Quai d'Allier zur Welt kam, hat der Schelm ausgerufen: «Was für ein prächtiger Junge!», bevor er es mir übergeben hat.

Endlich hatte ich mein Töchterchen. Und René war ganz närrisch nach ihr. Bis zum letzten Tag fraß er ihr aus der Hand.

Samstag, 19. September

Heute Abend wurde für René eine Messe gelesen. An besonderen Tagen wie diesem öffnen sie die kleine Kirche in Bert. Im Dorf leben nicht mehr sehr viele Leute. Früher gab es hier noch einen gutbestückten Lebensmittelladen, eine Bäckerei, drei Kneipen, eine Schule. Und es gab Menschen. Die Alten saßen im Bistro, Kinder spielten auf den Straßen. Heute ist nur noch eine Kneipe übrig und eine Kirche voller Fledermäuse, in der ich wählen gehe.

Damals stand die Kirche jeden Tag offen, man konnte reingehen und beten, sich im Sommer in dem alten Gemäuer abkühlen oder einfach nur die romanische Schlichtheit des Baus bewundern. Am Sonntag war die Kirche voll. Die Leute gingen damals alle zur Messe, und es gab noch keinen Pfarrermangel. Im Sommer liefen Kinder wie Alte unter einer sengenden Sonne den rötlichen Asphalt hinauf, der zu dem winzigen Vorplatz und zur Granittreppe führte. An Renés Arm meisterte meine Schwiegermutter mit über neunzig den Anstieg noch zu Fuß, musste aber alle paar Schritte stehen bleiben und laut seufzen. Nach der Messe rannten die Kinder lachend den Abhang hinunter, während sich die Alten ans Geländer neben der Betonrinne klammerten. In der Kirche hatten wir Stühle mit unserem Namen und knieten uns auf den Betstuhl, nachdem uns der Priester eine Hostie auf die Zunge gelegt hatte. Ich erinnere mich noch gut an den Pfarrer Defaye, der in Soutane auf seinem Pferd angeritten kam. Meine Schwiegermutter kaufte sich bei ihm mit Birnenschnaps von ihren zahllosen Sünden frei. Dann gab es noch den strengen Pater Berthon, einen Schweizer, bei dem ich mir immer noch nicht vorstellen kann, dass er eine Liaison mit seiner Haushälterin hatte, wie allgemein behauptet wurde. Eine Bekannte meines Sohns hatte ihm angeblich auch mal erzählt, dass sie als Studentin den guten Pater einmal pro Woche aufsuchte – für Nachhilfestunden in Latein der ganz speziellen Art ... Ich habe nie erfahren, ob stimmt, was man sich erzählt hat. Ich mag das Gerede nicht. Er sah auch nicht gerade wie ein Schwerenöter aus, unser Pater Berthon ... In der Kirche war er zumindest streng, jedenfalls wenn er uns anschaute, es war ja noch vor dem Zweiten Vatikanischen Konzil. Aber die meiste Zeit drehte er uns ohnehin den Rücken zu. Mittlerweile ist er schon lange tot. Nach ihm kamen dann die Mönche in unsere Gemeinde, und auch bei ihnen ging das Getratsche munter weiter. Sie kamen zu zweit von Gott weiß woher und zogen ins Pfarrhaus neben der kleinen Kirche. Jahrelang teilten sie sich ihre Samstage und Sonntage zwischen den drei kleinen abgelegenen Kirchen der Pfarrei auf und feierten die heilige Messe zusammen, stets umgeben von einem Dutzend Messdiener, der eine sang, der andere predigte. Seit sie nicht mehr da sind, ist die Pfarrstelle verwaist, und in den drei romanischen Kirchen wird nicht mehr gesungen. Es gibt einfach nicht mehr genug Gläubige, um einen der beiden Pfarrer der zusammengelegten Gemeinden in Lapalisse hierherzuholen. Bis letztes Jahr hatten wir einen älteren Mann mit langem weißem Bart, den mein Enkel immer für den Weihnachtsmann gehalten hat. Dann wurde er durch einen Mauritier mittleren Alters ersetzt, einen sichtlich strenggläubigen und aufopferungsvollen Mann. Das Problem ist nur, dass ich nicht verstehe, was er sagt, darum höre ich nicht mehr zu und denke an etwas anderes. Da ich ihm schon so lange die Treue halte, wird mir der liebe Gott nicht böse sein, wenn ich während der Predigt ein wenig abgelenkt bin.

An diesem Samstag um achtzehn Uhr waren rund dreißig Leute in der Kirche versammelt. Wir hatten alle ein oder zwei Tote, für die wir dem Pfarrer einen Umschlag gegeben hatten. So viele waren auch nötig, sonst kam er erst gar nicht. Ein einziger Toter würde nur fünf oder sechs Menschen zusammenbringen, damit es sich lohnt, fassen sie mehrere zusammen. Wir saßen also alle brav und still da und warteten auf den Priester. Um achtzehn Uhr zehn war immer noch kein Pfarrer zu sehen. Auch um achtzehn Uhr zwanzig nicht. Um achtzehn Uhr dreißig fingen die Leute an zu tuscheln, sahen sich verdattert an. Was tun? Niemand schien seine Nummer zu haben, um ihn anzurufen. Wo blieb unser Pfarrer? Während man ein paar unterdrückte Lacher hört, öffnet sich knarrend die schwere Holztür, fällt wieder zu, und der arme Mann, in Schweiß gebadet und völlig atemlos, stürmt mit großen Schritten zum Chor und schlüpft wortlos in die Albe und das Messgewand. Dann dreht er sich zu uns um, seine Hose und seine Schuhe ragen unter der nachlässig zusammengebundenen Albe heraus. Sichtlich verlegen stammelt er ein paar Entschuldigungen, versucht Erklärungen für seine Verspätung abzugeben. Nach allem, was meine Ohren verstanden haben, scheint eine Hochzeit der Grund zu sein, eine Feier mit Champagner, den er nicht ausschlagen konnte … O Gott, ist er womöglich ein bisschen beschwipst? Am Ende der Messe, die er auf eine halbe Stunde reduziert, macht er die üblichen Ankündigungen, die Messen der kommenden Woche und die Beerdigungen. Und hierbei hat er etwas Mühe … «Montag um elf, Beisetzung von Herrn Soundso … Dienstag um zehn, Beisetzung von Frau Soundso … Freitag um siebzehn Uhr, Beisetzung von … äh … Herrn … nein … von Frau … ähm …» Er hat einen Aussetzer, schmeißt die Toten durcheinander, ist sich nicht mehr sicher, wer gestorben ist und wer nicht oder noch nicht. Er stottert ein wenig herum, dann segnet er die Versammelten, die kurz vorm Losprusten sind. Wir werden nicht mehr erfahren, wer am Freitag beerdigt wird. Wie dem auch sei, alles ist wieder in Ordnung, René hat seine Messe bekommen.

Auch wenn die Messe um ein Haar ohne Pfarrer stattgefunden hätte.

Sonntag, 20. September

Die Tage werden kürzer, der Sommer neigt sich dem Ende zu. Übermorgen beginnt der Herbst. Dann kommt die Winterzeit, und die Dunkelheit bricht schon zur Teestunde herein. Die Abende werden um fünf Uhr beginnen, manchmal sogar früher. Wochenlang werden sie länger sein als die Nachmittage und die Nächte länger als die Tage.

Als Kind fürchtet man sich vor der Dunkelheit, man lässt eine Lichtquelle ins Zimmer oder macht ein Nachtlicht an, die Phantasie kommt mit ihren Monstern und Geistern angaloppiert. Im hohen Alter kehrt die kindliche Angst zurück. Nachts im Schlafzimmer schleicht sich die gleiche Furcht in unsere alten Köpfe, die Furcht vor dem Unbekannten, vor einer unsichtbaren Bedrohung, die uns im Schlaf überraschen könnte. Und das Unbekannte bedeutet in unserem Alter, in dem wir schon so viel erlebt, so viel Kummer und Leid erfahren haben, das Ende. Unser Ende. Auch wenn wir beim Verlassen dieser Welt ins Licht schreiten werden, verbinden wir den Tod mit der Dunkelheit. Weil man ihn nicht sieht? Weil man demjenigen, der gegangen ist, die Augen schließt? Oder weil wir die Augen vor unserer Endlichkeit verschließen? Schwarz ist die Farbe der Verzweiflung, die Farbe, die man sieht, wenn man Trübsal bläst. Schwarz ist die Farbe der Trauer. Der Krähen, der Vögel, die nichts Gutes verheißen. Des Nichts. Und wenn es kein Licht und keine Materie mehr gibt, ist es die

Farbe dieser furchteinflößenden Löcher, die im Weltall alles verschlucken. Es ist auch die Farbe der Wolken, die von einem Gewitter künden und die der Himmel annimmt, wenn der Donner grollt. Der Tod ist ein Gewitter. Mit einem Blitzschlag rafft er uns dahin.

Wobei, warum sollte uns der Tod eher in der Nacht holen als am Tag? René hat bis zum Sonnenaufgang gewartet, um zu gehen, seine Nacht war noch friedlich verlaufen.

Und Herbst bedeutet auch rote, orange und goldene Blätter. Bedeutet Gerüche der Kindheit, den Duft heißer Maronen, den süßen Geschmack reifer Trauben und einen Hauch von Wald in einer Steinpilzpfanne.

Herbst

Dienstag, 22. September

Heute Morgen wurde ich von meinem Zahn geweckt. Schon gestern Abend hatte ich leichte Schmerzen, aber sie kamen und gingen wieder, also habe ich mir nichts dabei gedacht. Doch jetzt fühlt es sich an, als würde mir jemand ein Messer in den Backenzahn und das Zahnfleisch rammen. Der Schmerz zieht bis zum Ohr, dazu habe ich auch noch Kopfschmerzen. Ich habe den Mund mit Synthol ausgespült, was aber keinerlei Wirkung gezeigt hat, das Fläschchen steht schon jahrelang in meinem Arzneischränkchen, ich glaube, es stammt noch aus Renés Zeiten … Dann habe ich eine Paracetamol genommen, aber auch am Mittag geht es mir immer noch miserabel.

Vorhin hat meine Tochter angerufen, und ich habe ihr das mit dem Zahn erzählt. Sie wollte wissen, ob ich schon einen Arzttermin gemacht hätte, und als ich verneinte und sagte, ich wollte erst abwarten, ob es nicht von selbst wieder weggeht, wurde sie sauer. Sie befahl mir, sofort anzurufen und darauf zu bestehen, dass ich ein Notfall sei. So etwas kann ich gar nicht gut. Na schön, dann rufe ich eben an. Nebenbei sagte sie noch, dass Paracetamol überhaupt nicht hilft und dass ich lieber Dafalgan Codéine nehmen soll, das gäbe es zwar nur auf Rezept, aber vielleicht ließe die Apothekerin mit sich reden, wenn ich ihr sagen würde, was für fürchterliche Schmerzen ich hätte. Also notierte ich den Medikamentennamen auf einem Zettel, musste ihn mir aber dreimal wiederholen lassen.

Ich nahm Handtasche und Autoschlüssel und machte mich auf den Weg nach Le Donjon. Wenn ich solche Schmerzen habe, fahre ich gar nicht gerne Auto. Zum Glück ist es nicht sehr weit. Ich reiche der Apothekerin den Zettel, doch sie will mir das Medikament nicht geben. Stattdessen dreht sie mir ein anderes an und versichert mir, es sei genau das gleiche, nur weniger stark dosiert. Zwei Tabletten solle ich auf der Stelle nehmen, dann zwei heute Abend und zwei morgen früh, und das bis zu meinem Zahnarzttermin. Zu Hause angekommen, schluckte ich zwei Tabletten und rief bei Doktor Brousse in Vichy an. Die Sprechstundenhilfe sagte, sie habe am Freitag einen Termin. Heute ist Dienstag. Ich traute mich nicht, auf einem früheren Termin zu bestehen, und sagte nur: «Ich habe sehr starke Schmerzen, wissen Sie …», aber na ja, ich nehme an, dass alle Leute, die beim Zahnarzt anrufen, Zahnschmerzen haben. Ich wüsste nicht, weshalb sie mich vorziehen sollte.

Zum Frühstück habe ich mit Mühe und Not einen halben Joghurt runtergebracht, ich hatte gar keinen Hunger und habe etwas gekleckert. Das Medikament zeigte Wirkung, das Hämmern in meinem Kopf ließ nach. Danach habe ich mich etwas hingelegt und den Fernseher eingeschaltet, dort lief eine dieser blödsinnigen Quizshows, und ich bin eingenickt. Ich muss ziemlich lange geschlafen haben, denn es war schon dunkel, als ich wieder aufgewacht bin. Ich warf einen Blick auf meinen Wecker, tatsächlich, es war schon neunzehn Uhr. Heute würde ich nicht mehr viel unternehmen. Für meinen Spaziergang war es zu spät. Aber ich fühlte mich ohnehin etwas wackelig auf den Beinen. Vor allem waren die verflixten Schmerzen wieder da.

Ich ging hinunter in die Küche. In einer Tupperschüssel im Kühlschrank war noch ein Rest Gemüsesuppe, den ich mir aufwärmte. Ich aß einen

Teller davon, aber keinen Nachtisch, auf Joghurt hatte ich keine Lust, auch nicht auf Kompott oder eine Apfelsine. Danach schluckte ich zwei Tabletten von der Arznei, spülte das Glas, die Schüssel und den Löffel, legte die Serviette zusammen und stellte die Tasse mitsamt Tabletten für das morgige Frühstück bereit. Dann drehte ich die Gasflasche zu, verriegelte die Haustür, schaltete die Alarmanlage ein, knipste die Lichter aus und ging hoch ins Schlafzimmer. Nach einer Katzenwäsche schlüpfte ich unter die Decke. Ich versuchte zu lesen, aber in meinem Kopf drehte sich alles. Um nicht so allein zu sein, schaltete ich den Fernseher ein. Anschließend bin ich wohl rasch eingeschlafen.

Donnerstag, 24. September

Als Angèle heute Morgen kam, war ich etwas mitgenommen. Sie riet mir, eine Gewürznelke zu kauen, doch wir fanden keine, obwohl wir die ganze Küche auf den Kopf stellten. Ich ging dann gar nicht mehr vor die Tür. Als ich es versuchte, drehte sich alles. Diese Schwindelanfälle plagen mich schon seit dem Aufstehen. Ich habe wirklich Angst, dass ich hinfalle und nicht mehr von alleine hochkomme. Und dann vergesse ich jedes Mal, mir dieses verflixte Halsband umzulegen! Heute habe ich sogar mein Handy vergessen, es liegt seit dem Vormittag oben auf meinem Nachttisch, aber als es mir auffiel, war ich schon unten, und nun bringe ich es nicht über mich, die zweiundzwanzig Stufen wieder hinaufzusteigen. Sei's drum. Wenn ich später nach oben gehe, tippe ich die 1, 2, 3 ein, und sollte jemand angerufen haben, hat er bestimmt eine Nachricht hinterlassen. Seit Dienstag habe ich so gut wie nichts gegessen. Mir ist leicht übel, und ich habe Bauchschmerzen. Was habe ich bloß? Ist es doch nicht nur mein Zahn, der diese Beschwerden verursacht? Erholung finde ich bloß im Schlaf. Und weil ich nicht mehr esse und nicht mehr rausgehe, ja, nicht einmal mehr lese, mache ich nichts anderes als das: nur noch schlafen. Manchmal, wenn ich gerade wach bin, habe ich ein seltsames Gefühl, fast so, als würde ich unter der Decke schweben … Wenn ich nicht solche Schmerzen hätte, fände ich die Vorstellung, auf einer kleinen Wolke durchs Haus zu reiten, gar nicht mal so unangenehm …

Dann schaute Toinette bei mir vorbei. Sie kam

gerade richtig, denn ich hatte die Dosis des Medikaments ein bisschen erhöht und fühlte mich in Hochform. Mein Zahn tat überhaupt nicht mehr weh, und ich überlegte schon, ob ich den Termin nicht absagen sollte. Ich war so vergnügt, als ich sie empfing, so froh, sie zu sehen, dass ich anfing zu lachen und gar nicht wieder aufhören konnte. Sie fand mein Benehmen merkwürdig und wirkte ganz beunruhigt. Ich beschwichtigte sie, sagte ihr, dass ich starke Zahnschmerzen hatte, dass es mir dank eines phantastischen Medikaments aber schon viel besserging und ich morgen zum Zahnarzt gehen würde. Sie war entsetzt. «Du wirst doch nicht in diesem Zustand Auto fahren! Und dann noch bis Vichy, das sind fast 40 Kilometer!» Da hat sie recht, wenn ich mich weiter in diesem Schwebezustand befinde, könnte ich am Steuer zu einer Gefahr werden … «Ich fahre dich! Morgen früh um neun hole ich dich ab. Bei der Gelegenheit kann ich in der Stadt einkaufen gehen, hinterher trinken wir einen Tee zusammen, und dann bringe ich dich wieder nach Hause.»

Freitag, 25. September

Der Zahnarzt konnte mir helfen. Zum Glück hatte Toinette einiges zu erledigen und macht für ihr Leben gern Schaufensterbummel, denn ich musste ganz schön lange auf dem Behandlungsstuhl sitzen. Zuerst wurde ich geröntgt, danach bekam ich eine Spritze, und was er dann noch alles gemacht hat, weiß ich nicht, aber er hat ewig und drei Tage an meinem Zahn herumgewerkelt. Anschließend war ich in schlechterer Verfassung als vorher, meine Lippe war ganz hart geworden und hing schwer herunter, ganz so, als wäre sie aus Stahl. Toinette hatte auf mich gewartet, gemeinsam gingen wir los, um die Medikamente auf der Liste zu besorgen. Der Zahnarzt war der Meinung gewesen, ich solle die Tabletten der Apothekerin absetzen, ich hätte schon zu viele davon genommen und stünde regelrecht unter Drogen! Daher die Bauchschmerzen und die Übelkeit, das Gefühl, ein Vogel zu sein, und die Euphorie von gestern. Als ich meinen Enkelkindern davon erzählte, fanden sie das sehr lustig: «He, die Oma war high!»

Samstag, 26. September

Jedes Jahr am 26. September denke ich an ihn. Wie alt wäre er heute? Ich rechne, rechne noch mal nach – mein Gott, fünfundneunzig! Wie er jetzt wohl aussähe? Ob er sehr schmal geworden wäre? Und wie wäre er wohl mit all den Einschränkungen zurechtgekommen, die das Alter mit sich bringt, dem Geschwächtsein, der Abhängigkeit? Wie hätte er all die Jahre überstanden, er, der das Fortschreiten der Zeit so beängstigend fand? Hätte er es geschafft, sich Stück für Stück von dem Fleckchen Erde in der Bourbonnais zu lösen, auf dem er lebte, um sich dem Herrgott zu nähern, zu dem er jeden Abend betete, den Kopf in den Händen? Er, der glaubte, ohne recht zu glauben? «Oft denke ich, da oben ist gar keiner», gestand er mir eines Abends traurig. Nein, René war nicht fürs Älterwerden gemacht.

Jede Woche verkündete er mit missbilligendem Blick auf die Waage: «Herrje, ich wiege schon wieder 100 Gramm weniger …» Meine Tochter und ich machten uns über ihn lustig und überlegten, wie lange es bei diesem Tempo dauern würde, bis gar nichts mehr von ihm übrig wäre. Er hat uns vorher verlassen, eines Morgens hat er seinen letzten Atemzug getan.

Montag, 28. September

Gestern Abend hat mich meine Tochter angerufen. Sie wollte mir mitteilen, dass einer von Renés Neffen, den sie von Zeit zu Zeit in Paris besucht hat, gestorben ist. Ich kannte ihn nicht sehr gut, aber ich finde es immer sehr traurig, wenn Menschen so jung sterben. Ihn hatten die Zigaretten umgebracht, wie auch Edmondes Sohn und Toinettes und Nines Ehemänner. Ich fragte meine Tochter, wo die Trauerfeier stattfinde und auf welchem Friedhof er beerdigt werde. Sie sagte mir, es gebe weder eine Messe noch eine Beerdigung, keine Predigt und keine Beisetzung. Das sei äußerst praktisch, man könne alles an einem Ort erledigen, die «Zeremonie» und das Feuer. Ich verstehe nicht ganz, wie eine «Zeremonie» ohne Messe aussehen soll, aber na schön, vielleicht ist das einfach modern. Heutzutage geht alles so schnell … Da ist die Leiche, die Seele verlässt sie, man spricht drei Worte in einer trostlosen Halle und wirft sie ins Feuer. Binnen weniger Minuten ist nichts mehr da, nur noch ein Häufchen Asche.

Offensichtlich ist es gerade in Mode, sich verbrennen zu lassen. Sei's drum, dann bin ich eben unmodern. Ich will zuerst eine anständige Messe haben. Anschließend will ich, dass man mich in die Erde legt und nicht auf einen Scheiterhaufen. Ich will in eine Holzkiste gebettet werden und dort in Frieden ruhen, neben René. Auf keinen Fall will ich zu einem Häufchen Asche reduziert und in eine hässliche Urne gepackt werden. Das erinnert mich an die Tochter von Gilberte, die in Amerika lebt. Dort scheint es üblich zu sein, dass man sich einäschern lässt. Sie hat zumindest ihren Mann einäschern lassen und trägt seine Asche seither ständig mit sich herum. Wenn sie ihre Mutter besucht, stellt sie ihren Mann auf die Kommode im Wohnzimmer, und Gilbertes größte Sorge ist, dass Angèle eines Tages den Inhalt der Urne zusammen mit der Asche aus dem Kamin in den Müll kippt …

Donnerstag, 1. Oktober

Heute hat Angèle mir eine traurige Nachricht überbracht: Die Konditorei in Le Donjon, die die köstlichen Donjonnais macht, Torten aus Baiser, Nougatcreme und Mandelmasse, hat zugemacht. Die Besitzerin hat schon vor Wochen das Handtuch geworfen, angeblich wegen einer Bronchitis, aber wir hatten die Hoffnung nicht aufgegeben. Diese Torte kriege ich selbst niemals hin. Schon als René noch lebte und die Kinder zu Besuch kamen, gehörte sie zu unserer Sonntagstradition, und wehe dem, der sie nicht mochte, er hatte große Mühe, in die Familie aufgenommen zu werden.

Warum verschwinden all die guten Dinge? Die Metzgerei in dem Sträßchen, das zur Markthalle führt, ist auch schon weg, besser gesagt die Metzgerin. Sie war sehr hübsch, hatte einen Teint, so rosig wie ihre Schinken. Sie hat vielen den Kopf verdreht. Glücklicherweise ist der Fleischer noch da, er hat so saftiges Fleisch, dass sogar mein Sohn aus Paris seinen Braten bei ihm bestellt. Er ist noch nicht so alt, ich hoffe, dass zumindest er noch so lange bleibt, wie es mich gibt. Er macht auch ganz ausgezeichnete Kartoffeltarte, eine regionale Spezialität wie die Donjonnais.

Freitag, 2. Oktober

Gerade komme ich aus dem Gemüsegarten. Es sind noch ein paar Tomaten übrig, und wenn das Wetter weiterhin gut bleibt, sind nächste Woche auch noch welche da. Mit den grünen Bohnen hingegen ist es wohl vorbei. Meine Angèle hat gestern die letzten geerntet, eine Handvoll, immerhin genug für mein Abendessen. Mit dem Küchenmesser habe ich einen großen Salatkopf am Stielansatz abgeschnitten, ich befürchte aber, dass er zu sehr geschossen ist, er wird nicht mehr gut schmecken. Beim Salat ist die Saison wohl auch vorbei. Dann habe ich noch nach den Möhren gesehen, sie sind so gut wie reif. Mit den Unmengen an Petersilie aus dem Frühbeet kann ich mir bald *Carottes Vichy* kochen. Für heute Abend habe ich vier kleine Zucchini, zwei winzige Paprikaschoten und drei Auberginen geerntet, aus denen ich eine Ratatouille machen kann, die ich mit einer Prise Zimt verfeinern werde.

Ich erinnere mich noch an die Zeit, als ich

mich regelmäßig zum Gespött meiner Schwiegerfamilie machte, wenn ich in den Gemüsegarten geschickt wurde. Ich kam aus der Stadt und hatte keine Ahnung von Gemüsepflanzen. Mit meinen Schühchen bin ich durch die schwere Erde gestapft, habe aber nie das mitgebracht, was man mir aufgetragen hatte. Wenn ich Petersilie holen sollte, kam ich mit Karottengrün zurück. Ich konnte einen Salat nicht von einem Kohlkopf unterscheiden, ebenso wenig Sauerampfer von Spinat, Feldsalat von einem Büschel Unkraut, eine Lauchstange von den Stängeln einer Zwiebel sowie Bohnen von Erbsenschoten. Ich verwechselte Äpfel und Quitten, schwarze und rote Johannisbeeren, Salatgurken und Gewürzgurken.

Außerdem lernte ich ein Gemüse kennen, mit dem ich mich gar nicht anfreunden konnte, in das die Einheimischen aber völlig vernarrt zu sein schienen. Es nannte sich Mangold. So etwas hatte ich noch nie gegessen, nicht einmal gesehen. Die grünen Blätter werden wie Spinat zubereitet, schmecken aber völlig anders, sie sind bitter und ein bisschen hart. Und die Stängel, die gelblich weißen «Rippchen», wurden mit einer Béchamelsoße und geriebenem Gruyère gratiniert, damit sie überhaupt nach etwas schmeckten. Ich erinnere mich nur sehr ungern daran. Wir aßen das Gemüse fast täglich: montags das in Butter geschwenkte Grün, dienstags die Rippchen mit weißer Soße, mittwochs die Rippchen mit Tomatensoße, donnerstags einen Eintopf aus den Blättern, freitags die Rippchen aus der Pfanne … Der ganze Garten war voll davon, und solange es Mangold gab, musste er auch gegessen werden. Und es gab immer welchen. Ich glaube, er wurde mir auf ewig verleidet.

Mittwoch, 7. Oktober

Es ist wieder so weit, mit dem Herbst nehmen auch die Einbrüche zu. Chantal hatte den Tag in Moulins verbracht, bei ihrer Rückkehr fand sie die Haustür aufgebrochen vor. Die Einbrecher haben den Schmuck und das Tafelsilber mitgenommen. Sie haben alles auf den Boden geworfen, es hatte geregnet, und auf dem Parkett und Wohnzimmerteppich waren Stiefelabdrücke zu sehen. Die Champis in Trézelles haben ebenfalls Besuch bekommen: Sie hatten Freunde zum Abendessen eingeladen, trotzdem sind die Einbrecher bei ihnen eingestiegen und haben in aller Seelenruhe eingepackt, was sie gebrauchen konnten – während sie selbst zu Hause waren, nur wenige Zimmer entfernt. Doch das schlimmste Erlebnis hatte Francette: Sie wurde mitten in der Nacht wach, als ein Fremder in ihrem Schlafzimmer die Kommode durchwühlte, er hatte eine Strumpfmaske über dem Kopf! Als sie losschrie, sagte der Mann nur: «Halt die Fresse, Alte», daraufhin war sie still. Angsterfüllt musste sie zusehen, wie er ihr ein Erinnerungsstück nach dem anderen stahl. Am nächsten Morgen ging sie zur Polizei, aber dort haben sie ihr nur gesagt, dass man ihn sicherlich nicht finden wird, Einbrecher würden nie gefasst. Ich muss unbedingt daran denken, am Abend die Alarmanlage einzuschalten. Würde ich nachts wach werden und ein Mann stünde vor meinem Bett, bekäme ich einen Herzinfarkt.

Donnerstag, 8. Oktober

Ich habe schlecht geschlafen. Dauernd glaubte ich, draußen Schritte auf dem Kies zu hören. Und Geräusche auf dem Dachboden. Ich war die ganze Nacht in Alarmbereitschaft. Ich fand es schon immer gruselig, auf dem Land zu leben, aber seit den vielen Einbrüchen fühle ich mich noch weniger sicher … Am meisten fürchte ich mich davor, dass sie einsteigen, wenn man daheim ist. Es ist weniger die Angst, dass sie mich umbringen könnten, als die Angst vor der Angst. Ich habe den Alarmknopf in Reichweite am Bett, aber wenn ein Kerl in meinem Zimmer stünde, wäre ich vor Schreck wie gelähmt und zu keiner Bewegung mehr fähig. Darum achte ich, wenn ich zu Bett gehe, immer darauf, die Tür zu meinem Zimmer abzusperren. Außerdem versuche ich, nicht daran zu denken, dass die Tür so alt ist, dass sie sofort nachgeben würde, wenn sich ein starker Mann einmal dagegenwirft … Ich habe schon überlegt, den gelben Sessel davorzuschieben, habe die Idee aber wieder verworfen. Ein Sessel ist viel zu leicht. Man müsste einen Schrank oder eine Kommode vor die Tür stellen.

Die Alarmanlage haben wir einbauen lassen, als die ersten Einbruchserien in der Region bekannt wurden. Es gab noch keine Handys, die Einbrecher kappten einfach die Telefonleitung, die in den seltensten Fällen unterirdisch verlief. War man zu Hause, wenn sie kamen, war man völlig abgeschnitten und konnte niemanden informieren. Nachdem unser Haus eines Nachts im November um einige Uhren und andere Gegenstände erleichtert worden war, beschloss René, eine Alarmanlage zu installieren. Die Diebe waren gut informiert gewesen, wir waren zur Geburt unserer Enkeltochter eine Woche nach Paris gefahren und hatten bei der Gelegenheit auch noch Renés Cousins besucht.

Doch schon vorher hatte René jedes Mal, wenn wir wegfuhren, einen ganzen Tag damit zugebracht, alles zu verstecken und jeden wertvollen Gegenstand in alte Ausgaben des *Figaro* einzuwickeln. Jedes einzelne Versteck notierte er sich in einem Heftchen, das er immer bei sich trug. Bei unserer Rückkehr brauchte er erneut einen Tag, um mit dem Heft in der Hand alles wieder auszupacken und zurück an seinen Platz zu stellen. Es war kurios, wo er die Sachen überall versteckte, an den abwegigsten Stellen. Zu Anfang machte er sich keine Notizen, sondern verließ sich auf sein Gedächtnis, bis wir einmal den Silberteller, den er von seiner Mutter geerbt hatte, nicht wiederfanden. Monate später kam meine Tochter verdattert in unser Schlafzimmer, den Teller in der Hand, und fragte uns, was «dieses Ding» zwischen den Schuhen in ihrem Schrank zu suchen hätte … Wir alle hatten uns über René lustig gemacht, bis es uns auch erwischt hat. Danach hörten wir damit auf. Ihm haben wir es zu verdanken, dass die Diebe weder das Tafelsilber noch meinen Schmuck gefunden haben, den er sorgfältig eingewickelt unter seinen alten Hüten versteckt hatte.

Samstag, 10. Oktober

Heute Nacht kamen meine Tochter, ihr Mann, die beiden Kinder und der Hund zu Unzeiten hier an. Ich wurde wach, als sie mit ihren schweren Schuhen die Treppe hochstapften. Im ersten Moment dachte ich, es wären Einbrecher, und hatte Angst. Dann hörte ich den Hund bellen und war beruhigt, Diebe kommen nicht mit einem Hund, um unsereinen auszurauben. Trotzdem konnte ich danach nicht wieder einschlafen und bin heute Morgen erst spät aufgewacht.

Für das Abendessen hat meine Tochter im Supermarkt von Lapalisse ein riesiges Stück Kürbis besorgt. Daraus bereitet sie köstliche Suppen zu, die ich lange Zeit aus reiner Sturheit nicht einmal gekostet habe. Über Kürbisse habe ich sehr überkommene Ansichten. Ich weiß nicht, warum, aber ich verbinde sie mit dem Krieg, in meiner

Erinnerung vermischen sie sich mit dem ganzen gekochten Gemüse, das wir ständig essen mussten, während die Deutschen unsere Kartoffeln, unsere Hühner, unsere Eier aßen und unsere Milch tranken. Immer wenn sie sich in den Kopf gesetzt hatte, mir diese orange Suppe aufzutischen, stieg in mir der Geschmack des ekelhaften Breis meiner Jugend hoch.

Im Krieg war das Essen in Paris sehr schlecht. Ich kann mich noch gut an die abscheuliche Brühe aus gerösteter Gerste erinnern, an den faden, süßlichen Brei aus Steckrüben oder Topinambur. Es ist kein Zufall, dass man dieses Zeug dem Vieh zu fressen gibt oder den Kaninchen! Heute kommt es mir so vor, als wären all die komischen Gemüsesorten wieder modern, die seinerzeit von den Deutschen verschmäht wurden (denn alles, was lecker war, konfiszierten sie). Die Leute haben wirklich einen komischen Geschmack … Vielleicht ist das Zeug gekocht und mit Butter oder Crème fraîche angereichert ja lecker, wer weiß. Aber damals waren Butter und Sahne Luxusprodukte, die wir uns nicht leisten konnten.

Um auf die Kürbisse zurückzukommen: Ich glaube, ich habe mich vertan, vermutlich haben wir während des Krieges gar keinen Kürbis gegessen. Trotzdem, irgendwo habe ich gelesen, dass die Suppe meiner Tochter zu den «Sparrezepten» gehörte, die während des Ersten Weltkriegs verteilt wurden. Ich bin also nicht ganz neben der Spur. Vielleicht war es nicht derselbe Krieg, aber die Deutschen waren auf jeden Fall beteiligt.

Sonntag, 11. Oktober

Gerade sind die Kinder wieder abgereist, nachdem sie in aller Hast ein Stück Quiche und den Rest des gestrigen Kuchens verschlungen hatten. Gleich wird es dunkel, ich habe draußen das Licht angemacht. Das Haus ist verstummt, und ich spüre die Leere.

Dienstag, 13. Oktober

Ich nutze den Augenblick, wenn die Sonne noch über den großen Bäumen steht, um meinen Nachmittagsspaziergang zu machen. Sie sinkt zurzeit sehr schnell, und sobald sie weg ist, wird es auf einen Schlag richtig frisch. Die Tage sind schon viel kürzer geworden.

Ich stütze mich auf meinen Stock und genieße die Landschaft. Unter einem fast schon dunkelblauen Himmel steht die Natur in Flammen. Die Schönheit sollte man genießen, sie ist nicht von langer Dauer. Bald schon wird das Feuerwerk an Farben den grauen und braunen Tönen weichen. Ein Teppich aus herabgefallenen Blättern wird die Alleen und Wege bedecken, und im Wald wird es nach Pilzen und Flechten riechen. Dann beginnt der traurige Teil des Herbstes.

Jetzt ist der Herbst noch fröhlich, wenn uns die warmen Farben die kürzer werdenden Tage vergessen lassen. Mein Haus ist in flammendes Rot getaucht, die Bäume drum herum haben eine Mischung aus Gelb, Orange, Purpur und Scharlachrot angenommen. Die Büsche hinter der Hecke am Gemüsegarten sind übersät mit kleinen weißen Kugeln, die aussehen wie Perlen. Nur die hässlichen Maulwurfshügel bilden einen Schandfleck auf dem grünen Rasen.

Jedes Jahr malt der Oktober die Landschaft bunt. Und jedes Jahr kommt es mir vor, als wären die Farben noch nie so schön gewesen.

Donnerstag, 15. Oktober

Heute Morgen hat meine Angèle zwei Körbe voller Esskastanien gesammelt! Gute Güte … Sie soll sich ein paar davon nehmen, habe ich zu ihr gesagt. Trotzdem sitze ich nun vor mehreren Kilo Maronen und muss sie verarbeiten, vor allem, weil sie sehr schön sind, nicht wie die vom letzten Jahr, als die Bäume in der Allee nur winzige Früchte trugen, die noch dazu fast alle Würmer hatten.

Nach dem Frühstück mache ich mich an die Arbeit. Ich breite auf dem Küchentisch eine alte Zeitung aus, stelle die beiden Körbe auf die linke Seite, zwei große Schüsseln auf die rechte, setze mich auf einen Schemel und fange an zu schälen. Die erste Haut, die braun und hart ist, lässt sich leicht lösen. Man ritzt sie mit der Messerspitze ein und zieht dann den Rest ab. Die beiden Körbe bedeuten gut zwei Stunden Arbeit. Ich werfe die Esskastanien in zwei große Töpfe mit kochendem Wasser und warte einen Augenblick. Um mir die Zeit zu verkürzen, habe ich mein Kartenspiel mitgenommen und lege Patiencen. Als die Esskastanien fertig sind, gieße ich sie ab, schütte sie in die große grüne Wanne, die mir als Waschschüssel dient, und setze mich erneut an den Tisch. Der zweite Durchgang ist sehr mühselig. Die dünne Haut haftet an der Frucht, sie setzt sich unter die Nägel, was sehr unangenehm ist, und außerdem verbrennt man sich die Finger. Aber ließe man die Maronen abkühlen, würde dasselbe passieren wie bei Kartoffeln: Die Schale ginge noch schwerer ab. Also reiche ich sie von einer Hand in die andere, pelle mit dem Messer das Häutchen von jeder kleinen runzeligen Kugel ab und gebe sie in den Kochtopf. Das ist langwierig, aber als am Abend endlich alle gepellt sind, bin ich glücklich.

Ich werde einen oder zwei Kuchen backen und den Rest einfrieren. Mein Maronenkuchen gehört zu den wenigen Dingen, die ich von meiner Schwiegermutter gelernt habe. Früher muss sie einmal eine gute Köchin gewesen sein, aber die seltenen Male, die ich bei ihr zum Essen eingeladen war, hat es mir nicht sonderlich geschmeckt. Ich kann mich an Gerichte mit Schweineschmalz erinnern und einen denkwürdigen Zwiebelkuchen, in dem sich eine Nadel fand … Ihr Maronenkuchen jedoch war einzigartig. Einen besseren habe ich bisher nirgendwo gegessen. Und das Rezept ist simpel. Sind die Kastanien gekocht und gepellt, zerdrückt man sie mit dem Kartoffelstampfer, fügt Butterflöckchen hinzu (im Verhältnis eins zu fünf), ein wenig geraspelte Schokolade, das war's. Auf keinen Fall darf man Alkohol zugeben, das verfälscht den Geschmack, und auch nicht zu viel Schokolade, sonst schmeckt man die Maronen nicht mehr. Dann fettet man eine Kastenform mit Butter ein, gibt die Masse hinein und stellt sie im Kühlschrank kalt. Ist der Kuchen schön kalt, lässt man heißes Wasser über die Form laufen, um ihn herauszulösen. Man setzt ihn auf einen länglichen Teller, überzieht ihn mit einem Schokoladenguss und stellt ihn zurück in den Kühlschrank. Wie alle Kuchen und Torten, die ich nur backe, um die Früchte aus dem Garten zu verarbeiten, stelle ich ihn danach in die Truhe, worüber sich meine Kinder und Enkelkinder sehr freuen.

Freitag, 16. Oktober

Heute nach dem Mittagessen war ich für ein Stündchen bei Nine. Morgen fährt sie für ein paar Tage zu ihrer Tochter ans Mittelmeer. Sie wirkte ziemlich fit, man sah ihr den Urlaub fast schon an. Wir tranken eine Tasse Kaffee, dazu gab es Kekse, und mit Freuden sah ich, wie sie genussvoll mehrere davon vertilgte.

Im Eingang stand der fertig gepackte Koffer. Ein Strandtuch und einen Badeanzug hatte sie auch eingepackt. Im Oktober ist das Meer noch angenehm und der Sand schön warm. Toinette wird sie zum Bahnhof bringen. Drei Stunden später ist sie dann in Lyon, wo ihre Tochter sie abholen wird, um mit ihr zusammen nach Cassis zu fahren und ihr so das Umsteigen zu ersparen, das immer anstrengend ist.

Kurz bevor es dunkel wurde, bin ich gegangen, schweren Herzens, aber beruhigt. In Nines Lächeln spiegelten sich die Sanftmut eines Spätsommertags und die heitere Gelassenheit des Mittelmeers.

Sonntag, 18. Oktober

Heute war ich so gut wie gar nicht zu Hause. Ich bin am frühen Morgen losgefahren, denn ich hatte mich mit Gilberte, Jacqueline und Toinette um halb elf zur Messe in Le Donjon verabredet. Danach ging's im Konvoi zu Gilberte nach Liernolles.

Auf dem Couchtisch im Wohnzimmer stand, auf einer weißen Tischdecke, eine Platte mit Häppchen für den Aperitif bereit. Gilberte hatte ihre schönsten Sektschalen herausgeholt und in Silberschälchen Salzgebäck und geröstete Erdnüsse bereitgestellt. Dazu hatte sie eine Flasche Crémant d'Alsace aufgemacht. Den servieren wir hier in der Region häufig anstelle von Champagner. Er ist viel günstiger, und ich persönlich kann zwischen ihm und den überteuerten Flaschen, die mein Sohn immer kauft, keinen Unterschied entdecken. Wir stießen auf das Wohl jeder Einzelnen von uns an und leerten die ganze Flasche, was bei vier Personen nicht weiter schwierig ist. Dann gingen wir zu Tisch. Mit Hilfe von Adèle hatte Gilberte ein köstliches Estragon-Hühnchen gezaubert. Mir ist es nie gelungen, in meinem Garten Estragon zu ziehen, obwohl ich es jahrelang versucht habe. Einmal hatte ich von meiner Cousine Henriette Pflänzchen bekommen und eingesetzt, aber innerhalb weniger Tage waren sie eingegangen. Erst letztes Jahr hatte mein Gärtner im Frühbeet neben Schnittlauch, Petersilie, Thymian und Basilikum auch Estragon ausgesät – alles ist gekommen, nur der Estragon nicht. Dabei heißt es, er sei ganz unkompliziert im Anbau … Als Nächstes servierte

Gilberte den Käse zusammen mit dem Salat, wie es zurzeit Mode ist. Ich esse den Salat lieber vor dem Käse. In meiner Familie wären wir nie auf die Idee gekommen, Käse mit der Gabel zu essen. Zum krönenden Abschluss verwöhnte uns Gilberte mit einem Dessert, das uns in alte Zeiten zurückversetzte: Île flottante.

Den Kaffee nahmen wir im Wohnzimmer ein. Gilberte hatte den Kamin angezündet, den Angèle vorbereitet hatte. Dann klappten wir den Bridgetisch auseinander und holten die zwei Kartensets heraus. Ich spielte mit Toinette zusammen, und wir gewannen jedes Spiel! Jacqueline machte zwei oder drei dumme Fehler, ich konnte sehen, wie Gilberte sich ärgerte, denn sie verliert nicht gern. Gegen fünf legten wir eine Pause ein. Bei einer Tasse Tee und einem Stück Kuchen gingen wir wie üblich unser letztes Spiel noch einmal durch, analysierten die Fehler der einen, betonten das Glück der anderen und spielten verschiedene Hypothesen durch, «und wenn du Herz ausgespielt hättest …?», «ich habe aber doch drei Sans Atout angesagt, warum hast du denn dann nicht …?», «euer Glück, dass Jacqueline nicht verstanden hat, dass ich Pik benannt habe …», endlos und nicht nachvollziehbar für andere. Später spielten wir noch zwei Runden, um die Freude noch ein wenig in die Länge zu ziehen, dann machten wir uns alle auf den Heimweg, nicht ohne uns vorher bei Gilberte bedankt und sie zum Abschied fest gedrückt zu haben.

Es muss schon acht Uhr gewesen sein, als ich zu Hause ankam. Ich ließ das Auto draußen stehen, denn ich hatte keine große Lust, es in die Garage zu fahren und dann den Weg wieder zu Fuß zurückzugehen. Es war kalt, und ich war nicht sehr warm angezogen. Wie immer nach einem Bridgetag hatte ich keinen großen Hunger. Ich aß nur eine Clementine, verriegelte die Haustür und ging hinauf ins Schlafzimmer. Dort erwartete mich wieder dieses schreckliche rote Lämpchen, das vorwurfsvoll auf meinem Telefon blinkte. Jemand hatte also versucht, mich anzurufen, aber ich weiß nicht, wie man die Nachrichten abhört. Ich wählte die 30 und die 31, und eine Frauenstimme sagte mir die Nummer des letzten Anrufers an. Es war eine der wenigen Nummern, die ich auswendig kenne: die Nummer meiner Tochter. Dann klingelte mein Handy. Bis ich es in der Hand hatte, war es schon zu spät. Ich wählte die 1, 2, 3 und hörte nur: «Sie haben elf neue Nachrichten!» Ich hörte mir alle an, sie waren allesamt von meiner

Tochter. Was hatte sie bloß veranlasst, mir elf Nachrichten zu hinterlassen? Sie ist ja verrückt! Die ersten waren noch nett, dann wurden sie immer unfreundlicher, am Ende wurde sie regelrecht ungehalten. Meine Kinder sind schrecklich, es regt sie auf, wenn ich nicht ans Telefon gehe. Also rufe ich zurück, und sie legt sofort los, sagt nicht einmal guten Tag. «Wo hast du bloß gesteckt???» Ich bin zwar in letzter Zeit ein bisschen taub geworden, aber jetzt taten mir die Ohren weh von ihrem Geschrei. Ich sei in der Kirche gewesen, sagte ich, danach bei Gilberte, wir hätten einen Aperitif getrunken, dann zusammen zu Mittag gegessen und Bridge gespielt, anschließend … Sie war auf hundertachtzig. Sie schimpfte mit mir, als wäre ich ein kleines Mädchen, das etwas ausgefressen hat. «Und dein Handy, wozu hast du ein Handy?» Mein Handy …? Ja, ich habe ein Handy … Aber ich werde es mir ja wohl kaum um den Hals hängen, wenn ich zu Gilberte gehe, wie sähe das denn aus? «Du hattest es also nicht einmal bei dir, in der Tasche oder sonst wo, was weiß ich? Wo hast du es denn hingetan?» Ja, wo hatte ich es hingetan …? Ähm … Ach ja, jetzt erinnere ich mich, ich hatte es im Auto gelassen, während ich bei Gilberte war. Oje, das hätte ich besser nicht gesagt. «Genau dafür hast du doch ein Handy, damit man dich anrufen kann, wenn du nicht zu Hause bist. Was nützt dir ein Handy, das du den ganzen Tag im Auto liegen lässt, während du mit deinen Freundinnen Bridge spielst? Und wenn dir was passiert wäre? Wenn dir ...» Sie geht mir auf den Geist. Zum einen war mir nichts passiert. Ich weiß nicht einmal mehr, weshalb sie mich überhaupt angerufen hatte, sicher war es nichts Wichtiges. Und außerdem, früher gab es auch keine Handys, und man ist gut ohne sie zurechtgekommen. Heutzutage muss man jederzeit erreichbar sein, immer und überall. Mit diesen mobilen Apparaten wird uns die Freiheit genommen, man folgt uns auf Schritt und Tritt, das ist furchtbar. Ich gehe sehr verärgert zu Bett. Das ist schade, wo ich so einen schönen Tag hatte. Und schöne Tage gibt es für mich nicht mehr so viele, warum muss ich sie mir dann wegen so einer dusseligen Geschichte verderben lassen?

Das vermaledeite Handy verwünschend, schalte ich es aus und lege es in die Nachttischschublade. Ich werde es morgen aufladen. Jetzt will ich es nicht mehr hören und sehen.

Als das Licht endlich aus ist, kann ich nicht einschlafen. Ich muss wieder an meine Tochter denken. Warum hatte sie mich überhaupt angerufen, was wollte sie? Warum hatte ich gedacht, es sei nichts Wichtiges gewesen? Hatte sie mir etwas erzählt, das ich schon wieder vergessen habe? Vielleicht wollte sie aber auch nur fragen, wie es mir geht, sie ruft oft am Sonntag an. Ja, so wird es gewesen sein. Sie hat sich Sorgen gemacht, dann bekam sie Angst, und wenn man Angst hat, wird man wütend. Ich hätte nicht so hart über sie urteilen sollen. Es stimmt nicht, dass es nicht wichtig ist. Im Gegenteil, wenn dich deine Tochter ohne bestimmten Grund anruft, um sich zu vergewissern, dass alles in Ordnung ist, ist das sogar sehr wichtig. Schlimm ist erst, wenn sie es irgendwann nicht mehr macht.

Morgen werde ich mir das Telefon wieder um den Hals hängen. Und auch das Halsband mit dem Alarmknopf. Und ich werde meine Tochter anrufen, um ihr zu sagen, dass es mir gutgeht.

Montag, 19. Oktober

Heute ist der Namenstag des heiligen René. Außer dem Bruder meines Vaters, Onkel René, der im Krieg gefallen ist und den ich nie kennengelernt habe, ist mir niemand bekannt mit diesem etwas altmodischen Namen. René war einzigartig.

Im Grunde war er ein komischer Kauz. Mit zunehmendem Alter wurde er immer schmächtiger und ging etwas gebeugt. Er hatte nicht mehr viele Haare auf dem Kopf, hatte aber auch nie sehr viele gehabt. Eigentlich hatte er sich mit den Jahren nicht sonderlich verändert. Bis zuletzt hat er viele Lachfältchen gehabt, obwohl er so gut wie niemals lachte, und seine Haare waren fast nicht ergraut. Wir waren sehr unterschiedlich, er und ich. Während ich immer versuchte, das Leben durch eine rosarote Brille zu betrachten, neigte er dazu, alles schwarzzusehen. Häufig führte er Selbstgespräche, schimpfte dabei über Kunden, die nicht zahlten, über eine Firma, die nicht antwortete, über seine Stifte, die verschwanden, über die Börsenkurse, die fielen, über seine Mutter, die ihn noch in den Wahnsinn treiben würde, über das Auto, das nicht ansprang, die Spritpreise, die wieder einmal gestiegen waren. Und bei Tisch fluchte er über den Braten, der nicht durch war und den er mit angeekeltem Gesicht zurückschob, «das Fleisch ist ja noch roh», und über uns alle, weil wir das frische Brot und die reifen Birnen aßen, obwohl wir doch zuerst das alte Brot und die überreifen Birnen essen sollten. Meine Tochter und ich verpassten ihm den Spitznamen «Hintergrundrauschen». Weil er nie aufhörte.

Wir hatten nicht dieselben Vorlieben. Er hatte wenig Sinn für die Schönheit der Dinge und liebte deshalb alles Praktische und Günstige. Solange eine Sache ihren Zweck erfüllte, war das Aussehen zweitrangig. Was machte es schon, dass ein Sessel hässlich war, wenn er zum Sitzen taugte, welche Farbe die Vorhänge hatten, wenn sie nur das Licht dämpften, welches Bild sich auf einer Tasse befand, wenn man heißen Tee aus ihr trinken konnte.

Ich liebte Scrabble, er akzeptierte nur Dame und Schach. Ich liebte Tennis, er mochte nur Boule und Krocket. Ich liebte Bridge, er konnte Kartenspiele nicht ausstehen. «Jeanne? Die spielt schon wieder Karten», sagte er seufzend.

Als Folge davon führten wir meistens Selbstgespräche. Ich redete in der Küche, er in seinem Arbeitszimmer, selten sprachen wir miteinander. Deshalb stritten wir uns auch nicht oft.

Als wir einen Fernsehapparat bekamen, schaute ich Filme und Serien, die er «grässlich» fand. Die einzige Sendung, die er außer den Nachrichten um nichts auf der Welt verpassen wollte, war *La*

Piste aux étoiles. René hatte schon immer den Zirkus mit seinen dummen Clowns, den dressierten Pudeln und Raubtieren geliebt. Ich starrte lieber auf mein Strickzeug und schaute nicht hin, ich hatte viel zu viel Angst, dass der Dompteur gefressen wurde oder ein Artist vom Trapez stürzte.

Fuhren wir, was selten vorkam, nach Vichy ins Kino, hatten wir große Mühe, uns auf einen Film zu einigen. René liebte Louis de Funès, den ich überhaupt nicht lustig fand, und Kriegsfilme, die mich entweder langweilten oder in Angst und Schrecken versetzten. Einmal hatten er und Hubert, der Mann von Jacqueline, uns dazu überredet, mit ihnen zusammen in *Emmanuelle – Die Schule der Lust* zu gehen. Ich kann mich noch daran erinnern, wie sehr ich mich den ganzen Film über geschämt habe. Als uns die beiden im nächsten Jahr in die *Geschichte der O* schleppen wollten, haben Jacqueline und ich uns ausgeklinkt. Wir haben sie einfach stehenlassen und sind in den Nachbarsaal gegangen, in dem *Das alte Gewehr* lief. Ich weiß noch, wie Jacqueline sagte: «Ich werde doch nicht für etwas bezahlen, was ich sowieso jeden Morgen im Spiegel sehe!»

René war sparsam und konnte sich von nichts trennen. Ich warf viele Sachen weg, er hob alles auf: alte Ausgaben des *Figaro* und der Zeitschrift *Investir*, die er zum Anfeuern nutzte oder auch als Einwickelpapier, zum Reinigen des Silbers oder sogar als Klopapier, desgleichen die alten Ausgaben von *L'Illustration*, *Elle* oder *Match*, die in der Garage vergammelten; abgelaufene Medikamente, Hustensäfte und Arzneimittel aller Art verdarben in einem großen Koffer auf dem Speicher; ein ganzer Haufen untragbarer Hüte, Mützen, Mäntel und abgelaufener Schuhe; Kofferradios, Garnrollen, Angelruten, ein Kinderwagen, Reste von Möbeln, verbeulte Karosserieteile, Autoscheinwerfer; Tintenfässer, leere Parfümfläschchen, Kaffeemühlen, Türgriffe, Klobrillen, ein Bidet, Nachttöpfe, Schlüssel, Werkzeuge, verrostete Nägel, geplatzte Reifen, angeschlagenes Geschirr, löchrige Körbe, Tapetenrollen, Marmeladengläser, Gurkengläser, kaputte Toaster, eingedrückte Koffer, abgewetzte Teppiche, vergilbte Spitzendeckchen, blinde Spiegel, Gamaschen, Patronengürtel, Kakaopulverdosen und Döschen für Halspastillen und Papiere, Papiere und noch mehr Papiere … Einige Zeit nach seinem Tod machten wir ein großes Feuer und verbrannten alles, was man verbrennen konnte. Den Rest brachten wir zur Mülldeponie.

Die alten Klamotten gab ich an die *Katholische Hilfe.* René trug seine Kleidung, bis sie auseinanderfiel, und Hemden, Krawatten und Pullover, die wir ihm zu Weihnachten schenkten, bewahrte er oft jahrelang in Originalverpackung in einer Schublade auf. Ein paar der Pullover, die er nie getragen hatte, bekamen meine ältesten Enkelsöhne, die Krawatten und Hemden wollten sie nicht haben. Ich selbst habe seine schöne beige Jacke behalten, die noch ganz neu war. Er hatte sie erst kurz vor seinem Tod bei *La Redoute* bestellt und höchstens ein oder zwei Mal getragen. Sie steht mir gut, ist schön warm und viel eleganter als mein alter Anorak.

René ist immer ein großes Kind geblieben. Er ging für sein Leben gern in den Zoo, am liebsten zu den Affen, und liebte das Feuerwerk am 14. Juli, dafür fuhren wir selbst in den letzten Jahren noch zum Lac d'Allier. Ich mochte weder das eine noch das andere. Zoos fand ich langweilig, und vom Feuerwerk wurde ich ganz taub, außerdem erinnerte es mich an die Bombenangriffe, wenn ich mit meinen Eltern und meinem kleinen Bruder in den Keller musste. Er fütterte auch gern Tiere. Dazu fegte er nach dem Essen die Krümel vom Tisch und sammelte sie in einer Holzschüssel.

Dann ging er mit der Schüssel zu dem Bach, den wir hochtrabend «Kanal» nannten, um die Fische zu füttern. Heute ist das kleine Rinnsal, das damals von einem Mäuerchen und Sträuchern eingefasst war, ausgetrocknet, das Mäuerchen ist mittlerweile eingestürzt und wird von Dornenranken überwuchert. Fische gibt es keine mehr, nur ein paar Kröten und hin und wieder eine Viper, weshalb ich mich niemals dorthin wage.

Als wir noch in Vichy wohnten, leerte er die Kehrschaufel auf die Fensterbank, für die Vögel. Einmal pro Woche ging er mit einer kleinen Plastiktüte voller Brotstückchen in den Park, um Enten und Schwäne zu füttern. Im Winter baute er gerne Schneemänner und im Sommer Sandkuchen und Sandburgen am Strand. Mir haben Fische, Enten und Sandburgen nie viel Spaß gemacht.

Etwas in René weigerte sich, erwachsen zu werden. Er versuchte verzweifelt, die Vergangenheit zurückzuholen, verlor sich in Kindheitserinnerungen, und manchmal fiel es ihm schwer zurückzufinden.

Bis zum Schluss liebte er den Zirkus. Da *La Piste aux étoiles* längst nicht mehr ausgestrahlt wurde, wartete er sehnsüchtig auf Wanderzirkusse, die zu Besuch in unsere Gegend kamen, kaufte sich eine

Eintrittskarte und hoffte, dass eins der jüngeren Enkelkinder ihn begleiten würde.

An Weihnachten kümmerte er sich um die Sterne und das Feuerwerk. Er setzte immer den Abendstern mit den goldenen Fransen auf die Krippe. Sobald es dunkel wurde, schaltete er alle Lichter aus und zündete eine Wunderkerze an, die er am Weihnachtsbaum befestigte. In andächtiger Stille sahen wir zu, wie das Stäbchen abbrannte und dabei tausend kleine Sternchen versprühte, die ein bisschen wie Fernands Mofa knatterten. Ich hoffte immer, es möge schnell vorbei sein, weil ich Angst hatte, ein Fünkchen könnte den ganzen Baum in Brand setzen. Doch wenn wir das Licht wieder anmachten, sah ich immer noch ein paar Sterne funkeln, diesmal in Renés Augen.

Dienstag, 20. Oktober

Ich glaube, so langsam macht mein Kopf nicht mehr mit. Gestern hatte ich Toinette, Jacqueline und Gilberte zum Essen eingeladen. Da wir zu viert waren, wollten wir nach dem Kaffee ein wenig Bridge spielen. Nachdem wir den Aperitif zu uns genommen hatten, gingen wir ins Esszimmer. Alles verlief nach Plan, bis wir zum Nachtisch kamen. Ich hatte ein Clafoutis mit Kirschen gebacken. In der Truhe hatte ich noch ein paar dicke rote Kirschen, sie wandern gleich nach dem Pflücken dorthin, ich friere im Sommer immer welche für den Winter ein. Im Clafoutis werden sie ja erhitzt und sind so hinterher nicht von frischen zu unterscheiden. Ich hatte den Ofen vorgeheizt, die Kirschen aus der Truhe geholt und sie in der Auflaufform verteilt. Dann verquirlte ich die Eier mit der Butter und dem Mehl und goss den Teig darüber. Schließlich stellte ich die Form bei 180 Grad in den Ofen. Als der Teig fertig gebacken war, nahm ich ihn aus dem Ofen und ließ ihn abkühlen, so schmeckt er am besten. Nach dem Käse und dem Salat habe ich den Tisch abgeräumt, Kuchenteller und die Kuchengabeln verteilt und das Clafoutis geholt. Es sah köstlich aus, goldbraun, die Kirschen lugten heraus, alles war genau so, wie es sein sollte. Wie jedes Mal sagte ich: «Passt auf, nicht, dass noch Kerne darin sind.» Jede von uns nahm sich eine große Portion. Wir fingen an zu essen. Dann verzogen alle das Gesicht. Etwas stimmte nicht. Das Clafoutis schmeckte irgendwie komisch. Ich hatte keine Kirschen aus der Truhe geholt, sondern

Tomaten. Winzige Kirschtomaten aus meinem Garten.

Wenn ich so darüber nachdenke, habe ich in der Küche schon öfter Mist gebaut. Wie das eine Mal, als Pfarrer Chevalier zu Besuch kam, der in der Schule meiner Tochter arbeitete. Ich hatte meinen Nusskuchen gebacken, der damals schon berühmt war. Als ich die Nüsse in den Mixer gab, dachte ich nicht mehr daran, dass ich kurz zuvor die Zwiebeln darin gehackt hatte. Also stank mein schöner Nusskuchen nach Zwiebeln, er war ungenießbar, und wir mussten ihn wegwerfen – sehr zum Leidwesen von René, der Verschwendung unerträglich fand. Den Pfarrer brachte diese Geschichte zum Lachen, René fand sie weniger komisch und hörte gar nicht mehr auf, mir Vorhaltungen zu machen. Ich sei ganz kopflos, sagte er.

Immerhin, beruhigte ich mich, wenn ich kopflos bin, brauche ich mir um meinen Kopf wenigstens keine Gedanken zu machen.

Mittwoch, 21. Oktober

Heute Morgen war ich beim Arzt in Lapalisse. Nicht weil ich krank wäre, das bin ich eigentlich nie. Ich habe mich bloß gegen die Grippe impfen lassen, obwohl ich noch nie im Leben eine Grippe hatte. Der Arzt empfiehlt es und auch das Fernsehen, darum mache ich mit. Nachdem die Praxis umgezogen ist, empfängt der Doktor einen nun nicht mehr in seinem Haus, sondern in einem Gebäude, das sie hier «Gesundheitszentrum» nennen. Das ist äußerst praktisch, denn es ist alles vor Ort: mehrere Ärzte, Krankenschwestern, Krankengymnasten, eine Ernährungsberaterin, ein Fußpfleger, ein Zahnarzt und sogar eine Hebamme. Seit mein Arzt einen Infarkt erlitten hat, hält er nur noch halbtags Sprechstunde ab und lässt sich regelmäßig von einer Frau vertreten, die sehr gut ist. Heute Morgen werde ich von ihr behandelt, und ich muss zugeben, mir ist das lieber. Es ist mir immer etwas unangenehm, mich vor dem Doktor auszuziehen. Er mag schon um die sechzig sein, doch für mich ist und bleibt er ein junger Mann. Ich fühle mich unbehaglich, wenn ich in Unterhose und BH vor ihm stehe und ihm dann später beim Einkaufen im Supermarkt begegne … Und außerdem gibt es Dinge, die ich ihm nicht anvertrauen kann. Kleine Probleme älterer Frauen, die ich ihm nie und nimmer erzählen könnte. Mir ist bewusst, dass er Patientinnen hat, die noch älter sind als ich, aber trotzdem, es ist mir unangenehm … Deshalb bin ich froh, wenn die Frau Doktor da ist. Sie hat mir die Spritze verabreicht, und ich habe gar nichts gespürt, dann hat sie mich untersucht, hat mein Herz abgehört, meinen Blutdruck gemessen, mir in den Hals und in die Ohren geschaut. Sie fand mich bei ziemlich guter Gesundheit, hat lediglich leicht die Dosis meines Blutdruckmedikaments erhöht. Dann fragte sie, wie lange meine letzte Mammographie zurückliege. Meine Güte, was für eine Frage! Ich habe noch nie im Leben meine Brust röntgen lassen, damit werde ich doch mit neunzig nicht mehr anfangen. Wozu soll das gut sein? Selbst wenn sie irgendeinen Mist bei mir fänden, lohnt es sich nicht mehr, so etwas behandeln zu lassen. Wenn man das Glück hat, ein solch hohes Alter erreicht zu haben wie ich, wachsen diese Dinge langsamer. Bestimmt schwelt irgendwo in meinem Körper das ein oder andere Krebsgeschwür, aber was soll's … Bei einer Neunzigjährigen schreitet die Krankheit so langsam fort, dass man sie nicht hört und auch kaum spürt.

Donnerstag, 22. Oktober (morgens)

Es ist sechs Uhr, aber ich habe die ganze Nacht kein Auge zugetan. Ich liege im Bett, traue mich nicht, aufzustehen und die Fensterläden aufzumachen. Sind sie weg? Mein Gott, was habe ich für Ängste ausgestanden! Ich habe mich im Bett zusammengekauert und zittere immer noch am ganzen Körper.

Es muss etwa um Mitternacht gewesen sein. Als ich klein war, hat mein Vater meinem Bruder und mir gern eine Geschichte erzählt, die uns Angst eingejagt hat, über die wir aber gleichzeitig Tränen lachten. Sie begann so: «Mitternacht, die Stunde der Verbrecher …» Mit Grabesstimme beschwor er eine gruselige Atmosphäre herauf und schloss mit folgendem Satz: «Plötzlich gellte ein Schrei durch die dunkle Nacht …» Dann rief mein Vater mit verstellter Stimme: «Adélaïde! Bring mir den Pott!», und wir brachen in lautes Gelächter aus. Ich will nur sagen, dass Mitternacht eine Zeit ist, vor der ich mich immer schon ein bisschen gefürchtet habe.

Gegen 12 Uhr höre ich also ein Geräusch und

meine, durch die Fensterläden ein flackerndes Licht wahrzunehmen. Ich stehe auf und gehe zum Fenster, mache kein Licht an. Nichts zu sehen. Im Halbdunkel (zum Glück ist es nicht stockfinster) gehe ich ins Badezimmer und öffne die Tür, die auf den hinteren Gang führt. Dort schaue ich aus dem Fenster hinunter zur kleinen Terrasse. Da sehe ich sie. Zwei Kerle, ein großer mit Glatze und ein kleiner mit Schirmmütze, sie gehen mit einer Taschenlampe in der Hand auf die große Terrassentür im Wohnzimmer zu. In Windeseile kehre ich ins Schlafzimmer zurück und drücke auf den großen grauen Knopf neben meinem Nachttisch. Mit ohrenbetäubendem Lärm geht die Alarmanlage los. Sofort suche ich Zuflucht unter meiner Decke, lege mir beide Kissen auf den Kopf, um die Ohren zu schützen. In dieser Stellung verharre ich stundenlang, ohne zu wissen, wo sie sind, was sie machen, ob sie ins Haus eingedrungen oder geflüchtet sind, voller Angst, die Tür zu meinem Zimmer könnte jeden Moment aufgehen, hoffend, dass sie mich nicht entdecken … Der Alarm schrillt weiter. Nach dem anfänglichen Geheul der Sirene, das laut genug war, um einen Toten zu wecken, folgte eine ganze Reihe unerträglich greller Töne. Ich weiß nicht, wann sie endlich verstummt ist, aber es kam mir wie eine halbe Ewigkeit vor. Ich rühre mich nicht, warte, bis es hell wird. Dann rufe ich Fernand an.

Donnerstag, 22. Oktober (abends)

Großer Gott, was für ein Tag, was für ein Tag. Es war bestimmt schon gegen sieben, als ich mich endlich traute, aus dem Bett zu kriechen. Nachdem ich mit Fernand gesprochen hatte, der mir bei seiner Marcelle geschworen hat, dass er nichts gehört hat, habe ich eine Katzenwäsche gemacht, mich angezogen und bin nach unten gegangen. Unten ist alles normal. Ich mache die zwei Riegel an der Haustür auf, die immer doppelt gesichert ist, und öffne im Esszimmer die Fensterläden. Die Terrassentür im großen Wohnzimmer wurde nicht aufgebrochen. Sie sind also nicht ins Haus gekommen, der Alarm hat sie in die Flucht geschlagen.

Als Fernand klingelt, habe ich mich wieder einigermaßen gefasst. Ich hatte sogar die Zeit, mir einen Tee zu kochen, er hat mir gutgetan. Fernand hat bereits mit der Inspektion des Grundstücks begonnen und ist sehr stolz, mir seine ersten Beobachtungen mitteilen zu können, die eines Sherlock Holmes würdig sind. Bei der Terrasse hinterm Haus hat er Reifenspuren entdeckt, die seiner Ansicht nach von einem Lieferwagen stammen. Anschließend hat er die gleichen Spuren auf der Allee gefunden. Und noch etwas Verblüffendes hat er zu berichten: Auf halbem Weg die Allee hinunter, bei den weißen Gattern, ist er auf «eingesautes Papier» gestoßen, eins rosa, das andere blau. Mit vollem Ernst hat er mir seine Schlussfolgerung präsentiert: «Die hatten so die Hosen voll, die haben hier auf der Allee ihr Geschäft verrichtet und sich dann flugs aus dem Staub gemacht! Der eine hat sich mit blauem Papier den Hintern abgewischt, der andere mit rosa.»

Gegen zehn hat die Marcelle die Ente angelassen und mich zum Polizeirevier nach Le Donjon gefahren, damit ich Anzeige erstatten kann. Ich fühlte mich neben ihr nicht sehr sicher, aber ich war außerstande, nach meiner schlaflosen Nacht noch Auto zu fahren. Die Polizeibeamten sagten zu mir das Gleiche wie zu Francette: «Wir können Ihnen aber sofort sagen, dass wir die Diebe nie erwischen.» Als wir zurückkamen, fragte mich Fernand, ob ich ihnen auch von dem benutzten Papier erzählt hätte.

Zum Mittagessen habe ich mir ein weiches Ei gekocht und Brot hineingetunkt, danach habe ich einen starken Kaffee aufgebrüht und dazu ein Rippchen Schokolade gegessen. Am Nachmittag habe ich lange mit meinen Kindern telefoniert. Sie wollten wissen, warum ich mit meinem Handy nicht die Polizei angerufen hätte, und ich wusste darauf keine Antwort. Trotzdem lobten sie mich, dass ich den Alarm ausgelöst hatte. Sie fanden mich sehr mutig. Ich glaube, das hätten sie mir nicht zugetraut.

Gilberte rief mich an. Sie konnte gar nicht fassen, was ich erlebt hatte. Sie hatte es im Supermarkt von Angèle gehört, die mich heute Morgen ganz aufgelöst hier angetroffen hat. Nicht einmal eine Stunde nachdem ich aufgelegt hatte, wusste die ganze Gegend im Detail Bescheid. Nach und nach riefen alle an. Selbst der Oberst ließ sich zu einem Anruf herab! Ich war die Heldin des Tages. Fernand klingelte mehrmals an der Tür, um sich zu vergewissern, dass ich mich wieder erholt hatte und nichts brauchte. Auch die Marcelle kam noch einmal vorbei, um zu hören, ob es mir gutgeht. Sie hat mich nicht um einen Zuckerwürfel gebeten.

Freitag, 23. Oktober

Auch wenn ich mich nicht ganz sicher fühlte, habe ich einigermaßen gut geschlafen. Die ganze Zeit redete ich mir ein, dass sie bestimmt nicht zwei Nächte hintereinander kämen und nun ja auch wüssten, dass es hier eine Alarmanlage gibt. Trotzdem schlummerte in mir die Angst, sie würden sich noch nicht zufriedengeben und einen Weg finden, ins Haus zu kommen, ohne den Alarm auszulösen.

Ich musste noch einmal an die Frage meiner Kinder denken. Tatsächlich war mir in meiner Panik nicht einmal der Gedanke gekommen, nach meinem Handy zu greifen ... Wen hätte ich auch anrufen sollen? Wenn ich in dieser Nacht eins begriffen habe, dann, dass Fernand mir nicht zu Hilfe eilen wird. Egal, was er sagt: Es kann einfach nicht sein, dass er die Alarmanlage nicht gehört hat! Und was die Polizei angeht: Ich müsste ja erst mal ins Büro kommen und dort das Telefonbuch herausholen, um die Nummer rauszusuchen. Und das alles, während diese Herren meine Terrasse inspizieren ...

Meine Kinder rieten mir: «Nimm doch einfach die Polizeiwache in dein Adressbuch auf.» Wie nimmt man eine Polizeiwache in ein Adressbuch auf? Ich habe keine Ahnung. Und wo wir gerade darüber sprechen, wo ist das verflixte Handy überhaupt hingekommen? Ich habe es im ganzen Haus gesucht, sogar im Kühlschrank habe ich nachgeschaut. In meiner Verfassung ist alles möglich.

Letztlich lag es im Auto, in meiner Handtasche, die ich auf dem Autositz zurückgelassen hatte, als ich vom Doktor nach Hause gekommen war. Ich hätte es überhaupt nicht benutzen können! Und da ich mir nicht stundenlang den Kopf darüber zerbrechen wollte, wie man einen neuen «Kontakt» aufnimmt, habe ich einfach einen kleinen gelben Zettel mit der Nummer des Polizeireviers von Le Donjon auf mein Handy geklebt. Doch selbst wenn ich, ohne mich zu vertippen, die zehn Ziffern eingeben würde, bräuchten sie mindestens zwanzig Minuten bis hierher. Zwanzig Minuten ist eine lange Zeit, wenn man Leute im Haus hat …

Ich legte das Handy auf den Nachttisch, rückte ganz nah an den Alarmknopf heran, löschte das Licht und ließ den Fernseher laufen. Er lief die ganze Nacht, was mich mehr beruhigte als das

Wissen darum, dass Fernand und Marcelle nur wenige Meter von hier entfernt in ihren Betten lagen.

Samstag, 24. Oktober

Ein Unglück kommt selten allein, und so wurde heute Nacht auch noch die Uhr umgestellt. Jetzt haben wir Winterzeit. Das gefällt mir gar nicht. Die Tage werden ja von selbst schon kürzer! Und als wäre das noch nicht genug, herrscht draußen ein Mistwetter. Den ganzen Morgen hat es geregnet, um vier Uhr war es schon fast dunkel, der Himmel ist von dicken Wolken verhangen, und draußen ist alles nass. Den Kaffee nach dem Mittagessen habe ich am Kamin getrunken, anschließend musste ich im Büro das Licht anmachen, um mein Kreuzworträtsel zu lösen. Das war deprimierend.

Um drei Uhr morgens ist es erst zwei. Ich muss meine Armbanduhr zurückstellen. Meine Armbanduhr und auch alle anderen Uhren im Haus. Das ist kompliziert, jede Uhr hat einen eigenen Schlüssel, mit dem die Zeiger um das Zifferblatt gedreht werden, dabei muss man abwarten, bis jeder Schlag zur halben und zur vollen Stunde ertönt ist. Das kostet mich ganz viel Zeit, ich werde den halben Tag dafür brauchen. Wenn man nur den kleinen Stundenzeiger zurückdreht, geht der Mechanismus in der Uhr kaputt.

Die Uhr am Herd fasse ich allerdings nicht an, denn wenn ich anfange, an den Knöpfen herumzufummeln, beginnt sie zu blinken, und dann funktioniert mein Herd nicht mehr – so wie im Frühjahr, als ich warten musste, bis mein Sohn kam, um meine Quiches backen zu können. Die ganzen Geräte, die die Zeit ohne Zeiger angeben und sie stattdessen in großen roten Ziffern anzeigen, rühre ich erst gar nicht an: das Handy, den Fernsehapparat, das Gerät zum Filmegucken, das Auto, die Mikrowelle, den Wecker … Ihnen gönne ich noch einen kleinen Sommerzuschlag. Ich werde meinen Sohn oder einen meiner Enkelsöhne um Hilfe bitten, wenn sie das nächste Mal kommen. So etwas ist Männersache, der ganze Technikkram. Mit Technik habe ich überhaupt nichts am Hut.

Sonntag, 25. Oktober

Was habe ich mich gefreut, Nine heute Morgen ganz braungebrannt in der Kirche zu sehen! Sie ist gestern zurückgekommen und will uns unbedingt zum Aperitif einladen. Wir sollen das provenzalische Olivengebäck und die Paprikacreme kosten, die sie mitgebracht hat. Keine von uns hatte es eilig mit dem Mittagessen, und niemand musste nach der Messe schnell nach Hause, also stiegen wir alle, Toinette, Gilberte und ich, in unsere Autos, um uns in Nines behaglichem Wohnzimmer zu versammeln. Es duftete nach Kaminfeuer und gewachstem Parkett. Sie fachte mit dem Blasebalg die Restglut an und legte ein Holzscheit nach. Dann gingen wir alle in die Küche, um zusammen den Aperitif vorzubereiten. Nine holte eine Flasche Crémant aus dem Kühlschrank und stellte vier Sektschalen auf ein Tablett. Toinette gab das Olivengebäck in ein Schälchen, und ich füllte die Paprikacreme in eine Schüssel. Versammelt um das Kaminfeuer, erhoben wir unsere Gläser auf Nines Rückkehr. In Nines Glas war nur ganz wenig Crémant, ich glaube, sie darf eigentlich noch gar nicht wieder. Ich sah, wie sie ihre Lippen nur leicht benetzte, und unsere Blicke trafen sich. Sie lächelte, aus ihrem Lächeln sprach der Schalk eines kleinen Mädchens, das genau weiß, dass es etwas Verbotenes macht.

Montag, 26. Oktober

Der Vorteil der Zeitumstellung in diese Richtung ist, dass ich morgens überhaupt keine Schwierigkeiten mit dem Aufstehen habe. Um sieben Uhr bin ich schon richtig wach und völlig ausgeschlafen. Heute Morgen bin ich früh aufgestanden, und als ich die Läden geöffnet habe, war der Himmel strahlend blau. Das Thermometer zeigte neun Grad. Ich würde meinen Spaziergang bei Sonnenschein machen.

Draußen war noch alles feucht. Ich habe die alten Stiefel hervorgeholt, die meiner Tochter so peinlich sind. Einen Herbst würden sie mir noch dienen. Dann zog ich meinen Anorak an. Nicht, dass es so kalt wäre, aber bei dieser Feuchtigkeit wird einem schnell kalt. Ich griff nach meinem Spazierstock, und los ging's. Neben dem Rasen bemerkte ich weiße Flecken, die gestern noch nicht da gewesen waren. Ich ging näher ran: Wiesenchampignons. Sicherheitshalber schnitt ich einen ab und drehte ihn um, die Lamellen waren von einem schönen Rosa. Beglückt pflückte ich so viele, wie in meine Anoraktaschen passten, sie sollten zusammen mit einem Omelett mein heutiges Abendessen werden. Ein Stück weiter, hinter den weißen Gattern, sah ich, dass auf der Wiese ganz viele wuchsen. Nur leider gibt es auf der Wiese auch sehr viele Kühe … Ganz zu schweigen vom Stacheldraht, durch den man sich hindurchzwängen muss, ohne sich die Kleider zu zerreißen oder die Haut aufzuschürfen. Ich weiß nicht, ob Angèle Angst vor Kühen hat. Wahrscheinlich nicht, sie ist ein echtes Mädchen vom Lande, nicht so wie ich.

Ich habe die Pilze im Spülbecken gewaschen und die großen in Scheiben geschnitten. Einige waren wohl schon älter, denn die Lamellen hatten sich bereits bräunlich verfärbt. Hoffentlich sind sie trotzdem noch gut … Das fehlte mir noch, dass ich mir eine Vergiftung zuziehe! Es soll ja jedes Jahr Pilzunfälle geben, aber ich vermute mal, dass sie vor allem bei Waldpilzen vorkommen. Ich weiß sehr wohl, dass es auch einen falschen Wiesenchampignon gibt, aber daran stirbt man nicht. Im Allgemeinen kommt man mit heftigen Magenkrämpfen davon. Zusammen mit einem

Stück Butter, einer Prise Salz und etwas tiefgefrorener Petersilie gebe ich die Champignons in die Pfanne. Nach kurzer Zeit fällt mir ein eigenartiger Geruch auf … Ich beuge mich über die Pfanne und stelle beunruhigt fest, dass ein paar Pilze einen unappetitlich gelben Farbton angenommen haben. Was soll ich tun? Ich kann sie doch nicht alle wegwerfen?

Ich habe sie gegessen. Sie schmeckten auch nicht schlecht, waren eher etwas fad und rochen ein bisschen nach altem Putzlappen, aber zusammen mit den Eiern ging es gut. Hoffentlich bin ich morgen noch da, es wäre zu dumm, sich auf diese Weise zu verabschieden.

Dienstag, 27. Oktober

Heute ist mir etwas Unglaubliches passiert: Ich bin mir sicher, dass ich meinen Einbrecher wiedergesehen habe, den mit der Schirmmütze. Gerade kam ich aus dem Supermarkt in Lapalisse, nahm wie gewohnt die kleine Straße, dort, wo es hinter der gefährlichen Kurve nach rechts abgeht, bei der Werkstatt. Und da sah ich ihn. Zumindest glaube ich es. Es war nicht nur die Schirmmütze, der ganze Kerl sah ihm wirklich sehr ähnlich. Ich rief meine Kinder an, aber als ich ihnen davon erzählte, machten sie sich über mich lustig. Vor allem, nachdem ich ihnen die Geschichte mit den Pilzen erzählt hatte. Sie behaupteten, ich hätte Halluzinationen. Ich war verärgert, schließlich hatte ich ihn lange genug gesehen, den Mann, als er auf meiner Terrasse herumspazierte! Aber egal, ob er es war oder nicht, was konnte ich schon tun? Er wohnte bestimmt nicht dort, wo ich ihn gesehen hatte, denn an der Stelle standen gar keine Häuser. Vielleicht musste er seinen Lieferwagen reparieren lassen? Es hieße aber auf jeden Fall, dass er hier aus der Gegend kam, und das gefällt mir gar nicht …

Donnerstag, 29. Oktober

Jetzt kommt der November. Den Monat mag ich überhaupt nicht. Alles ist grau und feucht und kalt, und wegen des Nebels und des fahlen Sonnenlichts sieht man gar nichts mehr. Es beginnt die trübe Jahreszeit, in der sich die Natur zur Ruhe begibt und die Alten sterben. Die Erde wird glitschig, die Pfützen werden tiefer und füllen sich mit Wasser. Da man trotzdem hinausmuss, stapft man durch den Schlamm. Matsch heftet sich an die Stiefel, man hört, wie draußen der gröbste Dreck an den Schuhen abgeschabt wird, bevor die Leute den Rest an der Fußmatte abstreifen. Und drinnen hängt der Gummigeruch der heißen Wärmflasche in der Luft. Heute Morgen hat Angèle im Büro den Kamin angezündet; auf eine dicke Schicht zusammengeknüllter Zeitungen hat sie ein Bündel Reisig und zwei dicke Holzscheite gelegt. So allmählich riecht es nach Winter.

Sonntag, 1. November

Ich hatte an Allerheiligen mit ihrem Besuch gerechnet, aber jetzt bin ich wohl doch allein. Das ist nicht weiter schlimm. Ich pflege keinen Totenkult. Schon gar nicht auf Friedhöfen. Seit René nicht mehr da ist, war ich kein einziges Mal an seinem Grab. Wenn er wenigstens auf dem kleinen Friedhof in Bert begraben wäre, der zwei Kilometer von unserem Haus entfernt liegt und sehr schön ist, das wäre für mich ein netter Spaziergang. Aber zu dem riesigen Friedhof in Moulins, den sie zubetoniert haben wie ein Viertel mit Sozialwohnungen, am Rand einer Stadt, die ich so gut wie nie betrete – da fahre ich nicht hin. Wahrscheinlich würde ich das Grab nicht einmal mehr finden. Es sieht bestimmt ganz traurig aus, niemand stellt Blumen darauf, vielleicht ist die Grabplatte schon von Moos überzogen. René war der Einzige, der sich um das Familiengrab gekümmert hat. Und ich befürchte, dass er, der regelmäßig zum Grab ging, um dort in andächtiger Stille zu verharren, selbst nicht sehr oft Besuch bekommt. Armer René …

Moulins ist eine graue Stadt, fast so tot wie ihr Friedhof. Man macht dort selten halt, höchstens, um jemanden am Bahnhof abzusetzen. Meistens fährt man einfach nur durch. Es war seine Entscheidung, dort beerdigt zu werden. So liegt er bei seiner Mutter, aber ich habe keine Lust, ans Grab meiner Schwiegermutter zu gehen. Sie hat mir zu ihren Lebzeiten das Leben schwer genug gemacht. Selbst als sie schon tot war, hat sie es noch geschafft, uns zwischen ihrem letzten Atemzug und der Bestattung mächtig auf Trab zu halten …

Meine Schwiegermutter ist in einem Hotel gestorben. Das Zimmermädchen, das ihr den Tee bringen wollte, fand sie am Morgen angekleidet auf dem Bett, in der Hand ein Notizbuch, auf dessen aufgeschlagener Seite handschriftlich Renés Telefonnummer vermerkt war. Sie hatte nicht mehr die Zeit gehabt, ihn anzurufen. Es gab einen ziemlichen Aufruhr, denn die Hotelchefin wollte auf jeden Fall vertuschen, dass ein Gast in ihrem Haus gestorben war. Zusammen mit einem Freund musste René sie also im Lieferaufzug nach unten fahren, dann durch die Hintertür in seinen Wagen schaffen und mit nach Hause nehmen, was eigentlich strengstens verboten war. Obwohl sie in diesem Fall nichts dafür konnte, hatte sie ihm noch in ihrer letzten Stunde alles abverlangt. Wie konnte er sich mit ihr ein Grab teilen wollen? Wie soll er denn dort in Frieden ruhen? Und wenn ich mir dazu noch vorstelle, dass sie mit einer Nähnadel im Po begraben ist! Die Nadel hat sich in ihren Po gebohrt, als meine Schwiegermutter sich auf einen Sessel plumpsen ließ, auf dem ihr Nähkästchen stand. Die Nadel ist nie wieder herausgekommen …

Ich ging zur Messe. Nine und Toinette waren mit ihren Kindern und Enkelkindern da. Während der heiligen Kommunion habe ich Jacqueline kurz gesehen, aber sie hat sich noch vor dem letzten Lied verdrückt. Irgendwie hat sie es immer eilig. Beim Rausgehen habe ich Gilberte getroffen. Sie war auch allein da, um für die Toten zu beten.

Danach hat sie mich zum Essen eingeladen. Sie hat eine Flasche Weißwein aufgemacht, mit der wir auf die Toten angestoßen haben.

Montag, 2. November

Heute ist Allerseelen. Als ich vorhin im Supermarkt war, um Orangen zu kaufen, wurden am Eingang rund um die Kassen überall weiße und lila Chrysanthemen angeboten. Ich kann diese Blumen nicht ausstehen. Von ihren üppigen Blüten bekomme ich Gänsehaut. Die Leute standen jedoch mit riesigen Sträußen dieser Totenblume unterm Arm Schlange. Hier in der Gegend gehen nämlich alle zum Friedhof, auch wenn sie nie eine Kirche betreten. Sie zelebrieren ihren Totenkult, aber von Gott wollen sie nichts wissen.

Ich muss an René denken, ich hoffe, er nimmt es mir nicht übel, dass ich mich nicht um ihn kümmere. Als Wiedergutmachung nehme ich die Heckenschere und schneide vom Rosenstrauch nahe dem Hortensienbeet einen Zweig ab. Der Zweig trägt zwei weiße Blüten. Die Zahl zwei steht für Vergebung, die Farbe Weiß für aufrichtige Verbundenheit.

Angeblich wuchsen vor dem Ersten Weltkrieg noch Rosen auf den Gräbern.

Dienstag, 3. November

Gestern Abend vor dem Einschlafen habe ich ein wenig Radio gehört. Sie sprachen über moderne Totenrituale. Ich dachte, sie würden etwas zu Allerheiligen sagen, aber davon war keine Rede. Über Allerheiligen sprechen höchstens noch die Pfarrer oder katholische Radio- und Fernsehsender, aber die finde ich nicht.

Ich erfahre, dass sich heutzutage mehr als die Hälfte der Menschen nicht mehr kirchlich bestatten lassen wollen. Das kann ich gar nicht glauben. Und da es dann keinen Evangeliumstext, kein Gebet und keinen Pfarrer mehr gibt, trägt man Gedichte vor, erzählt Geschichten von früher oder sogar lustige Anekdoten! Noch verblüffender finde ich, wodurch Psalmen und Loblieder ersetzt werden: durch Rock, «Rap» und «Pop». Wenn es wenigstens Gospel wären, das würde ich ja noch verstehen, oder Fahrtenlieder – aber Rock! Manche lassen sogar «Dietschäs» kommen, so nennt man anscheinend die modernen Chorleiter, um alles Mögliche an barbarischer Musik zu spielen. So etwas bekommt man heute an Allerheiligen im Radio zu hören. Mein armer René würde sich im Grab umdrehen. Ich muss wirklich die Musik und die Lieder aufschreiben, die ich mir für mein Begräbnis wünsche. Nicht, dass sie auf meiner Beerdigung Johnny Hallyday jaulen lassen!

Der Tod hat sich sehr verändert … In meiner Jugend trugen die Leute noch wochenlang Trauer. Als meine Großmutter starb – ich muss so um die zehn gewesen sein –, wurde ich gezwungen, diese Tradition zu respektieren. Man hatte mir auf die Schnelle aus einem Kleidungsstück meiner Großmutter ein schreckliches Kleid geschneidert, schwarz mit weißen Punkten. Damit musste ich jeden Tag zur Schule gehen, über einen Zeitraum, der mir wie eine Ewigkeit vorkam. Ich habe mich fürchterlich geschämt.

Heutzutage kann man sich schon glücklich schätzen, wenn die Leute wenigstens auf der Beerdigung gedeckte Farben tragen. Dass man es an den darauffolgenden Tagen nicht mehr macht, soll mir egal sein, aber doch wenigstens am Tag der Beisetzung! Meine Tochter musste vor ein paar Wochen zur Beerdigung eines Arbeitskollegen, und sie hat mir versichert, dass dort zwei Männer erschienen waren, von denen einer eine Hose in Kanariengelb und der andere in Kirschrot trug. Bestimmt wollten sie sich nur interessant machen. Die Leute wissen nicht, was sie noch tun sollen, um aufzufallen. Und niemand empört sich, nicht einmal die Frau, die ich großgezogen habe. Aber ich bin neunzig Jahre alt, und mich empört das alles sehr.

Es ist das Gleiche wie mit Halloween. Die Kinder wissen heute nicht mehr, was Allerheiligen ist, weshalb sie freihaben und nie am 1. November in die Schule müssen. Anstatt für die Toten zu beten, verkleiden sie sich mit abscheulichen Kostümen, die einem Angst einjagen, und höhlen Kürbisse aus, ritzen Augen und einen Mund mit spitzen Zähnen hinein, der dann von einer Kerze erleuchtet wird. Einfach grauenhaft! Die Kinder machen sich einen Spaß daraus, in orange-schwarzer Kleidung mit einem Hexenhut auf dem Kopf und einer Gabel in der Hand den Leuten einen Schrecken einzujagen. Der Teufel vertritt heute den lieben Gott. Bald werden sie statt Chrysanthemen Kürbisse auf die Gräber legen.

Ich habe nichts gegen die Amerikaner, sie haben uns mit ihrer Landung in der Normandie wahrlich gerettet. Aber es gibt Dinge, die sie lieber bei sich behalten sollten.

Mittwoch, 4. November

Heute Morgen legte mir die Postbotin einen Brief von Hélyette auf den Tisch, meiner einzigen verbliebenen Freundin aus Kindertagen. Seit ihr Mann gestorben ist – drei Jahre nach René –, lädt sie mich jedes Jahr für ein oder zwei Wochen zu sich ein, in die Nähe von Toulouse. Anfangs bin ich noch gerne hingefahren und habe so den Winter etwas abgemildert. Das Klima ist dort weniger rau, es schneit nur sehr selten. Die letzten beiden Aufenthalte waren jedoch weniger schön. Nicht, dass wir uns gestritten hätten, es ist eher so, dass ich mich zunehmend mit ihr langweile. Sie wird trübsinnig, und wenn man ständig mit Trübsinn in Berührung kommt, fängt man ihn sich irgendwann selbst ein. Dazu ihre Zerstreutheit, ihre Vergesslichkeit. Sie ist auch ziemlich schwerhörig, und ich habe keine Lust, meine Stimme ständig anzustrengen. Also unterhalten wir uns weniger. Vielleicht liegt es aber auch daran, dass wir uns mit der Zeit immer weniger zu sagen haben.

In ihrem Brief fragt sie, wann ich vorhabe zu kommen.

Mit zunehmendem Alter fahre ich aber nicht mehr gerne weg. Um zu ihr zu gelangen, muss man den Zug nehmen. Man muss umsteigen, was sehr kompliziert ist, ich habe immer Angst, auf dem falschen Bahnsteig zu landen, in den falschen Zug zu steigen oder den Anschluss zu verpassen. Was mache ich, wenn ich plötzlich in Tours festsitze, wo ich niemanden kenne? Am Ziel angekommen, ist es noch eine Viertelstunde mit dem Auto bis zu ihr, und ich fühle mich in ihrem kleinen Wagen nicht sehr sicher. Beim letzten Mal dachte ich wirklich, mein letztes Stündlein hätte geschlagen, als sie einen LKW überholt hat, der überhaupt kein Ende mehr nehmen wollte.

Ich werde Hélyette morgen antworten und ihr schreiben, dass mir das Zugfahren zu beschwerlich wird.

Da ich sie nicht kränken möchte, muss ich meine Worte sorgfältig wählen. Ich werde den Brief zunächst vorschreiben, das mache ich immer, wenn die Sache heikel ist. Und es ist sehr heikel, wenn man eine Tradition beendet. Fahre ich nicht mehr zu Hélyette, kann es sein, dass ich sie nie mehr wiedersehe. Und wenn sie jetzt denkt, dass ich sie nicht mehr sehen will? Ich weiß gar nicht, was mir schwerer fällt, ihr Kummer zu bereiten oder die richtigen Worte zu finden, um sie nicht zu verletzen.

Ich habe das Gefühl, dass ich mit den Jahren immer egoistischer werde. Immer seltener nehme ich mir die Zeit, mich um die Sorgen anderer zu kümmern. Vielleicht, weil meine eigene Zeit so knapp wird. Ich merke, dass mir vieles nicht mehr so wichtig ist, so als würde das Herz mit zunehmendem Alter abstumpfen. Wie alles andere nutzen sich auch die Gefühle ab. Die Wut kühlt sich ab, die Zuneigung lässt nach, das Mitgefühl verkümmert. Das Tosen der Welt erreicht uns nur noch aus der Ferne – das leise Echo eines Lebens, das uns nichts mehr angeht. Die Sorgen der anderen lösen sich im dichter werdenden Nebel unseres Daseins auf, dringen immer weniger zu uns durch. Die Leute sterben, leiden, weinen, und wir denken nur noch daran, uns selbst zu retten. Man möchte sich nicht im Spiegel des Alters sehen, den uns die anderen hinhalten, die weniger Glück hatten als wir. Also wendet man den Blick ab und konzentriert sich wieder auf sein überschaubares Dasein, zwingt sich zu vergessen, dass auch man selbst auf das Ende zusteuert.

Donnerstag, 5. November

Heute Nacht habe ich mich köstlich amüsiert. Ich weiß nicht genau, wie spät es war, ich war aufgewacht und konnte nicht mehr einschlafen, wie meistens. Da ich keine Lust hatte, die Augen zu öffnen, habe ich nicht den Fernseher eingeschaltet, sondern das Radio. Am Morgen hatte ich beim Ankleiden auf der Fünf eine Geschichtssendung gehört, und als ich das Radio jetzt einschaltete, war der Sender immer noch eingestellt. Was sie erzählt haben, war so interessant, dass ich sogar gegen den Schlaf ankämpfen musste. Ich muss trotzdem einige Stellen verpasst haben, denn ich habe nicht alles verstanden … Es ging um Griechenland. Ein Historiker sprach über ein Stück von Aristophanes, das *Lysistrate* heißt. Also, ich kann Ihnen sagen, was die da erzählt haben, hätte jede noch so alte Frau wach gehalten! Als ich eingeschaltet habe, erzählten sie gerade, wie die Frauen, angeführt von dieser Lysistrate, einen «Sexstreik» angeordnet hatten, um den Peloponnesischen Krieg zu beenden! Grob zusammengefasst ging es darum, ihre Männer zu verführen, ohne ihren Wünschen nachzugeben. Sie wollten mit ihnen schlafen? Gut, aber zuerst mussten sie Frieden schließen. Eigentlich gar nicht so dumm. Jede musste einen Eid schwören, wovon ich lediglich Bruchstücke behalten habe: «Nie soll ein Buhler noch ein Ehemann – mir nah'n mit steifer Rute.» So, so … «Und wenn er mit Gewalt mich zwingen will, verderb' ich ihm den Spaß, bemüh' mich nicht (oder etwas in der Art), streck' auch zur Decke nicht die Perserschuh' – spiel' nicht die Löwin auf der Käseraspel.» Herr im Himmel! Was sollte das denn heißen? Die Stellung der Löwin auf der Käseraspel? War das wirklich mein geliebter Kanal fünf? Sie wiederholten noch mehrmals mit vollem Ernst die Stelle mit der Käseraspel und brachten sie wie selbstverständlich in Zusammenhang mit der Liebe. Ich musste wirklich einen Teil der Sendung verpasst haben.

Ich weiß schon, dass ich beim Thema Beischlaf nicht mehr ganz auf dem Laufenden bin, aber was an diesem gewöhnlichen Küchenutensil Frivoles dran sein soll, kann ich mir beim besten Willen nicht vorstellen. Es folgten noch weitere Ausschnitte dieses merkwürdigen Theaterstücks, und ganz in der Tradition des antiken Griechenlands waren die Frauenrollen von Männern besetzt. Da ich vom Schlaf noch ziemlich benebelt war, brauchte ich eine Weile, bis ich begriff, dass es sich bei diesem Herrn, der die Frauen zur Revolte anstiftete, um Lysistrate handelte. «Da ein Mann die Worte spricht, wirken sie noch viel weiblicher», hatte der Historiker, der sich in der Sache gut auszukennen schien, an dieser Stelle angemerkt. Wäre es nicht eine griechische Komödie gewesen, wäre mir das Ganze spanisch vorgekommen. Wie dem auch sei. Und obwohl sich mir ihre erotische Seite immer noch nicht erschließt, wird meine Käseraspel für mich nie wieder dieselbe sein …

Freitag, 6. November

Schon seit Tagen klingelt die Marcelle nicht mehr bei mir, trotzdem halte ich die Tür den ganzen Tag verschlossen. Allmählich mache ich mir Sorgen. Heute Morgen bin ich zu Fernand gegangen, als er den Boden in seinem Gemüsegarten aufgelockert hat. Er erzählte mir, dass er jetzt zweimal absperre, wenn er das Haus verlässt. Es war die einzige Lösung, die ihm eingefallen war, damit die Marcelle mich nicht um Zucker anbettelt. Gute Güte, die Marcelle eingesperrt in ihrem Haus … Was sie darüber wohl denkt?

Samstag, 7. November

Als ich gegen halb zwei im Büro saß, in aller Ruhe meinen Kaffee trank und die Sonnenstrahlen genoss, die auf meinen Sessel fielen, hörte ich plötzlich, wie ein Auto näher kam und sogar vor dem Haus zu halten schien. Die Briefträgerin? Sie war heute schon da gewesen. Eine Tür fiel ins Schloss, dann noch eine und noch eine, Stimmengewirr und … Gebell. Ach du liebe Zeit! Meine Tochter, ihr Mann, die Kinder und der Hund … Ich hatte sie völlig vergessen. Ich trat auf die Treppe und gestand ihnen kleinlaut, dass ich ihren Besuch übers Wochenende vergessen hatte. Resigniert ließ meine Tochter die Arme sinken. «Dabei hatte ich dir noch gesagt, du sollst es dir aufschreiben …» Das stimmt. Aber nachdem wir aufgelegt hatten, war es mir schon wieder entfallen. «Du wirst immer vergesslicher …»

Ich weiß nicht, ob das richtig ist oder ob ich nicht schon immer ein wenig zerstreut war. Vielleicht wird mein Gedächtnis einfach auch wählerischer, sodass es nur das Wichtigste behält. Aber auf der anderen Seite: Was sollte wichtiger sein als zwei Tage mit meiner Tochter und meinen Enkelkindern?

Meine Tochter will mir einen großen Kalender für die Küche kaufen, auf dem ich alles notieren kann: wer wann kommt und wieder fährt, Einladungen, Besuch, Geburtstage … In Amerika hat das anscheinend jeder, sogar die jungen Leute. Ob sie das nur zu meiner Beruhigung sagt? Um mir nicht das Gefühl zu geben, ich sei verkalkt?

Dabei gibt es immer noch vieles, was ich nicht vergesse. Die Definitionen von Monsieur Laclos, die Wörter, die beim Scrabble besonders viele Punkte einbringen, das Periodensystem, die Bridgeregeln – sogar die neueren – und auch die Regeln anderer Spiele wie Mah-Jongg oder Canasta, jede Menge Kochrezepte und vor allem ganze Seiten, die ich in der Schule auswendig lernen musste, Gedichte, Theaterstücke und Lieder, die mir meine Mutter oder meine Großmutter vorgesungen haben …

Um mein Gedächtnis zu trainieren oder um besser einzuschlafen, sage ich mir oft ganze Gedichtzeilen von Corneille auf:

O Wuth! Verzweiflung! O du feindlich Alter!
Lebt' ich so lange nur, beschimpft zu sein?
Und bleichten Schlachtenmühn mein Haar nur, daß ich
An Einem *Tag' seh' so viel Lorbeern welken?*

Gott, ist das schön … Warum lernen sie das heute nicht mehr in der Schule? Um welches Vergnügen bringt man die Kinder dadurch! Was werden sie sich einmal aufsagen, wenn sie alt sind? Wissen sie wenigstens, wer Corneille ist, haben sie *Der Cid* gelesen? Mit zwölf verging ich vor Sorge um Chimene, mein Herz schlug für Rodrigo, «Rodrigo, hast du Muth?», ich durchlebte ihrer beider Qualen, mit Tränen in den Augen rezitierte ich die langen Monologe, in denen die Liebe und die Ehre gegeneinander antreten und sich bis aufs Messer bekämpfen … «du zeigtest dich, Indem du mich verletztest meiner würdig, Ich muß durch *deinen* Tod dein werth mich zeigen.» «Und ehrenvoll sagt mein freiwill'ges Sterben, Daß ich nur Euch Genugthuung konnt' geben …»

Oder von Racine:

Dich fliehen
War mir zu wenig. Ich verbannte dich!

Gehässig, grausam wollt' ich dir erscheinen;
Dir desto mehr zu widerstehn, warb ich
Um deinen Haß – Was frommte mir's! Du haßtest
Mich desto mehr, ich – liebte dich nicht minder.

Phädra … Ich habe Tränen in den Augen …

Ich habe auch noch ein paar Deklinationen aus dem Lateinischen behalten. *Dominus, domini, domino, dominum, domino, domine.* Oder *puer, pueri, puero, puerum, puero, puer* … Und natürlich den Nasenmonolog.

Beschreibend: «Felsgeklüfte, Berg und Tal,
Ein Kap, ein Vorland, eine Inselgruppe.»
Neugierig: «Was ist in dem Futteral?
Ein Schreibzeug oder eine Zuckerzange?»
Anmutig: «Sind Sie Vogelfreund, mein Bester,
Und sorgten väterlich mit dieser Stange
Für einen Halt zum Bau der Schwalbennester?»
Zudringlich: «Wenn Sie Tabak rauchen
Und ihr der Dampf entsteigt zum Firmament,
Schreit dann die Nachbarschaft nicht laut:
‹Es brennt›?»

Zweimal habe ich mir Cyrano in der Comédie Française angesehen. Beim ersten Mal war ich gerade fünfzehn. Beim zweiten Mal verheiratet und hatte Kinder. Was war ich verliebt in Jean Piat. Wenigstens dieses Stück haben meine Enkelkinder noch in der Schule durchgenommen, und sie haben den berühmten Monolog auswendig gelernt. Es ist noch nicht alles verloren …

Sonntag, 8. November

Heute Morgen hat mich mein Schwiegersohn netterweise zur Kirche gefahren, während meine Tochter und die Kinder noch schliefen. Ich hoffe, dass sie nicht vergisst, das Perlhuhn in den Ofen zu schieben, das ich gestern aus der Gefriertruhe geholt habe. Wir haben auch Toinette und Gilberte gesehen, nach der Messe aber nicht auf sie gewartet, sondern sind schnell zum Bäcker gefahren, bevor er zumacht. Auf der Fahrt habe ich mit meinem Schwiegersohn geplaudert. Ich unterhalte mich gern mit ihm. Er ist eher bedächtig, hat Köpfchen und kennt sich mit vielen Dingen aus.

Am Nachmittag musste mein Enkel für die Schule etwas über den Zweiten Weltkrieg vorbereiten. Er stellte mir eine ganze Reihe von Fragen und war platt, dass ich zu einer Zeit gelebt habe, die in seinem Geschichtsbuch vorkommt. Schade, dass sein Großvater nicht mehr da ist, der hätte ihm eine Menge erzählen können! Er hatte sogar ein «Kriegstagebuch» geführt, wie er es nannte, über einen Krieg, der für ihn nicht länger als zwei Wochen gedauert hatte, da sein Regiment sehr schnell den Rückzug antreten musste … Danach hatte er ein recht ruhiges Leben in der freien Zone gehabt.

Für mich war der Krieg eine Zäsur. Ich hatte fast alle Freundinnen aus dem Pensionat verloren, denn viele hatten Paris 1940 auf der Flucht vor den Deutschen verlassen und waren nicht zurückgekehrt. Ich sollte sie nie wiedersehen. Kurz nach Kriegsende hatten mich meine Eltern bei Madame Ketterer angemeldet, einer Sekretärinnenschule für junge Mädchen aus gutem Hause. Dann habe ich René kennengelernt, und wir haben geheiratet. Ich war damals vierundzwanzig. Wenige Monate nach unserer Hochzeit starb mein lieber Schwiegervater an einem Herzinfarkt, und wir sind hierhergezogen, in ein Leben, auf das ich überhaupt nicht vorbereitet war. Ich hatte nichts von einer Bäuerin an mir, war ängstlich, gleichzeitig langweilte ich mich. Da ich meine Schwiegermutter nicht mochte, war das Zusammenleben alles andere als einfach. Ich dachte schon, ich würde mich nie im Leben daran gewöhnen. Die Leute von hier waren so anders als in Paris. Paris zu verlassen, meine Familie zu verlassen, für ein einsames Leben in der Provinz – das war schmerzhaft. In den ersten Jahren fuhr ich drei- oder viermal pro Jahr zu ihnen, um Zeit in Paris zu verbringen und meine Freunde aus der Besatzungszeit wiederzusehen. Doch nach und nach tat die Entfernung ihre Wirkung, und die Wunde heilte zu.

Das Leben hier bot keinen großen Komfort. Zum Waschen hatten wir nur einen Waschraum mit fließend kaltem Wasser, einen Krug und eine Schüssel aus Steingut, die auf einem Tischchen stand. Für warmes Wasser mussten wir nach unten in die Küche gehen und es auf dem Herd, den wir mit Kohle aus der Grube in Bert befeuerten, in einem Topf erhitzen. Meine Schwiegermutter hingegen hatte ein Badezimmer mit Wanne und Gasboiler, den man mit einem Streichholz anzündete. Großzügigerweise gewährte sie uns pro Monat ein Bad. Damals bezogen wir das Wasser noch nicht aus der Stadt, sondern aus einer Quelle, die unter der Kuhwiese verlief. Eine Rohrleitung beförderte es an die Oberfläche und in einen riesigen Tank auf dem Dachboden, von wo aus ein kompliziertes Röhrensystem das Wasser zu den Wasserhähnen leitete. Im Winter fror die Rohrleitung draußen zu, und wir hatten kein Wasser mehr. Dann mussten wir das Wasser aus dem Brunnen beim Bauernhof holen und uns Reserven anlegen, bis es wieder wärmer wurde. Jahrelang haben wir das Brunnenwasser getrunken, bis wir erfuhren, dass es nicht als Trinkwasser geeignet war …

Meine Schwiegermutter ließ es sich gutgehen und rührte keinen Finger. Bis zu ihrem 18. Lebensjahr hatte sie mit ihren Eltern in Hongkong ein angenehmes Leben geführt, mit Dienstboten und Köchen. Sie war und blieb ein verwöhntes Kind. Den ganzen Tag lang häkelte sie scheußliche Westen und trank literweise Grüntee aus Messingschälchen, eingehüllt in ihre Tücher am warmen Holzofen, auf dem sie ihr Wasser heiß machte. Abends vor dem Zubettgehen schmierte sie sich Butter ins Gesicht. Sie riet mir ebenfalls dazu, so bekäme ich keine Falten. Und es stimmt, bis zu ihrem Tod war ihr Gesicht zwar gelblich, aber glatt wie ein Klumpen Butter. Wenn man ihr Küsschen gab, roch es ranzig.

Auch acht Monate nach unserer Hochzeit war

ich immer noch nicht schwanger. Meine Mutter ging jeden Tag verzweifelt zur Kirche Saint-François-de-Sales, um eine Kerze für die Heilige Mutter Gottes anzuzünden, damit sie mir ein Kind schenke. Ihre Bitten wurden erhört, ein Jahr später war ich Mutter eines kleinen Jungen. Mein Sohn wurde in unserem Schlafzimmer geboren. René musste draußen bleiben, während ich auf dem Bett lag und auf das Kind wartete, das nicht kommen wollte, den müden Blicken der Hebamme ausgesetzt, die nichts tun konnte, und meiner Schwiegermutter, die seufzte: «Nun mach schon, Mädchen, streng dich ein bisschen an ...»

Am Tag nach der Geburt war meine Mutter aus Paris gekommen. Nach ihrer Abreise fühlte ich mich mit dem Baby ganz allein. Ich kannte niemanden, ich hatte ja noch keine richtigen Freundinnen. Drei Tage die Woche fuhr René in aller Herrgottsfrühe mit dem Fahrrad ins Büro, das er dicht an der Nationalstraße von einer Frau aus Lapalisse gemietet hatte, und kam erst spätabends nach Hause.

Tagsüber war mein kleiner Junge meine einzige Gesellschaft. Als er fünf Jahre alt war, beschloss ich, ihm das Lesen beizubringen. Damals kaufte ich die Lesefibel, die ich Jahre später für seine

Schwester wieder hervorholen sollte. Jeden Morgen nach dem Frühstück setzten wir uns an den Tisch in unserem Zimmer, dicht an den Ofen. So schön meine Erinnerungen an diese Stunden mit meiner Tochter sind, mit meinem Sohn endeten sie immer im Streit: Es war einfach nichts zu machen, dieses Kind würde nie kapieren, dass B und A zusammen BA ergeben. Ich raufte mir die Haare. Wie konnte man ein B und dann ein A hören, bbb … a und die beiden Laute nicht zu einem ba verbinden? Am Ende wurde ich wütend, und er weinte. Das war für gewöhnlich der Moment, in dem meine Schwiegermutter ins Zimmer stürmte, «alarmiert von den Schreien des armen Kindes». Ich war selbst nicht weit davon entfernt, vor Wut in Tränen auszubrechen. Sie würde mich noch in den Wahnsinn treiben. Übrigens hatte sie ein besonderes Talent dafür, genau dann ins Zimmer zu platzen, wenn es gerade überhaupt nicht passte. Sie klopfte an die Tür und trat, ohne abzuwarten, herein. Es war ihr egal, ob ich gerade nackt war oder ob René und ich im Bett lagen. Wie oft hatte sie uns beide in einem intimen Moment gestört …

Ich träumte von einem Riegel. Ihre ständigen Übergriffe, ihr theatralisches Gehabe, ihre Launen und Anfälle machten uns das Leben schwer und schafften es, einen Keil in unsere Beziehung zu treiben. Noch dazu war sie ständig beleidigt. Und sie hatte es sich zur Gewohnheit gemacht, im ganzen Haus kleine Zettel zu verteilen: Mit einer Schnur befestigte sie an den Türgriffen Hinweisschilder mit Befehlen, Verboten und Unterlassungsaufforderungen: «Bitte unter gar keinen Umständen stören», «Bitte die Tür GESCHLOSSEN halten!», «Baden verboten!», «Heute nicht den Herd benutzen». Wenn sie schlechte Laune hatte, kam es sogar vor, dass sie sich in ihrem Zimmer einschloss. René trommelte dann gegen die Tür, aber sie wollte nichts von ihm wissen. Sie stritten sich ständig, und es gab viel Schreierei. Mir kam es vor, als wäre ich in einem Irrenhaus gelandet. Bei meinen Eltern war es immer ruhig gewesen, niemals hatten sie die Stimme erhoben.

Auch mein Sohn bekam Wutanfälle, manchmal brüllte er eine Stunde lang wie am Spieß. Nach kurzer Zeit hielt ich das Geschrei nicht mehr aus. Dann packte ich ihn am Arm und führte ihn in den Gemüsegarten. Dort ließ ich ihn bei der Wäscheleine stehen und sagte nur: «Wenn du fertig bist mit Heulen, kannst du wiederkommen.» Ich kehrte zu meinen Töpfen oder meinem Strickzeug zurück, er brüllte weiter. Eine Viertelstunde später sah ich ihn kommen. Er weinte nicht mehr. Seine Wangen waren rot und nass, der Rotz lief ihm aus der Nase, aber er verkündete: «Ich bin fertig.» In dem Moment bekam ich schreckliche Schuldgefühle und drückte ihn ganz fest an mich.

Mit sechs Jahren konnte er einigermaßen lesen, und wir beschlossen, ihn zu Hause zu unterrichten. Das ersparte uns die Fahrerei, und ich hatte eine Beschäftigung. Ich schrieb ihn für einen Fernkurs ein. Jeden Morgen nach dem Frühstück und der Morgentoilette gab ich ihm Unterricht. Wir übten Lesen, Schreiben, Rechnen. In der zweiten Klasse kamen noch Naturwissenschaften, Geschichte und Erdkunde dazu. Nachmittags durfte er mit seinen kleinen Autos spielen. Er zog Straßen in den Kies, so tief, dass er auf die Erde darunter stieß, was meine Schwiegermutter zur Verzweiflung trieb, weil sie es nicht ertragen konnte, dass er ihren Hof «verwüstete». Wir kauften ihm einen kleinen Rechen. Kurz vor dem Abendessen sammelte er die Autos, den Betonmischer und die anderen Lastwagen in einem Eimer ein und machte sich, ohne zu heulen, daran, alles, was er vorher gebaut hatte, gewissenhaft zu zerstören.

Ab der Sechsten schickten wir ihn aufs St.-Dominique in Vichy. Er stand in aller Herrgottsfrühe auf, René nahm ihn mit nach Lapalisse, von dort fuhr er mit dem Schulbus weiter. Er kam erst am späten Nachmittag mit seinem Vater zurück. Ab da vergingen meine Tage langsamer. Mir war langweilig. Um dem Alltag zu entfliehen, las ich. Ich verschlang die *Angélique*-Bände. Was war ich verliebt in Joffrey de Peyrac! In meiner Phantasie malte ich mir ein bewegtes Leben aus, in meinen Träumen war ich die Marquise des Anges, von Piraten gefangen genommen und an den Großwesir verkauft … Leider hatte René nichts von einem Rescator. Als Schiff diente ihm ein verbeulter, alter Citroën, als Flagge das Markenzeichen seiner Firma – eine gelbe Biene auf schwarzem Grund –, der Schauplatz seiner Abenteuer waren die Bauernhöfe der näheren Umgebung.

Wenn ich daran denke, dass das alles gut sechzig Jahre zurückliegt, wird mir ganz schwindlig. An manches kann ich mich kaum noch erinnern, ich schaffe es nicht, mir die Gesichter von Menschen ins Gedächtnis zu rufen, die mir einmal sehr nahe waren. Selbst meine Eltern sind nur noch Schemen, ihre Stimmen verschwinden. Meine Jugend sehe ich nur noch ganz verschwommen. Die Farben verblassen, meine Vergangenheit ist ein verwässertes Aquarellbild. Ein Name, der mir entfällt, eine Erinnerung, die zerbricht, ein Datum, ein Alter … In diesen Momenten wird mir das Leben schwer, wenn ich merke, wie mir meine Eltern, ein Onkel, eine Tante, eine Cousine, eine frühere Freundin fehlen. Ich habe niemanden mehr. Niemanden, der mir ein Bild, einen Vornamen, einen Ausspruch, einen Ort bestätigen könnte … Niemanden, zu dem ich sagen kann: «Erinnerst du dich noch?» Ich stehe ganz alleine da mit meinem unzuverlässigen Gedächtnis und den vergilbten Fotos. Allein mit dem Vergessen.

Montag, 9. November

Ich muss mich zusammenreißen. Die gedrückte Stimmung von gestern Abend, die Rückkehr in eine nicht sehr rosige Vergangenheit, in der ich gerade mal ein Drittel meines Lebens hinter mir hatte, diese turbulenten Jahre (die einem anschließend durchaus glücklichen Leben vorausgingen) tun mir nicht gut. Ich sollte öfter rausgehen, mit dem Auto losfahren, nicht zulassen, dass der November von mir Besitz ergreift. In meinem Alter kann das Grau im Kopf fatale Folgen haben. Jeder Arzt kann das bestätigen: Die, die am längsten leben und in allerbester Verfassung sind, sind die, die das Leben in rosigem Licht sehen. Ich bin mir nicht sicher, ob ich unendlich lange leben will, aber gern wäre ich bis zum Schluss fit.

Ich sollte nach Vichy fahren. Ich liebe Vichy. Dort ist viel los, die Stadt hat ein kleines Heilbad, die Straßen sind belebt, und es gibt sehr schöne Cafés, vollbesetzt mit älteren Damen, wo man köstliche Kuchen in einer Atmosphäre von früher essen kann. Man wird nicht an den Krieg und seine Gräuel erinnert, wenn man durch die Straßen spaziert, und über dem Stadtteil mit den Parkanlagen schwebt nicht der Geist eines Laval oder Pétain – die meisten Herrschaftshäuser stehen ohnehin nicht mehr. Die Stadt ist in einer weiter zurückliegenden Epoche steckengeblieben, in der man immer noch das Parfüm der Madame de Sévigné riechen kann. Vor allem aber erinnert Vichy an Napoleon III., an die Belle Époque und die dreißiger Jahre. In der Galerie der Thermalquellen hat man das Gefühl, jeden Augenblick auf elegante Damen in langen Kleidern stoßen zu können, die sich mit einem Becherchen in der Hand ihr Heilwasser abholen.

In Vichy gibt es ein großes Freizeitangebot, man findet dort ein Kasino, eine Jugendstil-Oper, ein paar Museen, eine Mediathek und sogar ein Observatorium, in dem man etwas über Wanderfische erfährt! Ich muss zugeben, dass es mich nicht sonderlich reizt, Lachsschwärme durch eine Scheibe hindurch zu beobachten, aber anscheinend finden sich auch hierfür interessierte Besucher. Dafür liebe ich es, im Sommer in einem der Lokale am Ufer des Allier zu Mittag zu essen, nahe beim Sandstrand und den Tretbooten. Vichy ist eine Zuckerstadt, überall riecht es nach Bonbons. Ich glaube, ich kenne keine andere Stadt, in der es so viele Süßwarenläden gibt! Einer von ihnen, «Les Marocains», wurde sogar unter Denkmalschutz gestellt.

Die Jahre, die wir in Vichy gewohnt haben, habe ich sehr genossen. Wir zogen in die Stadt, als unsere Tochter in die erste Klasse kam, und blieben dort, bis sie zum Studium nach Paris ging. Wir fanden eine kleine Wohnung mit Blick auf den Lac d'Allier, in der sich René ein Büro einrichtete. Seine Mutter hatte einen Weg gefunden, den Winter in unserer Nähe zu verbringen, indem sie während der rauesten Monate nach Vichy kam. Glücklicherweise hatten wir nicht genug Platz, um sie zu beherbergen. Also nahm sie sich ein Zimmer im Lugdunum, einem kleinen Hotel im Zentrum. In einem dieser Winter holte der liebe Gott meine

Schwiegermutter zu sich. Bevor sie mit der Nadel im Po beerdigt wurde, legten wir sie auf mein Bett, was mich gar nicht begeisterte.

Ins Kino oder in die Oper gehe ich nicht mehr häufig, aber ich besuche sehr gern Lesungen. Jeden Monat kommt ein Autor nach Vichy. Letztes Jahr in etwa um dieselbe Zeit war ich zusammen mit Toinette bei einer Lesung unseres heißgeliebten Jean d'Ormesson. Es war ein Riesenaufwand, man musste Wochen im Voraus reservieren. Toinette war aufgeregt wie ein Huhn. Sie ist sehr keck und hatte ihm vor ein paar Jahren einen Brief geschrieben, auf den er sogar geantwortet hatte. Dann schrieb sie ihm noch einen und noch einen … Und nun machte sie die Vorstellung, ihn in Echt zu treffen, ganz verrückt. Am Tag X warf sie sich in Schale. Ich lief nicht Gefahr, ihr den Rang abzulaufen, ich hatte schlecht geschlafen, sah müde aus, und da ich nicht den Elan hatte, zum Friseur zu gehen, lagen meine Haare platt am Kopf an. Wir hatten beschlossen, mit einem Auto zu fahren und eine Stunde vorher da zu sein, um gute Plätze zu bekommen. Als wir zum Eingang kamen, stand dort schon eine lange Warteschlange. Alles war sehr gut organisiert: Wir zeigten unsere Tickets vor, dann ging es an einem Tisch vorbei, auf dem sich Bücher stapelten, die wir nur noch zu kaufen brauchten, die Kasse befand sich direkt daneben. Als der erwartete Gast eintraf und flott und beschwingt wie ein junger Mann den Saal durchquerte, kam es fast zu Krawallen. Das Publikum bestand in der Mehrzahl aus alten Weibern wie uns, und jede Einzelne schien zu allem bereit, um einen Blick aus seinen blauen Augen zu erhaschen. Zum Schluss mussten wir uns wieder in eine Schlange einreihen, dieses Mal, um die Bücher signieren zu lassen. Toinette war ganz aufgeregt. Ich glaube, sie hatte sogar eine kleine Rede vorbereitet, um sich vorzustellen und ihn an ihre flammende Korrespondenz zu erinnern. Doch alles war umsonst. So etwas wie Intimsphäre war nicht gegeben. Wie im Gesundheitszentrum in Lapalisse warteten wir brav hinter einer weißen Linie auf dem Boden, bis wir an der Reihe waren. Ein Assistent war zwischengeschaltet. Nachdem er sich nach unseren Namen erkundigt hatte, nahm er das Buch entgegen, schlug es auf der richtigen Seite auf und legte es dem Autor hin. Dieser kritzelte ein paar Worte hinein und reichte das Buch mit einem freundlichen und etwas abgenutzten Danke zurück. Die arme Toinette …

Ich habe mir das Programm, das ich jeden Monat erhalte, angeschaut. Im September habe ich Jean-Marie Rouart verpasst. Der nächste Gast ist ein eingebildeter alter Knacker, der mich nicht interessiert. Macht nichts. Eigentlich sitze ich auch gern zu Hause am Ofen, in meinem blauen Sessel, mit einer Tasse Tee und einem bretonischen Butterkeks.

Dienstag, 10. November

Heute war ein ruhiger Tag. Nach dem Essen habe ich meinen Spaziergang über die Allee gemacht und mir gegen vier eine Tasse Tee gekocht, die ich im Büro am offenen Feuer getrunken habe. Ich habe das Kreuzworträtsel vom Wochenende zu Ende gelöst und ein paar Patiencen gelegt, dabei regelmäßig ein großes Holzscheit nachgelegt. Ich darf nicht vergessen, dem Gärtner Bescheid zu sagen, dass er die Kiste im Eingang wieder auffüllt, es ist fast kein Holz mehr da. Nicht, dass es mir demnächst ausgeht. Es war längst dunkel, da klingelte es plötzlich an der Tür. Ich machte das Fenster auf und fragte, wer da sei. «Die Jäger, Madame Jeanne! Wir haben Ihnen etwas mitgebracht!» Aha, die Jäger … Ich kenne sie kaum, mein Sohn kümmert sich um die Jagdpacht und lädt die Jäger von Zeit zu Zeit auf ein Glas Wein ein. Ich öffne die Tür und bitte sie in den Eingang. Sie sind zu dritt, in khakifarbener Kleidung, das Gewehr über der Schulter. Zum Gruß nehmen sie ihre Schirmmützen ab und reichen mir eine riesige Plastiktüte: «Das ist für Sie. Ein Geschenk. Was ganz Feines!» Ich werfe einen scheuen Blick ins Innere der Tüte, der Inhalt wirkt sehr groß und sehr schwer, was ist das? «Eine Keule, Madame Jeanne, eine schöne Wildschweinkeule!» O Gott … «Sollen wir sie gleich in die Küche bringen?» Sehr gern, ich weiß gar nicht, ob ich sie tragen könnte … Sie stellen die Tüte neben die Spüle, ich bedanke mich so herzlich, wie es mir möglich ist, biete ihnen etwas zu trinken an, was sie höflich ablehnen, dann setzen sie ihre Mützen wieder auf und verschwinden in der kalten Nacht.

Als ich zurück in die Küche gehe, bin ich etwas ratlos. Damit hatte ich nicht gerechnet … Ich hole das große Schneidebrett und lege es auf den Tisch. Unter Aufbietung aller Kräfte hebe ich die Tüte hoch und schaffe es, den Inhalt auf das Holz zu kippen. Ich merke, wie die Übelkeit in mir hochsteigt. Vor mir liegt eine Keule, eine riesige, behaarte, blutverschmierte Keule, am Ende ein Fuß mit zwei großen schwarzen Klauen. Mir wird ganz schummrig, ich setze mich und versuche nachzudenken. Was soll ich nur mit diesem Ungetüm?

Ich rufe Angèle an, ihr Mann ist Jäger, sie muss wissen, was zu tun ist. Und da sie morgen ohnehin kommt, passt das gut … Heute Abend solle ich nichts mehr machen, sagt sie. Höchstens ein Tuch oder etwas Ähnliches für die Nacht darüberlegen. Sie werde sich morgen um alles kümmern. Sie werde die Keule mitnehmen, zubereiten und sie mir verzehrfertig wieder zurückbringen. Ich bestehe darauf, dass sie auch etwas für sich und ihren Mann behält. Ohnehin kann ich nicht alles allein essen, ich weiß nicht einmal, ob mir Wildschwein überhaupt mundet … Vermutlich wird alles in Stücke zerteilt in der Kühltruhe enden, und dafür muss ich Platz schaffen.

Das Kaminfeuer im Büro ist beinahe erloschen. Es lohnt sich nicht, es erneut anzufachen, dafür ist es schon zu spät, und ich bin müde. Was das Abendessen angeht, lieber sterbe ich, als dass ich neben diesem Stück Schwein etwas esse. Wer schläft, hungert nicht, heißt es, und so stelle ich den Ofenschirm vor den Kamin, schließe die Innenläden, mache die Lichter aus, verriegele die Haustür und gehe ins Bett.

Mittwoch, 11. November

Heute ist «Armistice», der Tag des Waffenstillstands von 1918. In meiner Kindheit war das ein ganz besonderer Tag. Wir hatten schulfrei. Frühmorgens holte mich mein Vater im Pensionat ab. Mein kleiner Bruder stand schon bereit. Meine Mutter hatte für mich einen Rock und eine Bluse zurechtgelegt, beides frisch gebügelt. Dann steckte mir mein Vater entweder eine Mohnblume oder eine Kornblume, was immer er finden konnte, ins Haar und meinem Bruder eine ins Knopfloch seines marineblauen Blazers. Anschließend ging es zum Triumphbogen, wo die Gedenkfeierlichkeiten stattfanden. Damals hatten wir noch keinen Fernsehapparat, man musste selbst hingehen, um die Paraden zu sehen. Während der Besatzungszeit durften wir die deutsche Niederlage nicht mehr feiern. Also feierten wir sie zu Hause, mein Vater holte eine Fahne heraus, und wir legten im Wohnzimmer eine Schweigeminute ein. Danach zählte mein Vater die Namen seiner in den Schützengräben gefallenen Kameraden auf.

Heute sehe ich mir die Feierlichkeiten im Fernsehen an. Die Blaskapelle und die Trommelwirbel versetzen mich in eine weit zurückliegende Zeit. Ich sehe mich selbst, wie ich auf den Champs-Élysées stehe, an der Hand meines Vaters, und wir den Militärmärschen *Sambre et Meuse* und *En passant par la Lorraine* lauschen.

Zu Beginn des Krieges war mein Vater, ein guter Reiter, den Dragonern zugeteilt worden. In den Fotoalben aus der Zeit sieht man ihn, wie er elegant auf seinem Pferd sitzt. Dann ließ er sich zu den Gebirgsjägern versetzen. Er wollte möglichst dicht an die Gefechte heran. Hinterher hat er das Kriegsverdienstkreuz erhalten, und ich habe das kleine Schriftstück, das ihm gute Führung bescheinigt, ein bisschen wie ein Schulzeugnis (nur dass es ein Kriegszeugnis ist), aufbewahrt. Bloß weiß ich nicht ganz genau, wo es heute ist.

Wenn es darum ging, sein Land zu verteidigen, kannte mein Vater keine Angst. Er war bereit, sein Leben für Frankreich zu geben. Erst im hohen Alter wurde er müde und schwach. Mit schlurfendem Gang, schwacher Stimme und verlorenem Blick näherte er sich dem Ende, zitternd zwar, aber nicht vor Angst. Zwei Jahre nach dem Tod meiner Mutter erlag er der Parkinson-Krankheit.

Donnerstag, 12. November

Manchmal denke ich daran, wenn ich abends das Licht lösche: dass ich vielleicht nicht wieder aufwache. Dass der Tag ohne mich anbricht. Ich glaube, so zu sterben würde mir gefallen, im Schlaf, mitten in einem Traum. Das hieße auch, dass man mich nicht sofort finden würde. Es sei denn, es passierte an einem Mittwochabend, dann würde meine Angèle sich wundern, dass ich ihr nicht die Tür öffne. Oder an einem Sonntag, Gilberte wäre überrascht, mich nicht in der Messe zu sehen, sie würde versuchen, mich anzurufen, und sich schließlich Sorgen machen.

Freitag, 13. November

Heute Morgen kam zusammen mit dem *Figaro* ein Brief von Abbé Pierre. Jedes Jahr spende ich etwas an Vereine, an Stiftungen, für Benachteiligte, die Forschung, gegen den Hunger … Ich habe auch Patenkinder am anderen Ende der Welt, die ich nie kennenlernen werde. Mir haben sie es zu verdanken, schreiben sie, dass sie die Schule besuchen oder ein Studium absolvieren können. Das freut mich, so fühle ich mich noch ein wenig nützlich. Man hört so oft, dass wir Alten zu nichts mehr zu gebrauchen sind, dass wir der Gesellschaft zur Last fallen. Daher versuche ich, diese Last so gut es geht zu verringern. Ich gebe zwei, drei Leuten Arbeit, meiner Angèle, meinem Gärtner … Dem Doktor weniger, ich bin bei guter Gesundheit, aber er ist auch nicht auf mich angewiesen, um seinen Lebensunterhalt zu verdienen. Auch dem Zahnarzt nicht, denn ich habe immer noch alle Zähne, und sie machen mir selten Ärger. Lange Zeit habe ich einmal wöchentlich die Bewohner des Altersheims in Le Donjon besucht, aber das habe ich eingestellt, weil dort mittlerweile alle jünger sind als ich … Wenn ich also denen behilflich sein kann, die anderen helfen, dann mache ich das. Mit zunehmendem Alter gebe ich immer weniger Geld aus, ich habe keine großen Bedürfnisse mehr, unternehme keine aufwendigen Reisen und gehe nur noch selten ins Restaurant, ins Kino oder ins Theater. Meine Lebensmittel kosten mich nicht viel, das Gemüse kommt überwiegend aus dem Garten, und ich kaufe niemals Fleisch für mich allein. Die größten Ausgaben neben den notwendigen Lebensmitteln aus dem Supermarkt, meiner Angèle und dem Gärtner sind die Versicherungen, die Telefonrechnung und das Heizöl. Meine Kleidung kostet auch nicht viel. Dann gibt es jetzt also eine Spende für Abbé Pierre. Ich schicke das «Soforthilfeformular» zusammen mit einem Scheck zurück, den ich zuvor über 100 Euro ausgestellt habe. Außerdem lasse ich dem Pfarrer jedes Jahr im Februar einen Briefumschlag mit ein paar Scheinen als Kirchgeld zukommen. Nur wenn man mich am Telefon bedrängt, rücke ich nichts heraus. Das finde ich furchtbar. Es gehört sich für mich nicht, sich auf so eine Art Geld zu erschleichen. Mittlerweile antworte ich: «Wenn Sie mich noch ein einziges Mal anrufen, gebe ich gar nichts mehr.»

Samstag, 14. November

Ich kaufe immer dann bei der alten Bonot, wenn ich mich nicht dazu aufraffen kann, zum Carrefour Market nach Lapalisse zu fahren, oder wenn ich keine großen Besorgungen machen muss. Früher fuhr ihr Mann mit seinem Lieferwagen von Haus zu Haus und von Dorf zu Dorf. Der Wagen des alten Bonot war überall bekannt. Man bekam dort alles: Tischwäsche, Brot, Käse, Fleisch, Nähgarn, Glühbirnen, Seife, Waschpulver, Obst und Gemüse … Sobald wir ein einigermaßen verlässliches Auto hatten, mit dem wir zum Einkaufen fahren konnten, kam er nicht mehr bei uns vorbei, es lohnte sich nicht mehr, aber bis vor wenigen Jahren hielt er immer noch bei Fernand. Als der alte Bonot starb, übernahm seine Frau. Sie fährt nicht mehr mit dem Wagen herum. Nachdem der Carrefour geöffnet hatte, war die Nachfrage nicht mehr so groß. Aber sie steht immer noch in allen Dörfern auf dem Markt. Sie hat den besten Saint-Nectaire der Welt, zart, cremig und würzig. Es gibt niemanden, der seinen Käse nicht bei ihr am Wagen oder im Laden kauft. Denn wenn sie nicht in ihrem Wagen steht, betreibt die alte Bonot einen Lebensmittelladen in einem der Nachbardörfer, in Trézelles. Natürlich ist es bei ihr ein wenig teurer als im Supermarkt, aber es ist sehr nett. Man kennt sich, man plaudert ein bisschen, tauscht Neuigkeiten aus und spricht über die Lebenden und die Toten. Ein bisschen wie in alten Zeiten. In ihrem Laden spürt man noch etwas vom Leben auf dem Lande.

Sonntag, 15. November

Mein klingelndes Halsband ist ein einziger Nepp! Diesen Floh hat Toinette mir vorhin ins Ohr gesetzt, als wir aus der Kirche kamen. Sie hat sich gerade etwas viel Besseres zugelegt, das mit dem Handy verbunden werden kann und daher keine Einschränkung in der Entfernung hat. Kaum zu Hause angekommen, knöpfe ich mir das Begleitbüchlein meines Überlebensgehilfen vor. Das verflixte Halsband funktioniert nicht mehr, sobald es mehr als hundert Meter von der Station in meinem Haus entfernt ist! Und von der weiß ich nicht mal, wo sie steht. Das heißt, wenn ich nicht über die Allee, sondern durch den Wald spaziere und hinfalle, könnte ich so oft auf den Knopf drücken, wie ich wollte, mich würde niemand hören! Man würde mich erst Tage später finden, erfroren, verdurstet oder verhungert, wenn nicht schon irgendein Tier mein altes Gerippe verschlungen hätte.

Ich denke, ich werde es in einer Schublade versenken. Es ist wirklich rausgeschmissenes Geld. Mein kleines Handy ist viel nützlicher, wenigstens funktioniert es fast überall.

Montag, 16. November

Es ist lästig, seit kurzem rufen immer wieder Leute bei mir an, die mich zu kennen scheinen, und wollen «sofort» oder «dringend» zurückgerufen werden, obwohl mir ihre Namen gar nichts sagen. Manchmal duzen sie mich sogar, als stünden wir einander sehr nahe. Wer sind diese Leute, und was wollen sie von mir? Eben erst hatte ich wieder eine Nachricht von einem gewissen Pascal, der mich sehr freundlich, aber eindringlich bat, ihn innerhalb der nächsten halben Stunde wegen meiner privaten Haftpflichtversicherung zurückzurufen. Seit Jahren habe ich einen festen Versicherungsvertreter, es ist der Sohn eines Freundes von René, und er heißt ganz sicher nicht Pascal. Ohnehin kümmert sich mein Sohn um meine Versicherungen, ich verstehe nichts davon. Genau wie die Steuer. Schon lange schlage ich mich nicht mehr selbst mit dem Papierkram herum, dafür bin ich zu alt, ich würde nur dumme Fehler machen. Wenn dieser Pascal also etwas so Wichtiges zu meiner Versicherung zu sagen hat, kann er direkt bei meinem Sohn anrufen.

Die ersten Male war ich ganz verwirrt, meistens

riefen sehr junge Leute an, sodass ich stundenlang hin und her überlegte, wer Antoine oder Valérie sein könnte. Ich ging die Vornamen aller Enkel und Urenkel durch, das hat mich ganz verrückt gemacht.

Manchmal klingelt auch mein Handy zweimal und ist dann wieder still. Oder ich gehe ran, und niemand antwortet. So langsam habe ich genug von diesem Ding.

Dienstag, 17. November

Heute Nacht habe ich schlecht geschlafen. Die Sache mit der Versicherung geht mir nicht aus dem Kopf. Und wenn es wirklich dringend war? Ich habe daher heute Morgen meinen Sohn angerufen und ihn gefragt, ob er vielleicht die Versicherung gewechselt hat, was er verneint hat. Dann wollte ich noch wissen, ob ihn ein gewisser Pascal wegen meiner Haftpflichtversicherung angerufen habe, aber er sagte nur, dass niemand angerufen habe und er auch keinen Pascal kenne. Er hat mir erklärt, dass die ganzen Nachrichten nur ein Ziel hätten: Sie wollen, dass man die angezeigte Nummer zurückruft. Das seien Betrüger und sie nutzten gebührenpflichtige Nummern, die man auf keinen Fall zurückrufen dürfe, sonst könne es sehr, sehr teuer werden.

Dasselbe gilt für diese kleinen Briefe. Meine Tochter hat mir gezeigt, wie man sie auf dem Handy liest. Ich hatte ihr einmal diesen vermaledeiten kleinen Briefumschlag gezeigt, der nicht verschwinden wollte, nicht einmal, als ich alle Nachrichten abgehört hatte. Ich dachte, ich hätte eine übersprungen, aber ich konnte noch so oft die 1, 2, 3 wählen, immer wieder sagte die Frau am Telefon: «Es sind keine neuen Nachrichten vorhanden.» Meine Tochter meinte: «Du hast eine SMS erhalten», und sie hat mir erklärt, was das ist. Noch so eine Sache, die ich nicht kannte. Ich hatte keine Ahnung, dass man sich über das Telefon Briefe schreiben kann … Wenn ich einen Brief schreiben will, nehme ich einen Füller und Briefpapier zur Hand und nicht mein Handy. Aber gut, sie hat mir erklärt, wie man die Briefe liest, und wir haben festgestellt, dass sich schon eine ganze Reihe von Nachrichten angesammelt hatten, darunter welche von meinen Enkelkindern von letztes Jahr Januar! «Frohes neues Jahr, Oma! Küsschen, Léa.» Jetzt weiß ich zwar, wie man sie liest, aber ich weiß nicht, wie man sie beantwortet, das ist mir viel zu kompliziert. Man muss zum Beispiel dreimal die 4, dreimal die 2 und wieder zweimal die 4 drücken, nur um «ich» zu schreiben! Fürchterlich! Und jetzt schicken sie mir auf diesem Wege auch noch unverständliche Nachrichten, die besagen, ich solle die und die Nummer anrufen oder irgendwelche komischen Zeichen oder Buchstaben eingeben, um eine Nachricht abzuhören oder eine «MMS» zu öffnen, ohne dass ich weiß, wer mir geschrieben haben könnte … Tja, das sind sicher auch wieder Betrüger. Großer Gott, wo soll das alles bloß hinführen!

Die heutige Zeit macht mich ganz krank, ich komme nicht mehr mit. Wenn mein Kopf überhaupt noch funktioniert, schaffen sie es auf diese Weise bestimmt, alles darin durcheinanderzubringen …

Mittwoch, 18. November

Für heute habe ich meine gute Tat getan, ich habe Odette besucht. Es macht mir zwar keinen großen Spaß, aber manchmal muss man auch Dinge tun, die man nicht so gerne macht … Es ist bestimmt schon über ein Jahr her, seit ich mich zuletzt bis zu ihrem Haus am Ende eines einsamen Sträßchens vorgewagt habe. Viele Leute verirren sich nicht mehr dorthin, sie haben zu viel Angst.

Odette hat Alzheimer. Trotzdem hat sie mich erkannt, glaube ich zumindest … Sie hat immer wieder «Jeanne …» gesagt und dabei gelächelt. Die Frau, die sich um sie kümmert, hat mich ins Wohnzimmer geführt und mir eine Orangeade und nicht mehr ganz frische Kekse serviert.

Ich bin nicht lang geblieben. Odette, die immer so lustig war, bietet einen traurigen Anblick. Als ich mit ihr sprach, schien sie mir zuzuhören, manchmal nickte sie und lächelte dabei. Nach einer halben Stunde wusste ich nicht mehr, was ich ihr noch erzählen könnte und ob es sich überhaupt lohnen würde, noch mehr zu sagen. Ich hatte das Gefühl, dass sie sich immer mehr entfernt. Sie war gar nicht mehr da. Sie nahm mich auch nicht mehr wahr, ihr Blick war plötzlich ganz leer. So als wäre sie ganz in ihrer eigenen Welt, irgendwo zwischen dieser und der anderen, die wir bald kennenlernen werden. Und dorthin, wo sie jetzt war, konnte ihr niemand folgen.

Mir kam es vor, als hätte sie vergessen, dass ich da war, so wie sie zurzeit fast alles vergisst. Als ich sie zum Abschied auf die Wange küsste, bewegte sie wie mechanisch den Kopf, die Augen starr auf dieses Woanders gerichtet, in dem es mich nicht gab.

Ich wäre besser nicht hingegangen, überlegte ich. Mein Besuch hatte überhaupt nichts gebracht. Ihr ging es dadurch nicht besser, und ich fühlte mich hinterher schlecht. Ich habe große Angst, so zu enden wie sie. Davor fürchten wir uns alle.

Im Auto muss ich wieder an den Artikel denken, den ich mir damals beim Friseur ausgeschnitten habe. «Ich hatte nur zwei von zehn Punkten», «Ich hatte nur zwei von zehn Punkten», sage ich mir immer wieder vor, um mich zu beruhigen. Und versuche zu verdrängen, dass es schon fast fünf Monate her war …

Donnerstag, 19. November

Heute Nacht habe ich nur wenig geschlafen. Der Regen hat gegen die Fensterläden getrommelt, und der Wind hat so stark geblasen, dass man es im Kamin richtig laut hören konnte. Als ich die Fensterläden aufmachte, hätte man meinen können, ein Orkan sei über das Land gefegt. Überall lagen abgebrochene Äste, auf dem Rasen, auf dem Kiesweg, auf der Allee, sogar auf der Treppe. Jetzt regnet es nicht mehr, und der Wind hat sich gelegt. Alles ist noch ziemlich nass, doch der Himmel zieht gerade frei, und die Sonne scheint. Der Wind hat selbst die Wolken weggefegt, die gestern so tief am Himmel hingen, dass es einem angst und bange wurde. Ich dachte schon, der Himmel würde mir auf den Kopf fallen.

Wieder einmal werde ich zum Spazierengehen meine alten Stiefel anziehen müssen. Sollte die Allee zu rutschig sein, lasse ich es lieber bleiben. Trotzdem gehe ich nach draußen, ich würde gern die Zweige aufsammeln, die in den Hof gefallen sind. Sobald sie getrocknet sind, geben sie gutes Feuerholz ab, davon kann man nie genug haben. So schnappe ich frische Luft und bekomme ein bisschen Bewegung, auch wenn ich nicht bis zum Ende der Allee gehen sollte. Und außerdem ist dann der Hof ein bisschen sauberer, bis der Gärtner kommt, um die größeren Äste wegzuräumen und zu harken.

Freitag, 20. November

Tja, ich weiß gar nicht, wer jetzt den Hof harken soll. Mein Sohn hat sich nämlich in meine Angelegenheiten eingemischt. Genauer gesagt, in die meines Gärtners. Als dieser gerade im Garten zugange war, hat mein Sohn, der den Gärtner für sehr geschickt hält, ihn damit beauftragt, das Steinmäuerchen auszubessern, das an den Obstbäumen entlangführt, allerdings ohne mir etwas davon zu sagen. Eines Morgens kam der Gärtner plötzlich mit seinem ganzen Krempel an, mit Kellen und Zementsäcken, und machte sich an die Arbeit. Anfangs ging es ziemlich flott, aber dann wurde er immer langsamer. Im Gegenzug hatte mein Sohn ihm das Holz angeboten, das wir zugeschnitten, gehackt und draußen gestapelt hatten, worauf er sich bereitwillig einließ. Nur lag das Holz nach ein paar Monaten immer noch da. Aus Angst, es würde am Ende verrotten, und in der Annahme, der Gärtner wolle es nicht mehr haben, bot mein Sohn es schließlich jemand anderem an. Als der Gärtner in der darauffolgenden Woche wiederkam, um den Gemüsegarten zu machen und die Hecke zu schneiden, verlor er kein Wort darüber.

Er kam nur einfach immer seltener, angeblich war der Boden zu nass, oder seine Schulter schmerzte, und schließlich blieb er ganz weg. Mein Sohn rief bei ihm an, aber er ging nicht mehr ans Telefon. Ich schrieb ihm einen Brief, bekam aber keine Antwort. In meiner Verzweiflung sprach ich mit Angèle darüber, die mir sagte, ihr Mann würde sich sicher über Aufträge freuen und habe Ahnung von Gartenarbeit. Er könnte zumindest die Hecke schneiden und das Gröbste erledigen …

Von meinem gutaussehenden Gärtner habe ich nie wieder etwas gehört, außer einmal über Gilberte. Ihr hat er erzählt, mein Sohn habe das Holz, das er ihm versprochen habe, einem anderen gegeben. Und dann habe Madame Jeanne, ohne ihm Bescheid zu sagen, einen anderen Gärtner beauftragt. Daraus hat er geschlossen, dass er nicht mehr benötigt wurde.

Es ist verrückt, wie empfindlich die Leute auf dem Land sind. Wenn hier etwas nicht so läuft, wie sie es gern hätten, behalten sie es für sich. Ein harmloser Ausspruch oder ein ungeschicktes Wort, schon sind sie gekränkt und machen dicht. Sie sagen einfach nicht, was sie denken. Plötzlich grüßen sie nicht mehr oder bleiben von einem auf den anderen Tag weg, sie rufen nicht mehr an, gehen nicht ans Telefon und beantworten auch keine Briefe. Sie zeigen einem die kalte Schulter, ohne dass man weiß, warum. Manchmal dauert es Monate oder Jahre, bis man zufällig in einer Unterhaltung ein Bruchstück für eine Erklärung erhält. Aber dann ist es zu spät, es gibt keinen Weg mehr zurück. Beim geringsten Fehltritt wird man abgeschrieben, so ist das auf dem Land.

Während mein Gärtner schmollte, fiel das Mäuerchen um den Gemüsegarten immer mehr in sich zusammen. Dafür werde ich mir nun auch noch jemanden suchen müssen. Der Mann von Angèle ist kein Maurer.

Montag, 23. November

Heute Nachmittag gegen fünf Uhr waren Toinette und ich bei Nine. Sie erschien gestern nicht zur Messe und sagt schon seit Tagen, sie fühle sich schlapp und ihr sei wieder übel. Sie sah auch nicht gut aus. Aber es ist ja normal, dass man blass im Gesicht ist, wenn einem der Magen Probleme bereitet. Ich kann mich gut daran erinnern, wie grün René immer wurde, wenn er Bauchschmerzen hatte.

Nine bot uns eine Tasse Tee und Kekse an. Sie fühle sich schon ein wenig besser, sagte sie. Habe gar keine Beschwerden, nur weniger Appetit als sonst, es gebe keinen Grund zur Sorge. Wir scherzten gemeinsam, wollten ihr so gerne glauben. Aber auch wenn es guttat, sie lachen zu sehen, war es ein trauriges Lachen. Man sah, wie sie sich dazu zwang.

Wir blieben ein knappes Stündchen. Als wir aufbrachen, hielt sie uns nicht zurück. Ich glaube, sie war erschöpft. Es ist anstrengend, anderen etwas vorzuspielen.

Zu Hause angekommen, fachte ich das Feuer an, es war noch etwas Glut übrig. Ich klappte den Bridgetisch auseinander, setzte mich hin, hob ab und verteilte die Karten. Nine platzierte ich zu meiner Linken, Toinette zu meiner Rechten und Gilberte gegenüber. Ich gab die Karten aus und machte für jede von uns die Ansagen. Sobald der Strohmann festgelegt war, spielte ich für drei. Das habe ich früher in Vichy oft so gemacht, wenn ich zum Bridge eingeladen hatte: Nachdem alle gegangen waren und es dunkel wurde, zögerte ich den Nachmittag noch ein wenig hinaus, indem ich allein weiterspielte. Ich spielte zwei oder drei Runden und sammelte dann widerstrebend die Karten ein, legte sie zurück in die Holzschatulle und diese in die Kommodenschublade. Dann band ich mir eine Nylonschürze um und bereitete das Abendessen vor, während René die Tische wegräumte und die Aschenbecher leerte.

Nachdem Nine beim Reizen vier Cœur geboten hatte, passten alle anderen. Toinette hatte als Erste Cœur geboten, dadurch war Nine raus. Hätte ich bloß geschummelt.

Dienstag, 24. November

Heute Morgen wurde ich von meinen Tränen geweckt. Ein großer Kummer schien auf mir zu lasten. Es war noch dunkel, vermutlich war es so gegen sechs. Nachdem ich im ersten Moment nicht wusste, wo ich mich befand, kam ich langsam zu mir. Ich knipste das Licht an, wischte mir mit dem Laken die Tränen ab und sah mich um. Meine Mutter war nicht mehr da, ich befand mich auch nicht in der kleinen Wohnung in Vichy, die neben unserer lag und die meine Eltern gemietet hatten. Dort hatte ich sie bis zum Ende betreut.

Meine Mutter war von uns gegangen, nachdem sie monatelang vergeblich gegen einen Leberkrebs gekämpft hatte. Ein richtiger Kampf war es allerdings nicht gewesen, friedlich und vertrauensvoll hatte sie sich Gott ergeben. «Ich habe keine Angst», wiederholte sie immer wieder. Es war nicht so sehr der Gedanke an den Tod oder an die Krankheit, der sie leiden ließ. Nein, was sie am meisten bekümmerte, war die komische Farbe, die ihr Gesicht, ihr schönes Gesicht, angenommen hatte. Es war ganz gelb geworden. Tatsächlich gab es Schlimmeres, als sterben zu müssen, als leiden zu müssen: Das Schlimmste war dieses gelbe Gesicht.

Meine Mutter war noch nicht erkrankt, als ich selbst ganz gelb wurde, einige Zeit nach der Geburt meiner Tochter. Ein Jahr lang hatte ich ständig Gelbsucht. Ich erlitt fürchterliche Anfälle und war ganz abgemagert. Eines Tages traf ich meinen Geburtshelfer in der Galerie der Thermalquellen, er sah mich, riss die Augen auf und rief: «Was ist denn mit Ihnen passiert? Sie sind ja nur noch Haut und Knochen!»

Ich musste operiert werden. Man hatte mir bereits die Polypen rausgenommen (ohne Narkose! Meine Schreie waren angeblich im ganzen Krankenhaus zu hören), die Mandeln und den Blinddarm, nun war die Gallenblase dran. Was René zu dem Ausspruch veranlasste, man hätte ihn reingelegt, seine Frau sei Ausschussware, von minderer Qualität, nach und nach würden alle Teile den Geist aufgeben. Ich wurde also operiert. Damals war die Technik noch nicht so ausgereift wie heute. Der Chirurg war nicht zimperlich, er schnitt beherzt zu, und auf meinem Bauch sind immer noch die Spuren seines Skalpells zu erkennen. Er hat mir mehrere fast schwarze Gallensteine entfernt, die die Größe eines Kieselsteins hatten und die René in einem Marmeladenglas in unserem Schlafzimmerschrank aufbewahrte. Mein Mann zeigte sie jedem und behauptete, es seien meine abgeschnittenen Fußnägel. Denn ich schnitt mir sehr häufig die Nägel. Das mache ich übrigens immer noch, ich habe ganz scheußliche Nägel, stark gewölbt und geriffelt, fast so, als hätte ich kleine Hufe an den Zehen.

Der Arzt hatte mir für nach der Operation ein düsteres Leben in Aussicht gestellt: Ich dürfe all die guten Sachen wie Sahne, Butter oder Schokolade nicht mehr essen und auch keinen Alkohol mehr trinken … Da ich in Vichy lebte, bekam ich Heilwasserkuren verschrieben. Vier Mal am Tag ging ich mit einem Messbecher zu den Quellen und hielt ihn unter den Wasserstrahl. Ich weiß noch, dass die *Source des Célestins* gar nicht so übel schmeckte, nur etwas salzig, das Heilwasser am Krankenhaus jedoch widerwärtig war. Es roch nach Abwasser, und so etwas sollte man dann trinken … Ich hielt mir die Nase zu, um den fauligen Gestank nicht zu riechen. Wenn die Zeit zwischen zwei Gläsern nicht zu lang war, blieb ich im Park, um ein Buch zu lesen. Meistens setzte ich mich auf eine Bank, denn das kostete nichts. Für die Stühle musste man bezahlen. Kaum hatte man sich gesetzt, stand schon die Stuhlfrau mit dem Geldbeutel und den Tickets parat.

Das ist jetzt mehr als vierzig Jahre her. Sehr bald schon aß ich wieder Sahne und Schokolade und trank auch Alkohol, der mir in den Kopf stieg. Ich wurde wieder leicht pummelig, aber nie mehr krank.

Samstag, 28. November

Um diese Jahreszeit ist es hier sehr ruhig. Nichts passiert. Seit dem Kurzbesuch bei Nine sieht es so aus, als hätten sich alle zu Hause am Kamin verkrochen. Schon seit einer Woche ist das Wetter so schlecht, dass man nicht einmal einen

Hund vor die Tür jagen würde, und keine von uns verspürt große Lust, ins Auto zu steigen und über die Landstraßen zu fahren, schon gar nicht, wo es jetzt so früh dunkel wird und ohne Vorwarnung plötzlich alles von dicken Nebelschwaden überzogen ist. Wir ziehen uns also in unsere kuschelige Höhle zurück und halten Winterschlaf, gehen nicht mehr raus. Die Kinder kommen seltener, sie haben viel zu tun. In Paris gibt es keine Jahreszeiten: Egal, wie schlecht das Wetter ist, die Leute gehen aus, laden sich gegenseitig ein, gehen bummeln und ins Kino oder ins Theater. Aber auf dem Land hat dazu keiner Lust, spätestens wenn im Herbst die ersten Blätter fallen, bis im Frühjahr die ersten Sprösslinge wieder hervorkommen, bleiben die Bürgersteige hochgeklappt. Vielleicht vergessen mich meine Kinder zwischendurch auch ein wenig.

Sonntag, 29. November

Was habe ich mir nur dabei gedacht, gestern nach dem Supermarkt das Auto in die Garage zu stellen? Als ich heute Morgen zur Messe nach Le Donjon wollte, gelang es mir nicht, die beiden

Flügeltüren der Garage zu öffnen. Ich habe zwar den Hebel kräftig nach unten gedrückt und dann mit aller Kraft an dem großen Ring gezogen, aber nichts tat sich. Vermutlich steckt die Marcelle dahinter. Fernand und sie sind gestern Nachmittag mit der Ente weggefahren, es war ihr Belote-Tag, und bei ihrer Rückkehr habe ich die Klapperkiste ganz deutlich gehört. Aber warum hatte sie abgeschlossen?

Also ging ich zu Fernand und klingelte an der Tür. Er kam in Filzpantoffeln angehumpelt. Ich müsse mein Auto aus der Garage holen, sagte ich zu ihm. Er rief nach der Marcelle: «Was hast du denn mit dem Schlüssel gemacht?» Sie schien sich an nichts zu erinnern. Dann ging sie ins Zimmer mit dem Telefon und kam mit einem großen Topf zurück, den sie umdrehte, sodass sich sein Inhalt klimpernd auf den Tisch ergoss. Haufenweise Schlüssel, nur nicht der für die Garage. Fernand fing an, sich aufzuregen, und die Marcelle sah mich hilflos und völlig verstört an, gleich würde sie in Tränen ausbrechen. Es war nichts zu machen. Wir mussten warten, bis die Erinnerung wiederkehrte, die ihr zweifellos immer öfter abhandenkam, dann tauchte der Schlüssel sicher wieder auf. Die Messe hatte ich ohnehin verpasst.

Ich ging wieder zurück ins Haus. Gilberte, Toinette, Nine und der liebe Gott werden mir verzeihen. Meine Freundinnen werde ich an diesem Sonntag zwar nicht sehen, was aber den Besuch beim lieben Gott angeht, habe ich eine Idee.

Ich lege den Autoschlüssel zurück an seinen Platz, stelle die Tasche auf die Holztruhe und setze mich ins Büro. Mir bleibt noch etwas Zeit für das Kreuzworträtsel im *Figaro Madame*, das gestern gekommen ist. Kurz bevor die Kaminuhr elf schlägt, lege ich das Kreuzworträtsel zur Seite und verlasse das Büro. Ich gehe hoch ins Schlafzimmer, ziehe die Schuhe aus, setze mich aufs Bett und baue mir aus meinen zwei Kissen eine Lehne. Dann nehme ich die Fernbedienung vom Nachttisch und schalte das zweite Programm ein. Jeden Sonntag um elf zeigen sie dort eine Messe. Normalerweise werden wunderschöne Messen aus den großen Kirchen und Kathedralen übertragen, aber nicht immer: Einmal, als sich mein Ischiasnerv gemeldet hatte und ich mich kaum bewegen konnte, hatte ich in eine sehr einfache Messe hineingeschaltet, die ein Bischof in einem belgischen Gefängnis abhielt.

Da heute der erste Advent ist, wird die Messe direkt aus der Basilika Sainte-Jeanne-d'Arc in Paris übertragen, aus dem 18. Arrondissement. Die Kirche ist trotz ihrer beeindruckenden Fenster nicht besonders schön. Für meinen Geschmack ist sie zu modern. Ich mag die älteren Kirchen lieber. Aber das Gotteshaus hat eine erstaunliche Geschichte. Am 6. September 1914 hatte ein Priester, der in Saint-Denis die Messe hielt, seiner Gemeinde feierlich versprochen, zu Ehren von Jeanne d'Arc eine Basilika zu errichten, sollten die Deutschen Paris nicht einnehmen. Noch am selben Tag wurden die Deutschen zurückgeschlagen! Solche Geschichten lassen mich an den lieben Gott glauben. Die Kirche mag nicht sonderlich schön sein, aber für mich ist sie «beseelt». Der Chorraum ist mit einem rot glänzenden Teppich ausgelegt, der an Filmfestspiele denken lässt, desgleichen die vielen Priester und größeren Messdiener, die feierlich die Stufen zum Altar hinaufsteigen. Kurz vor Beginn des Gottesdienstes kommt ein kleines Mädchen in Begleitung der Eltern und des kleinen Bruders nach vorn, um die erste Adventskerze anzuzünden. Ich muss an meine jüngeren Enkelkinder denken und kann mir nicht vorstellen, dass sie so etwas machen würden, sie haben sich ja schon geweigert, die Kollekte einzusammeln … Aber meine Enkelkinder gehen ohnehin nicht mehr in die Kirche, außer an Ostern und Weihnachten, um mir einen Gefallen zu tun. Sie wurden zwar alle getauft, sind zum Kommunionsunterricht, zur Erstkommunion und zur Firmung gegangen, aber heute glauben sie an gar nichts mehr. Das ist traurig. Manchmal ist es gut, wenn man etwas hat, woran man sich festhalten kann, der liebe Gott bietet einem Hoffnung, für später … Ob die jungen Leute überhaupt noch Hoffnung haben, in dieser völlig aus den Fugen geratenen Welt? Ich finde, eine schöne Messe von Zeit zu Zeit würde ihnen nicht schaden. Allein schon eine Kirche zu betreten, hat etwas Beruhigendes. Niemand schreit herum, alle flüstern, man kann den Frieden fast mit Händen greifen.

Heute sind in der Basilika Sainte-Jeanne-d'Arc vier Priester, einer davon ist Afrikaner. Er lächelt die ganze Zeit, ob er schweigt, spricht oder singt. Er scheint wirklich den lieben Gott im Herzen zu tragen. Die Messe wird von einem gesangstarken Chor aus Männern und Frauen unterstützt, begleitet von der Großorgel. Das ist anders als in Le Donjon, obwohl wir hier auch einen Chor haben, der sogar die ersten beiden Reihen auf der rechten Seite der Kirche einnimmt. Er besteht aus lauter kleinen Frauen, alles Laien, die mit ihren grauen und weißen Wasserwellen alle gleich aussehen. Sie singen sehr hingebungsvoll, aber sie sind nicht mehr die Jüngsten, ihre Hände zittern genau wie ihre Stimmen, die nicht immer den Ton treffen. Am Ende der Reihe mit den Chordamen klimpert ein Organist mit dicken Brillengläsern auf seinem verstimmten Instrument herum, auch er ist nicht mehr der Fitteste. Das Ganze klingt nicht gerade harmonisch, manchmal geraten sie aus dem Takt, dann reicht ein amüsierter Blick von Toinette oder Gilberte, und ich pruste los …

Bei der Messe im Fernsehen sind sehr schöne Lieder dabei. Das Problem ist nur, dass ich die meisten nicht kenne. Sie sind neu, und viele von ihnen sind in der Provinz noch nicht angekommen. Diese Manie, immer alles ändern zu müssen … Daher singe ich nicht mit, sondern höre nur zu, wie in einem Konzert. Ich werde mir ganz allein in meinem Zimmer doch nicht die Lunge aus dem Hals schreien. Die Gebete spreche ich mit, lausche andächtig der Predigt, mache mit, so gut ich kann. Dieses Mal spreche ich das Glaubensbekenntnis gleichzeitig mit der Gemeinde, aber beim Sanctus bin ich irritiert – sie singen eins, das ich noch nie gehört habe. Also spreche ich es so, wie ich es kenne. Ich halte auch beim Vaterunser nicht die

Hände vor mich hin wie eine Erleuchtete: noch so eine Modeerscheinung aus der Stadt!

Was mir an dieser Fernsehmesse allerdings gefällt, ist, dass mir der «Friedensgruß» erspart bleibt. Der Pfarrer hat zwar gesagt: «Brüder und Schwestern, hier in dieser Kirche und vor dem Fernsehbildschirm daheim» (ja, er hat wirklich «vor dem Fernsehbildschirm» gesagt!), «gebt einander ein Zeichen des Friedens», aber ich sitze hier ganz allein, und das ist mir gerade recht. Ich mag es in der Kirche nicht, Dutzende Hände schütteln zu müssen, das ist zu nichts nütze und nimmt vor allem kein Ende. Alle verlassen ihre Plätze, der Pfarrer, die Messdiener, die Chordamen ... Das gab es früher auch nicht. Dieser ganze neumodische Kram, wozu soll das gut sein? Man muss ja nur einmal in die Kirchen hineinschauen, um zu sehen, wie ihnen die Leute davonlaufen. Es reicht eben nicht, alles über den Haufen zu werfen, um Leute anzulocken. Also, anstatt lauter fremden Menschen die Hände zu schütteln, falte ich meine eigenen und versuche, mit mir selbst Frieden zu schließen.

Die Musik von Bach während der heiligen Kommunion ist wunderschön. Jetzt sehe ich die Menschen vor den Priestern vorbeiziehen, manche strecken dem Pfarrer die Hände hin, andere nach altem Brauch die Zunge; manche gehen in die Knie und bekreuzigen sich. Von meinem Bett aus betrachte ich all diese Menschen, wie sie einer nach dem anderen die Hostie empfangen und wieder auf ihren Platz zurückkehren, um sich ins Gebet zu versenken. Viele schließen die Augen, einige knien nieder, andere nehmen den Kopf in die Hände. Plötzlich kommt mir das Ganze ein bisschen schamlos vor. Das Gebet nach der Kommunion ist etwas sehr Persönliches. Oft ist es der einzige Moment, in dem man mit sich und dem lieben Gott allein ist. Eine junge Frau ist ganz erschüttert, ihr läuft eine Träne übers Gesicht, die sie mit einem Taschentuch abwischt. Die Gesichter werden in Großaufnahme gezeigt. Das hier ist keine anonyme Masse mehr, es sind persönliche Momente, Gefühle, eine Lebensgeschichte. Ich bin mir nicht sicher, ob ich als Zuschauer daran teilhaben möchte …

Zum Schluss entlässt der Pfarrer die Gemeinde mit den Worten «Gehet hin in Frieden», und der Chor stimmt ein fröhliches und mitreißendes *Jérusalem, Jérusalem* an. Ich schlage auf dem Bett schon den Takt mit, als die Kamera zu dem afrikanischen Pfarrer schwenkt, der mit dem Rücken zu ihr steht und in der Nähe des Altars etwas hochzuheben scheint. Zuerst denke ich, meine Augen spielen mir einen Streich, doch ich habe mich nicht verguckt. Ich sehe, wie er sich von links nach rechts wiegt und von rechts nach links, wie er den Kopf schüttelt, dann die Schultern und schließlich anfängt, im Takt zu tanzen. Dann dreht er sich um, tanzt weiter und bewegt sich mit einem strahlenden Lächeln durch die Schar der Gläubigen! Vor sich hat er eine afrikanische Trommel, die er hingebungsvoll mit den Händen bearbeitet. Nachdem die erste Überraschung verflogen ist, wiege ich mich munter auf meinem Bett, das schon etwas zerwühlt ist, hin und her, strampele mit den Füßen und klatsche in die Hände wie ein kleines Mädchen. Dann kündigt die Ansagerin im Fernsehen einen Dokumentarfilm über einen Pater an, dessen Namen ich vergessen habe, und ich schalte den Fernseher aus. Ich will das Bild dieses trommelnden Pfarrers und des packenden Gesangs gern mitnehmen. Für den heutigen Tag habe ich Fröhlichkeit getankt.

Die festliche Stimmung hat mich an eine Christmette vor vielen Jahren erinnert, ich glaube, es war die schönste, die ich je erlebt habe, und zwar in Vichy in der Kirche St.-Louis – dort, wo ein paar Jahre später der arme Pfarrer in die Luft geflogen ist, als er eines Morgens in der Krypta das Licht eingeschaltet hat. Die ganze Nacht lang war Gas in die Krypta geströmt und hatte die Luft in ein hochexplosives Gemisch verwandelt, das nur auf einen Funken wartete, um alles hochzujagen, die Figuren, das Tabernakel und den Pfarrer. Wenigstens ist er bei seinem lieben Gott gestorben. Aufgrund der gewaltigen Explosion muss er wie eine Rakete gen Himmel aufgefahren sein … Ein paar Jahre vor dieser Tragödie waren wir also in der Mitternachtsmesse. Damals sang, ich weiß nicht mehr, zu wessen Ehren, der amerikanische Gospelsänger John Littleton. Die große Kirche war vollbesetzt und wunderbar geschmückt. Ich habe eine einmalige Erinnerung an diese Messe, die ergreifend und gleichzeitig fröhlich war. Alle hatten Lust, zu tanzen und in die Hände zu klatschen. Nach der Messe haben wir draußen in der Kälte dieser wunderbaren Heiligen Nacht mit ihm zusammen ein *Allez-vous-en sur les places* angestimmt und es voller Inbrunst gesungen, danach hatten wir uns auf dem mit Lichterketten und Sternen geschmückten Kirchplatz zerstreut. Meine Tochter muss sechs oder sieben gewesen sein, sie hat diesen Abend nie mehr vergessen.

Montag, 30. November

Heute Morgen hat Fernand in aller Herrgottsfrühe bei mir geklingelt. Er wollte mir sagen, dass das Garagentor wieder offen sei, sie hatten den Schlüssel gefunden, im Suppentopf.

Dienstag, 1. Dezember

Als ich angesichts des bevorstehenden Weihnachtsfests das Wohnzimmer aufgeräumt habe, ist mir die kleine Silberschatulle auf dem Tischchen heruntergefallen. Sie sprang auf, und ein paar alte Fotos mit gezackten Rändern fielen heraus. Auf einem von ihnen ist meine Schwiegermutter zu sehen, die grauen Haare zu einer Art plattem Dutt hochgesteckt, den Kopf leicht zur Seite geneigt, die Wangen eingefallen. Bei ihrem Anblick steigt mir selbst heute noch der Geruch von ranziger Butter in die Nase.

Was hat sie mir das Leben schwergemacht.

Ich weiß noch, dass ich zu Beginn unserer Ehe keine gute Hausfrau war. Ich konnte nicht gut kochen und ließ auch noch alles anbrennen.

Häufig geschah es, dass ich draußen die Wäsche aufhängte oder in den Garten gegangen war, um Gemüse zu holen, und sie meinen Namen brüllte: «Jeanne, Jeanne!!! Dein Essen brennt an!» Ich ließ alles stehen und liegen und rannte, so schnell ich konnte, zum Haus, doch jedes zweite Mal war das Essen im Topf angebrannt. Zu keinem Zeitpunkt kam sie auf die Idee, einfach selbst das Gas abzudrehen. Wenn das Essen ausnahmsweise einmal nicht braun geworden war, verschonte sie mich aber auch nicht. Einmal, als wir sie zum Mittagessen eingeladen hatten, es muss ein Sonntag gewesen sein, hatte sie sich als Erste genommen. Gleich nach dem ersten Bissen legte sie die Gabel beiseite und flüsterte René zu: «Iss lieber nichts davon, mein Schatz, es schmeckt scheußlich …»

Einmal habe ich sie vor lauter Wut sogar geohrfeigt, dabei bin ich vom Typ her überhaupt nicht gewalttätig. Aber sie hatte eine boshafte Bemerkung über meine Mutter fallenlassen, und dieser Satz in Kombination mit den vielen kleinen täglichen Schikanen brachte das Fass zum Überlaufen. Da ist mir die Hand ausgerutscht, rums! Sie war sprachlos, ich auch. Voller Panik ging ich am nächsten Tag zur Beichte, was ich seit meiner Schulzeit nicht mehr getan hatte. Doch als ich dem Pfarrer beschämt meine Sünde beichtete, glaubte ich, meine Ohren spielten mir einen Streich. Während ich angespannt und betreten darauf wartete, was mir als Buße auferlegt würde, begann der hölzerne Beichtstuhl zu wackeln. Ich konnte es kaum glauben: Auf der anderen Seite des Gitterfensters klopfte sich Pfarrer Defaye auf die Schenkel. Sein lautes Lachen fegte meine Sünden auf einen Schlag beiseite. «Was noch?», fragte er mich schließlich, als er sich wieder einigermaßen gefasst hatte, bevor er von einer neuen Lachsalve gepackt wurde. Und da ich nichts weiter zu beichten hatte, entließ er mich vermutlich mit der Auflage, zwei oder drei «Gegrüßet seist du, Maria» zu beten, um so die Reinheit meiner Seele wiederherzustellen.

Sie verfiel manchmal auf komische Ideen. Ich kann mich noch daran erinnern, wie meine beiden Schwäger einmal zu Besuch waren, wir lange bei Tisch gesessen hatten und den Kaffee im großen Wohnzimmer tranken, da verkündete sie, sie wolle im Wald spazieren gehen. Es muss so gegen drei gewesen sein. Zum Tee war sie noch nicht zurück. Auch nicht zur Zeit des Aperitifs. Wir machten uns allmählich Sorgen, bald würde es dunkel werden. René und seine Brüder zogen los, um sie zu suchen, und kehrten unverrichteter Dinge zurück. Ob ihr etwas zugestoßen war? Da platzte sie plötzlich vergnügt ins Zimmer, sichtlich begeistert von dem tollen Streich, den sie ihren Söhnen gespielt hatte. «Habt ihr denn auch richtig nach mir gesucht?» Mit vorwurfsvollem Unterton fügte sie hinzu: «Ihr habt euch aber ganz schön viel Zeit gelassen!» Sie hatte sich den Nachmittag über in einem kleinen, fensterlosen Zimmer neben der Toilette im Erdgeschoss eingeschlossen.

René hatte getobt, Maurice hatte ihr gehörig den Kopf gewaschen, und Jean war ihr um den Hals gefallen.

Ich hatte ja immer schon gewusst, dass sie nicht alle Tassen im Schrank hat, aber nach dieser Aktion war ich mir sicher, dass es dort keine einzige mehr gab.

Donnerstag, 3. Dezember

Sie haben die Marcelle abgeholt. Im Morgengrauen hielt ein roter Kastenwagen vor dem Hof, zwei Sanitäter stiegen aus und gingen zu Fernand, der ganz aufgelöst war und sie bereits zu erwarten schien. Später hat er mir erzählt, dass die Marcelle im Delirium war, dass sie sich in den Kopf gesetzt hatte, ihm anstelle einer Tasse Kaffee einen Topf Kohlsuppe zu kochen, daraufhin habe er sie ein bisschen geschüttelt, und sie sei ohnmächtig geworden. Er hatte ihr eiskaltes Wasser ins Gesicht gegossen und versucht, sie mit ein paar Ohrfeigen wieder wach zu kriegen, aber es war nichts zu machen, sie kam nicht wieder zu sich. Also musste er nach unten ins Telefonzimmer gehen und die Feuerwehr in Le Donjon anrufen.

Schon seit einiger Zeit hatte sie Wahnvorstellungen wegen ihrer Demenz, und er hatte sie nicht mehr unter Kontrolle. Für ihn wurde es immer schwieriger, er gab sich alle Mühe, aber dieses Mal wusste er sich einfach nicht mehr zu helfen. In letzter Zeit war sie wirklich nicht mehr ganz richtig im Kopf, sie stellte jede Menge Dummheiten an, ständig musste man auf sie aufpassen. Fernand traute sich nicht einmal mehr, in den Gemüsegarten zu gehen und sie allein im Haus zu lassen. Dort waren ja der Gashahn, der Holzofen, das kochende Wasser auf dem Herd … Je mehr Zeit verging, umso mehr benahm sie sich daneben. Nein, sie war nicht gemein oder aggressiv. Wenn Fernand sie anschrie – und er schrie weiß Gott sehr laut, manchmal hörte ich ihn bis in meine

Küche –, wehrte sie sich nicht, kämpfte nicht, sie fing nur leise an zu weinen. Und meinem guten Fernand brach es das Herz, sie so zu sehen. Außerdem nahm sie ihre Medikamente, wann und wie sie wollte, was die Sache nicht besser machte. Je nachdem, wann es ihr einfiel, mitten am Tag oder mitten in der Nacht, machte sie mehrere Tablettenschachteln auf, schüttete sich alle möglichen bunten Pillen in die Hand und schluckte sie auf einmal. Es war von allem etwas dabei, Beruhigungsmittel, Antidepressiva, Schlaftabletten, Diabetestabletten, und der arme Fernand stieg durch die vielen Rezepte nicht mehr durch.

In den letzten Wochen hatte sie stark abgenommen und ganz traurig ausgesehen. Sie verließ fast gar nicht mehr das Haus, schlief vor dem Fernseher ein und wachte vor dem Fernseher auf, mit offenstehender Bluse und hochgezogenem Rock, rauchte eine Zigarette nach der anderen. Sie kam nicht einmal mehr vorbei, um mich um Zucker anzubetteln. Das Einzige, was sie noch konnte, war Auto fahren. Samstags fuhr sie Fernand nach Le Donjon zum Kartenspielen. Sie selbst spielte nicht mehr. Sie setzte sich in eine Ecke und wartete auf ihn.

Die Feuerwehr holte sie im Regen ab. Die Sanitäter brachten sie nach Vichy ins Krankenhaus und ließen Fernand mit hängenden Armen und sichtlich bedröppelt vor der Tür zurück. Während er mir das alles erzählte, stützte er sich mit beiden Händen auf seinen Stock, mit Tränen in den Augen und triefender Nase. Seit sie damals nach Limoges ausgebüxt war, ist er das erste Mal ohne seine Marcelle.

Freitag, 4. Dezember

Während die Tage kürzer werden und die Temperaturen sinken, fällt auch das Laub ab. Die Natur wird bald wie tot aussehen. Schon jetzt haben wenige Windstöße gereicht, um das Haus zu entkleiden und den Blick auf den bröckelnden Putz zwischen den kahlen Weinranken freizugeben. Letzten Monat war die Fassade noch in loderndem Rot erstrahlt, nun ist die Flamme erloschen, die letzte Glut fortgeweht. Was bleibt, ist schwarze Kohle an der Wand. Der große Baum vor meinem Fenster, von dem ich nicht mehr weiß, wie er heißt, sieht in seiner Schmucklosigkeit noch majestätischer aus, und das Blumenbeet ist schon seit Wochen ein einziger riesiger Maulwurfshügel.

Die Hecke wirkt wie Reisigbündel für den Kamin und die Hortensien wie große Ascheklumpen. Im Wald riecht es nach Humus und feuchter Rinde.

Der Winter naht.

Samstag, 5. Dezember

Nach dem Mittagessen habe ich im Casino von Le Donjon Butter, Eier und vier Rollen Blätterteig gekauft. Im Schaufenster der Kneipe gegenüber der Kirche hing ein schönes gelbes Plakat. Darauf stand:

LE DONJON
Samstag, 12. Dezember
GROSSES BELOTE-TURNIER
Organisation: Laizistische Vereinigung

Anmeldung ab 13:30 Uhr
Teilnahmegebühr: 15 € pro Paar

1. Preis: zwei luftgetrocknete Schinken und Wein
2. Preis: zwei großzügige Packungen Rindfleisch
3. Preis: zwei Salami
Jeder Teilnehmer erhält ein Stück Fleisch.

Buffet um 19:00 Uhr
Knackwürste, Kartoffeln, Käse, Obst
Kosten: 6 €

Ich musste an Fernand denken. Wer würde ihn jetzt zum Belote-Turnier fahren?

Mittwoch, 9. Dezember

Den restlichen Nachmittag habe ich in der Küche verbracht. Mit Blick auf Weihnachten fülle ich wie jedes Jahr meine Truhe. Es geht jetzt ganz schnell – alles geht in letzter Zeit ganz schnell. Daher bereite ich mich vor. Ich hole den Blätterteig und die Würste heraus und beginne mit den Teigröllchen. Aus Butter, Mehl und Eiern backe ich kleine Windbeutel. Heute Morgen habe ich im Supermarkt die Zutaten für den Kuchen gekauft: Walnusskerne, zwei Netze Saftorangen, eins davon für den Punsch, Vanilleschoten, Blockschokolade. Ich habe auch schon alles geholt, was ich brauche, um den Kapaun zu füllen, der schon bei meinem guten Metzger in Le Donjon vorbestellt ist: nicht allzu teure Foie gras, Geflügelleber, Birnen, ein Glas Maronen. Die Füllung bereite ich lieber im Voraus zu und friere sie bis Heiligabend ein, ich habe das Gefühl, die Kälte tut ihr gut. Das war aber noch nicht alles. Ich habe noch Eier verquirlt, gerührt, gebacken, ausgerollt, geschält, ausgepresst, tranchiert, gehackt, gemahlen, aus der Form genommen, verziert. Jetzt bin ich mit meinen Kräften am Ende. Heute Abend sieht es in meiner Küche aus wie auf einem Schlachtfeld. Der Handmixer hat überall süße und salzige Spritzer hinterlassen, das Mehl hatte sich großzügig verteilt, auf der Arbeitsplatte klebten Teigreste, aus den Würstchen war rosa Saft getropft, der Abfluss war vom Orangenfruchtfleisch verstopft, und in der Spüle schwammen Eierschalen und Birnenreste. Manches war in den Töpfen angebacken, schmutzige Messer und kleine Löffel liegen neben klebrigen Schüsseln, fettverschmierten Pfannen und Einwickelpapier.

Heute werde ich nichts zu Abend essen, beim Kochen nasche ich hier und da und habe dann keinen Hunger mehr. Alles andere lasse ich so, wie es ist, morgen kommt meine Angèle. Nachdem ich nur das Allernotwendigste weggeräumt habe, gehe ich nach oben ins Bett. Ich bin völlig erschöpft.

Ich verausgabe mich zu sehr.

Freitag, 11. Dezember

Als heute Morgen gegen elf die Postbotin kam, war noch alles mit Raureif bedeckt. Gerade ging ich die Treppe hinunter, da klingelte sie einmal und trat dann ein, um die Post auf den kleinen Tisch zu legen. Ich fragte sie, ob ihr nicht kalt sei, wenn sie bei diesem Wetter draußen unterwegs ist. Sie antwortete mir freundlich, in ihrem Auto sei es schön warm. Langsam werde ich alt. Natürlich ist ihr nicht kalt, sie hat eine Heizung und fährt wohl kaum bei offenem Fenster! Nicht wie Fabi damals auf seinem Fahrrad.

Fabi war der Postbote, der hier in den ersten Jahren nach unserer Hochzeit die Briefe austrug. Ein Korse, den es irgendwie hierher verschlagen hatte. Alle liebten Fabi. Er fuhr die Tour mit seinem Rad, mit einer riesigen Umhängetasche, in Matrosenjacke und Käppi. Wenn er ins Haus kam, wurde ihm oft ein kleiner Stärkungstrunk gereicht. Und selbst wenn sie nicht daheim waren, stellten ihm die Leute dort, wo er für gewöhnlich die Post hinlegte, ein Tablett mit einem Gläschen Wein oder Schnaps hin. Es war «das Gläschen für den Postboten». Am Ende seiner Tour war Fabi ziemlich angeheitert und fuhr Schlangenlinien. Einmal, als René und ich mit dem Citroën über die Landstraße fuhren, mussten wir kurz vor der Kreuzung, wo es nach Saint-Léon hochgeht, halten. Mitten auf der Straße lag Fabis Rad, es war jedoch kein Fabi zu sehen. René stieg aus und fand Fabi sturzbetrunken im Graben. Zum Glück waren damals noch nicht so viele Autos unterwegs …

Samstag, 12. Dezember

Heute war ich in Vichy. Aber nicht um mich zu amüsieren oder bummeln zu gehen. Ich habe die Marcelle besucht.

Vor ein paar Tagen hatte ich Fernand von meinem Vorhaben erzählt. Ich mag die Marcelle sehr gern. Ich kenne sie schon ewig … Natürlich war sie in letzter Zeit nicht mehr sie selbst, aber in der Vergangenheit hat sie mir so oft einen Gefallen getan, ja, bis vor kurzem noch. Es ist noch gar nicht so lange her, dass sie mich zur Polizeiwache gefahren hat. In all den Jahren hatte ich dank ihrer Hühner- und Kaninchenställe immer frische Eier und gutgenährte Kaninchen, die mit Möhren aus dem eigenen Garten gemästet worden waren, und

Hühner, denen ich beim Wachsen zugesehen hatte. Sogar Enten, die in dem Tümpel plantschten, der heute nicht mehr existiert.

Fernands Kühen hatte ich es zu verdanken, dass ich immer cremige Milch, goldfarbene Fassbutter und köstliche Schlagsahne hatte. Wie oft hat die Marcelle auf meine Kinder aufgepasst, als diese klein waren! Fernand und sie haben sich so rührend um die beiden gekümmert, dass sie mit ihren Cousins die ganze Zeit auf dem Hof waren, wo sie spielten, die Kaninchen fütterten, hinter den Hühnern herliefen oder beim Melken zusahen. Mein Sohn kannte sogar noch Loulou, das alte Arbeitspferd, dem wir alle mit Tränen in den Augen hinterhersahen, als es auf den Anhänger stieg, um seine letzte Reise anzutreten. Später gingen dann meine Enkelkinder zum Spielen rüber, von jedem gibt es das obligatorische Foto auf Fernands rotem Traktor oder auf dem blauen Mofa. Heute ist nur noch das Mofa übrig. Der Trecker steht seit Jahren in der Scheune neben dem rostigen Pflug. Sollten Fernand und Marcelle einmal hier weggehen, geht ein Großteil meines Lebens mit. Ja, das Leben hört nicht plötzlich auf – es verlässt uns schon lange vorher, Stück für Stück.

Ich habe Fernand angeboten, ihn mitzunehmen. Seit die Marcelle im Krankenhaus liegt, holt Monsieur Batisse, der Gemeindediakon, ihn ab und fährt ihn nach Vichy. Monsieur Batisse ist sozusagen die rechte Hand des Pfarrers. Er darf Segnungen sprechen und Bestattungen vornehmen. Doch für mich ist er kein richtiger Pfarrer, aber na gut, wenn sonst keiner da ist, muss natürlich eine Lösung her … Seine Rolle ist auch ein bisschen die eines Sozialarbeiters, er kümmert sich um die Alten, um die, die sonst niemanden haben, und um die, die zu schwach sind, um allein zurechtzukommen. Natürlich tut er dies alles im Namen Gottes, aber wenn die, denen er hilft, vom lieben Gott nichts wissen wollen, nervt er sie auch nicht damit. Ist er aus irgendeinem Grund verhindert und kann Fernand nicht fahren, übernimmt der Bezirksrat, der schon seit Monaten von der kommunistischen Partei gestellt wird und der es Fernand ermöglicht, für einen Euro nach Vichy zu kommen. Das ist äußerst praktisch. Die Linken, die Rechten oder der liebe Gott, Fernand ist das piepegal. Hauptsache, er kann seine Marcelle besuchen.

Wir sind gleich nach dem Frühstück aufgebrochen, um vorm Dunkelwerden wieder zu Hause zu sein. Fernand hatte uns angekündigt, und sie saß aufrecht im Bett, ganz schmuck in ihrem geblümten Nachthemd. Gekämmt und hübsch zurechtgemacht, schien sie erfreut über unseren Besuch. Sie war nicht allein im Zimmer, im Nachbarbett lag eine ältere Frau und schlief, aber Marcelle schien sie nicht weiter zu beachten. Im Hintergrund lief der Fernseher, niemand sah wirklich hin.

Ich wollte nicht mit leeren Händen kommen, aber womit konnte ich ihr eine Freude bereiten? Ich konnte wohl kaum meine Zuckerdose mitbringen … Mir fiel wirklich nichts ein, außer etwas zum Naschen, aber sie hatte ja Diabetes … Andererseits, warum nicht? Allzu lange würde sie vielleicht sowieso nicht mehr mitmachen, warum sollte man ihr alles Süße vorenthalten? Lieber ihr das Lebensende versüßen, und was war dazu besser geeignet als Süßigkeiten? Also hielt ich in Lapalisse und kaufte in einem Laden ein Tütchen Pralinen. Ich glaube, darüber wird sie sich freuen. Ich kann nur hoffen, dass sie ihr die Pralinen im Krankenhaus nicht wegnehmen …

Montag, 14. Dezember

Heute Morgen habe ich im Supermarkt Toinette getroffen. Ihre Tochter schob den Einkaufswagen, den sie bis oben hin beladen hatten. In meinem Wagen liegt so gut wie gar nichts, mir ist sonst hinterher die Tasche zu schwer, und ich kann sie nicht in den Kofferraum heben. Lieber fahre ich öfter und kaufe dafür weniger.

Den Supermarkt in Lapalisse mag ich gern. Dort treffe ich oft Bekannte, wir schwatzen fünf Minuten und tauschen Neuigkeiten aus. Nicht zu ausgiebig, denn ich kann nicht mehr sehr lange stehen. Aber es strengt mich weniger an, den Einkaufswagen zu schieben, er dient dann als Rollator.

Milchflaschen kaufe ich immer einzeln, einen Sechserpack könnte ich unmöglich tragen. Die Milch ist ohnehin nicht für mich gedacht, sie ist für die Kinder. Wenn sie zu Besuch sind und es morgens beim Frühstück keine Milch gibt, meckern sie. Daher versuche ich bei jedem Einkauf, eine Flasche haltbare Milch mitzunehmen, damit ich im Schrank immer ein paar auf Vorrat habe. Ich kaufe alles in kleinen Mengen: die kleinste Packung Waschmittel, die kleinste Packung Reis, die kleinste Menge Blätterteig, die kleinsten Senfgläser, die kleinsten Fläschchen mit Essig und Öl.

Toinette war gestern bei Nine und fand sie sehr schwach. Ich habe nicht alles verstanden, was sie gesagt hat, denn sie sprach sehr leise, wie man es meistens macht, wenn man etwas Trauriges zu erzählen hat. Ich habe mich nicht getraut, noch einmal nachzufragen, aber alles, was ich nicht verstanden habe, konnte ich in ihren Augen erkennen.

Dienstag, 15. Dezember

Ich saß gerade beim Frühstück in der Küche, als Fernand klingelte. In Schlafrock und Pantoffeln habe ich ihm die Tür aufgemacht. Sein Gesicht war ganz zerknittert, seine Haare vom Schlaf noch etwas verklebt. An den Füßen hatte er die alten grau-grün karierten Pantoffeln. Draußen war es eiskalt, und er trug nur einen dünnen Pullover. Ich bat ihn schnell ins Haus und schloss hinter ihm die Tür. Er erzählte, das Krankenhaus habe heute früh angerufen. Sie hätten ihm mitgeteilt, dass die Marcelle in der Nacht «Herzprobleme» hatte und dass sie «wieder zurückgeholt» werden musste. Ich wollte wissen, ob sie bei Bewusstsein war, doch er konnte mir darauf keine Antwort geben, am Telefon hatten sie ihm lediglich gesagt, dass es ihr wieder besser gehe und sie «unter Beobachtung stehe», dass er sie morgen früh aber besuchen könne. Batisse kommt morgen um halb neun bei ihm vorbei.

Ich bot ihm eine Tasse Kaffee an, aber er lehnte ab, hinkte durch die Eiseskälte zurück. An die Heizung im Esszimmer gelehnt, schaute ich ihm durchs Fenster hinterher. So blieb ich stehen und sah zu, wie er sich langsam mit seinem Stock über den Kies kämpfte.

Mittwoch, 16. Dezember

Heute habe ich nicht viel gemacht. Draußen ist alles grau, da hat man keine große Lust, an die frische Luft zu gehen. Trotzdem habe ich mich nach dem Kaffee dick eingepackt und einen kleinen Spaziergang über die Allee gemacht. Danach habe ich bei Fernand vorbeigeschaut. Seit seiner Rückkehr aus Vichy hatte ich ihn noch nicht gesehen.

Er saß bei Tisch mit einem Ranken Brot, einem Stück Leberpastete und einem Glas Rotwein. Heute hatte er die Haare gekämmt, war ordentlich angezogen und blitzsauber. Er gab sich weiterhin viel Mühe für seine Marcelle. Der Doktor hatte ihm erklärt, was gestern früh passiert war, aber Fernand hatte nicht alles verstanden. Dafür hatte der Arzt zu komplizierte Wörter benutzt.

Marcelle selbst hat nicht mit ihm gesprochen, sie hat ihn nicht einmal angesehen, hielt während seines ganzen Besuchs die Augen geschlossen. Als ich ihn fragte, wie es ihr geht, zuckte er nur mit den Schultern. «Sie schläft», sagte er.

Samstag, 19. Dezember

Marcelle ist sanft entschlafen. Heute Morgen wurde sie in der kleinen Kirche von Bert beigesetzt, in der eine Eiseskälte herrschte, es sei denn, man saß direkt unter einem der beiden Heizstrahler, die einem fast den Schädel verbrannten. Es waren nicht viele Leute gekommen. Fernand natürlich, die Schwester aus Limoges in Begleitung ihres Sohns, die alte Bonot, Angèle, ein paar ältere Leute aus der Gegend und ich. Monsieur Batisse hat die Trauerfeier gehalten. Es war eine seltsame Beerdigung. Ein alter russisch-orthodoxer Geistlicher, der von allen nur «der Bischof» genannt wird und erst seit kurzem hier im Ort lebt, wich Batisse nicht von der Seite. Vermutlich dachte dieser, dass sich ein «echter» Pfarrer heute ganz gut machen würde. Dann begann eine seltsame Vorstellung, die nicht eher endete, bis der Sarg aus der Kirche getragen wurde. «Der Bischof» kreiste während der ganzen Feier um die Marcelle, sprach jede Menge *Kyrie Eleison* und andere unverständliche Gebete und deckte den Sarg mit einer schier unglaublichen Menge an Weihrauch ein. So etwas habe ich noch nie gesehen – und ich habe schon allerhand Beerdigungen erlebt … Ohnehin schon wenig vertraut mit religiösen Gefühlsäußerungen, sah der bescheidene Gehilfe verdattert zu, wie der alte Mann die Marcelle in die Wolke aus süßlichem Rauch hüllte. Fernand saß mit roten Augen in der ersten Reihe und bearbeitete mit zitternden Händen seine Baskenmütze. Er wirkte verlorener denn je.

Als ich aus der Kirche kam und mich gegen den Wind stemmte, um zum Auto zu kommen, fand ich, dass die letzten Herbsttage in diesem Jahr schon einen Beigeschmack von Winter hatten.

Winter

Montag, 21. Dezember

In vier Tagen ist Weihnachten. Die Kinder werden kommen, die Enkelkinder und auch die Urenkel. Früher kamen auch die Cousins und Cousinen, ein paar Schwager und Schwägerinnen, wir waren alles in allem ziemlich viele. Die Stimmung war bestens, es wurde viel Champagner getrunken. Wir gingen zur Christmette in der kleinen Kirche von Bert, mit Kerzenschein und Weihrauchduft. Damals fand sie noch um Mitternacht statt, und trotzdem war sie so voll, dass viele Besucher stehen mussten. Dann fuhren wir ganz langsam nach Hause, denn oft lag Schnee, und legten geschwind das Jesuskind in die Krippe, damit die ganz Kleinen auch an die Geschichte glaubten. Es folgte das Festessen an einer riesigen Tafel im Esszimmer, anschließend ging es ans Auspacken der Geschenke. Die Kinder waren aufgeregt, es wurde geschrien, gelacht, es wurden Knallbonbons ausgepackt, und

René ging mit einer großen Tüte herum und sammelte das Papier ein. Am nächsten Tag sah er es durch, sortierte alles aus, was noch gut erhalten war, um es im nächsten Jahr wiederzuverwenden. Nie gingen wir vor zwei oder drei Uhr nachts ins Bett. Heute gibt es diese großen Weihnachtsfeste mit der erweiterten Verwandtschaft nicht mehr. Dieses Jahr sind wir fünfzehn. Das ist immer noch eine ganze Menge.

Weihnachten hat viel von seinem Zauber eingebüßt. Natürlich gibt es noch den Weihnachtsbaum, den die Kinder im Wald fällen, im Wohnzimmer aufstellen und mit Lichterketten und gefrosteten Christbaumkugeln schmücken. Auch stellen wir auf der Kommode noch die Krippe auf, mit zerknittertem Papier und dem Abendstern, der oben drangesteckt wird. Aber es ist nicht mehr so wie früher. In den Kirchen ringsherum, die von schrecklichen Neonlampen erleuchtet werden, wird die Christmette bereits um achtzehn Uhr gehalten, und man braucht nicht mehr früher zu kommen, um einen Platz zu ergattern. Draußen ist es mild, es ist kein Schnee vorhergesagt. Eiskristalle, Raureif und Schneeflocken gibt es nur drinnen, auf dem Weihnachtsbaum, den Kugeln und der Krippe, und sie sind aus Plastik, Watte oder aus der Spraydose. Man spielt sich den Winter nur vor.

Seit Samstagabend trudeln nach und nach die Gäste ein. Ich bin immer wieder überrascht, wenn ich ein Auto höre, weiß nicht mehr, wer wann kommt, für wie viele Leute ich zusätzlich aufdecken muss. Dabei haben sie es mehrmals wiederholt, aber immer am Telefon, und hinterher vergesse ich es wieder. Ich hätte es mir gleich aufschreiben sollen, so viel auf einmal kann ich mir nicht mehr merken. Auch haben sie wie jedes Jahr gesagt: «Und du machst bitte schön gar nichts, wir kümmern uns um alles.» Nur denken sie nicht immer an alles. Und wenn sie zur Essenszeit ankommen, muss ich ihnen ja etwas vorsetzen. Dieses Mal habe ich mir aufgeschrieben, was sie an Heiligabend und am ersten Weihnachtstag kochen wollen. Aber haben sie auch an die anderen Mahlzeiten gedacht? Insgesamt kommen ziemlich viele Mittag- und Abendessen zusammen … Und auch Aperitifs, an den Festtagen gönnen sie sich täglich einen. Da ich so meine Zweifel habe, verbringe ich viel Zeit in meiner Küche. Ich habe Käsequiches, Kartoffelgratin, einen Mokkakuchen, einen zweiten Walnusskuchen und einen Orangenkuchen gebacken und alles eingefroren. Bei meinem guten Metzger habe ich einen Rinderbraten und zwei Perlhühner gekauft und ebenfalls eingefroren. Da ich alle zwei, drei Tage Chargen von dreißig Stück produziert habe, komme ich mit denen von heute auf insgesamt hundertzweiundachtzig Miniwindbeutel! Schließlich habe ich im Supermarkt noch mehr Blätterteigrollen und Würstchen gekauft und zweiundsechzig Blätterteigröllchen gebacken. Bis Donnerstag will ich noch mehr davon machen. Sie gehen so schnell weg, es ist unglaublich, was die jungen Leute alles verdrücken können, es sind nie genug …

Offen gestanden bin ich kein großer Freund von Weihnachten. Meine Kinder sind ja ganz lieb, wollen unbedingt, dass ich die Feiertage mit ihnen verbringe, dass ich bloß nicht allein bin. Und natürlich freue ich mich, sie zu sehen. Aber der ganze Krach, die Unordnung, die sich von Tag zu Tag weiter ausbreitet, die endlosen Mahlzeiten, die vielen Leute in meiner Küche, die Stapel an Tellern und Gläsern, der Geschirrspüler, der pausenlos läuft, der Müll, der überquillt, die Kinder, die überall herumrennen und mit ihren lehmverschmierten Schuhen und ihren fettigen Patschhändchen alles dreckig machen, der Hund meiner

Tochter, der die Leberpastete für seinen Napf mit Hundefutter hält, die vergeblichen Diskussionen, die lauten Stimmen, die mit zunehmendem Weingenuss noch lauter werden, die Streitereien … Das alles strengt mich sehr an.

Daher versuche ich, einen anderen Rhythmus zu finden. Ich stehe morgens vor ihnen auf und gehe hinunter in die Küche, dort habe ich meine Ruhe. Ich frühstücke gern allein, nehme meinen Tee und mein Toastbrot auf einer noch sauberen Tischdecke zu mir. Wenn alle unten sind, gehe ich nach oben und sehe in meinem Schlafzimmer fern. Mir graut schon vor dem Mittagessen. Natürlich muss ich mit allen zusammen essen, am Ende der großen Tafel sitzen. Anfangs versuche ich noch, an der Unterhaltung teilzunehmen, aber meine Stimme dringt nicht durch. Wenn alle durcheinanderreden, bin ich still. Sie hören mich sowieso nicht. Habe ich wirklich etwas Wichtiges zu sagen, in der Art von «Hat jemand daran gedacht, den Käse aus dem Kühlschrank zu nehmen?» oder «Soll ich für heute Abend den Orangenkuchen oder den Walnusskuchen aus der Truhe holen?», strecke ich den Finger in die Luft. Irgendjemand sagt dann: «Pssssst! Oma will was sagen.» Dann verstummen alle und schauen mich an, es wird fast gespenstisch still; sie hören mir zu und antworten mit sanfter Stimme, als würden sie zu einer Kranken sprechen, dann geht es wieder los. Zuerst nur leises Gemurmel, dann wird es innerhalb kürzester Zeit unerträglich laut. Ich schnappe nur noch Wortfetzen auf, die Sätze der einen überschneiden sich mit denen der anderen, vermengen sich, mischen sich mit dem Klirren der Gläser und Gabeln, ergeben keinen Sinn mehr, und in meinem Kopf kommt nur ein einziges Wirrwarr an. Völlig meschugge stehe ich vom Tisch auf. Nach dem Kaffee, wenn es noch nicht zu spät ist, mache ich draußen einen kleinen Spaziergang, um meinen Kopf zu lüften, dann gehe ich wieder nach oben und ruhe mich aus. Abends würde ich mich am liebsten gar nicht mehr an den Tisch setzen. Die ausgiebigen Mahlzeiten ziehen meine Tage viel zu sehr in die Länge und verkürzen mir die Abende. Am liebsten würde ich mich gegen sieben mit einer Bouillon, einem Joghurt oder einer Mandarine alleine in meine Küche setzen und hinterher zu Bett gehen. Aber das traue ich mich nicht. Ich habe Angst, dass sie dann beleidigt sind. Als würden sie nicht sehen, dass ich älter werde, als *wollten* sie es nicht sehen … Also esse ich zu Unzeiten mit ihnen zusammen. Während sie den Tisch abräumen, rufe ich gute

Nacht in den Raum und gehe nach oben. Endlich allein.

Ich glaube, in einem bestimmten Alter taugt man nicht mehr für das Familienleben.

Donnerstag, 24. Dezember

Ich bin den ganzen Tag in meinem Schlafzimmer geblieben und habe gelesen, nur zum Mittagessen bin ich nach unten gegangen. Als ich mich zwischendurch aufs Bett gelegt habe, bin ich eingeschlafen. Meine Tochter hat mich geweckt. Sie hat sich, ohne anzuklopfen, hereingeschlichen und mich erschreckt. Sie habe nach mir gerufen, sagt sie, weil wir bald losfahren müssten, um rechtzeitig zur Messe zu kommen, und da ich nicht geantwortet hätte, habe sie Angst bekommen … Angst wovor?

Freitag, 25. Dezember

Zuerst kam die Messe. Dann war die Messe zu Ende. Es folgten die Schuhe unterm Weihnachtsbaum. Der Champagner und die Windbeutel. Die

Geschenke. Das Festessen. Bis tief in die Nacht hinein war es laut.

In Zeitungspapier eingewickelt, hat das Jesuskind seine Geburt verschlafen. Die Krippe zwischen Maria und Josef ist leer geblieben, Ochse und Esel haben sie umsonst erwärmt.

Und ich bin völlig erschlagen.

Samstag, 26. Dezember

Gestern Abend habe ich kapituliert. Gegen sieben habe ich mir eine Bouillon gemacht und sie ganz heiß gegessen, habe vorher auf jeden Löffel gepustet, dann bin ich nach oben gegangen und habe ihnen von weitem gute Nacht zugerufen. Aus dem Esszimmer schallten mir ihre Stimmen entgegen, die die Fernsehnachrichten aber nicht ganz zu übertönen vermochten. Und ich bin nur noch in ein Wattebad gesunken.

Sonntag, 27. Dezember

Langsam kehren meine Lebensgeister zurück. Heute Morgen, als alle noch schliefen, habe ich meinen Tee getrunken, dann habe ich einen Spaziergang über die Allee gemacht. Die kühle Luft hat mir gutgetan. Nur mein Schwiegersohn war schon auf. Er hat mich für die Messe um halb elf nach Le Donjon gefahren, während die anderen noch schliefen. Zwei Messen in vier Tagen, das ist zu viel für sie.

Dienstag, 29. Dezember

Wie immer werde ich vier Tage nach Weihnachten ein Jahr älter. Es ist nicht schön, so kurz nach dem Jesuskind geboren zu sein. Als Kind bekam ich immer nur ein Geschenk, und es hieß, «das ist für Weihnachten und deinen Geburtstag zusammen». Ich war neidisch auf meinen Bruder, der mitten im August Geburtstag hatte. Heute kommt es mir eher gelegen. So kurz nach der Schlemmerei an Heiligabend und am ersten Weihnachtstag wieder ein aufwendiges Menü auf den Tisch zu zaubern, würde mir den Rest geben. Meistens sind am 29. alle weg. Wie in meiner Kindheit finde ich mein Geburtstagsgeschenk am Weihnachtsabend unterm Baum, einen Pullover oder einen Schal zwischen Pralinen, Büchern und gerahmten Familienfotos. Am eigentlichen Geburtstag, wenn sie längst über alle Berge sind, vergessen sie dann manchmal anzurufen.

Wenn ich allein bin, setze ich mich an den Kamin und schenke mir ein Gläschen Muskateller ein, gönne mir was. Aber meistens kommen Gilberte, Nine und Toinette, um mit mir zu feiern. Dann machen wir eine Flasche Crémant auf, essen die restliche Foie gras oder den Räucherlachs und stoßen auf die Zeit an, die nur so verfliegt. «Alles Gute zum Geburtstag, Jeanne!» Auch wenn wir uns nicht trauen, es anzusprechen, wissen wir, dass es der letzte sein könnte. Dass wir ihn gebührend feiern sollten.

Letztes Jahr zu meinem Neunzigsten wollten die Kinder ein großes Fest veranstalten. Ich musste mich fünf Monate lang gedulden, bevor ich meine Kerzen ausblasen durfte, denn wir mussten auf die warmen Tage warten, um die Tische nach draußen stellen zu können. Weil so viele kamen. Zwar weniger als zu meinem Achtzigsten – von meinen Freunden sind seither einige verstorben –, aber sie wurden durch einen Haufen Urenkel ersetzt, die weitaus lauter und quirliger sind. Das war für mich sehr anstrengend. Sie hatten sich in den Kopf gesetzt, auf eine riesige Erdbeertorte die richtige Anzahl an Kerzen zu stecken. Vor lauter Kerzen sah man gar nichts mehr vom Kuchen. Neunzig Kerzen, können Sie sich das vorstellen? Genug, um alles in Brand zu setzen!

Allerdings hätte ich dieses Jahr beinahe allein auf meine Gesundheit angestoßen. Gilberte hat noch bis nächste Woche ihre Tochter aus Amerika zu Besuch; Toinette ist für ein paar Tage zu ihrem Sohn ins Burgund gefahren, und Nine verbringt die Feiertage bei ihrer Schwester.

Aber dieses Jahr sind meine Kinder da. Ich glaube, sie sind extra meinetwegen geblieben. Ob ich mich darüber freuen oder mir Sorgen machen soll – ich weiß es nicht … Auf dem Maronenkuchen, der neben zwei mit Schleifchen verzierten Geschenken steht, haben sie neun größere Kerzen für die Zehner und eine kleine für die Eins platziert. Heute werde ich zehn.

Mittwoch, 30. Dezember

Nach dem Abendessen sind die Kinder gefahren. Sie wollen Silvester in Paris verbringen, haben irgendwelche Essenseinladungen.

Ich feiere Silvester allein. Denise hatte mir angeboten, mich ihr und ein paar Freunden aus Moulins anzuschließen, aber die kenne ich nicht, und in meinem Alter hat man keine große Lust mehr auf gesellschaftliche Zwänge. Noch weniger Lust habe ich, mich an einem Abend wie diesem auf die Straße zu wagen, und ich habe niemanden, der mich fährt. Und alles nur, um schon wieder Lachs, Foie gras und Kuchen zu essen? Nein, danke. Das will ich nicht. Unter Mistelkugeln zigmal «Frohes neues Jahr!» zu sagen und Küsschen zu verteilen, reizt mich auch nicht mehr. Die zwölf Schläge um Mitternacht, die unendlich lange auf sich warten lassen, das unterdrückte Gähnen, brennende Augen, die gegen die Müdigkeit ankämpfen – das ist mir schon seit langem zu viel.

Beim Schließen der Fensterläden habe ich ein paar Schneeflocken gespürt. Ganz feine Flöckchen, schon halb geschmolzen. Wenn es friert, wird es Glatteis geben. Als ich einen besorgten Blick auf mein Thermometer werfe, zeigt es zwei Grad plus. Hoffentlich geht es nicht weiter runter … Es gefällt mir nicht, meine Kinder auf der Straße zu wissen, sie sind zu spät losgefahren …

Donnerstag, 31. Dezember

Ich bin in einem stillen Haus aufgewacht. Dabei sind sie noch nicht ganz weg, die Luft ist noch nicht wieder so wie vorher. Je älter ich werde, umso mehr Zeit scheint sich die Vergangenheit zu lassen, bis sie zur Erinnerung wird. An dem Tag, an dem sie einfach dableibt, bin ich tot. Nur der liebe Gott kann gleichzeitig Vergangenheit, Gegenwart und Zukunft sein.

Es ist noch früh. In Schlafrock und Pantoffeln gehe ich die Treppe hinunter und halte mich am Geländer fest, um nicht auszurutschen. Mir fällt ein bunter Fleck auf der vorletzten Stufe auf. Ist das Farbe oder Knete? Meine Angèle wird das nachher wegwischen. Ich wollte ihr den Tag freigeben, aber sie will unbedingt kommen.

Rasch frühstücke ich und räume den Geschirrspülautomaten aus, den sie gestern Abend noch angestellt haben. Herrje, sie haben ein Fläschchen vergessen … Im Kühlschrank stehen noch viel mehr Sachen, mit denen ich nichts anfangen kann: Sojamilch, ein Teller mit Schinkenhörnchen, ein Schälchen Grießbrei, eine angebrochene Flasche Coca-Cola … Ich mache mich ans Wegwerfen, Spülen, Abtrocknen, Wegräumen. In meinen Schränken finde ich neben Zucker und Reis diverse Pakete und Tüten, auf denen groß «Bio» draufsteht. Auch damit kann ich nichts anfangen, ich lasse die Sachen einfach im Schrank, bis meine Kinder das nächste Mal kommen. Sie stehen mir allerdings etwas im Weg … Vielleicht hat Angèle Interesse daran? Ich darf nachher nicht vergessen, sie ihr anzubieten.

Und dann finde ich Unmengen an altem Brot. Mein Sohn behauptet zwar, ich würde nie genug besorgen, aber sie selbst kaufen immer viel zu viel. Ich lege es Angèle hin, sie füttert ihre Hühner damit.

Ich gehe hoch, dusche und kleide mich an. Schlüpfe in den Pullover, den sie mir zu Weihnachten geschenkt haben. Jedes Jahr schenken sie mir einen Pullover, bald weiß ich gar nicht mehr, wohin damit. Dann gehe ich wieder nach unten. Es ist Viertel vor neun.

Während ich darauf warte, dass Angèle klingelt, mache ich die Tür zum Wohnzimmer auf. Es ist stockduster, die Läden sind geschlossen. Ich knipse das Licht an und setze mich an den Kamin. Es riecht nach Asche und Weihnachtsbaum. Im Zimmer hängt noch der Duft der Feiertage, eine

Mischung aus Kaminfeuer, heißem Wachs und Kuchen. Die Krippe steht nach wie vor da, davor eine kleine heruntergebrannte Kerze. Niemand hat den Weihnachtsbaum abgeschmückt. Einmal ist er sogar bis Ostern stehen geblieben! Da ich das Wohnzimmer nicht beheize, wenn ich allein bin, wird es schnell ziemlich kalt. Die Nadeln waren nicht abgefallen, fast hätten wir ihn bis zum nächsten Jahr aufheben können.

Auf dem Wohnzimmertisch steht neben einem Aschenbecher voller Pistazienschalen noch ein Sektkelch. Auf dem Boden neben einem Sessel finde ich einen Windbeutel, auf den jemand draufgetreten ist.

Mir wird ganz schwer ums Herz. Ich stehe auf und mache die Lichterkette an, die anfängt, vor sich hin zu blinken. Dann setze ich mich wieder und sehe ihr zu. Wie oft werde ich noch Weihnachten feiern?

Nach dem Essen rufen meine Kinder an. Es tut ihnen leid, dass ich heute Abend allein bin, mir nicht. Was juckt es mich, dass ein neues Jahr beginnt? Außerdem ist das für mich nicht zwangsläufig eine gute Nachricht. In meinem Alter hält ein neues Jahr meistens nicht mehr viele schöne

Überraschungen bereit. So freut man sich nicht länger darüber, dass die Zeit verstreicht, uns alsbald verschlingt. Man weiß ja, dass in der Sanduhr oben nicht mehr sehr viele Körnchen übrig sind. Mit einem Becher Bouillon und einer Mandarine werde ich im Büro ein bisschen fernsehen, auf Kanal 25 bringen sie *Ein Käfig voller Narren*, das ich bestimmt schon hundert Mal gesehen habe, dann gehe ich ins Bett. Morgen ist ein Tag wie jeder andere.

Freitag, 1. Januar

Heute hat mein Telefon ganz oft geklingelt. Mein Sohn, meine Tochter, meine Enkelkinder, mein Bruder, ein paar Neffen und Nichten haben angerufen und mir frohes neues Jahr gewünscht, Jeanne, frohes neues Jahr, Mama, frohes neues Jahr, Oma, frohes neues Jahr, Tante Jeanne ... Um doch ein wenig zu feiern, habe ich um die Mittagszeit zwei der schönen Sektkelche aus dem Schrank geholt, eine Flasche Crémant in die Truhe gelegt und Fernand angerufen. Eine halbe Stunde später war er da. Er hatte sich herausgeputzt und roch ganz sauber, wie kürzlich, als er die Marcelle im

Krankenhaus besucht hat. Ich habe die Flasche geholt, sie war schön kühl, und wir haben uns ins Büro gesetzt, wo ich den Kamin angezündet hatte. Es war angenehm warm. Die Sektkelche standen schon auf dem kleinen Beistelltisch, den ich von meinen Eltern geerbt hatte, zusammen mit Erdnüssen und ein paar Blätterteigröllchen mit Würstchen. Etwas verschüchtert saß er ganz vorn auf dem blauen Sessel, traute sich nicht, sich richtig hineinzusetzen, hob mit leicht zitternder Hand das Glas und sagte: «Ja, dann frohes neues Jahr, Madame Jeanne, auf die Gesundheit, ja, auf die Gesundheit ...»

Wir sprachen ein wenig über die Marcelle, über René und über früher. Dann fiel uns nichts mehr ein, worüber wir noch reden könnten. Ich schenkte uns noch einmal nach. Er hat die ganzen Erdnüsse gegessen und ich die Blätterteigröllchen. Ich glaube, er hat sich über die Gesellschaft gefreut. Ich mich auch. Wir mussten uns nicht unterhalten, Worte halfen nicht. Es war nicht schlimm, wenn einem keine einfielen. Wir wollten einfach nur nicht allein sein. Natürlich kann man versuchen, sich einzureden, es sei ein Tag wie jeder andere. Doch die Einsamkeit an einem solchen Tag ist nicht dieselbe wie sonst.

Sonntag, 3. Januar

Nine ist am Donnerstag zurückgekommen, Toinette kommt morgen wieder. Gilbertes Tochter ist mit der Asche nach Amerika zurückgeflogen. Allmählich kehrt der Alltag wieder ein, in Zeitlupe. Jede erholt sich von den Feiertagen, die für uns keine richtigen Feier-Tage mehr sind.

Dienstag, 5. Januar

Heute Morgen sind die Temperaturen unter null gesunken. Alles ist mit Raureif bedeckt, der Rasen wirkt wie gepudert und glitzert unter einer fahlen Sonne. Es ist Winter.

Der Winter ist die Jahreszeit der Toten. Nicht die Zeit, in der man ihrer gedenkt. Nein, es ist die Zeit, in der die Leute aus dem Leben gerissen und beerdigt werden.

Zuerst traf es Bertrand, er hat nicht mehr bis zum Jahresende durchgehalten. Am 30. Dezember ist er mit neunzig Jahren von uns gegangen, vor dem letzten Champagner, den Luftschlangen und Papierhütchen. Henri ist ihm kurz darauf gefolgt, bei seinem Begräbnis hat es in Strömen gegossen. Er wäre im März fünfundneunzig geworden. Sein Kopf machte oft nicht mehr ganz mit, aber körperlich strotzte er vor Gesundheit. Er ist einfach umgefallen, sie haben ihn im Pyjama auf dem Boden gefunden, zwischen Bett und Nachttisch. Dann hat es Camille getroffen, die fröhlichste und lebhafteste meiner Cousinen. Ich weiß noch, dass ich dachte, wenn selbst Camille am Ende stirbt, dann trifft es uns irgendwann alle – todsicher. Sie war gerade neunundachtzig geworden. Camille und ihr ansteckendes, wunderbar sprudelndes Lachen, das auch am Ende hin und wieder aus ihr herausbrach. Bei diesem Lachen, versicherte uns der Priester während der Trauerfeier, werde ihr Mann da oben im Himmel garantiert nicht lange brauchen, um sie zu finden. Camille, die zusammen mit Henriette und mir während der Besatzungszeit ins Militärhospital Val-de-Grâce gefahren war. Henriette hatten wir erst vor wenigen Monaten zu Grabe tragen müssen … Meine ganze Jugend wird mir entrissen, von Tod zu Tod, meine Erinnerungen, auf die wir nasse Erde schaufeln.

Mittwoch, 6. Januar

Ich versenke mich in die Vergangenheit. Nach dem Kaffee habe ich alte Fotoalben hervorgeholt, aus der Zeit meiner Eltern, meiner Jugend und den ersten Ehejahren. Damit habe ich mich auf den blauen Sessel gesetzt. Heute legt niemand mehr Fotoalben an, man besieht sich die Bilder auf einem Computer oder auf dem Handy, in Windeseile defilieren sie an einem vorbei, oft glänzt es so, dass man gar nichts sieht, ich bekomme davon Kopfschmerzen. Vor allem, wenn sie mir die Fotos auf ihren Telefonen zeigen, die alles können, reicht es, dass ich mit meinem Finger irgendwo drauftippe, wo ich nicht darf, und schon ist das Foto weg. Seitdem will ich das Gerät nicht mehr in die Hand nehmen, ich habe zu viel Angst, dass ich alles zum Verschwinden bringe.

Meine alten Alben sind nicht mehr in gutem Zustand, vor allem die, die ich bei meinen Eltern gefunden habe. Ein paar Blätter sind herausgerissen, manche Fotos haben sich aus den vier Ecken gelöst. Ich gebe mir Mühe, sie wieder an der richtigen Stelle einzusortieren, lese die Bildunterschriften, die sorgfältig mit weißem Stift auf schwarzem

Grund verfasst wurden. Ein Blatt Pergamynpapier, das beim Umblättern knistert, schützt die Fotos und verhindert, dass sie aneinanderkleben. In den ältesten Alben, schwere dunkelgrüne Bände mit kartonierten Blättern, sind die Fotos winzig klein. Dort finde ich meinen Vater und seine Schwester. Auf einem Tennisplatz scheint Tante Charlotte mit ausgestrecktem Schläger dem Ball entgegenzufliegen, trotz des langen Rocks, der ihr bis zu den Knöcheln reicht. Ein weißes Band ziert ihre Stirn und hält ihre Haare zurück, die sie der Mode entsprechend als «Bob» trägt. Auch meine Großmutter ist zu sehen und Tante Ginette, die andere Schwester meines Vaters, weiterhin die Mutter von Camille, Henriette und Louise. Hier bin ich mit meinen Cousinen – vier junge Mädchen, die auf einer Bank sitzen und Grimassen schneiden.

In einem anderen Album, wir machen erneut einen Sprung zurück, sieht man mich als blondes Mädchen mit glatten Haaren, das einen braven Eindruck macht. Ein paar Seiten weiter ist mein kleiner Bruder zu sehen, das dicke Baby, das ich so hässlich fand, als ich es zum ersten Mal in seiner Wiege sah, und auf dem heute das Gewicht von sechsundachtzig Jahren lastet. Da ist er noch einmal, etwas später, dieses wunderschöne Kind mit langen gelockten Haaren, dann als blutjunger Mann, athletisch und elegant, wie er am Strand von Paramé in der Uniform der Militärschule Saint-Cyr posiert. Ein Diplom des renommierten Instituts für politische Studien in Paris in der Tasche, umschwärmt von den schönsten Frauen, ein kluger Kopf, talentiert und gebildet, begab er sich in eine unglückliche Ehe und entschied sich für das kleine Büro eines Personalchefs. Ich glaube, er war nie glücklich. Und während ich immer noch auf meinen zwei Beinen laufe und mich ans Steuer meines Autos setze, meine Freundinnen auf eine Tasse Tee, ein Glas Weißwein oder eine Runde Bridge treffe und mein großes Haus in Schuss halte, sieht er in einer bescheidenen Wohnung in einem Pariser Vorort zu, wie die Tage an ihm vorüberziehen, kümmert sich um seine kranke Frau, obwohl er selbst kaum gehen kann und nach mehreren Herzinfarkten eingeschränkt ist. Sie verabreden sich mit niemandem mehr, ihr Telefon klingelt nicht, in ihrem Briefkasten kommen keine handgeschriebenen Umschläge oder Postkarten an. Die einzige Besucherin am Tag ist die Frau, die morgens kommt, um sie zu waschen. Beide atmen noch, aber ist das das Gleiche wie leben? Das Leben ist ungerecht …

Donnerstag, 7. Januar

Nachts, wenn ich nicht einschlafen kann, erzähle ich mir oft Geschichten. Male mir ein neues Leben aus. Ich bin wieder zwanzig und heirate noch einmal. Ich nehme denselben Mann, aber wir ziehen nicht aufs Land. Wir machen das, was wir ursprünglich vorhatten – was wir gemacht hätten, wenn mein Schwiegervater nicht sechs Monate nach unserer Hochzeit so brutal den Löffel abgegeben hätte: Wir wollten ins Ausland gehen, reisen. In meinen Geschichten helfe ich der Realität ein wenig nach. Ich ersetze die Elfenbeinküste, in der auf René eine Verwaltungsstelle gewartet hatte, durch den Fernen Osten, wovon nie die Rede war, dessen Erwähnung jedoch schon reichte, um mich zum Träumen zu bringen. Wir gehen an Bord eines Passagierschiffs, der *Bir-Hakeim* oder der *Marseillaise*, und schippern nach Indien. Anstatt die Geschäfte seines Vaters zu übernehmen, Versicherungspolicen zu verkaufen und abendelang mit zwei Fingern auf der Schreibmaschine Formulare auszufüllen, hätte René eine gute Anstellung bei der Seefrachtagentur erhalten. Wie sein Bruder Maurice. Wir hätten in Indochina gelebt, dann hätten wir wieder ein Schiff bestiegen, die *Ferdinand-de-Lesseps* oder die *Oregon*, um uns auf den Inseln Madagaskar, La Réunion, Tahiti niederzulassen …

Anstatt schreckliche Jahre mit meiner Schwiegermutter unter einem Dach zu verbringen, hätten wir ein schönes Haus am Meer gehabt und ein angenehmes Leben geführt. Abends hätte ich mich in Schale geworfen, um auf Bälle zu gehen. Offiziere hätten mit mir Walzer getanzt (René konnte nicht tanzen), der Champagner wäre mir zu Kopf gestiegen. Ich sehe mich vor mir, wie ich mich drehe, herumwirbele, lache, lache … möglicherweise in den Armen eines anderen …

In anderen Nächten bin ich eine Heldin. Es ist Krieg, Besatzungszeit … In Paris lerne ich einen jungen Mann kennen, der in der Résistance ist, ich engagiere mich an seiner Seite, er sieht gut aus, ist mutig, zusammen mit seinen Kameraden wird er mit Dynamit eine Brücke sprengen … Oder ich überbringe auf dem Fahrrad unter Lebensgefahr eine Nachricht an einen jungen Mann im Widerstand, ich trete wie wild in die Pedale, fahre immer schneller, ich spüre keine Müdigkeit, deutsche Soldaten schauen mir hinterher, aber ich habe keine Angst. Ich trotze ihren Blicken, merke, dass sie mich hübsch finden, aber ich ignoriere ihre Komplimente, vielleicht spucke ich im Vorbeifahren sogar auf den Boden, ich bin stolz, ich tue meine Pflicht, ich liebe mein Land, durch meinen Einsatz wird es gerettet …

Freitag, 8. Januar

Warum sterben so viele Menschen im Winter? Ist es die Kälte, das fehlende Licht? René ist an einem 6. Februar von uns gegangen, im Morgengrauen, es war frisch und sonnig. Die Kälte konserviert nicht immer.

Im Winter ist das Leben hart. Man läuft weniger schnell, weniger weit, das Räderwerk stockt, die Gelenke rosten ein. Frost und Wind rauben einem den Atem. Man muss kämpfen, um voranzukommen, braucht noch etwas Kraft, um durchzuhalten, die Jahreszeit zu überstehen, bis sich die ersten Knospen zeigen. Aber es zieht sich weiß Gott hin. Dabei sind die Tage kurz, sie sollten eigentlich schneller vergehen …

Das Leben ist verlangsamt. Es lastet auf uns, unser Kopf wird von düsteren Gedanken heimgesucht. Darum muss man ihn lüften, um zu vergessen. Langsam, aber sicher lässt man los.

Man braucht einen starken Willen, um den Winter zu überstehen, um sich zu widersetzen und sich aller Müdigkeit zum Trotz zu sagen, dass es vielleicht doch noch nicht der letzte ist.

Montag, 11. Januar

Vor ein paar Tagen, vielleicht aufgrund der vielen Todesfälle, habe ich mein Notizbuch aus dem Nachttisch geholt. Darin notiere ich Gedanken, die mir manchmal durch den Kopf gehen und von denen ich fürchte, dass ich sie vergessen könnte, desgleichen Zitate und kleine Aussprüche, die ich unterwegs aufschnappe. Auch rede ich mit dem lieben Gott, man weiß ja nie … Ich muss daran denken, was Louise nach Camilles Beerdigung zu mir gesagt hat: «Vielleicht sollte ich mir etwas Mühe geben, mich mit dem Ganzen hier anfreunden, dem lieben Gott, der Kirche … Das wäre zum jetzigen Zeitpunkt bestimmt nicht verkehrt, meinst du nicht auch?»

Louise geht schon seit Ewigkeiten nicht mehr in die Kirche, sie hat die Religion vor langer Zeit abgeschrieben. Während der Trauerfeier für Camille habe ich sie insgeheim beobachtet. Sie hielt die Lippen verschlossen, sogar beim *Vaterunser*. Nicht einmal bei den Liedern hat sie sie geöffnet. Sie, die früher so gern aus vollem Halse gesungen hat und über eine sehr schöne Stimme verfügt … Am Grab hatte sie sich immerhin bekreuzigt. Kurz danach hat sie die erwähnten Worte zu mir gesagt. Als hätte sie es plötzlich mit der Angst zu tun bekommen.

Heute Abend notiere ich in meinem Notizbuch den Satz eines Akademiemitglieds, dem ich im Radio zugehört habe. Es ist ein Herr mit großem Dünkel, aber er hat schöne Sachen gesagt, weswegen ich ihm verzeihe. Über Mozart hat er gesagt: «Wenn man das *Requiem* hört, möchte man am liebsten sterben.» Außerdem hat er daran erinnert, was sich Chopin auf seinem Totenbett gewünscht haben soll: «Spielen Sie Mozart, wenn Sie meiner gedenken …»

Ich glaube auch, dass es sehr schön sein muss, zu den Klängen eines Mozart zu entschlafen … Und so in den Herzen geliebter Menschen weiterzuleben, wenn sie später seine *Kleine Nachtmusik*, eins seiner Klavierkonzerte, eine Sonate oder eine Symphonie hören.

Dienstag, 12. Januar

Als ich heute Morgen die Fensterläden aufgemacht habe, hatte sich die Landschaft verändert, ganz so, als blickte man auf eine alte Postkarte in Schwarzweiß. Die Äste der Bäume waren mit einer dicken weißen Schicht bedeckt. Der Rasen, das Blumenbeet und sogar die Maulwurfshügel waren weiß. Der Himmel hatte sich gräulich gefärbt, der Hof wiederum war weiß. Dazu diese Stille, wie wenn eine Unterhaltung ins Stocken gerät, ein Engel durchs Zimmer geht. Wie der Schnee auf dem Fernsehbildschirm, wenn der Apparat plötzlich verstummt und das Wohnzimmer in gedämpftes Schweigen hüllt. Gestern Abend in den Nachrichten hatten sie vorhergesagt, dass es schneit, darum hatte ich mein Auto in die Garage gefahren. Solange Schnee liegt, fahre ich sowieso nicht. Wenn es schneit, kommt das Leben auf dem Land zum Stillstand. Undenkbar, dass man sich ins Auto setzt und jemanden besucht. Alle bleiben daheim. Die Einzige, die kommt, ist die Briefträgerin. Ich höre sie nicht vorfahren, das kleine gelbe Auto scheint wie ein Schlitten über den Schnee zu gleiten.

Um die Mittagszeit hatte sich der Nebel verzogen, die Sonne war wieder da, zunächst etwas schüchtern und blass, dann strahlte sie von einem plötzlich freigezogenen Himmel herunter. Der Winter nimmt wieder Farben an. Unter der gelben Sonne und dem blauen Himmel funkeln kleine Diamanten im Schnee, als wollten sie einen nach draußen locken. Aufgeregt wie ein Kind, zog ich meine Wollstrümpfe, meine gefütterten Stiefel, einen dicken Pullover und meinen alten Anorak an. Ich schnappte mir meinen Stock, und schon stand ich draußen. Machte ein paar vorsichtige Schritte über die Allee und stocherte vorher im Schnee, um nicht in ein Schlagloch zu treten. Schnee ist nicht ungefährlich, er verdeckt Steine und Löcher. Es knirschte unter meinen Stiefeln, die in dem Weiß unschöne Spuren hinterließen.

Ich ging bis zum Gemüsegarten, wollte den Blick genießen. Sogar die Wäscheleine ist weiß. In der Ferne zeichnet sich die Chaîne des Puys vor einem makellosen Himmel ab, es sieht wunderschön aus. Nur wenige Autos fahren über das Sträßchen, das an den Wiesen entlangführt, ich höre sie nicht, der Schnee macht einen angenehm taub. Alles ist wie in Watte gehüllt, Landschaft und Töne.

Am liebsten würde ich damit spielen. Schnee

ist, wie wenn die Kindheit vom Himmel fällt. Ich sammele etwas Pulverschnee von der Hecke, er ist eiskalt, ich habe keine Handschuhe an. Ich klemme den Stock unter den Arm, forme einen festen kleinen Schneeball und werfe ihn so weit ich kann. Dann noch einen, meine Finger gewöhnen sich an die beißende Kälte, sie werden ganz steif, nehmen sie nicht mehr wahr. Als ich versuche, auf einen Baumstamm zu zielen, einen Ast, das Gatter, den Baumstumpf der Kastanie, die wir letztes Jahr gefällt haben, verfehle ich mein Ziel fast immer. Was nicht am Alter liegt, ich war noch nie besonders geschickt. Plötzlich friere ich. Die Sonne steht tief, sie wärmt kaum. Es herrscht ein seltsames Licht. Ich atme schneller, spüre meine Nase nicht mehr, habe lauter Sternchen vor Augen. Ist es der Schnee, wird mir von dem vielen Weiß ganz schwindlig?

Ich versenke die linke Hand in meiner Anoraktasche und stütze mich mit der rechten auf den Stock, um rasch ins Haus zurückzukehren. Ich gehe schnell, damit mein Kreislauf wieder in Schwung kommt, fühle mich ganz steif. Zu lange habe ich mich nicht bewegt, die Füße in meinen gefütterten Stiefeln sind eiskalt. Um mich anzuspornen, denke ich an das Feuer, das ich gleich anmachen will, und die heiße Tasse Tee, die ich zusammen mit einer Scheibe Toast mit Butter zu mir nehme. Dann werde ich mein Kreuzworträtsel zu Ende bringen, im Warmen, dicht am Kamin. Für Schneebälle bin ich mittlerweile zu alt.

Mittwoch, 13. Januar

Der Schnee ist liegen geblieben. Ich hoffe, sie räumen bald die Straße, sonst kann Angèle morgen nicht kommen. Nicht, dass sie noch in den Graben fährt! Das Wetter ist schön, aber das Thermometer zeigt noch immer ein paar Grad unter null.

Schade, dass meine Enkel nicht da sind. Sie könnten auf der abschüssigen Wiese – die mit den Kühen und Pilzen – neben der Allee Schlitten fahren und auf der Terrasse einen Schneemann bauen. Einmal hat mein Enkel einen wunderschönen gebaut, der eine ganze Woche gehalten hat. Es war zum Ende des Winters hin, rund um die Ostertage. Drum herum schmolz alles langsam weg, nur der weiße Schneemann hielt stand. Obwohl der Schnee längst zu einem feuchten, glitschigen Schaum geworden war, harrte er unbeirrt auf der

Terrasse aus, die einer Eisbahn glich. Vom Küchenfenster aus konnte ich sehen, wie er in der Sonne von Tag zu Tag weniger wurde. Zuerst büßte er die beiden Kastanienaugen ein, dann seine lange Karottennase, bevor er sich in der milden Frühlingsluft ganz auflöste. Ich wartete noch ein paar Tage ab, bis der Schaum weggetrocknet war, dann holte ich Renés alten Strohhut wieder herein.

Donnerstag, 14. Januar

Als ich heute Morgen die Fensterläden geöffnet habe, hatte die Nacht die Landschaft mit einem nassen, schmutzigen Grau überzogen. Es goss in Strömen, der Regen trommelte auf die Dachrinne. Der Schnee war fast komplett geschmolzen, und die Bäume, die der Frost für kurze Zeit erleuchtet hatte, trugen wieder Schwarz. Angèle konnte problemlos Auto fahren und klingelte wie üblich um Punkt neun an der Tür. Das Leben nahm wieder seinen Lauf.

Nach dem Mittagessen bin ich schnell nach Le Donjon gefahren, um ein Paket gesalzene Butter und ein Baguette zu holen. Außerdem habe ich das Auto aufgetankt. Dann bin ich nach Hause zurückgekehrt und habe nichts mehr gemacht. Ich muss sogar eingeschlafen sein. Als ich aufwachte, waren die letzten weißen Flecken verschwunden. Noch nie war mir meine Kindheit so weit weg vorgekommen und meine Zukunft so leer.

Freitag, 15. Januar

Heute Morgen haben sie den großen Walnussbaum neben dem Haus gefällt. Ich hatte genug von den Nussschalen auf dem Kies. Wenn man drauftrat, hinterließ man überall schwarze Flecken und konnte die Nüsse nicht einmal essen, sie waren ganz trocken und voller Würmer. Dazu kamen die Blätter, die man zusammenharken musste oder die man im Hof vermodern ließ. Die Männer kamen zu dritt mit ihrem Gerät. Sie haben den gut hundert Jahre alten Baum vermessen, sind um ihn herumgelaufen und haben sich eine Weile besprochen, dann haben sie ein Seil darumgeschlungen, ihre Helme festgezogen und angefangen zu sägen. Allerdings ist er nicht zur richtigen Seite umgefallen. Wie in Zeitlupe ist er auf drei kleine Bäume gekippt, die ich gern mag, hat sie direkt über dem Boden abgeknickt und ist schließlich auf der Hecke gelandet, von der er ein großes Stück platt gedrückt hat. Sie werden neue Bäume pflanzen und die Hecke wieder aufrichten müssen, falls sie nicht auch erneuert werden muss. Wie lange wird das alles wohl dauern?

Samstag, 16. Januar

Ich habe schlecht geschlafen. Die ganze Geschichte hat mir doch arg zugesetzt. Als ich die Fensterläden öffne, sehe ich das Wäldchen und rechts davon den riesigen Stumpf des Walnussbaums, dessen Reste auf dem Kies liegen. Die Männer wollen heute kommen, um alles abzuholen. Oder morgen. Ich weiß es nicht. Langsam sterben die drei Bäumchen im Gestrüpp ab. Beim Anblick des großen Lochs in der Hecke wird mir ganz übel. Das alles riecht stark nach dem Ende.

Wird ein Baum zu alt, wird er kahl, bemoost oder hässlich. Stört er die Umgebung und hindert sie daran, zu wachsen und sich zu entfalten, fällt man ihn. Zerlegt ihn wie eine Kuh oder ein Schwein. Das beschert einem Holzscheite für den Kamin, und wenn das Holz noch einen gewissen Wert hat, verkauft man es.

Auch ich fühle mich ausgetrocknet, wurmstichig. Wann wird mich der Sensenmann holen? Bei mir wird es anders sein als bei dem Nussbaum, egal zu welcher Seite ich kippe, ich werde niemandem etwas zuleide tun. Ich werde langsam umfallen, aber zusammen mit meinem Leben wird kein anderes ausgelöscht. Nach mir werden weiterhin die Beete blühen, wird meine Hecke ergrünen, und meine Bäume werden in den Himmel ragen.

Nicht weit von meinem Rundbeet haben meine Enkelkinder auf dem Rasen einen Baum für mich gepflanzt. Es war ein Geschenk zum achtzigsten Geburtstag. Sie hatten eine Art ausgesucht, die ich nicht kannte, einen Ginkgo biloba. Man nennt ihn auch «Baum der tausend Taler», weil sich seine Blätter im Herbst golden färben und am Boden um den Stamm herum einen Teppich aus Talern bilden. Er soll gegen alles Mögliche resistent sein und sogar eine Atomexplosion überstehen! Und er gehört der ältesten bekannten Baumsorte an.

Mein Bäumchen hatte jedoch kein Glück. Schon im ersten Winter hat ihm ein Sturm den Schädel abrasiert. Es sah sehr komisch aus … Und hat ihm wirklich nicht gutgetan, denn auch zehn Jahre später braucht er noch eine Baumstütze. Er wächst weder in die Höhe noch in die Breite. Es sieht jämmerlich aus. Sein Stamm, der dünn ist wie ein Stück Reisig, ist schon von Flechten bedeckt, ganz so, als wäre er vorzeitig gealtert. Dennoch kleiden im Frühling ein paar Blätter die Äste in zartes Grün, aber nicht so viele, dass es im Herbst für einen goldenen Teppich reicht. Die beiden längsten Äste, die auch die höchsten sind, sehen aus wie Christi Arme am Kreuz, als würden sie zur Seite und zum Himmel gestreckt. Meine Enkel nennen den Baum oft «Oma». Wenn ich ihn mir so ansehe, heißt das gelinde gesagt, dass ich nicht besonders gut in Form sein kann. Man schlinge mir einen Schal um den Hals und setze an die Stelle meines Kopfs einen Strohhut, schon tauge ich perfekt als Vogelscheuche.

Montag, 18. Januar

Ist es der Gedanke, dass ich vom lieben Gott nicht mehr weit weg bin? Heute Morgen im Bett habe ich angefangen zu beten. Keine vorformulierten Gebete, oh nein. Ich habe einfach mit

Gott geredet und wurde von einem seltsam wohltuenden Gefühl erfasst. So blieb ich eine Weile liegen, in einer nahezu übersinnlichen Stimmung von Frieden. Ich glaube, ich hätte auch sterben können, hätte ganz langsam gehen können, nichts hätte mich zurückgehalten.

Ich musste wieder an René denken. Er betete jeden Abend und fand es schade, dass ich mich ihm nicht anschließen wollte. Wir hatten nicht die gleiche Vorstellung von Gott und auch nicht die gleiche Art, uns mit ihm in Verbindung zu setzen. René war als Mensch sehr traditionell, er brauchte Rituale, nahm eine Stunde vor der heiligen Kommunion nichts mehr zu sich, ging einmal pro Monat zur Beichte. Ich tat das alles nicht. Er nannte mich «Ungläubige».

Zum Beten kniete René sich auf den Bettvorleger, legte die Ellbogen auf die Tagesdecke und den Kopf in seine Hände. Mit leiser Stimme sprach er ein *Vaterunser*, ein *Gegrüßet seist du, Maria*, einen *Akt der Reue.* Schweigend und ohne sich zu bewegen, verharrte er eine Weile in dieser Haltung. Dann bekreuzigte er sich, stand langsam auf, zog seine gelben Schlappen aus, die er sich in Marokko gekauft hatte, stellte sie fein säuberlich neben den Bettfuß, kroch unter die Decke, setzte die Brille auf und blätterte im *Figaro Magazine*, bevor er die Nachttischlampe löschte und mir eine gute Nacht wünschte, indem er mir einen zarten Kuss auf die Stirn drückte.

René war ein rechtschaffener Mann, voller Regeln und Disziplin. Er gehorchte dem lieben Gott, dem Pfarrer, den Gendarmen und dem Präsidenten der Republik – auch seiner Mutter, die fordernder war als all die Genannten zusammen und die die Geschmacklosigkeit besaß, weit über neunzig zu werden. René fuhr nie schneller als erlaubt, war zu allen Menschen höflich, bezahlte seine Steuern und seine Rechnungen auf Heller und Pfennig. Sehr originell war er nicht, wurde aber allein dadurch selbst zum Original – ein seltsames Geschöpf, das in all seiner Ernsthaftigkeit lustig wirkte.

Ich selbst gehe nie zur Beichte, denn ich kläre meine Sachen mit dem lieben Gott direkt. Ich knie mich zum Beten auch nicht hin. Außerdem spreche ich kein Abendgebet. Ich bete, wenn mir danach ist, wenn ich das Bedürfnis danach habe. Und ich sage auch keine vorformulierten Sätze auf, sondern das, was mir in den Sinn kommt. Manchmal spreche ich wirklich eine Bitte aus, sage: «Lieber Gott, mach, dass …», aber ich versuche, es nicht zu übertreiben. *Ich* sollte dem lieben Gott zu Gefallen sein, nicht er mir. Er muss sich um Seelen kümmern, die viel notleidender sind als ich, es gibt so viele bedauernswerte Geschöpfe, und ich habe so viel Glück, habe so ein schönes Leben. Oft denke ich, das ist nicht gerecht. Dann schäme ich mich ein wenig.

Ich sollte anderen Menschen etwas abgeben, den Schwachen etwas von meiner verbliebenen Kraft widmen. Anstelle eines Gebets bitte ich daher häufig um Verzeihung. Nicht, dass ich große Sünden begehe, aber es kommt schon mal vor, dass ich von jemandem, der mich brauchen könnte, den Blick abwende, Leute abweise, die es nicht verdient haben. Mit zunehmendem Alter werde ich ungeduldiger. Meine Welt schrumpft und damit auch meine Sorgen. Sie drehen sich immer mehr um mich und entfernen mich von den anderen. Auch meine Zeit wird geringer, wertvoller, und Warten wird zur Angst. Ich bin wie ein Neugeborenes, das alles will, sofort, weil es sich die Zukunft nicht vorstellen kann. Es weint, es weiß nicht, dass die Tür, die sich hinter der Mutter schließt, Minuten später wieder aufgehen wird und sie lächelnd hereinkommt. Auch ich weiß es nicht, nicht mehr. Ich habe keine Gewissheiten mehr. Wenn meine

Kinder wegfahren, bin ich nicht sicher, dass ich sie noch mal wiedersehe. Zukunft und Gegenwart vermischen sich.

Donnerstag, 21. Januar

Mein Sohn hat sich in den Kopf gesetzt, ein paar Arbeiten auszuführen. Ich kann es ihm nicht verbieten, seit Renés Tod gehört das Haus offiziell meinen Kindern. Ich wohne gewissermaßen bei ihnen. Ich weiß ja, dass das Haus verfällt, die Wände zittern, dass es seine Glanzzeiten hinter sich hat. Wir altern gemeinsam. Mich stört das nicht, ich sehe nicht, wie die Sachen verkommen. Angeblich ist die Elektrizität veraltet, und das ist nicht ungefährlich. Es fehlte noch, dass das Haus in die Luft fliegt und ich gleich mit! Darum war ich einverstanden, dass der Elektriker kommt. Und auch die Wände werden überall rissig, die Farbe blättert ab, die Tapete löst sich, es gibt Probleme mit den Wasserhähnen und der Badewanne … Am Ende habe ich allem zugestimmt. Solange ich mich nicht darum kümmern muss. Daher bevölkern hier seit einer Woche Männer, die ich nicht kenne, das Haus.

Heute Morgen haben die Arbeiter um acht geklingelt. Sie haben mich geweckt, so früh hatte ich sie nicht erwartet. Ich habe meinen Morgenrock übergeworfen und bin ganz schlaftrunken nach unten gegangen, um ihnen die Tür aufzumachen. Es sind ziemlich viele, mindestens vier oder fünf, ich weiß nie, wer wer ist, wer was macht, ich kann sie nicht auseinanderhalten. Klempner, Elektriker, Schreiner, Maurer, ständig verwechsele ich sie, sage dem einen zehn Mal guten Tag und dem anderen überhaupt nicht. Jeden Abend schaue ich nach, was sie gemacht haben, aber ich kann es nicht erkennen. Für mich sieht alles noch genauso aus wie zuvor. Das verstehe ich nicht, wo sie doch den ganzen Tag da sind. Sie machen anscheinend Sachen, die man nicht sieht. Für mich zieht sich jedenfalls alles sehr lange hin. Sie lassen die Türen offen stehen, die kalte Luft strömt ins Haus und dringt in alle Zimmer. Überall ist Staub, ihre Schuhe hinterlassen weiße Abdrücke auf dem Parkett und braune auf den Fliesen. Angèle behauptet, sie seien wahre Schmutzfinken. Ich will nur noch, dass es vorbei ist, will ein sauberes Haus haben und mich wieder daheim fühlen.

Sonntag, 24. Januar

Mein Sohn war übers Wochenende hier. Er hatte sich am Freitag kurzfristig für das Mittagessen angekündigt, weil er den Chef der Handwerker sprechen wollte. Bei der Gelegenheit habe ich ihm erzählt, dass sie so viel Dreck machen. Ich hatte fast nichts da, was ich ihm vorsetzen konnte, seit Weihnachten habe ich nicht mehr viel gekocht, und die Truhe ist ziemlich leer. Mir wäre lieber, man würde mir ein paar Tage vorher Bescheid sagen, dann hätte ich Zeit, mich darauf einzustellen.

Er hat dann ganz viel eingekauft. Das ist der Vorteil, wenn er kommt, er besorgt immer tausend leckere Sachen und füllt meinen Kühlschrank auf. Und natürlich hat er auch alle Uhren aufgezogen. Wenn sie stehenbleiben, muss man sie mit einem Schlüssel aufziehen und sie um voll und um halb schlagen lassen, was ich oft vergesse. Kaum ist er angekommen und hat mich begrüßt, stürzt er sich schon auf die große Wanduhr in der Diele, um das Pendel wieder anzustoßen. Ich traue mich nicht, es ihm zu sagen, aber im Grunde meines Herzens ist es mir fast lieber, wenn sie schweigt; seit mein Schlaf nicht mehr so fest ist, wecken mich die klangvollen Schläge, die wie ein chinesischer Gong klingen, und ich schlafe nicht wieder ein.

Wir haben gut gegessen und getrunken, er hat sogar gekocht, damit ich mich nicht zu sehr verausgabe. Dann haben wir mehrere Runden Scrabble gespielt, die ich alle gewonnen habe. Zugegeben, ich bin im Training, ich kenne alle Wörter mit Y, Q und X auswendig. Ich sah, wie er blass wurde, als ich die acht Buchstaben von «Hydroxid» auf ein Bonusfeld mit dreifachem Wortwert legte, wobei das Y auf einem Feld mit doppeltem Buchstabenwert lag.

Gestern hat er ganz lange neben dem Telefon im Büro gesessen, ich hatte mich schon gefragt, was er dort ausheckt. Als ich mit dem Rollwagen ankam, um mit ihm zusammen Tee zu trinken, war er endlich fertig. Er hat seinen Computer aufgeklappt und sichtlich zufrieden gesagt: «Es funktioniert!» Was funktioniert? Da sah ich, dass er ein hässliches flaches Kästchen angebracht hatte. Er selbst nennt es «Box». Diese Manie, immerzu englische Wörter zu benutzen … Noch so eine Mode. Er hat mir erklärt, dass mir dieses Kästchen Internetzugang gewährt. Was soll ich dazu sagen, jetzt wo er es angeschraubt hat, werde ich es nicht wieder abhängen. Ich will es aber gar nicht erst verstehen. Ich konnte ja schon mit dem Minitel nichts anfangen, wobei der Minitel noch scheußlicher war, weil er viel mehr Platz eingenommen hat. Er sah aus wie ein beiger Fernsehapparat in Klein. Jahrelang stand er neben dem Telefon, dann mussten wir ihn der Post zurückgeben. Was für eine Erlösung! Und jetzt habe ich stattdessen dieses rechteckige weiße Plastikkästchen mit roten und grünen Lämpchen, die pausenlos blinken. Und natürlich weitere Kabel, neue Kabel, es kommen immer mehr Kabel dazu. Der ganze Krempel neben den Fußleisten und der Bibliothek mit den alten Büchern … Warum ist alles Neue immer so hässlich? Warum sind diese Internetkästchen nicht aus Holz? Und warum nehmen sie nicht weniger Platz ein? Heute kriegt man doch hundert Lieder in Telefone, die nicht viel größer sind als eine Streichholzschachtel, und ganze Bibliotheken in tragbare Computer in der Größe eines Taschenbuchs.

Dienstag, 26. Januar

Mist! Just in dem Moment, als ich mit der Teekanne in die Küche kam, gab die Neonröhre ihren Geist auf. Auch wenn die Tage wieder länger werden, wird es doch früh dunkel, in einer Stunde sehe ich nichts mehr. Was soll ich machen? Mein Sohn ist gerade abgereist, meine Tochter und mein Schwiegersohn kommen erst nächstes Wochenende. Zwar ist Angèle übermorgen da, aber ich sehe es nicht gern, wenn sie auf den Hocker steigt … Und Fernand, den Armen, kann ich schon lange nicht mehr um Hilfe bitten. Ich könnte einen der Handwerker fragen, aber das traue ich mich nicht. Dafür sind sie nicht da, und sie sind auch nicht sehr gesprächig … Schließlich hole ich die Nachttischlampe aus einem der Kinderzimmer und stelle sie neben den Gasherd. Das bringt mir zwar nicht viel Licht, aber zum Aufwärmen der Suppe sollte es reichen.

Da ein Unglück selten allein kommt, hebe ich probehalber die Gasflasche an. Sie macht mir einen ziemlich leichten Eindruck, bestimmt wird sie auch bald leer sein. Vorsichtshalber benutze ich die Elektroplatte, bis mein Schwiegersohn kommt und mir die neue Gasflasche, die schon im Keller steht, hochholt. Man weiß ja nie.

Samstag, 30. Januar

In meiner Küche ist das Licht zurück, außerdem hat mein Schwiegersohn die Gasflasche und die Neonröhre ausgetauscht. Dabei hat er die Lampe gleich sauber gemacht, unzählige kleine schwarze Insekten hatten es ins Innere geschafft, wo sie verbrannt waren. Die Lampe strahlt jetzt viel heller. Ich bin mir nicht sicher, ob wir sie seit Renés Tod jemals sauber gemacht haben … Genauso wenig wie das kleine Neonlämpchen über der Spüle, das ich nie benutze und das meine Tochter im Visier hat. Jedes Mal, wenn sie kommt, findet sie es widerlich, wundert sich, dass mich das nicht stört, schnappt sich ein Schwämmchen und Scheuermilch und wischt ewig daran herum. Ohnmächtig sehe ich ihr dabei zu: Meine größte Angst ist, dass sie einen Stromschlag bekommt.

Meine Tochter ist ein Putzteufel. Überall sieht sie Flecken. Auf meinem Mülleimer, auf meinem Herd, auf den Zierdeckchen … Sie entdeckt Suppenreste in den Deckeln der Tupperschüsseln, spült systematisch alle Salatschüsseln und das Salatbesteck nach, das ganz fettig sein soll, wie sie angeekelt behauptet, nachdem sie mit dem Finger darübergefahren ist, wienert die Steingutfliesen über der Spüle, kocht meine Schwämmchen ab und wirft alles in die Waschmaschine, in die sie kurz nach ihrer Ankunft schon die Tischdecke, die Handtücher und Geschirrtücher geworfen hat, weil sie angeblich nach altem Putzlappen stinken. Ich glaube, sie hat zu viel Phantasie.

Dienstag, 2. Februar

Heute ist Mariä Lichtmess. In meiner Kindheit hieß es: «Ist's an Lichtmess hell und rein, wird's ein langer Winter sein. Wenn es aber stürmt und schneit, ist der Frühling nicht mehr weit.» Ich kann mich an einen Winter in den ersten Jahren unserer Ehe erinnern, wir wohnten noch mit meiner Schwiegermutter unter einem Dach. Der Herbst war mild gewesen, ein richtiger Altweibersommer. Im Dezember und Januar war es kaum kühler geworden. Am 2. Februar sackte dann das Thermometer schlagartig nach unten, stürzte am frühen Morgen unter null Grad, und es fing an zu schneien. Jetzt war die Kälte da. Einen ganzen Monat lang blieb der Schnee unter einem eisblauen Himmel liegen, auf allem lag eine dicke

Schicht. Der Boden war gefroren, wir hatten keine Möhren, keinen Lauch, keinen Kohl mehr. Ich weiß noch, wie René seine Skier vom Dachboden holte, alte Holzskier von vor dem Krieg, um damit querfeldein zum Lebensmittelladen in Montcombroux zu fahren. Mit den Skiern an den Füßen und seinem alten Rucksack auf dem Rücken brachte er Gemüse, Brot, Milch und Butter mit – alles, was er bekommen konnte, ich weiß nicht mehr ganz genau, was. Beim Fleisch hatten wir noch Vorräte, denn auf dem Bauernhof hatten sie einen Monat zuvor ein Schwein geschlachtet. Schinken, Hachsen und andere Stücke lagen in Steinguttöpfen im Keller. Da das Wasser gefroren war, kam kein Tropfen mehr aus dem Hahn. Sogar der Brunnen war zugefroren. Zum Trinken, Kochen, Spülen, Wäschewaschen und für unsere Morgen- und Abendtoilette schaufelten wir Schnee in einen Eimer und kippten ihn in großen Mengen in die freistehende Badewanne meiner Schwiegermutter. Um auch nur ein bescheidenes Glas Wasser zu erhalten, mussten wir den Eimer füllen, der sonst zum Putzen diente. Draußen war es je nach Tageszeit zwischen minus fünf und minus zwanzig Grad. Den ganzen Monat über blieb das Thermometer unter null. Drinnen war es auch nicht besonders warm … Am angenehmsten war es noch in unserem Schlafzimmer, wo ein guter Holzofen stand. Dort wuschen wir uns in einer Zinnwanne, gleich neben dem Ofen, das Wasser hatten wir zuvor in einem Topf in der Küche erhitzt.

Als ich heute Morgen die Fensterläden öffne, zwickt mich ein eisiger Luftzug in die Nase. Ich werfe einen Blick auf das Außenthermometer, es ist noch einmal um ein paar Grad gefallen. Heute ist der 2. Februar – es wird wohl ein langer Winter werden. Wir haben Mariä Lichtmess, und mir ist überhaupt nicht danach, die traditionellen Crêpes zu backen.

Freitag, 5. Februar

Gestern hat es den ganzen Tag geregnet, aber heute ist das Wetter wieder schön, und ich bin lange draußen geblieben. Mein Sohn kommt später und will übers Wochenende bleiben. Für das Abendessen habe ich bei meinem guten Metzger eine Kartoffeltarte gekauft. Vorhin war ich hinterm Haus, in dem Teil, der immer im Schatten liegt. Dort haben wir eine alte Terrasse mit breit verfugten Steinplatten. In den älteren Häusern lag die Terrasse immer im Norden, weil die Damen der gehobenen Gesellschaft ihre Haut nicht der Sonne aussetzen durften. Zwischen den Steinen ist ganz viel grünes Moos gewachsen. Wenn es noch frisch ist, macht das Herausrupfen Spaß; man zieht an einem kleinen Stück, dann kommt der Rest von selbst hinterher. Man muss nur aufpassen, weil die Platten nach dem Regen rutschig sind. Mit dem Stock bearbeite ich das Moos, bis es sich lockert, dann bücke ich mich, nehme den feuchten Zipfel in die Hand und ziehe vorsichtig daran, bis ein größeres Stück mitkommt. Das mache ich ein paar Zentimeter weiter noch einmal. An einer Stelle spüre ich etwas Widerstand, also ziehe ich fester, noch fester, und bums, liege ich auf der Erde, zum Glück nicht mit dem Kopf zuerst, sondern mit der Hand. Wie durch ein Wunder komme ich wieder auf die Füße. Gott sei Dank, denn ich habe weder mein Halsband noch mein Handy dabei. Erleichtert, wieder stehen und gehen zu können, stelle ich schnell fest, dass ich mir die Strümpfe zerrissen und das Knie aufgeschürft habe und dass vor allem mein linkes Handgelenk sehr schmerzt, es ist doppelt so dick wie mein rechtes. So ein Pech. Ich kehre ins Haus zurück und sage mir, dass ich am besten gar nichts mache, da mein Sohn sicherlich bald kommt. Immerhin habe ich mir eine Synthol-Kompresse gemacht und dann gewartet.

Als er mein Handgelenk sah, hat er als Erstes mit mir geschimpft. Was hatte mich bloß geritten? In meinem Alter auf die Idee zu verfallen, auf der Terrasse Unkraut zu zupfen! Vor allem, wo er das mit dem «Kärcher» in null Komma nichts erledigen könnte? Ich wusste nicht, was ich darauf sagen sollte, ich war müde und bestimmt auch etwas angeschlagen, hatte Schmerzen. Und da mir nicht die richtigen Worte einfielen, brach ich in Tränen aus. Das stimmte ihn etwas milder, und er beschloss, mit mir ins Krankenhaus zu fahren, um das Handgelenk röntgen zu lassen.

Wir fuhren nach Vichy. Der Arme, er war gerade erst aus Paris gekommen … Und alles nur meinetwegen. Im Auto sagte ich nicht viel, ich wiederholte nur, dass es mir leidtue, sehr leidtue … Irgendwann sagte er, ich solle ruhig sein, es brauche mir nicht leidzutun.

Auf dem Röntgenbild war nichts zu sehen. Ich hatte mir also nichts gebrochen. Gott sei Dank bekam ich keinen Gips wie die jungen Leute, wenn sie sich auf der Skipiste den Arm oder das Bein brechen. Das hätte mir noch gefehlt! Es war nur eine kleine Verstauchung, nicht der Rede wert. Trotzdem wickelten sie mir eine elastische Binde um den Arm, ein hässliches Teil und viel zu eng, das ich eine Woche lang tragen sollte, außerdem musste ich den Arm in eine Schlinge legen. Dann bekam ich noch ein Rezept für Entzündungshemmer und ein anderes für Krankengymnastik. Ich werde nichts davon in Anspruch nehmen. Entzündungshemmer habe ich schon einmal genommen, die sind mir nicht bekommen, ich hatte fürchterliche Bauchschmerzen, und nach zwei Wochen sah ich überall Sternchen, weil mein Blutdruck mit diesen blöden Dingern nach oben geklettert war. Krankengymnastik mache ich lieber selbst. In eine Praxis zu fahren macht die Dinge nur unnötig kompliziert.

Im Grunde war es nicht nötig, so viele Kilometer zurückzulegen, mein Doktor in Lapalisse hätte mich genauso gut behandeln können. Ich wusste ja von Anfang an, dass nichts gebrochen war. Meine Kinder sind schrecklich, immer müssen sie übertreiben. Ich bin doch nicht aus Zucker.

Dienstag, 9. Februar

Mein Sohn ist dann doch erst heute abgereist. Er hat sein Wochenende verlängert, um mir zu helfen, bis ich mich daran gewöhnt hatte, alles mit dem linken Arm zu machen. Auch wenn ich einigermaßen klarkomme, bin ich mit links weniger geschickt und habe vor allem auch weniger Kraft. Also mache ich von allem weniger: Ich koche das Teewasser in einem winzigen Topf, gieße nur wenig Wasser in die Kanne, damit sie nicht so schwer ist, wärme die Suppe in einem kleinen Schälchen auf und mache meine Fischfilets in einer winzigen Auflaufform. Am Morgen mache ich eine Katzenwäsche. Auch meine Spaziergänge auf der Allee fallen kürzer aus, ich mache ganz kleine Schritte, weil ich mich mit der linken Hand nicht so gut auf dem Stock abstützen kann. Ich ernähre mich von Nudeln, Reis und Joghurt, da ich kein Gemüse und auch kein Stück Obst schälen könnte. Bevor er gefahren ist, hat mein Sohn mir eine leckere Suppe gekocht, die er in mehrere Tupperschüsseln verteilt hat. Damit sollte ich hinkommen.

Mittwoch, 10. Februar

Gilberte fährt nicht mehr Auto. Sie kann nicht mehr, es ist zu gefährlich. Ihre Beine machen ihr zu sehr zu schaffen, genau wie ihre Hände, die sich immer mehr verformen. Wenn der Körper mit fünfundneunzig Jahren nicht mehr will, sollte man auf ihn hören. Auch wenn der Kopf nicht einverstanden ist und es einem in der Seele weh tut.

Auf dem Land nicht mehr Auto fahren zu können, ist ein bisschen wie sterben. Anfangs kommen die Leute noch vorbei, aber mit der Zeit, da man sich nirgendwo mehr begegnet, wird man vergessen. Dann kommt die Leere, gepaart mit einer Einsamkeit, an die man sich erst gewöhnen muss. Und das Leben geht auf das Ende zu.

Donnerstag, 11. Februar

Ich habe schlecht geschlafen. Das wird allmählich zur Gewohnheit. In meinem Kopf kreisen die Gedanken, und wie so häufig nachts waren sie eher düster. Ich dachte wieder an Gilberte. Auch ich kann mit meinem Handgelenk nicht mehr Auto fahren. Natürlich nur vorübergehend, eine Woche vielleicht, hat der Doktor gesagt, aber eines Tages werde ich ebenfalls gezwungen sein, das Autofahren für immer aufzugeben. Wie Gilberte. Was wird aber aus mir, wenn ich nicht mehr fahren kann? Besser wäre es, ich würde vorher diese Welt verlassen.

Am Anfang unserer Ehe fuhr ich gar nicht. Ich hatte nach dem Krieg den Führerschein gemacht, aber nie ein Auto besessen, und es hatte mir auch nicht gefehlt. Meine Tage verbrachte ich zwischen der Küche, dem Gemüsegarten, den Blumenbeeten und dem Büro, das wir Räucherkammer nannten. Wenn wir bei Freunden eingeladen waren, fuhr René. Nach dem alten gebrauchten Citroën hatten wir uns einen blassblauen Panhard zugelegt, den René mit einer Kurbel starten musste.

Nach der Geburt meiner Tochter habe ich mit über vierzig in Vichy noch einmal Fahrstunden genommen. René arbeitete sehr viel, und wir hatten es, wie er sagte, zu «einem bescheidenen Wohlstand» gebracht. Zum ersten Mal konnten wir daran denken, uns ein zweites Auto zuzulegen. Nachdem der Fahrlehrer mich für fähig erklärt hatte, allein am Steuer zu sitzen, hatte René mir einen hübschen dunkelgrünen R4 gekauft. Ich erinnere mich noch heute an das Nummernschild: *571 JS 03*. Diesem Auto habe ich es zu verdanken, dass ich endlich wegkam! Ich schrieb mich in Vichy im Tennisclub ein, wo ich als gute Spielerin rasch Freunde fand. Dort war das Publikum ein anderes als auf dem Land, endlich erschlossen sich mir neue Horizonte. Ich ging zu Veranstaltungen von *Connaissance du monde*, ins Kino oder in die Oper.

Manchmal kam René mit. Ich erinnere mich an eine Veranstaltung mit dem Skipper Alain Colas, der kurz darauf auf See bleiben sollte. Hinterher war René nach vorne gegangen, um mit ihm zu sprechen. Ganz verschüchtert hatte ich mich im Hintergrund gehalten. So war René, er kam mit allen ins Gespräch. Einmal fanden in einem Schloss in der Umgebung Dreharbeiten statt; neugierig, wie er war, fuhr René hin und unterhielt sich lange mit einem «freundlichen Herrn». Er hieß Jean-Claude Brialy, und René hatte keine Ahnung, wer er war. Ein andermal, als er in Paris war, hatte er jemanden beschwatzt, ihn bei einem Empfang im Senat einzulassen, wo er mit mehreren bekannten Politikern gesprochen und sich zugleich den Bauch mit leckerem Konfekt vollgeschlagen hatte.

Es kam auch vor, dass ich mit meinem R4 Mist baute. So verwechselte ich mitunter Vorwärts- und Rückwärtsgang, auf diese Weise hatte ich eines Morgens die Garagenmauer eingedrückt. Oft schaltete ich direkt vom zweiten in den vierten Gang, was einen ohrenbetäubenden Krach machte. Regelmäßig vergaß ich auch, den Choke wieder reinzudrücken. René schimpfte dann mit mir: «Mensch, du hast schon wieder den Choke vergessen, so machst du noch den Motor kaputt!» Das Schlimmste war allerdings, dass ich einmal den ganzen Weg von Vichy zurück mit gezogener Handbremse zurückgelegt hatte, achtunddreißig Kilometer! Als ich zu Hause ankam, roch es verbrannt. René wäre um ein Haar in Ohnmacht gefallen. Das nur, um zu sagen, dass ich schon immer etwas kopflos war.

Freitag, 12. Februar

Mein Gott, ist dieser Februar trist. Nichts passiert. Fast sehne ich mich nach Marcelles Klingeln, betrachte wehmütig meine Zuckerdose, wünsche mir, dass eine Kuh ausreißt und über meinen Rasen trampelt, dass sich ein Kavalier auf die Allee wagt, jemand auf mich zukommt und «Guten Tag, Jeanne!» sagt. Dass etwas passiert. Dass ich einen guten Grund habe, um den ein oder anderen anzurufen und abenteuerliche Geschichten zu erzählen, über die man lachen kann. Aber kein Mensch kommt vorbei.

Es ist noch gar nicht so lange her, da waren wir ein Dutzend Leute, die zum Essen, zum Bridgespielen oder zum Schwätzen zusammenkamen. Anfangs als Paare, dann sind die Männer weggestorben, und wir Frauen haben weitergemacht. Ich sage zwar, dass es noch nicht so lange her ist, aber wenn ich darüber nachdenke, war es vor mehr als zehn Jahren … Wie die Zeit rast …

Ich rechne nach, verheddere mich, komme durcheinander. Bei manchen weiß ich nicht einmal, ob sie tot sind oder nicht. Wenn ich nicht bei ihrer Beerdigung war, kann ich mich nicht erinnern. Leben sie noch? Einige sind schon ganz lange nicht mehr fit, ich habe sie seit Urzeiten nicht gesehen, also weiß ich es nicht. Die alte Madeleine aus Les Bécauds zum Beispiel, ist sie irgendwann gestorben? Und die Witwe aus Les Jacquets?

Früher haben Nine, Toinette, Gilberte und ich uns immer gegenseitig gefragt: Und wie geht es

X? Und kommt Y bald aus dem Urlaub zurück? Und hat Z gerade die Kinder zu Besuch? Heute heißt es eher: Lebt X noch? Und Y ist doch schon gestorben, oder? Manchmal sehen wir uns alle vier fragend an. Wir können uns noch so sehr den Kopf zerbrechen, wir wissen es nicht mehr.

Samstag, 13. Februar

Um die Mittagszeit habe ich meine Tochter vom Bahnhof abgeholt. Gestern habe ich die Binde abgenommen, die mein Handgelenk zusammengeschnürt hat, Gott sei Dank ist es überhaupt nicht mehr geschwollen. Ich habe noch leichte Schmerzen, aber das stört mich nicht beim Fahren. Allerdings fällt mir auf, je älter ich werde, umso weiter kommt mir die Strecke nach Moulins vor. Früher habe ich mit dem Auto eine halbe Stunde gebraucht, heute rechne ich mit einer ganzen Stunde. Ich fahre immer langsamer, achte darauf, dass ich nicht zu weit rechts bin, aber auch nicht zu weit links. Mein Blick geht vom Tacho zur Straße und von der Straße zum Tacho. Wenn ich nicht auf die Tachonadel starre, überwache ich die Tankuhr, denn ich habe immer Angst, dass sie auf einen Schlag absackt oder falsch geht, bei «halb voll» stehenbleibt, obwohl im Tank fast nichts mehr drin ist. Ich will mir gar nicht ausmalen, wie es ist, wenn einem mitten auf der Strecke das Benzin ausgeht. Was würde ich dann tun? Zum Glück habe ich mein Handy um den Hals, aber an ganz abgelegenen Orten funktioniert es manchmal nicht. Und abgelegene Orte gibt es auf meinem Weg zum Bahnhof viele. Bis nach Yzeure zum Beispiel geht es über ein kleines Sträßchen. Es gibt dort nichts als ein paar einsame Bauernhöfe und hauptsächlich Kühe, die mir nicht weiterhelfen könnten.

Wenn ich früher jemanden am Bahnhof abholte, war ich immer angespannt, weil ich Angst hatte, keinen Parkplatz zu finden. Darum kam ich absichtlich gut fünf Minuten zu spät, um gar nicht erst parken zu müssen. Der Betreffende war vorab informiert und wartete auf dem Bürgersteig auf mich. Ich brauchte bloß auf seiner Höhe zu halten, abzuwarten, bis er sein Gepäck auf den Rücksitz geworfen hatte und eingestiegen war, und los ging's. Ich machte nicht einmal den Motor aus. Mittlerweile haben sie einen großen Parkplatz gebaut, der gut erreichbar ist, und das Warten bereitet mir keine Probleme mehr.

Meine Tochter kam mit einem Rucksack und

einem anderen Gepäckstück, mit dem ich nicht gerechnet hatte und das viel Platz braucht: ihrem Hund. Sie hätte mir ruhig vorher Bescheid sagen können! Aber gut, nachdem er jetzt schon da war, musste ich ihn irgendwie in meinem Auto unterbringen, wir konnten ihn wohl kaum auf dem Bahnsteig zurücklassen. Es ist nicht so, dass ich ihn nicht mag, er stinkt halt nur und hinterlässt überall seine Haare. Und auch wenn mein Auto von außen etwas ramponiert ist, drinnen ist es ganz sauber. Als ich ihr vorschlug, den Hund in den Kofferraum zu stecken, hat sie kurz aufgeschrien. Daraufhin habe ich nicht weiter insistiert. Ich habe die Fensterscheiben heruntergekurbelt, um etwas frische Luft hereinzulassen, habe einmal tief Luft geholt, und los ging's.

Heute Morgen um neun habe ich meine Tochter mitsamt Hund in den Zug gesetzt, nachdem er mir mit seinen dreckigen Pfoten das ganze Haus eingesaut hatte. Wie üblich hat er meinen Mülleimer geleert. Ich hatte ein Glas Marmelade hineingeworfen, das mir vorher auf die Fliesen gefallen war. Bestimmt hat er ein paar Glasscherben verschluckt, was meine Tochter aber nicht weiter zu beunruhigen schien, es war offenbar nicht das erste Mal und ist nicht gefährlich …

Trotz des Mistwetters ist das Wochenende im Nu verflogen. Am Samstagabend hatte ich zur Aufmunterung leckere Sachen aus der Truhe geholt: kleine Windbeutel, Punsch, Foie gras und einen winzigen Rest Orangenkuchen, der gerade für uns zwei reichte. Ich hatte etwas Feldsalat aus dem Gemüsegarten geholt, den meine Tochter mit einer süßen Soße angemacht hat. So haben wir einen schönen Abend verbracht, ich glaube sogar, wir waren beide etwas beschwipst. Am Sonntag hat es den ganzen Nachmittag geregnet. Nach dem Mittagessen haben wir uns ins Büro gesetzt und Scrabble gespielt, dabei haben wir die *h-Moll-Messe* von Bach gehört. Es war unglaublich: Die Musik stammte von ihrem Handy, das sie auf meinen Bridgetisch gelegt hatte, und kam aus einer Art Transistorradio auf dem Sekretär. Ihr Hund war ebenfalls dabei, er lag auf meinem Teppich, vor ihren Füßen. Da sie nicht wollte, dass er noch nasser wird, hatte sie ihn ins Haus geholt. Er roch nass noch schlimmer als trocken. Ich habe mich jedoch nicht getraut, etwas zu sagen.

Donnerstag, 18. Februar

Für Gilberte ist es der letzte Winter in ihrem Haus. Angèle war am Dienstag bei ihr, ihre Söhne haben sie darauf vorbereitet.

Mit ihren Beinen, die sie fast nicht mehr tragen können, kann Gilberte nicht mehr allein leben. Alles wird zum Problem, ihre Morgentoilette, ihre Mahlzeiten, wenn sie das Haus verlassen will … Angèle ist oft bei ihr, sie tut, was sie kann, aber immer kann sie ja auch nicht da sein. Die Söhne, alle in Rente, kommen auch oft, aber sie haben ihr eigenes Leben, das kann man verstehen. Und auch wenn sie sich abwechseln, geht es nicht mehr. Darum haben sie die Entscheidung getroffen. Sie werden ein Altersheim für sie suchen. Gilberte hat eingewilligt. Was sollte sie auch sonst machen?

Angèle wurde richtig wütend, als sie davon erfuhr. Sie würden sie umbringen, hat sie zu den Söhnen gesagt. «Wenn Sie sie in ein Heim stecken, hält sie keine acht Tage durch.»

Oh Gott, und wenn sie recht hat?

Das nimmt mich ganz schön mit. Die Vorstellung von Gilberte inmitten der ganzen Alten …

Freitag, 19. Februar

Jeden Morgen fällt es mir schwerer, wieder in Tritt zu kommen. Das Aufstehen ist sehr anstrengend. Ich setze mich zuerst einen Moment auf, bis ich wieder daran gewöhnt bin, den Kopf gerade zu halten. Dann schlage ich die Decke und die Tagesdecke weg und drehe mich zur Seite, um langsam aus dem Bett zu rutschen. Mein Bett ist ziemlich hoch, so wie man es früher gebaut hat, und meine Füße reichen nicht bis zum Boden. Also muss ich mich an der Matratze festhalten und langsam heruntergleiten lassen. Bis zum Mittagessen bin ich noch sehr verlangsamt, in meinem Kopf ist alles etwas grau und neblig. Dann geht es besser, allmählich kehren meine Kräfte zurück, meine Gedanken werden wieder heller und etwas bunter. Ich schüttele mich, ich muss in Form bleiben, damit meine Kinder nicht auch auf die Idee verfallen, mich in ein Heim zu stecken! Obwohl ich müde bin und keine große Lust habe, nach draußen zu gehen, raffe ich mich zu meinem Spaziergang auf. Ich habe keine andere Wahl. Ich sage mir, dass alles, was man in meinem Alter sein lässt, für immer endet.

Samstag, 20. Februar

Heute Morgen bieten sie mir in einem Werbebrief an, «die fünf Kontinente mit einer ganzen Palette von Kulturreisen zu erkunden, nach dem Motto: Lernen, Verstehen, Teilen». Ziel ist es, «die Kultur zum eigentlichen Zweck der Reise zu machen». Es klingt sehr interessant, aber sie verschwenden ihr Geld, wenn sie mir so etwas schicken. Was soll eine alte Frau wie ich auf einer Kreuzfahrt «auf den Flüssen und Meeren dieser Welt» oder bei einer «Eskapade», auf der man «während eines kurzen Aufenthalts das kulturelle Europa entdeckt»? Wenn ich sehe, wie schwer es mir mittlerweile fällt, bis zum Ende der Allee zu gehen, kann ich mir kaum vorstellen, wie ich mich in einer Herde von Leuten mache, die im Stechschritt einer kleinen Reiseleiterin mit erhobenem Fähnchen hinterhermarschieren. Wo schon eine Fahrt nach Vichy für mich zur Expedition wird und jeder Ausflug zu einem Abenteuer.

Letztlich glaube ich nicht, dass ich die Abteikirche Saint-Denis noch sehen werde … Ich habe zu viel Zeit verstreichen lassen, und die Gelegenheit kehrt nicht zurück.

Montag, 22. Februar

Nine wurde erneut ins Krankenhaus eingeliefert. Dieses Mal ist keine Rede davon, dass ihr ein inneres Organ entnommen wird. Es ist auch keine Rede von einer Chemotherapie. Es ist von überhaupt nichts mehr die Rede. Es geht nicht um Heilung, sondern um Linderung. Das Ende angenehmer zu gestalten, von dem wir alle ahnen, dass es nicht mehr weit weg ist.

Dienstag, 23. Februar

Heute Morgen war hier ganz dichter Nebel, ich konnte aus dem Fenster kaum den mächtigen Baum in meinem Garten sehen, dessen Namen ich vergessen habe. Nach dem Mittagessen hat sich der Nebel gelichtet, die Sonne kam raus und ich gleich mit. Ich bin bis zu der kleinen Straße am Ende der Allee gelaufen, dann bin ich wie üblich nach Hause zurückgekehrt. Die Luft war so feucht, dass ich mich auf dem Rückweg schnäuzen musste. Ich habe ein Taschentuch hervorgeholt, und als ich die Hand hochnahm, ist mir der Stock hingefallen. Einen Moment lang habe ich überlegt, wie ich ihn wieder aufheben soll, ohne mich in eine Pfütze zu legen. Dann habe ich allen Mut zusammengenommen, mich ganz langsam gebückt und es hingekriegt. Der Stock war ziemlich dreckig, ich habe mir die ganze Hand eingesaut, aber ich war zufrieden, als ich ihn wieder festhielt. Am Haus angekommen, habe ich unten an der Treppe meine Stiefel abgekratzt. In der Diele habe ich die Sohlen dann lange an der Fußmatte abgestreift. Ich war etwas außer Atem und habe mich auf die Holztruhe gesetzt, um mich ein wenig auszuruhen und wieder zu Kräften zu kommen. Sobald ich mich besser fühlte, habe ich meinen Anorak ausgezogen, ihn und meinen Stock an die Garderobe gehängt und bin in die Küche gegangen, um mir eine Tasse Tee zu kochen, die ich ganz heiß getrunken habe.

Danach bin ich ins Schlafzimmer gegangen, habe meine Stiefel ausgezogen und mich mit einem etwas langweiligen Roman auf den gelben Sessel gesetzt. Hoffentlich kommt bald das letzte Buch von Jean-Christian Petitfils über Jesus. Ich habe mehrere Bücher von ihm gelesen, über die französischen Könige, die Giftaffäre, die Ermordung Heinrichs IV. … Ich habe sie alle sehr gemocht. Das neue Buch hat meine Tochter in ihrem Internet bestellt. Es ist verrückt, was die jungen Leute mit ihren Computern alles machen können! Vor drei Tagen habe ich meiner Tochter erzählt, dass ich das Buch gern hätte, dass ich es aber weder am Zeitungskiosk in Lapalisse noch im Supermarkt gefunden habe, und sie hat mir geantwortet, Moment, ich bestell's dir gleich, so, das wäre erledigt, du bekommst es am Montag. Nach Hause?, habe ich sie gefragt. Ja, nach Hause. Unglaublich … Wie schnell das alles geht …

Drei Seiten habe ich in dem langweiligen Roman gelesen. Ich glaube, ich hatte sie schon mal gelesen, ich weiß es nicht mehr … Irgendwann bin ich ganz müde geworden, habe das Buch auf meinen Schoß gelegt und die Augen geschlossen. Als ich sie wieder aufgeschlagen habe, war es Zeit zum Abendessen.

Mittwoch, 24. Februar

Jetzt ist es passiert, bei der Feuchtigkeit konnte es ja nicht ausbleiben: Mir läuft die Nase, und meine Ohren sind verstopft. Ich höre sowieso schon nicht gut, aber das hier macht es nicht besser. Heute Nacht habe ich richtig schlecht geschlafen. Obwohl ich die Kissen hochgestellt habe, konnte ich kaum atmen, und halb im Sitzen kann ich nicht gut schlafen. Also habe ich den Fernseher eingeschaltet, aber nicht viel mitbekommen. Ständig musste ich niesen und mich schnäuzen. Zum Glück habe ich Renés große Stofftaschentücher aufgehoben, davon gibt es in der dritten Schublade der Kirschholzkommode, in der er seine gestreiften Pyjamas, seine Unterhosen und Strümpfe hatte, einen ganzen Stapel, gebügelt und sorgfältig zusammengelegt. Wegen der Mikroben ist es angeblich besser, Papiertaschentücher zu benutzen, aber obwohl ich kleine Päckchen davon in der Handtasche und im Anorak habe, konnte ich mich nie daran gewöhnen.

Nach dem Essen habe ich auf dem Gasherd einen Topf mit Wasser aufgesetzt und ein paar Thymianstängel aus dem Garten sowie etwas Eukalyptus-Essenz hineingetan. Dann habe ich den Topf auf den Küchentisch gestellt, mir ein Geschirrtuch über den Kopf gelegt und ihn über den Topf gehalten. Gut zehn Minuten lang habe ich die heißen Dämpfe eingeatmet. Hinterher war ich etwas befreiter, aber es hätte niemand an der Tür klingeln dürfen. Meine Nase war womöglich weniger verstopft, dafür troff ich aus allen Poren. Außerdem waren meine Haare platter denn je.

Bevor ich am Abend zu Bett ging, machte ich mir einen Grog, um die Mikroben abzutöten und eine ruhige Nacht zu haben. Mit dem Rum war ich vielleicht etwas zu großzügig umgegangen, ich kenne die erforderliche Dosis nicht, habe einfach nach Augenmaß hineingegossen … Als ich die Treppe hochstieg, musste ich mich am Geländer festhalten, denn ich konnte kaum mehr gerade gehen, und in meinem Schädel drehte sich alles. Ich muss ausgesehen haben wie eine alte Säuferin.

Donnerstag, 25. Februar

Heute Nacht habe ich richtig gut geschlafen. Meine Träume waren bunt, und ich bin nicht ein einziges Mal wach geworden. Angèle hat mich aus dem Bett geholt. Als sie um Punkt neun Uhr vor der Tür stand, schlief ich noch. Sie musste mehrmals auf die Klingel drücken, ich glaube, sie war sogar schon leicht beunruhigt, als sich nichts rührte und sie die geschlossenen Fensterläden sah. Ich habe das Fenster aufgemacht und «Ich komme!» hinuntergerufen, bin in meinen Schlafrock und meine Pantoffeln geschlüpft und nach unten gegangen. Dann habe ich die drei Riegel aufgeschoben und Angèle ins Haus gelassen, sie hat mich ganz komisch angeschaut. Ich sei nicht ganz auf dem Damm, habe ich ihr erklärt, ich hätte einen Schnupfen. Hoffentlich habe ich nicht mehr allzu sehr nach Rum gerochen … Da ich fast keine Stimme mehr hatte, hat sie mir angeboten, mir eine heiße Milch mit Honig zu kochen. Ich habe mich nicht getraut, das Angebot abzulehnen, es war so rührend. Aber ich mag keinen Honig, und ich hasse Milch … Während sie ihren Kittel überstreifte und sich in die Küche begab, bin ich wieder nach oben gegangen. In dem großen Badezimmerspiegel sah ich ganz furchtbar aus. Die eine Seite des Schlafrocks hing nachlässig herunter, während die andere mein Nachthemd offenlegte. In der Eile hatte ich den Schlafrock falsch zugeknöpft. Ich sah aus, als würde ich ein Lotterleben führen, und wirkte völlig verstört. Man könnte meinen, ich hätte die ganze Nacht durchgezecht. Was Angèle wohl über mich rumerzählen wird?

Als sie ging, sah ich schon wieder besser aus. In der Küche roch es sauber, und das Parkett im

Esszimmer war gebohnert. Ich habe die erkaltete Honigmilch ins Spülbecken gegossen und mir einen heißen Tee gemacht, mit einer Scheibe Zitrone, aber ohne Rum. Dann habe ich mir Anorak, Schal und Stiefel angezogen, habe meinen Stock genommen und bin nach draußen gegangen.

Freitag, 26. Februar

«Morne saison, pas même un épi d'amour tremble, plus un soupçon de pousse tendre qui dorme au creux de mes sillons … Morne saison … En quelle saison, ne faudrait pas trop que ça tarde, à force temps plus grand ne garde plus en épines mes chardons … En attendant pleure la campagne, il n'y a pas eu de moisson, il n'y aura plus de moisson.» Das Lied hat mein Sohn oft gehört, als er noch jung war, und ich fand es sehr schön. Der Sänger hieß Georges Chelon, er war ein hübscher Kerl. Ich weiß nicht, was aus ihm geworden ist, in jedem Fall ist er nicht mehr jung, und man hört heute nichts mehr von ihm. Man hört überhaupt nicht mehr viele schöne Lieder im Radio. Ich kann mich noch erinnern, dass er mit Gitarrenmusik im Hintergrund von einem Hund erzählt hat, der am

Ende gestorben ist. Die Geschichte war sehr traurig. Warum muss ich heute Morgen daran denken? Drückt mir der Winter, der nicht enden will, aufs Gemüt? Die Natur, die noch nicht erwacht? Die Dörfer, die immer leerer werden?

Sonntag, 28. Februar

Ich höre das regelmäßige Ticken der Wanduhr. Sie erfüllt mein Büro mit etwas Leben. Das einzige Herz, das neben meinem schlägt.

Montag, 29. Februar

Toinette hat heute früh bei mir angerufen. Nine ist von uns gegangen. Für den Weg zum lieben Gott hat sie sich einen ungewöhnlichen Tag ausgesucht, einen Tag, den es nur alle vier Jahre gibt.

Es ist blöd, aber das Erste, was mir in den Sinn kam, war: «Was wird aus ihrem Haus?»

Das Zweite: «Was wird aus mir?»

Dienstag, 1. März

Nach und nach gehen sie alle weg. Sie werden nicht ersetzt. Wer sollte sie auch ersetzen? Ich habe keine Lust mehr auf neue Leute. Was hätte ich mit ihnen zu reden?

Zum ersten Mal spüre ich die Leere. Meine Stimmung ist angeknackst. Nine fehlt mir bereits. Gilberte wird in ihr Altersheim ziehen. Toinette ist ständig auf Achse, sie hat keine Angst vorm Autofahren, geht ins Kino, ins Restaurant, lernt Leute kennen, kommt mit jedem ins Gespräch. Auf dem weiten Weg, den wir gemeinsam zurücklegen, bin ich ihr als die Ältere um sechs Jahre voraus. Ich fühle mich dem Ziel schon näher. Während Toinette noch aufblüht und keine Angst vor Unternehmungen hat, verschließe ich mich immer mehr, verlangsame. Was vor mir liegt, reizt mich nicht sehr, ich habe es weniger eilig. Ich merke, wie meine Erinnerungen allmählich die Zukunft überlagern. Lieber schaue ich zurück. Dort, in Sepia und in Schwarzweiß, finde ich die schönsten Bilder. In meinem Kopf ist die Vergangenheit bunt, während sich die Zukunft in graue und dunkle Farben kleidet, als nähme ich nur noch Schatten wahr.

Ich habe auch weniger Lust, mich zu bewegen. Toinette will ständig hierhin und dahin. Immer öfter sage ich ab. Seit einiger Zeit fragt sie andere, die ausgehfreudiger sind als ich, das ist normal. Auch fahre ich immer seltener Auto, schrecke vor weiten Strecken zurück, fühle mich nicht mehr so sicher. Letztes Mal wurde ich auf dem Rückweg vom Supermarkt von der Sonne geblendet, sodass ich gar nichts mehr sehen konnte und völlig panisch wurde; ich musste am Straßenrand halten, um mich wieder zu sammeln, wie damals, als ich mich auf dem Rückweg von meinen Neffen verfahren habe. Tja, fünfunddreißig Kilometer zurücklegen, nur um einen Vortrag über die Inkas oder die Eskimos zu hören …

Plötzlich fühle ich mich sehr alt, als wäre ich auf einen Schlag einundneunzig geworden. Ich bin nicht mehr so unterhaltsam. Man schätzt mich nicht mehr zehn Jahre jünger. Und außerdem höre ich nicht mehr so gut. Ich frage aber höchstens ein Mal nach – mein Pech, wenn ich das Gesagte dann immer noch nicht verstanden habe, doch ich merke natürlich, dass die anderen genervt sind. Auch wenn ich gelegentlich nur so tue, als hätte ich verstanden, indem ich zustimmend nicke, liege ich auch mal daneben, und man lächelt mich nachsichtig an. Folglich werde ich etwas seltener eingeladen … Diejenigen, die ein paar Jahre jünger sind als ich und mich früher gern dabeihatten, nehmen ein bisschen Abstand. Sie nähern sich anderen an, die jünger sind als sie und in jedem Fall zu jung für mich … Sie sagen sich sicher: «Jeanne hat abgebaut …» Das stimmt mich ein wenig traurig, aber, na ja, ich kann es ihnen nicht verdenken.

Um meinen Verfall aufzuhalten, überlege ich seit einiger Zeit, mir ein Hörgerät zuzulegen. Es gibt mittlerweile sehr gute, unauffällig, nicht wie die großen beigen Dinger von Henri, die aussahen wie Plastikbohnen und die seinen Ohren einen Anstrich von Kohlblättern verliehen. Von hinten ähnelte er einem Schimpansen. Ich müsste mich mal kundig machen, im Gesundheitszentrum von Lapalisse sollten sie mir helfen können. Allerdings habe ich Angst, dass sie mich nach Vichy schicken … Und außerdem, ich weiß nicht, aber ich habe den Eindruck, dass die Dinger trotzdem oft nicht richtig funktionieren. Und sie sind sehr empfindlich. Denise hat sich im Herbst welche besorgt und ständig Ärger damit. Letztes Mal wollte sie den ganzen Tag nicht aus dem Haus gehen, nur weil es geregnet hat und sie Angst hatte, ihre Hörgeräte würden nass.

Donnerstag, 3. März

Heute Morgen hat mir die Briefträgerin eine Postkarte von meiner Tochter gebracht. Ein weißer Berg vor einem blauen Himmel. Ganz unten, unter ihrem Namen, haben ihr Mann und ihre Kinder ein paar Zeilen hinzugefügt: Sie genießen die Ferien und schicken mir Grüße.

Jedes Jahr in den Schulferien fahren sie für eine Woche in den Wintersport. Sie verbringen die Zeit in sehr hässlichen Gegenden mit riesigen Gebäuden, so hoch gelegen, dass dort kein Baum mehr wächst. Es gibt Schlepplifte, Seilbahnen, eine Unmenge von Apparaten mit Kabeln, die einen überall hinbringen – so viele, dass man die Berge gar nicht mehr sieht. Für mich wäre das nichts.

Ich erinnere mich noch an die Zeit, als ich mit meiner Tochter eine Woche zum Mont-Dort fuhr, einer kleinen Skistation etwas weniger als zwei Stunden von Vichy entfernt, damit sie die gute Bergluft atmen konnte. René brachte uns hin und fuhr zum Arbeiten zurück. Am Ende der Woche holte er uns wieder ab.

In dieser abgelegenen Ecke des Puy-de-Dome hatten wir selten gutes Wetter. Ich habe René noch vor Augen, wie er die Orientierung verlor und im Schneesturm fast nichts mehr sehen konnte. Dann musste er aussteigen, um die Straße zu suchen und herauszufinden, in welche Richtung er weiterfahren konnte.

Von diesen Ferien sind mir heute nur noch die Kälte, der Wind, der Regen, die Unannehmlichkeiten und die Wutanfälle meiner Tochter in Erinnerung, die ab dem Moment, in dem ich ihr die Skistiefel anzog, bis ich sie inmitten anderer quengelnder Kinder der Skilehrerin übergab, nur meckerte. Die Zeit bis zum Ende ihres Unterrichts reichte nicht, um ins Hotel zurückzukehren. Also irrte ich mit eiskalten Füßen in meinen Après-Ski-Stiefeln aus schwarzem Fell durch die Kälte und den Wind. Wenn ich es nicht mehr aushielt, ging ich in das einzige Café im Ort und wärmte mich auf, eine schäbige Kneipe mit Männern, die schon am frühen Morgen ihren Rotwein tranken, während ich einen frischgebrühten Tee bestellte. Dann holte ich meine Tochter ab, steif vor Kälte in ihrem nassen Anorak, die Nase voller Rotz. Ihre

Wut setzte an der gleichen Stelle wieder ein, wo sie morgens aufgehört hatte. Sie brüllte, dass sie die Lehrerin nicht ausstehen könne, dass sie die anderen Kinder nicht ausstehen könne, dass sie das Skifahren nicht ausstehen könne und dass sie hier nicht wieder herkommen wolle. Wenn man bedenkt, dass ich das alles nur für sie getan habe ... Ich hätte einen Preis verdient.

Ich weiß nicht mehr genau, wann ihre Wutausbrüche einsetzten, sie brüllte und stampfte mit dem Fuß auf. In Vichy hatte ich begonnen, mich vor dem empörten Klingeln unseres Unternachbarn, Monsieur Amez, zu fürchten. Um sie zu beruhigen – Klapse auf den Hintern zeigten praktisch keine Wirkung –, hatte ich keinen anderen Ausweg parat, als ihr ein Glas Wasser ins Gesicht zu schütten, bevor ich selbst am Ende meiner Kräfte in Tränen ausbrach.

Auch in der Schule war sie nicht einfach, sie stritt sich mit der ganzen Welt, und ihre Lehrerin, Mademoiselle Clavé, fand sie zickig und frech. Sie wechselte ihre besten Freundinnen wie andere ihr Hemd. Die Einzige, der sie letztendlich die Treue hielt, war ich. Damit sie sich an den Umgang mit anderen Kindern gewöhnte, schickten wir sie im Sommer für einen Monat in ein Ferienlager; bei der Abfahrt am Kai war sie umringt von einem Schwarm aufgeregter Mädchen. Als wir sie bei ihrer Rückkehr abholten, wartete sie abseits der anderen, allein mit ihrem Koffer. Sie hatte sich mit allen zerstritten.

Freitag, 4. März

Ich bin besorgt: Was machen wir ohne den Gärtner dieses Jahr mit meinem Beet? Es ist schon Anfang März, und nichts ist geplant. Ich habe gestern mit Angèle darüber gesprochen, sie kennt sich mit Blumen aus. Sie hat mir geraten, anstelle von Stiefmütterchen Begonien zu pflanzen. Rehe fressen keine Begonien, und sie sehen auch hübsch aus und sind sehr bunt. Allerdings muss man noch ein bisschen warten, bevor man sie in die Erde steckt. Zwar haben sie von den Rehen nichts zu befürchten, sehr wohl aber vom Frost. Deswegen muss man den heiligen Mamertus, Pankratius und Servatius abwarten. Hier bei uns gilt seit jeher die Regel: niemals etwas vor den Eisheiligen anpflanzen. Auf den modernen Kalendern sind sie allerdings nicht mehr aufgeführt. An ihrer Stelle, am 11., 12. und 13. Mai, findet man Sainte Estelle,

Saint Achille und Sainte Rolande. Was für eine komische Idee … Warum muss immer alles geändert werden, sodass man sich nicht mehr zurechtfindet? Der heilige Mamertus war wenigstens noch nachvollziehbar: Er war es gewesen, der kurz vor Himmelfahrt die drei Gebetstage eingerichtet hatte, um vor Unheil zu bewahren. Und das zu dieser Jahreszeit am meisten gefürchtete Unheil ist nun mal der Frost. Was hingegen Sainte Estelle gemacht hat, weiß ich nicht, aber ich denke, sie schert sich nicht um die Ernte. Aus Neugier habe ich schließlich nachgeschlagen: Die Unglückliche wurde von ihrem Vater umgebracht, der ihren Kopf anschließend mit einem Axthieb gespalten hat!

Wie dem auch sei, und ohne zu wissen, woran ich mit all den Heiligen bin, werde ich bis Mitte Mai warten müssen, um meinem Beet etwas Farbe zu verleihen. Anders als die Stiefmütterchen blühen die Begonien noch nicht, wenn man sie in die Erde steckt, aber sehr bald danach, wie mir meine Angèle versichert hat. Sie weiß es, sie hat selbst welche. Die Blumen halten den ganzen Sommer, und im Herbst vor dem ersten Frost nimmt man die Blumenzwiebeln für das nächste Jahr heraus. Ich muss für nächstes Jahr also keine bestellen. Das ist schon praktisch.

Montag, 7. März

Vorhin sind meine Kinder abgefahren, sie haben die Strecke hin und zurück an einem Tag gemacht, alles wegen einer Unterschrift beim Notar. Man muss das Danach vorbereiten, ich lebe nicht ewig, und sie haben beschlossen, das Haus gemeinsam zu halten. Da ich viel Angst davor hatte, dass sie sich in die Haare kriegen und es verkaufen könnten, bin ich nun erleichtert. Auch wenn es nur ein Kurzbesuch war, habe ich mich gefreut, etwas Zeit mit ihnen zu verbringen. Sie kommen an Ostern wieder, mit ihren Kindern und Enkeln. Nur einen Monat noch, der vergeht schnell. Morgen bereite ich die Windbeutel für den Aperitif vor, die ich wie immer in durchsichtigen Tüten in die Gefriertruhe packe. Ich muss auch an die Süßigkeiten denken, selbst wenn wir für die Kleinen nicht mehr die Glocke läuten können – sie ist an Weihnachten heruntergefallen und hätte um ein Haar meinen Enkel erschlagen. Eine schwere gusseiserne Glocke … Wir haben noch keinen gefunden, der sie wieder aufhängt. Das muss jemand tun, der sich auskennt. Vor allem muss es ordentlich gemacht werden, damit sie uns nicht doch noch auf den Kopf plumpst. Es wäre zu ärgerlich, wenn ich mein Leben unter einer Glocke beenden müsste.

Dienstag, 8. März

Mist, ich habe ganz vergessen, Samentütchen zu kaufen. Seit mein Gärtner weg ist, läuft wirklich nichts mehr. Vorher haben wir uns immer besprochen, dann habe ich die kleinen Tütchen im Supermarkt geholt. Normalerweise habe ich mich ab Februar darum gekümmert, weil man danach nicht mehr so viel Auswahl hat, denn die Leute haben alle schon zugeschlagen. Ich nehme grüne Bohnen, immer Contender, das ist meine Lieblingssorte, Zucchini, Möhren und Lauch. Früher hatten wir auch Erbsen, Artischocken, Radieschen, Rote Bete und noch ein paar andere Sachen, die ich nicht mehr anpflanze. Es war mir zu viel geworden, ich konnte nicht alles ernten – geschweige denn aufessen, was ich gepflanzt hatte. Und oft kamen die Artischocken nicht richtig, die Radieschen wuchsen zu schnell, wurden scharf, und man biss sich an den Roten Beten die Zähne aus, da sie voller Steine waren. Und was die Erbsen anging, musste man alle binnen vierzehn Tagen ernten, danach wurden sie hart wie Bleikugeln; das habe ich nicht geschafft, so gingen uns viele kaputt.

Es sind keine zwei Wochen mehr, bis der Frühling beginnt, und ich habe noch nichts besorgt. Ich weiß ohnehin noch nicht, wer den Garten machen wird und das alles aussät. Auf Fernand kann ich schon lange nicht mehr zählen, ich habe niemanden mehr. Hoffentlich kann der Mann meiner Angèle kommen, ich darf nicht vergessen, am Donnerstag mit ihr darüber zu sprechen …

Mittwoch, 9. März

Gilberte hat gerade angerufen: Angèle ist am Boden zerstört, sie kann nicht mehr kommen, um den Haushalt zu machen! Sie hat herausgefunden, dass ihr Mann ein Verhältnis mit einer Jüngeren hat, für sie ist eine Welt zusammengebrochen. Also werde ich mir jemanden suchen müssen, bis sie sich wieder erholt hat. Ich glaube nämlich nicht, dass hier ein Wunderheiler etwas bewirken kann … Es ist nicht gesagt, dass derjenige, der Angèle aufgerichtet hat, auch den Ehemann aufrichten kann.

Ich werde Madame Maridet schreiben, vielleicht kann sie mir dieses Mal jemanden empfehlen. Aber für morgen ist es natürlich zu knapp …

Donnerstag, 10. März

Heute Morgen beim Zähneputzen hatte ich den Eindruck, einer meiner Eckzähne würde ein bisschen wackeln. Wo ich so stolz darauf bin, im Alter von einundneunzig Jahren noch alle Zähne im Mund zu haben. Aber ich werde trotzdem nicht so enden wie die zahnlosen Alten, die man uns manchmal im Fernsehen zeigt! Zudem hänge ich an diesem Eckzahn oben rechts besonders, meinem rosa Zahn. Er ist nicht nur rosa, er hat sich auch leicht vor seinen linken Nachbarn geschoben. Ein Überbleibsel aus meiner Jugend.

Als ich zwölf war, standen meine Zähne schief und krumm. Ich wurde zum Zahnarzt geschickt und bekam eine grässliche Spange. Tag und Nacht sollte ich das Ding tragen, das höllisch weh tat und mich, wie ich glaubte, entstellte. Nach etlichen Monaten der Folter galt es nur noch, meinen kleinen rosa Eckzahn in Reih und Glied zu bringen. Das Schuljahr war gerade zu Ende gegangen, und wir waren bei meinen Großeltern in Paramé angekommen. Auf keinen Fall wollte ich mir von diesem Ungetüm die Ferien vermiesen lassen. Daher beschloss ich, dass meine Zähne ordentlich genug standen und die Quälerei mit dieser leidigen Spange lange genug gedauert hatte. Gleich am zweiten Tag nutzte ich einen Augenblick der Unachtsamkeit seitens meiner Eltern, um die Spange zwischen die Felsen zu werfen. Dann erzählte ich, ich hätte sie verloren. Das war nicht sehr glaubwürdig, und mir wurde auch nicht geglaubt. Mein Vater schalt mich und drohte mir, Pech gehabt, sie würden mir keine neue Spange anfertigen lassen und ich müsste bis ans Ende meiner Tage mit schiefen Zähnen leben. Das war mir ganz egal.

Aber ich musste nicht mit schiefen Zähnen leben. Die, die korrigiert worden waren, waren an der neuen Stelle geblieben, einzig mein rosa Eckzahn hatte sich widersetzt. Er hat mich nie gestört, im Gegenteil. Wenn mein Vater regelmäßig fallenließ: «Siehst du, hättest du deine Spange nicht verloren …», antwortete ich ihm frech, dass ich meinen rosa Zahn liebte und er auf diese Weise wenigstens zur Geltung komme. Und weil ich es immer wieder mit Nachdruck behauptete, war ich schließlich selbst davon überzeugt. Manche hatten einen besonderen Blick – ich hatte eine Besonderheit im Mund. Außer dass die Besonderheit jetzt bedroht ist. Und in meinem Alter braucht man nicht mehr auf die Zahnfee zu warten, denn die verlorenen Zähne sind für immer weg.

Samstag, 12. März

Am Telefon erzählt mir mein Bruder von seinem Herz, das ihn beunruhigt, seinem Arm, der nicht mehr richtig will, seinen Beinen, die nicht mehr laufen … Nach einer Weile halte ich den Hörer etwas weiter weg, sonst wird mein Ohr ganz heiß.

Heute bin ich müde. Damit sich zu der Müdigkeit nicht noch Unangenehmeres gesellt, fliehe ich: dorthin, wo die Farben nicht von den Jahren getrübt wurden, an einen Ort des Schabernacks, der Sorglosigkeit, des Lachens und der kindlichen Stimmen. Während sich der lange Monolog meines Bruders in mein rechtes Ohr ergießt, bin ich mit dem Kopf woanders.

Ich will diese lädierten Worte nicht mehr hören, die ungelenke Sprache, die zögerlichen Sätze, die mir weh tun und kein Ende nehmen. Ich will von Verletzungen, Krankheiten, Pflegebedürftigkeit nichts mehr wissen. Also mache ich auf unserem langen gemeinsamen Weg kehrt. Ich kehre dahin zurück, wo wir herkommen, er und ich. In die Zeit davor, die nicht weh tat, wenn sie verging, als in der Wohnung in der Rue Jouffroy unsere Zimmer nebeneinanderlagen und wir uns per Klopfzeichen an der Wand verständigten. Als ich ihn in Paramé bei den Großeltern in die Schubkarre setzte, die ich in hohem Tempo durch den Garten schob, bis sie fast umkippte, was ihn laut aufjauchzen ließ. Als er, immer noch in Paramé, Opfer seines großen Cousins wurde, der gerade das Angeln erlernte, und er an der Angel nach Hause zurückkehren musste, der Große vorneweg mit seiner Rute, ein paar Schritte dahinter, mit blutiger Lippe, das arme schluchzende Fischlein am Haken. Ich höre ihn noch schreien, als ich ihn einmal gestoßen hatte und er mit der Nase im Eierbecher gelandet war.

Ich hätte noch weiter zurückgehen können, bis zu dem quiekenden Baby, das man mir am Abend seiner Geburt zu Hause gezeigt hatte, in dem Zimmer, in dem meine Mutter niedergekommen war, und wozu ich nur sagen konnte: «Das soll ein kleiner Bruder sein? Igitt!» – hätte ich nicht plötzlich Schreie in meinem Ohr gehört.

Es ist nicht das Kindergeschrei meines kleinen Bruders, sondern seine wütende Stimme, die mich erbarmungslos zurück in die Gegenwart holt. Er hat gemerkt, dass ich ihm nicht mehr zuhöre, und wirft mir Gleichgültigkeit vor, wirft mir alles gleichzeitig an den Kopf: mein angenehmes Leben, meine Gesundheit, meine beiden Arme und meine beiden Beine, mein Glück, das Alter gut zu verkraften, was zwischen uns eine große Distanz erzeugt.

Er versteht nicht, dass ich die ganze Zeit, während er auf mich eingeredet hat und ich nicht zugehört habe, mit ihm zusammen war.

Sonntag, 13. März

Laut Kalender beginnt in einer Woche der Frühling. Dieses Jahr fällt der 20. März auf den letzten Sonntag vor Ostern. Palmsonntag. So startet der Frühling mit der Karwoche. Ich werde mit meinem Buchszweig, den ich wie jedes Jahr mit der Heckenschere an der Einfassung meines

Rosenbeets abgeschnitten habe, zur Messe gehen. Nach meiner Rückkehr werde ich mein Zweiglein an das Kruzifix überm Bett hängen.

Noch mehr als achtzehn Tage zum Sterben. Das sage nicht ich, das stand im *Figaro*, denn wir sterben vor allem zwischen Dezember und März. Überwiegend im Januar. Der hat mir übrigens, auch wenn er mich nicht dahingerafft hat, innerhalb von nur zwei Wochen drei Beerdigungen beschert. Von April bis November legt sich das dann wieder. Aber so lange gilt es noch durchzuhalten … Vor allem, wo es der Winter in diesem Jahr nicht eilig hat, sich zu verziehen. Der Frost Ende Februar hat Schäden angerichtet, und der Frühling tut sich schwer, sich zu erkennen zu geben. Die Hecke, immer noch schwarz und nackt, stellt sich weiterhin tot. Und obwohl die Tage deutlich länger geworden sind, ist die Luft noch frisch. Heute Morgen hat das Außenthermometer nur sechs Grad angezeigt. Die Heizung läuft nach wie vor, das Heizöl wird mich dieses Jahr ein Vermögen kosten. Ich hoffe, dass am ersten Frühlingstag kein Wind geht, da es bekanntlich heißt: «Bläst an Palmsonntag ein kräftiger Wind, hält er sich lange, bevor er verschwind't.»

An den Fliederbüschen entlang der Allee kann

ich die ersten Knospen erkennen. Eigentlich sollten sie jetzt aufspringen und kleine frische Triebe erahnen lassen. Aber sie sind noch ziemlich klebrig und fest verschlossen. In einem traurigen, morastigen Gemüsegarten schauen die Obstbäume griesgrämig drein. Sogar die Aprikosenbäume, die häufig die Ersten sind, scheinen nicht kurz vor der Blüte zu stehen. Der Feigenbaum am Eingang neben den Pfirsichbäumen sieht aus wie ein Gerippe.

Mein Gott, was kommt mir dieser Winter lang vor. Wird er eines Tages vorbei sein?

Montag, 14. März

Es ist so weit. Gilberte ist ausgezogen. Ihr Sohn hat ihr mit dem Umzug nach Jaligny-sur-Besbre geholfen, das ist rund fünfzehn Kilometer von hier entfernt, dort findet jedes Jahr kurz vor Weihnachten die Truthahnmesse statt. Er hat ihr einen Platz in der Kurzzeitpflege besorgt, in Erwartung des endgültigen Umzugs in das Heim, das Gilberte – so man Angèle Glauben schenken will – umbringen wird.

Ich habe sie um die Teezeit besucht. Sie hat

ein schönes Zimmer mit Bad und allem, was man braucht. Auf der kleinen Kommode stehen ihre Fotos. Ihr Mann, ihre Kinder, ihre Enkel, ein prächtiger roter Hummer auf einem Teller mit einem Sektkelch daneben und ihr Haus. Das weit geöffnete Fenster geht zum Garten. Draußen sind Tische und Stühle geschmackvoll auf einer Holzterrasse angeordnet, wo die Heimbewohner im Schatten der beigen Sonnenschirme einen Imbiss zu sich nehmen können.

Das Heim ist ganz neu. Es nimmt ältere Menschen für eine begrenzte Zeit auf, der Aufenthalt darf drei Monate nicht überschreiten. Ein sanfter Übergang zwischen dem eigenen Heim, das man schweren Herzens verlässt, und dem Altenheim, aus dem man nicht mehr herauskommt.

Gilberte wird an Ostern noch einmal zurückkehren, dann bis Ende Mai in dem schönen Zimmer bleiben, das nicht ihr eigenes ist, sodass sie sich daran gewöhnen kann, nicht mehr in ihrem Haus zu sein. Bis zu den ersten Sommertagen werden sich die Kinder anschließend abwechselnd um sie kümmern, bevor sie die Sachen in ihrem Haus durchgehen und es endgültig leerräumen. Am 27. Juni, dem Tag des heiligen Ferdinand, zieht sie zu den Alten nach Le Donjon. Ich verscheuche

Angèles Worte aus meinem Kopf, sie kreisen darin wie Schmeißfliegen um einen Kuhfladen.

Das alles erklärt sie mir zwischen zwei Schlucken grünem Tee. Sie klagt nicht, wirkt nicht unglücklich oder zeigt es nicht. In der Tür des Minikühlschranks hat sie Champagner und drei Fläschchen Weißwein stehen, die den ganzen Platz einnehmen.

Dienstag, 15. März

Auch Fernand wird mich verlassen. Er hat in Montcombroux ein Heim gefunden. Seit die Marcelle nicht mehr da ist, scheint er an nichts mehr Gefallen zu finden. Das Moped steht nur noch in der Garage und setzt neben der Ente Staub an. Das Unkraut ergreift allmählich Besitz von seinem kleinen Gemüsegarten, in dem keine Tomaten, keine grünen Bohnen und auch keine Kartoffeln mehr wachsen werden. Ein weiteres Kapitel, das sich schließt.

Mittwoch, 16. März

Wenn es so weitergeht, bin ich bald die Letzte, die noch Auto fährt! Schon vor ein paar Monaten ist Francette in den Graben gefahren, als sie von zu Hause losfuhr. Ich weiß nicht, wie sie es angestellt hat … Die Folge ist, dass sie nicht mehr fährt, ihre Kinder haben es ihr untersagt. Und sie hat sowieso kein Auto mehr, es wurde verschrottet. Letzte Woche war dann Toinette an der Reihe. Sie, bei der ich immer Angst habe, weil sie zu weit links fährt, hat es geschafft, rechts in den Graben zu fahren; es ist nicht zu fassen. Gott sei Dank hat sie sich nichts getan, aber ihr Auto ist hinüber, und sie hat sich sehr erschreckt. Um sich von dem Schock zu erholen, ist sie für ein paar Tage zu ihrem Sohn nach Paris gefahren. Sie hat fest vor, sich ein neues Auto zuzulegen, aber sie sorgt sich wegen der Versicherung. Nach einem Unfall mit fünfundachtzig hat sie Angst, dass keine Versicherung sie mehr nimmt.

Meine Tochter behauptet, ich fahre zu schnell und zu weit rechts. Aber das ist nicht meine Schuld, mein Auto fährt so schnell. Trotzdem passe ich jetzt ein bisschen auf. Ich versuche, mich weiter in der Mitte der Straße zu halten und vor allem langsamer zu fahren. Die ganze Zeit schaue ich auf den Tacho und nehme den Fuß vom Gas, wenn die Nadel hochschnellt.

Donnerstag, 17. März

Es ist schon spät, fast Mitternacht, ich habe eben erst den Fernseher ausgeschaltet. Im Halbschlaf habe ich mir eine Sendung über zwei große amerikanische Schriftsteller angeschaut, die zu Beginn meines Jahrhunderts an der Côte d'Azur gelebt haben. Sie lief auf Kanal 5. Zwischen zwei Schlafphasen habe ich also Bilder von Juan-les-Pins aus der damaligen Zeit gesehen. Sie mussten aus den zwanziger Jahren stammen, es sah wenige Jahre später, als ich mit meinen Eltern und meinem kleinen Bruder dort in den Ferien war, nicht sehr viel anders aus. Meine Tante Suzanne führte das Hotel «La Girelle», ein Haus inmitten von Kiefern mit Blick aufs Meer. Da sie keine gute Geschäftsfrau war, hat es sich nicht sehr lange gehalten, und das Hotel ging in Konkurs. Dort in einem der Zimmer hatten eine Freundin und ich uns damit amüsiert, den Nachttisch in ein wunderbares

Spielzeug zu verwandeln: Wenn wir ihn auf die Seite legten, war er das perfekte Auto. Mein Bruder hing wie immer an unseren Rockzipfeln, aber ausnahmsweise war er für etwas nützlich. Da unserem Auto der Chauffeur fehlte, hatten wir ihn kurzerhand – wir mussten allerdings etwas nachhelfen – an der Stelle platziert, die ursprünglich für den Nachttopf vorgesehen war. Dann ließen wir das witzige Gefährt über das Parkett «fahren» und hatten unseren Spaß. Nur dass wir meinen Bruder am Ende nicht mehr aus seinem Sitz losbekamen. Sosehr wir auch zogen, mit aller Kraft, es war nichts zu machen, er steckte fest. Meinem Vater, der, alarmiert vom Geschrei meines Bruders, herbeieilte, gelang es schließlich, ihn zu befreien. Ich fing mir eine ordentliche Tracht Prügel ein. Ich dürfte sechs oder sieben gewesen sein … Er wird sich nicht daran erinnern, er steckte damals noch im Strampler.

Freitag, 18. März

Ich muss meine Papiere ein wenig ordnen. Sie liegen überall verstreut. Wenn ich sterbe, werden meine Kinder nichts wiederfinden. Schon als

René starb, mussten wir das ganze Haus durchsuchen, um die wichtigen Unterlagen zu finden, jede Menge Sachen, an die man nicht denkt und die nötig sind in diesen Momenten, wo einem der Kopf eigentlich woanders steht. Um diese Unterlagen kümmere ich mich nicht, ich weiß nicht einmal, wo sie sind. Mein Sohn macht das, ordnet und sortiert all den unangenehmen Schriftverkehr mit den Banken, den Versicherungen, dem Notar, den Steuern, weiß der Himmel, mit wem noch. Bei dem, was mir am Herzen liegt, geht es um jede Menge kleiner weißer Briefumschläge, die ich sorgsam in den Schubladen des Sekretärs, meiner Kommode, in meinem Büro, im Schrank am Fenster, in Kassetten, die man mit einem gut versteckten Schlüssel öffnen muss, verteilt habe … In die Briefumschläge habe ich Briefe gesteckt, auf denen ein paar letzte Wünsche stehen, so wie sie mir in den Sinn kamen. Nichts Großes … Meine Perlenkette geht an eine meiner Enkeltöchter, mein Verlobungsring und mein Goldarmband an meine Tochter, mein Siegelring an meine andere Enkelin, der Ring meiner Mutter an eine Urenkelin, meine goldene Halskette an meine Schwiegertochter … Manchmal ändere ich meine Meinung, dann korrigiere ich mich und schreibe noch einmal alles auf ein neues Blatt Papier, damit man es gut lesen kann. Es ist wichtig, alles sauber und geordnet zu hinterlassen, wenn man geht.

Meinen beiden Kindern habe ich auch einen Brief geschrieben, in dem ich sie inständig bitte, sich nach meinem Tod nicht zu streiten. Ich bin mir nicht sicher, ob es einen Einfluss auf den Lauf der Dinge hat, aber ich finde es sehr traurig, wenn man sich wegen eines Hauses überwirft, nur weil man unterschiedliche Wünsche und Geschmäcker hat, und wenn die Entscheidungen des einen die Erinnerungen des anderen zerstören. Ein gefällter Baum wird zum Drama, ein gefälltes Wäldchen zu einer zerstörten Kindheit, die Wahl der Vorhänge gerät zur Staatsaffäre und die Renovierung eines Zimmers führt zu einem riesigen Streit. Die fünfzehn Jahre Abstand zwischen ihnen machen die Sache nicht leichter. Sie sind nicht in der gleichen Lebensphase, und ihre Prioritäten decken sich nicht. Ich spüre die Anspannung zwischen ihnen, wenn sie zusammen hier sind. Des Öfteren haben mich böse Bemerkungen, die zu mir vorgedrungen sind, auch wenn ich mir mit beiden Händen die Ohren zuhielt, zum Weinen gebracht. In solchen Momenten vermögen wohl nur meine

Tränen sie zu beruhigen. Wenn ich könnte, würde ich ihnen einen tränennassen Briefumschlag hinterlassen, aber zum Zeitpunkt meines Todes wären nur noch Salzkörner übrig.

In letzter Zeit habe ich, weil es mich beschäftigt, noch einen weiteren Briefumschlag hinzugefügt, darauf habe ich ein Kreuz gemalt, damit sie sofort begreifen, worum es geht. In schönster Schreibschrift habe ich «Für meine Beerdigung» daraufgeschrieben. Ich wünsche mir eine schlichte Trauerfeier in Bert, in der kleinen romanischen Kirche, in der auch René beerdigt wurde und in der meine Tochter geheiratet hat. Für die Musik ein Stück aus Mozarts *Requiem* oder die *Pavane* von Fauré. Als Gemeindelied wünsche ich mir mindestens eins, das ich kenne, man weiß ja nie, ob ich nicht von da oben mitsingen werde … *Mein Hirt ist Gott, der Herr* würde mir gefallen. Außerdem wünsche ich mir noch, dass eins meiner Kinder oder Enkelkinder einen Text liest, den ich einmal gehört habe und der mich sehr berührt hat. Ich hatte mir ein paar Formulierungen gemerkt, und meine Tochter hat den Text in ihrem Internet gefunden. Eines Abends in meinem Büro habe ich ihn sorgfältig von Hand mit meinem Füllfederhalter und dunkelblauer Tinte auf einer Seite in meinem Block mit Velinpapier aufgeschrieben. Es werden meine letzten Worte sein. Sie sollten ganz am Schluss verlesen werden, nachdem man mich mit dem Weihwasserwedel besprengt hat.

Nachdem ich nun gegangen bin, lasst mich auch gehen,
Obwohl ich manches gerne noch gesehen hätte.
Mein Weg ist hier noch nicht zu Ende.
Bindet euch nicht an mich mit euren Tränen.
Freut euch über die gemeinsam verbrachten Jahre.
Ich habe euch meine Liebe gegeben,
Und ihr könnt nur ahnen,
Wie viel Glück ihr mir geschenkt habt.
Ich danke euch für die Liebe, die ihr mir habt zuteilwerden lassen.
Doch jetzt ist für mich die Zeit gekommen, dass ich weitergehe.
Weint einige Zeit um mich, wenn ihr weinen müsst.
Möge euer Schmerz sich sodann in Freude verwandeln,
Denn wir trennen uns nur für einen Moment […]

Ich werde nicht weit sein, denn das Leben schreitet fort.
Wenn ihr mich braucht, ruft nach mir, dann werde ich kommen.
Auch wenn ihr mich weder sehen noch berühren könnt,
Ich werde bei euch sein.
Und wenn ihr mit dem Herzen lauscht,
Werdet ihr um euch herum meine große Liebe spüren,
Sanft und klar.
Und wenn ihr an der Reihe seid, mir hierher nachzufolgen,
Empfange ich euch mit einem Lächeln
Und sage: «Willkommen hier bei uns.»

Samstag, 19. März

Morgen beginnt der Frühling. Die Reise geht zu Ende. Ich sehe schon das andere Ufer eines Lebens, das von neuem beginnt. Ja, morgen ist es so weit, und doch ist der Horizont verschwommen, wie entrückt. Die Farben erscheinen mir blass, das Licht ein wenig fahl, wie durch einen Schleier. Werde ich es bis zum Ende schaffen?

Ich komme nur sehr langsam voran und bin so müde.

Heute habe ich auf meinen Spaziergang verzichtet. Ich war nicht ganz auf der Höhe, bestimmt der bevorstehende Wetterwechsel, es soll milder werden.

Ich bin sehr früh zu Bett gegangen, habe nichts mehr gegessen, weil ich keinen Hunger hatte. Morgen muss ich früh aufstehen, um in die Kirche zu gehen. Meinen Buchszweig habe ich schon vorbereitet, ich habe ihn in ein Glas Wasser gestellt, damit er in der Messe schön aussieht, wenn der Priester zwischen uns hindurchgeht, um uns mit Weihwasser zu besprengen.

Morgen wird die Karwoche eingeläutet. Der Priester wird das Ostergeheimnis feiern. Zu mehreren werden sie die Passionsgeschichte lesen. Ich hoffe, sie haben gute Vorleser ausgewählt. Die Geschichte ist sehr lang, und wenn ich müde bin, halte ich nicht bis zum Ende durch. In meinem Alter habe ich das Recht, mir Gottes Wort im Sitzen anzuhören. Aber anhören werde ich es mir! Mag mich bei der Messe so manche Lesung langweilen, diese hier berührt mich, vor allem, wenn die Vorleser den Text an den richtigen Stellen betonen. Ich werde ihnen lauschen, wie ich als Kind im Bett meiner Mutter gelauscht habe, am Abend, wenn sie mir ein Märchen vorlas, das beängstigend und wunderschön zugleich war.

Morgen wird Jesus in Jerusalem einziehen, die Leute werden ihm zujubeln, auf seinem Weg Palmwedel und Mäntel ausbreiten, dann wird er verurteilt werden, Golgatha erklimmen, dreimal hinfallen, gekreuzigt werden, am Kreuz sterben, wiederauferstehen, alles in nur einer Messe. Es heißt, die Auferstehung gibt wie das Grün der Zweige einen Vorgeschmack auf unsere eigene Ewigkeit. Unser Tod sei nicht das Ende unseres Lebens. Aber zu wissen, wie es weitergeht, ist eine andere Sache …

Ich glaube jedenfalls, dass das alles den Leuten heute nicht mehr viel sagt. Sie glauben an nichts mehr, sie versuchen es gar nicht erst, es interessiert sie nicht. Was wissen sie von Christi Leidenszeit, von der Karwoche, dem Kreuzweg und seinen vierzehn Stationen? Kennen sie die Geschichte dieses einfachen Mannes, der auf einem kleinen Esel in Jerusalem einzieht?

Obwohl ich keine Gewissheiten habe, rede ich mir lieber ein, dass ich daran glaube. In der Stunde, in der wir alle grau sind, tut es gut, sich zu sagen, dass man wieder ergrünen wird. Und wenn nichts passiert, tja, das ist nicht weiter schlimm, man merkt es dann ja gar nicht. Bestenfalls erwartet uns ein lieber Gott; schlimmstenfalls ist der Tod ein langer friedlicher Schlaf.

Ich lege meine Brille auf den Nachttisch und klappe mein Handy zu. Ich glaube, ich habe vergessen, die Alarmanlage einzuschalten. Sei's drum, ich habe keine Lust, noch einmal nach unten zu gehen. Außerdem bin ich auch nicht sicher, ob ich die Tür verriegelt habe, die Gasflasche abgedreht … Mein Kopf treibt wirklich Schabernack mit mir. Ich lösche das Licht und krieche unter die Decke. Es ist meine letzte Winternacht. Ich spüre, dass ich gut schlafen werde. Für morgen ist ein schöner sonniger Tag vorhergesagt.

Eine leichte Brise streicht mir über das Gesicht, ich habe das Fenster wohl einen Spaltbreit offen gelassen. Ich schließe die Augen, der Schlaf hüllt mich allmählich in Nebel. Ich lasse ihn gewähren. Bald bin ich auf einem Boot, nicht auf dem großen Passagierschiff, das uns in meinen Träumen nach Indien gebracht hat, das Boot hier ist kleiner, es ist ein Segelboot … Ich liege an Deck und betrachte den Mast, der sich in den wolkenlosen Himmel erhebt. Es geht ein leichter Wind, das Boot gleitet langsam durch die Stille. Es wiegt mich hin und her, der Seegang ist ganz sanft, ich werde mit dem Winter einschlafen, mit meinem letzten Winter. Am Ende dieser Jahreszeit, in Sonnenlicht gehüllt, einen Buchszweig in der Hand, lächelt René mir zu.

Danksagungen

Mein Dank geht: an Anna Pavlowitch, für ihre Begleitung und ihr Vertrauen.

An Richard Marchand, ohne den dieses Buch vielleicht nie entstanden wäre.

An Louise Danou, François Durkheim, Béatrice Pellizzari, für alles.

An Marie-Claire Buzy, für ihre Begeisterung.

An meine treuesten Freundinnen, meine eigenen Gilbertes, Nines und Toinettes, die mich zum Schreiben ermuntert haben: Cécile, Isabelle und Julie.

Und dazu an alle, die meine kleine Welt ausmachen, mit denen zusammen ich einen Weißwein trinken will, wenn ich Jeannes Alter erreiche: Alessandra, Anne Laure, Cathy, Corinne, Hélène, Katia, Laurence, Véronique …

Zitatnachweise

Zitat auf Seite 326 aus «Lysistrate» von Aristophanes, Übersetzung: Ludwig Seeger

Zitat auf Seite 330 aus «Der Cid» von Corneille, Übersetzung: Malwine Maltzan

Zitat auf Seite 330/331 aus «Phädra» von Jean Racine, Übersetzung: Friedrich Schiller

Zitat auf Seite 331 aus «Cyrano von Bergerac» von Edmond Rostand, Übersetzung: Ludwig Fulda

Marie Fontaine

Ein Winter voller Blumen

Die entzückende Liebesgeschichte zwischen einem Hotelangestellten und einer Blumenhändlerin – in der romantischsten Stadt der Welt

256 Seiten

Es ist Herbst in Paris. Monsieur Matin arbeitet im vornehmen Hotel Louis XV, wo er für Problemfälle zuständig ist. Ein Beruf voller unangenehmer Situationen – da ist der Anblick des liebevoll dekorierten Blumenladens auf dem Heimweg Balsam für seine Seele. Eines Abends beschließt Monsieur Matin hineinzugehen, und als er den Laden wieder verlässt, hat er sein Herz an Mademoiselle Fleur verloren, die Floristin mit dem siebten Sinn für die Vorlieben ihrer Kunden. Seine Zuneigung bleibt nicht unerwidert. Doch die Geschichte von Mademoiselle Fleur und Monsieur Matin ist kompliziert. Kompliziert und ungemein romantisch ...

MIX
Papier aus verantwortungsvollen Quellen
FSC® C083411
FSC
www.fsc.org

Das für dieses Buch verwendete Papier ist FSC®-zertifiziert.